우리어문연구 12집

우리어문학의 이해

우리어문학회 편

국학자료원

목 차

분명하지 못한 언어표현 자동사의 내용 연구

김응모

1. 머리글

1.1 연구의 대상과 방법

이 연구는 낱말밭(Wortfeld)[1] 이론에 근거하여 현대 국어 중 분명하

---

1) Leo Weisgerber(1964:70)는 "ein sprachliches Feld ist ein Ausschnitt aus der muttersprachlichen Zwisschenwelt, der durch die Ganzheit einer in organischer Gliederung zusammenwirkenden Gruppe von Sprachzeichen aufgebaut wird."라고 하였다.

신익성(1974:57)은 "개개의 언어 요소는 더욱 큰 단계 안에서 지양되고, 이 관계로부터 비로소 의미 혹은 내재적인 규정을 얻는다는 견해는 현대 언어학의 체계 개념이다. 낱말밭은 언어 내용 연구의 방법론적 중심 개념이고 동시에 언어적 세계상을 알아내기 위한 열쇠이다. 우리는 낱말밭 안에서 언어 내용의 각인(刻印)과 한계를 위해서 결정적인 모국어의 전체를 파악한다"

지 못한 언어표현의 자동사가 지니고 있는 개개의 낱말(word)[2]들이 하나의 낱말밭 속에서 차지하고 있는 위치가치(Stellenwert)[3]를 우리 언어 공동체의 세계관(Weltansicht)과 관련하여 고찰해 보려고 시도된 것이다. 여기에서는 개별 낱말들이 다른 낱말과 변별되는 특성을 해명하는 데 주안점을 두었다.

연구의 방법은 이희승(1985) 「국어대사전」에서 어휘를 발췌하고, 신기철·신용철(1982) 「새우리말큰사전」과 김광해(1993) 「유의어·반의어사전」에서 어휘를 점검 보충하였다.

이 연구는 글이나 말로써 자기의 생각과 느낌을 표현하고 주장하는 언표행위(言表行爲)[4]를 연구의 대상으로 하였다.

논의의 방법은 어휘의 내용(Inhalt)에 따라 원어휘소(Archilexem)[5]를

고 하였다.

2) E.A.Nida(1979:32)는 "To determine the linguistic meaning of any form contrast must be found, for there is no meaning apart from significant defference. If all the universe were blue, there would be no bluess, since there would be nothing to contrast with blue. The same is true for the meaning of word. They have meaning only in term of systematic contrast with other words which share certain features with them but contrast with them in respect to other features."라고 하였다.

3) 홍승우(1988:93)는 "일정한 구성 요소의 수로 이루어진 한 낱말 영역 내에서 그 구성 요소가 차지하는 위치를 말한다. 한 낱말의 내용은 그 낱말의 고유가치(Eigenwert)와 위치가치(Stellenwert)에서 생긴다. 이때에 때로는 해, 달처럼 고유가치가 우세할 때도 있고, 위치가치가 결정적일 때가 있다"고 하였다.

4) 여기에서 언표행위는 언어나 문자 및 기호나 부호를 가지고 자기의 생각과 느낌을 표현하는 모든 행위를 말한다. 따라서, 필담(筆談), 수화(手話), 암호, 신호 등 모든 의사표현 행위가 포함된다.

5) Horst Geckeler(1973:23-30)는 "원어휘소는 한 낱말 전체(또는 상위분절) 내용에 상응하는 것으로서, 밭(Feld) 속에서 기능하는 모든 어휘소에 대하여 내용적 기초를 제공하는 공통분모(Nenner)이다. 일정한 밭의 어휘소는 개별 언어에 있어서 어휘적 단위로서 현실적으로 실현될 수도 있고, 존재하지 않을

중심으로하여 부분밭(Teilfeld)으로 분류하고, 먼저 큰밭(Grossfeld)[6]의 공통 특성을 논의한 후 여기에서 분절되어 나온 작은 영역의 공통 특성을 부가하였다. 그리고, 개별 낱말의 변별적 특성(Unterscheidende züge)을 추가하였다.

우리는 분명하지 못한 언어표현 자동사의 분절성(Artcuilation, Gliederung)[7]을 고찰함으로써 분명하지 못하게 말하는 자동사의 의미 요소가 우리 민족의 정신적 중간세계(die geistige Zwischenwelt)[8]에서 어떻게 분절되어 있는가를 밝히게 되며, 자동사의 어휘체계를 수립하는 데 기여하게 된다.

수도 있다. 어휘소는 낱말밭 속에서 기능하는 단위이다"라고 하였다. 따라서, 한 낱말은 원어휘소로 집약되고, 낱말밭 구성 요소가 어휘소(Lexem)이며, 이 것이 다시 의의소성(Sem)으로 분석되는 것이다. 원어휘소는 원의미소(Archisememe)의 어휘적 실현이다.

E.A.Nida(1979:187)는 "Generic meanings are nomally listed at the begining of a set, either as constituting a separate domain or as fulfilling the funtion of a title for a domain. Such generic terms may be called archilexems in hierachical classification"이라고 하였다.

6) 李益煥(1986:66)은 "color: red, black, yellow 등에서 color는 포괄적인 단어이며, red는 부분장이다. 부분장들은 그 단계에서는 하나의 독립된 장 역할을 하고, 그 장은 다시 자신이 거느리는 부분장들을 갖게 된다. 이렇게 하여 낱말밭은 계층적 성격을 띠게 된다"고 하였다.

7) Jost Trier(1973:7)는 "언어의 기본적인 본질은 분절이므로(Das durch die ganze Sprscheherrachende Prinzip ist Articulation) 분절의 결과인 최종의 구성 요소는 본질과 작용에서, 그리고, 그 언어 전체에서의 분절성에 의하여, 그 위치가 치에 의하여 규정되어 있다. 개개의 낱말들은 전체 영역에서 차지하는 수와 위치에 의하여 상호 그것들의 의미를 규정하며, 개개 낱말의 이해는 전체 영역과 그것의 특별한 구조가 마음에 나타나는 것에 달렸다"고 하였다.

8) 배해수(1982:8)는 "인간에게 구비되어 있는 언어의 힘은 정신 활동으로서 발현되며, 외계의 작용에서 이것을 사상적 형상(das gedankliche Gebild)으로 개조하고 언어로서 정착하게 되는 데, 이와 같이 인간의 정신이 외계와 만나는 장소를 정신적 혹은 언어적 중간세계라 한다"고 하였다. Leo Weisgerber(1971:121)는 정신적 중간세계를 다음과 같이 도시하였다.

1.2 언어의 본질

유구한 역사 가운데 인간은 하나의 객체로서 한 순간만 살다가 사라진다. 그러나, 인간은 주어진 한 순간을 무한히 연장할 수 있는 능력을 가지고 있다. 인간이 살아온 역사는 언어에 의하여 계승되고 축적되어 다음 세대로 물려주는 것이다. 그러므로, 인간이 이루어 놓은 과거와 현재의 문화유산은 언어에 의하여 무한한 미래로 전달되는 것이다. 다른 동물과는 달리 인간만이 정해 내려온 문화유산과 역사를 교훈으로 삼아 현재의 삶을 풍요롭게 하고 무한히 확대시킬 수 있다. 이 모든 것들은 오로지 언어에 의해서 성립되는 것이다. 그리고, 인간의 정신활동도 모국어를 매개로 하여 성립된다. 인간이 소유하고 있는 언어의 중요성은 무어라고 강조하여도 지나친 말이 아니다[9](김방한 외3인, 1991 :14).

인간은 상호간에 의사를 소통하기 위하여 언어를 매개체로 사용한다. 인간이 가지고 있는 언어사용능력은 천부적인 것으로 인식되어 왔고, 정상적인 인간이면 당연히 언어를 사용할 수 있다고 믿어 왔다. 따라서, 5-6세의 어린이가 되면 웬만큼 자기의 의사를 표현할 수 있다. 즉, 인간은 '말하는 동물(Talking animal)'이요 이 말하는 능력은 다른 동물에 비하여 매우 월등하다. 다른 동물도 '언어'라고 할 수 있을 만큼 복잡다양한 의사소통 체계(Commumication system)를 가지고 있다.

Lautformen	geistige Zwischenwelt	Aussenwelt
	Gedankengebilde	Erscheinungsfulle
Baum ——>	Baum <———	<——— Dung
Tisch ——>	Tisch <———	<——— Sachen

9) R. Jakobson(1953:12) ″Results of Conference of Anthropologist and Linguestics : Supplement to Internation of Journal of America Linguestics. Vol. 19, No. 2,(김방한 외3인, 1991:14)에서 재인용.

그 예로서 벌들(Bees)이나 돌고래들(Dolphins) 등은 훌륭한 언어를 가지고 있음이 최근에 발견되었다. 그러나, 고도로 분화된 분절성이 없음으로하여 인간의 언어와는 비교도 되지 않는다. 정상적인 인간이라도 선천적으로 물려받은 언어능력은 언어수행 능력과 언어 이해능력 뿐이다. 인간에 언어는 유전에 의한 것이 아니고 후천적으로 언어를 습득한 것이다(대구언어학회 편, 1985:9 참조).

의미론의 목적은 의사전달의 신비를 밝히는 데 있다. 공기나 물과 같이 언어는 인간의 일거수일투족에서부터 인간의 가치 판단에 이르기까지 시간과 공간을 초월하여 결속시키는 매개물이다. 이 의미 전달의 과정에는 반드시 의미가 개입되어야 한다. 곧 인간들은 자기의 생각이나 느낌 및 의견을 표현하기 위하여 듣고 읽게 된다. 이렇게 의사소통에서 의미가 차지하고 있는 비중은 절대적이다. 최근에 접어들어 의사소통은 사회조직의 중대한 요인으로 인정받게 되었고, 의사소통과 의미는 불가분의 관계를 맺고 있다는 인식에서 양자에 대한 이해의 필요성이 나날이 증대되고 있는 추세이다[10]. 그리고, 의미론의 또 하나의 목적은 인간의 정신활동의 신비를 밝히는 데 있다. 곧 사고과정, 언어적 중간세계, 인식작용 같은 정신활동은 언어로써 이 세상의 모든 현상에 대하여 우리 언어공동체의 경험을 분류하고 전달하는 방식과 복잡다양하게 얽혀 있다. 개념화와 같은 정신활동은 언어로써 이 세상 삼라만상에 대한 우리 자신의 경험을 분류하고 전달하는 방식과 실타래처럼 복잡하게 얽혀 있다. 이러한 비밀을 철학자나 심리학자들은 오

---

10) 의사소통에 관한 최근의 가장 주목되는 업적의 하나는 D. Sperber & D. Wilson(1986)의 Relevance : Communication and Cognition을 들 수 있다. 관련성 이론(relevance theory)은 화맥에서 개별발화의 해석, 신-구 정보, 은유, 아이러니를 포함한 문체적 효과를 고려함으로써 화용론과 커뮤니케이션 이론에 대한 새롭고 야심에 찬 저술로 평가된다(임지룡,1993:24)에서 재인용.

6

랫동안 언어의 연구를 통해서 풀어보려고 애써 왔다. 클라크 & 클라크(H.H.Clark & E.V.Clark, 1977:4)에서는 우리가 언어의 참된 구조와 기능을 발견할 수만 있다면 사고의 보편적인 법칙을 발견할 수 있을 것이라고 하였다(임지룡, 1993:23-24 참조).

의사표현 자동사의 상위 분절 구조는 다음과 같다.

[그림1] 의사표현 자동사의 상위 분절구조(1)

```
           ┌<언표성>─┬말하다. 언급하다. 수화하다. 신호하다. 토로하다.
           │        └술회하다. 실토하다. 확언하다. 사담하다. 언파하다.
           ├<담화성>이야기하다. 담화하다. 한담하다. 잡담하다. 농담하다.
           ├<정담성>정담하다. 환담하다. 사랑속삭이다.
           ├<밀담성>밀담하다. 귓속말하다. 소곤거리다. 속삭이다. 사어하다.
           ├<독백성>독백하다. 혼잣말하다. 독어하다. 독언하다..
           ├<어눌성>말더듬다. 다달거리다. 아름거리다. 쫑얼거리다. 군소리하다.
           ├<횡설수설성>횡설수설하다. 몽중몽설하다. 동지서지하다. 콩팔칠팔하다.
           ├<수다성>─┬수다떨다. 재잘거리다. 사부랑거리다. 떠들다. 법석이다.
           │        └수선떨다. 호들갑떨다. 훤요하다. 소요하다. 뇌까리다.
 의   ├<능변성>선어하다. 치변하다. 웅변하다. 현하구변하다. 준변하다.
 사   ├<재담성>익살부리다. 재담하다. 새살거리다. 괘사떨다. 넉살부리다.
 표   ├<장담성>장담하다. 입찬말하다. 큰소리치다. 호언장담하다.
 현   ├<질문성>질문되다. 반문하다. 기어하다. 불치하문하다. 시문하다.
      ├<응답성>대답하다. 응답하다. 회답하다. 자문자답하다. 말대꾸하다.
      ├<문답성>문답하다. 질의응답하다. 동문서답하다. 묵묵부답하다.
      ├<직언성>직언하다. 바른말하다. 간언하다. 규간하다. 출반주하다.
      ├<권유성>권설하다. 농치다. 개유하다. 설복하다. 계금하다. 유시하다.
      ├<호소성>궁설하다. 하소연하다. 호소하다. 애원하다. 애걸복걸하다.
      ├<원망성>원망하다. 종종거리다. 앙알거리다. 원천우인하다. 오오하다.
      ├<고함성>소리치다. 고함치다. 악쓰다. 규소하다. 제창하다.
      ├<절규성>절규하다. 부르짖다. 아우성치다. 울부짖다. 호천하다. 비명치다.
      ├<체읍성>흐느끼다. 오열하다. 애곡하다. 통곡하다. 방성대곡하다. 애곡하다.
      ├<말참견 행위성>말참견하다. 곁말달다. 맞장구치다. 흥야부야하다. 덥적이다.
      ├<함구 무언성>함구하다. 불언하다. 함묵하다. 말삼키다. 함구무언하다.
      └<잔소리 행위성>잔소리하다. 번설하다. 구시렁거리다. 잔주하다.
```

〔그림2〕 의사표현 자동사의 상위 분절구조(2)

의사표현
├─〈질책성〉꾸지람하다. 책망하다. 핀잔주다. 견책하다. 호통치다.
├─〈불평성〉불평하다. 게정부리다. 두덜거리다. 볼퉁거리다. 가탈부리다.
├─〈억지쓰는 행위성〉억지쓰다. 언집하다. 발악하다. 생떼쓰다. 치근거리다.
├─〈다짐하는 언표성〉다짐하다. 맹세하다. 언약하다. 밀약하다. 서약하다.
├─〈인사성〉인사하다. 통성명하다. 혼정신성하다. 안부하다. 문안드리다.
├─〈식사성〉개회사하다. 취임사하다. 환영사하다. 고별사하다. 축사하다.
├─〈칭찬성〉칭찬하다. 칭송하다. 송덕하다. 박수갈채하다. 자찬하다.
├─〈누설성〉누설되다. 말새다. 들통나다. 발설하다. 폭로되다.
├─〈암시성〉귀띔하다. 말비치다. 변죽울리다. 암시주다. 언질주다.
├─〈소문 전파성〉소문나다. 인구전파되다. 손발놓다. 봉인즉설하다.
├─〈전갈성〉전갈하다. 전언하다. 답전갈하다. 구비전승되다.
├─〈보고성〉보고하다. 복명하다. 회보하다. 첩보하다. 상소하다.
├─〈허언성〉거짓말하다. 허언하다. 빈말하다. 구허날무하다. 혹세무민하다.
├─〈허풍성〉과장되다. 큰소리하다. 호언장담하다. 허풍떨다. 과언하다.
├─〈식언성〉식언하다. 일구이언하다. 발라맞추다. 반덕떨다.
├─〈아첨성〉아첨하다. 감언이설하다. 알랑거리다. 교언하다. 면종복배하다.
├─〈실언성〉말실수하다. 실언하다. 군소리하다. 도구염불하다. 주접떨다.
├─〈망언성〉괴망떨다. 망발하다. 망언하다. 망령부리다. 망발풀기하다.
├─〈폭언성〉폭언하다. 포악부리다. 발끈하다. 볼뚝거리다.
├─〈공갈성〉공갈놓다. 엄포놓다. 으르대다. 협약하다. 우격다짐하다.
├─〈이간성〉이간질하다. 말전주하다. 언사질하다. 간언들다.
├─〈변명성〉변명하다. 발명하다. 해조하다. 표백하다. 발뺌하다.
├─〈욕설성〉욕설하다. 상욕하다. 포탈부리다. 욕먹다. 피방하다.
├─〈음담성〉음담하다. 음담패설하다. 추담하다. 추언하다. 추설하다.
└─〈명령성〉명령하다. 복창하다. 하명하다. 조령모개하다. 청령하다.

[그림3] 의사표현 자동사의 상위 분절구조(3)

<청취성>청화하다. 실문하다. 방청하다. 귀기울이다. 엿듣다. 귀거슬리다.
<고발성>고발되다. 구두제소하다. 탄핵하다. 농구하다. 규탄되다.
<진정성>진정하다. 전언하다. 계상하다. 건의하다.
<심문성>심문하다. 힐문하다. 취조하다. 대질하다. 심리하다. 재항변하다.
<진술성>진술하다. 표백하다. 고백하다. 자백하다. 허위자백하다.
<서간성>편지하다. 전간하다. 발간하다. 부고하다. 부음하다. 답장하다.
<전보성>전보하다. 타전하다. 전화하다. 통화하다. 송신하다. 수신하다.
<발표성>발표하다. 공표하다. 선언하다. 표명하다. 칙교하다.
<방송성>방송하다. 생방송하다. 중계방송하다. 녹음방송하다. 녹화방송하다.
<설명성>설명되다. 해설하다. 역설하다. 설파하다. 시사해설하다.
<강의성>강의하다. 속강하다. 순강하다. 청강하다. 강연하다.
<연설성>연설하다. 즉석연설하다. 낭독연설하다. 가두연설하다. 유세하다.
<회의성>회의하다. 좌담하다. 정담하다. 협상하다. 구수회의하다.
<토론성>토론하다. 토의하다. 논의하다. 강론하다. 강론회하다.
<논술성>정론하다. 고담활론하다. 논고하다. 난상숙의하다.
논술하다. 논진하다. 추론하다. 논급되다. 주론하다. 요론하다.
화충협의하다. 논구하다. 논증하다. 고담웅변하다.
<평론성>평론하다. 비평하다. 논평하다. 공평하다. 혹평하다. 가평하다
<공론성>공론하다. 공담하다. 허론하다. 공론공담하다. 탁상공론하다.
<의결성>의결하다. 농결하다. 의정하다. 협정하다. 타협하다. 협의하다.
<가부 결정성>가부결정하다. 가결하다. 표결하다. 구두표결하다. 부결되다.

의사표시

2. 분명하지 못한 언어표현 자동사의 내용

이 부분은 언어 행위에서 말을 분명하지 못한 내용이므로 <어눌성, 애매모호한 언표성, 언행에 주저성, 횡설수설성, 중언부언성>이 내용에 따라 부가된다.

(1) 말더듬다　　　　(2) 구흘(口吃)하다
(3) 어눌(語訥)하다　　(4) 굳다

위의 (1)과 (2)는 "더듬거리며 말하다"의 개념을 공유하고 있어 <구
흘성>이 추가되고, (3)은 "말이 굳어 부드럽지 못하고 떠듬떠듬 말하
다"의 개념이므로 <언어 경화성→어눌성>이 추가된다. 그리고, (4)는
"말을 더듬다"의 개념일 경우는 <어눌성>, "뻣뻣하여지다"의 개념일 경
우는 <사물--경색성>, "몸에 배어 습관이 되다"의 개념일 경우는 <몸에
배어 습관으로 정착성>, "단단히 응결하다"의 개념일 경우는 <견고히
응결성>, "무른 것이 단단해지다"의 개념일 경우는 <무른 물건--경고성
>, "돈 같은 것이 헤프게 없어지지 않고 제것으로 그대로 남게 되다"의
개념일 경우는 <돈--남용 자제성→현상 유지성>이 내용에 따라 추가되
는 다의어(多義語)[11]이다.

<table>
<tr><td>(5) 다듬작거리다</td><td>(6) 다듬작다듬작하다</td></tr>
<tr><td>(7) 더듬거리다</td><td>(8) 더듬더듬하다</td></tr>
<tr><td>(9) 더듬적거리다</td><td>(10) 더듬적더듬적하다</td></tr>
<tr><td>(11) 떠듬거리다</td><td>(12) 떠듬떠듬하다</td></tr>
<tr><td>(13) 떠듬적거리다</td><td>(14) 떠듬적떠듬적하다</td></tr>
<tr><td>(15) 떠뚜벅거리다</td><td>(16) 떠뚜벅떠뚜벅하다</td></tr>
<tr><td>(17) 떠뜻거리다</td><td>(18) 뙤뙤거리다</td></tr>
</table>

---

11) 李益煥(1986:95)은 "다의어(polysemy)는 하나의 어휘가 둘 이상의 의미적 장
    (semantic field)에 참여하거나 혹은 하나의 場 내에서 같은 어휘가 더 포괄적
    인 장에 속하고, 또 그 장 내의 더 독특한 부분장(sub-field)에도 속하는 경우
    가 될 때 나타난다"고 하였다.
    金敏洙(1983:50)는 "多義性과 관련된 것은 의미적 우연성이다. 이것은 어떤
    단어의 의미에서 다른 의미가 파생될 경우, 그 原義와 轉義의 사이에 파생
    의 연유가 되는 어떤 聯想關係가 있어서 생긴다. 그런데, 原義가 사라지지
    않고 계속 쓰이면 그 단어의 두 의미는 유연적 다의성이 된다"고 하였다.
    Kempson(1980:9-10)은 "한 어휘에 두 가지 해석을 줄 수 있는 하나의 환경에
    서 동시에 가능한 상황에서만 그 어휘의 다의성이 인정 된다. 그렇지 않는
    경우는 모두 동음이의어로 처리해야 한다"고 하였다.

위의 (5)-(8)은 "말을 하거나 글을 읽을 때 자꾸 더듬거리다"의 개념을 공유하고 있어 <언표·독서에 더듬거리는 언행성>이 공통으로 추가된다. 이들은 접사의 교체와 모음의 교체로 어감(語感)[12]의 차이에서 오는 뉘앙스에 의하여 서로 분절되므로, (5)는 <연속성+매우 약한 어감>, (6)은 <단속성+매우 약한 어감>, (7)은 <연속성+중간 정도의 어감>, (8)은 <단속성+중간 정도의 어감>이 각각 추가되어 분절한다. 그리고, (9)와 (10)은 "느릿느릿 자꾸 더듬거리며 말하다"의 개념을 공유하고 있어 <연속 느리게 언행성+중간 정도의 어감>이 공통으로 추가되나, 이들은 접사의 교체에서 오는 어감의 차이로 뉘앙스에 의하여 서로 분절한다. 따라서, (9)는 <연속성>이 추가되고, (10)은 <단속성)이 추가되어 분절한다. 그리고, (11)과 (12)는 "말을 하거나 글을 읽을 때에 소리를 순하게 내지 못하고 자꾸 더듬다"의 개념을 공유하고 있어 <언표·독서에 더듬거리는 언행성+강한 어감>이 공통으로 추가되나, (11)은 <연속성>이 더 추가되고, (12)는 <단속성>이 더 추가되며, (13)-(18)은 "말을 할 때 느릿느릿하게 자꾸 떠듬거리다"의 개념을 공유하고 있어 <연속 느린 언행성+매우 강한 어감>이 공통으로 추가된다. 그러나. (13)은 <

---

12) 金敏洙(1972:142)는 "국어의 어감 표현은 母音相對의 차이(指小意素), 子音加勢의 차이(加勢意素). 음절의 길이, 疊形, 말음변환이다. 상징어는 거의 음의 반복으로 된 첩어들이다. 즉 音相의 對蹉(antipodes)에 따라 어감의 차이를 가장 인상 깊게 하는 의미의 전이(semantic shift)이다"라고 하고, 다음과 같은 표로 보여 주고 있다.

母音音素	덧意素
ㅏ ㅐ ㅗ(ㅚ) ㅑ ㅑ	小 少 明 急 輕 淸 銳 陽 薄 强
ㅓ ㅔ ㅜ(ㅟ) ㅡ ㅣ	大 多 暗 緩 重 濁 鈍 陰 厚 弱

子音音素	덧意素	語感의 크기
ㅂ ㄷ ㅈ ㄱ ㅅ ㅇ	順平·普通	예사 어감
ㅃ ㄸ ㅉ ㄲ ㅆ ㅎ	銳利·輕小	센 어감
ㅍ ㅌ ㅊ ㅋ	硬濁·鈍重	거센 어감

단 語感 부분은 필자가 첨가한 것이다.

연속성>, (14)는 <단속성>, (15)는 <연속성+강조성>, (16)은 <단속성+강조성>, (17)과 (18)은 <연속성+성급한 언표성>이 각각 더 추가되어 분절한다.

　앞에서 논의한 더듬거리는 언어표현 자동사의 개별 낱말의 분절구조를 고찰하였다. 이들의 분절그조를 그림으로 그려보면 다음과 같은 수형도(tree diagram)13)가 된다.

---

13) 언어의 분석을 수형도에 의하여 명시적으로 표시하는 것은 오늘날 언어학에서 많이 활용되고 있다. 이는 19세기 중엽 A.Schleider가 생물학의 본보기에 따라, 인구어의 분화 과정을 수형도로 표시한데서 유래한다.
　특정적 성분의 도식화 방법에는 수형도(tree giagram) 방식, 공간분할(space) 방식, 묶음(matrix) 방식 등이 있는데, 이 연구에서는 변별의 경제성과 그리기 쉬운 잇점을 고려하여 수형도 방식을 취한 것이다. 성분의 도식화 방법에는 E.A.Nida(1979:40)참조.

[그림4] 더듬거리는 자동사의 분절구조

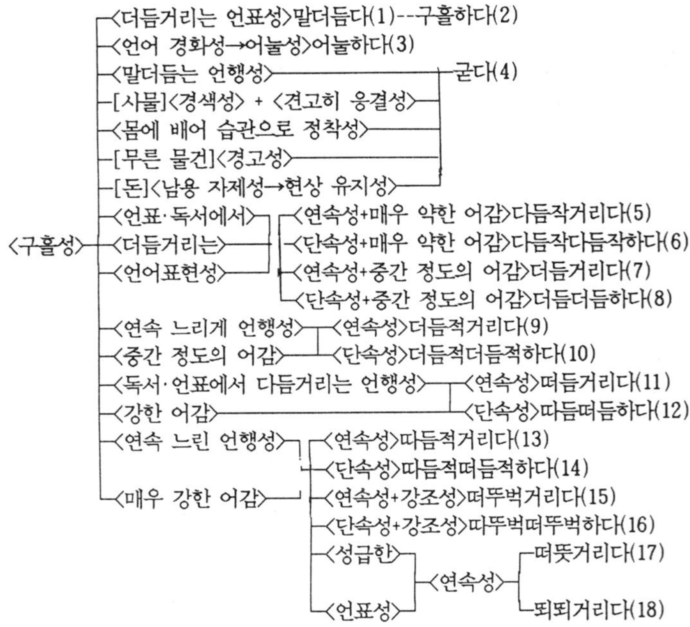

(19) 섭유(囁嚅)하다   (20) 다달거리다[14]

---

14) 신현숙(1986:81)은 [-거리다]를 다음과 같이 의미 분석하고 있다.

① 화자의 흉내말인 어근을 동적인 표현으로 바꾸기 위하여 [-거리다]를 선택
하고 있다.

② 어근이 지시하는 흉내말을 연속되는 움직임으로 바꾸기 위하여 선택한다.
움직임이 2회 이상 계속될 때 선택한다.

③ 움직임의 양끝을 인지하지 못하고 완성되지 않은 움직임처럼 인지한다.

④ 동적인 표현과 밀접하게 관련되므로 정적인 어근과 잘 어울리지 않는다.

⑤ 움직임, 소리, 느낌, 생김새의 모양이 다르게 나타나는 어근은 제한을 받
는 정도가 높다.

(21) 다달다달하다[15]　　　　　(22) 더덜거리다
(23) 더덜더덜하다

위의 (19)는 "말을 제대로 하지 못하고 머뭇거리면서 입만 열었다 다 닫았다하다"의 개념이니 <주저성→입만 놀리는 모호한 언표성>이 추가되고, (20)-(23)은 "말이 입에서 얼른 나오지 아니하여 연해 더듬다"의 개념을 공유하고 있어 <언표 불순조성→더듬거리는 언행성>이 공통으로 추가된다. 이들은 접사의 교체와 모음의 교체에 따른 어감의 차이로 뉘앙스에 의하여 서로 변별된다. 따라서, (20)은 <연속성+약한 어감>, (21)은 <단속성+약한 어감>, (22)는 <연속성+중간 정도의 어감>, (23)은 <단속성+중간 정도의 어감>이 각각 더 추가되어 분절한다.

(24) 아름거리다　　　　(25) 아름아름하다
(26) 어름거리다　　　　(27) 어름어름하다
(28) 아름작거리다　　　(29) 아름작아름작하다

이들은 "아리송한 말이나 행동으로 우물쭈물하다"의 개념을 공유하고 있어 <애매모호한 언행성→주저하는 언행성>이 공통으로 추가되고 또 "일을 할 때 얼쭝얼쭝 눈을 속여 넘기다"의 개념도 공유하고 있어 <어물쩍 눈 속이는 행위성>도 공통으로 추가되나, 이들은 접사의 교체와 모음의 교체로 어감에서 오는 뉘앙스에 의하여 서로 분절한다. 따라서, (24)는 <연속성+매우 약한 어감>, (25)는 <단속성+매우 약한 어감>, (26)은 <연속성+중간 정도의 어감>, (26)은 <단속성+중간 정도의 어

---

⑥ 완성된 움직임이라고 화자가 인지되면 선택하지 않는다.

15) 서정수(1975:61)는 " '-하-'는 의태어 곧 부사어를 선행요소로 한 경우에는 동사적으로 쓰이게 한다. '독서하다'의 '하다'는 동사적 형식을 갖추기 위한 형식요소로 볼 수 있다. 실지 동작 내용은 '독서'에 내포되어 있다"고 하였다.

14

감>, (28)은 <연속성+느린 언행성+약한 어감>, (29)는 <단속성+느린 언행성+약한 어감>이 각각 추가되어 분절한다.

(30) 아물거리다　　　(31) 아물아물하다
(32) 아믈거리다

이들은 "말이나 행동을 시원스럽게 하지 못하고 꼬물거리다"의 개념을 공유하고 있어 <아물거리는 언행성+답답한 언행성>이 공통으로 추가되고, 또 "눈이 어지럽도록 작거나 가는 것이 보일듯 말듯하게 조금씩 자꾸 움직이다"의 개념도 공유하고 있어 <현란한 작은 물체--조금씩 계속 이동성>도 공통으로 추가된다. 이들은 접사와 모음의 교체로 어감의 차이에서 오는 뉘앙스에 의하여 서로 분절한다. 따라서, (30)은 <연속성+매우 약한 어감>이 추가되고, (31)은 <단속성+매우 약한 어감>이 추가되며, (32)는 <연속성+매우 약한 어감>이 각각 추가되어 분절한다.
　앞에서 논의한 애매모호한 언어표현 자동사의 분절 구조는 다음과 같다.(다음 면에)

〔그림5〕 애매모호한 언어표현의 분절구조

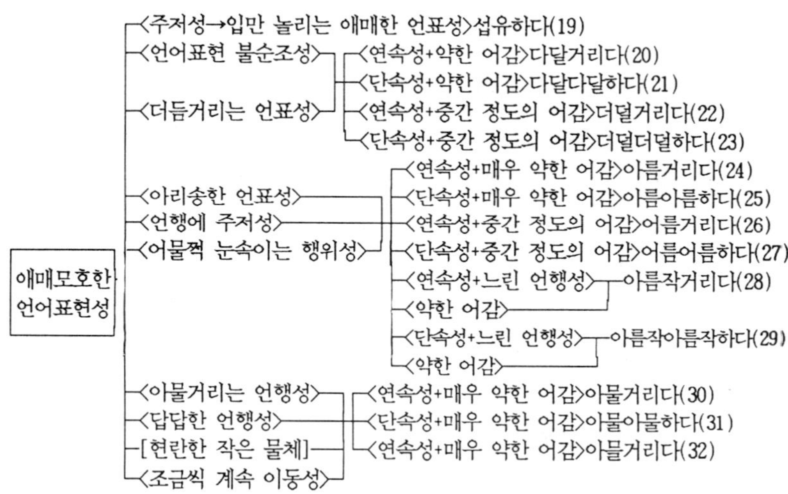

(33) 여짓거리다[16]   (34) 여짓여짓하다
(35) 여싯여싯하다

이들은 "무슨 말을 하려고 자꾸 머뭇거리다"의 개념을 공유하고 있어 <계속 머뭇거리는 행위성→어떤 언표 목적성>이 공통으로 추가된다. 이들은 접사와 모음의 교체로 어감의 차이에서 오는 뉘앙스에 의하여 서로 분절한다. 따라서, (33)은 <연속성+약한 어감>이 추가되고, (34)와 (35)는 <단속성+약한 어감>이 더 추가되어 분절한다.

---

16) 沈在箕(1983:401)는 "先行素가 지시하는 동작에 反復性을 추가하여 서술적 기능을 완결시킨다. 이것은 [-대-]와 交互選擇的으로 쓰일 수 있다(기웃거리. 달랑거리. 출렁거리). 이 동사화소는 통사적 기능에 변환을 불러오지 않고 선행 어근의 서술적 기능을 본래의 의미에 맞추어 완결시켜 주는 서술기능 완결소들이다"라고 하였다.

(36) 혀굳다   (37) 혀짤배기소리하다
(38) 혀짜래기소리하다   (39) 함호(含糊)하다

위의 (36)은 "혀가 마음대로 움직여지지 않아 똑똑하지 않게 말하다"의 개념이니 <혀가 굳은 상태성→애매모호한 언표성>이 추가되고, (37)과 (38)은 "혀가 짧아 「ㄹ」받침 소리를 잘 내지 못하는 말을 하다"의 개념을 공유하고 있어 <혀가 짧은 상태성→유음 발음 곤란성→어눌성>이 공통으로 추가된다. 그리고, (39)는 "입에 풀칠한 것처럼 말을 모호하고 분명치 않게 하다"의 개념이니 <입에 풀칠한 듯 모호한 언표성+비유적 표현성>이 추가되고, 또 "뚜렷한 태도 없이 우물쭈물하고 결단을 내리지 못하다"의 개념도 가지고 있어 <우유부단성→결단에 주저성>이 더 추가되어 분절한다.

(40) 머무적거리다   (41) 머뭇거리다
(42) 머무적머무적하다   (43) 머뭇머뭇하다

이들은 "말이나 행동을 선뜻 결단하지 못하고 할듯말듯하다"의 개념을 공유하고 있어 <결단에 주저성→할듯말듯한 언행성>이 공통으로 추가되나, 이들은 접사와 음운의 교체에 따른 어감의 차이로 뉘앙스에 의하여 서로 분절한다. 따라서, (40)과 (41)은 <연속성+중간 정도의 어감>이 공통으로 추가되고, (42)와 (43)은 <단속성+중간 정도의 어감>이 공통으로 더 추가되어 분절한다.

(44) 어물거리다   (45) 어물어물하다
(46) 어름거리다   (47) 어름어름하다
(48) 어름적거리다   (49) 어름적어름적하다

위의 (44)와 (45)는 "일이나 언행이 똑똑하지 못하고 우물쭈물하다"의 개념을 공유하고 있어 <사건의 처리, 언행이 불분명성→우물쭈물하는 태도성+중간 정도의 어감>이 공통으로 추가되나, 이들은 접사의 교체와 음운 첨가로 어감이 주는 뉘앙스에 의하여 서로 분절한다. 따라서, (44)는 <연속성>이 더 추가되고, (45)는 <단속성>이 더 추가된다. 그리고, (46)과 (47)은 "어리숙한 말이나 행동으로 우물쭈물하다"의 개념을 공유하고 있어 <어리숙한 언행성→우물쭈물하는 태도성+중간 정도의 어감>이 공통으로 추가된다. 그리고, (46)은 <연속성>이 더 추가되고, (47)은 <단속성>이 더 추가되며, (48)과 (49)는 "어리숙한 말이나 행동으로 몹시 느릿느릿하게 어름거리다"의 개념을 공유하고 있어 <어리숙한 언행성→몹시 느린 태도성+중간 정도의 어감>이 공통으로 추가된다. 따라서, (48)은 <연속성>이 더 추가되고, (49)는 <단속성>이 더 추가되어 분절한다.

    (50) 우물쭈물하다   (51) 서슴거리다

위의 (50)은 "말이나 행동을 우물거리며 흐리멍텅하게 하다"의 개념이니 <우물거리는 언행성→흐리멍텅한 태도성>이 추가되고, (51)은 "말이나 행동이 자꾸 서슴다"의 개념이므로 <계속 망설이는 언행성>이 추가된다.

앞에서 논의한 계속 머뭇거리는 언어표현의 분절구조는 다음과 같다.

[그림6] 머뭇거리는 언어표현의 분절구조

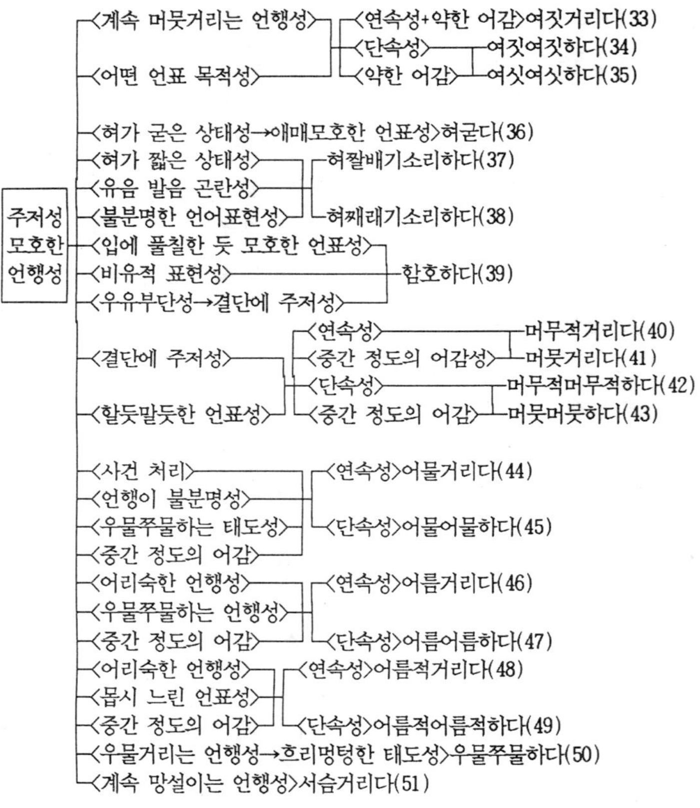

(52) 아릿거리다   (53) 아릿아릿하다
(54) 어릿거리다   (55) 어릿어릿하다

위의 (52)와 (53)은 "언행이 활발하지 못하고 맥없이 움직이다"의 개념을 공유하고 있어 〈소극적인 언행성→맥없는 동작성+약한 어감〉이 공통으로 추가되나, 이들은 접사의 교체로 어감이 주는 뉘앙스에 의하여 서로 분절한다. 따라서, (52)는 <연속성>이 더 추가되고, (53)은 <단속성>이 더 추가된다. (54)와 (55)는 "언행이 활발하지 못하고 맥없이 움직이다"의 개념을 공유하고 있어 <소극적인 언행성→맥없는 동작성+중간 정도의 어감>이 공통으로 추가되나, 이들은 접사의 교체로 어감의 차이에서 오는 뉘앙스에 의하여 서로 분절한다. 따라서, (54)는 <연속성>이 더 추가되고, (55)는 <단속성>이 더 추가되어 분절한다.

(56) 남남(喃喃)하다   (57) 남남지성(喃喃之聲)하다

이들은 "혀를 재게 놀리어 무슨 말인지 알아들을 수 없게 재잘거리다"의 개념을 공유하고 있어 <신속한 혀 동작성→수다스런 언표성→의사전달 부지성>이 공통으로 추가된다.

(58) 놀소리하다   (59) 옹알거리다
(60) 옹알옹알하다   (61) 웅얼거리다
(62) 응알거리다   (63) 응절거리다
(64) 웅얼웅얼하다   (65) 응알응알하다

위의 낱말들은 "아직 말을 못하는 젖먹이 어린애가 노느라고 혼자 입속말로 군소리를 하다"의 내용을 함유하고 있어 <유아--군소리 발성성+놀고 있는 상태성>이 공통으로 부가된다. 따라서, (58)은 "젖먹이가 누워 놀면서 입으로 군소리를 내다"의 개념이니 위의 공통 특성과 같고, (59)-(64)는 "아직 말을 못하는 어린아이가 노느라고 혼자 입속말로 소리를 내다"의 개념을 공유하고 있어 <유아--군소리 발성성→놀고 있는 상태성>이 공통으로 추가되고, 또 "혼자 입속말로 똑똑하지 아니하게 재깔이다"의 개념도 공유하고 있어 <입속말로 독백성>도 공통으로 추가되나, 이들은 접사와 모음의 교체로 어감의 차이에서 오는 뉘앙스에 의하여 서로 분절한다. 따라서, (59)는 <연속성+약한 어감>, (60)은

<단속성+약한 어감>, (61)-(63)은 <연속성+중간 정도의 어감>, (64)와 (65)는 <단속성+중간 정도의 어감>이 각각 더 추가되어 분절한다.

    (66) 쫑절거리다   (67) 쭝절쭝절하다
    (68) 홍얼거리다   (69) 홍얼홍얼하다

위의 (66)과 (67)은 "수다스럽고 야무지게 자꾸 쭝얼거리다"의 개념을 공유하고 있어 <수다성+야무지게 쭝얼거리는 언표성>이 공통으로 추가되나, 이들은 접사의 교체에 따른 어감의 차이로 뉘앙스에 의하여 서로 분절한다. 따라서, (66)은 <연속성+매우 강한 어감>이 더 추가되고, (67)은 <단속성+매우 강한 어감>이 더 추가된다. 그리고, (68)과 (69)는 "남이 알아듣지 못할 말을 입속으로 연해 지껄이다"의 개념을 공유하고 있어 <계속 입속말로 언표성→인지 불가능성>이 공통으로 추가되고, 또 "홍에 겨워 입속으로 노래를 부르다"의 개념도 공유하고 있어 <입속으로 홍겹게 가창성>도 공통으로 추가된다. 이들도 접사의 교체로 어감의 차이에서 오는 뉘앙스에 의하여 서로 분절한다. 따라서, (68)은 <연속성>이 더 추가되고, (69)는 <단속성>이 더 추가되어 분절한다.

    (70) 말끝흐리다   (71) 어물쩍거리다
    (72) 우물쩍거리다   (73) 어물쩍하다
    (74) 우물쩍우물쩍하다

위의 (70)은 "말끝을 분명히 맺지 못하고 얼버무리다"의 개념이니 <말끝 흐리는 행위성→얼버무리는 언행성>이 추가되고, (71)-(74)는 "꾀를 부리느라고 말이나 행동이 똑똑하지 않게 어물거리다"의 개념을 공유하고 있어 <계략적으로 불분명한 언표성→어물거리는 태도성+중간 정도의 어감>이 공통으로 추가되나, 이들은 접사와 모음의 교체로 어감의 차이에서 오는 뉘앙스에 의하여 서로 분절한다. 따라서, (71)과 (72)는 <연속성>이 공통으로 더 추가되고, (73)과 (74)는 <단속성>이 공통으로 더 추가되어 분절한다.

    (75) 헛소리하다   (76) 군소리하다
    (77) 섬어(譫語)하다   (78) 허성(虛聲)하다
    (79) 허언(虛言)하다   (80) 잠꼬대하다

위의 낱말들은 "미덥지 않은 실속없는 빈말을 하다"의 내용을 함유하고 있어 <헛소리하는 행위성>이 공통으로 추가되고, 또 비유적인 표현 (figurative language)[17]에서는 "거짓말하다"의 내용도 함유하고 있어 <기만적인 언표성>이 공통으로 부가된다. 따라서, (75)는 "믿기지 않는 빈말을 하다"의 개념이니 위의 공통 특성과 같고, 또 "앓는 사람이 정신을 잃고 중얼거리다"의 개념도 가지고 있어 <환자--정신없이 헛소리하는 행위성>이 더 추가되며, (76)-(79)는 "잠이 들었을 때에 꿈결에 말하다"의 개념을 공유하고 있어 <잠꼬대하는 언행성>이 공통으로 추가되고, 또 "되게 앓을 때에 정신없이 말하다"의 개념도 공유하고 있어 <중병 환자--정신없이 언표성>이 공통으로 더 추가된다. 그리고, (80)은 "잠이 들었을 때 저도 모르게 의식하지 않고 헛소리하다"의 개념이니 <잠꼬대하는 언행성>이 추가되고, 또 "사리에 닿지 않는 엉뚱한 말을 하다"의 개념도 가지고 있어 <엉뚱한 언표성>이 더 추가되어 분절한다.

앞에서 논의한 개별 낱말의 분절구조는 다음과 같다.

---

17) 임지룡(1993:214-215)는 "낱말의 고유한 의미 이외에 비유적인 의미를 획득하기도 한다. 그 결과 고유한 의미와 비유적인 의미가 공존될 경우 다의어가 형성되는 것이다. Ullmann은 비유적 표현(figurative language)을 사물의 유사성에 바탕을 둔 은유(metaphor)와 사물의 인접성에 바탕을 둔 환유(metonymy)를 들고 있다"고 하였다.

[그림7] 불명확한 언어표현의 분절구조

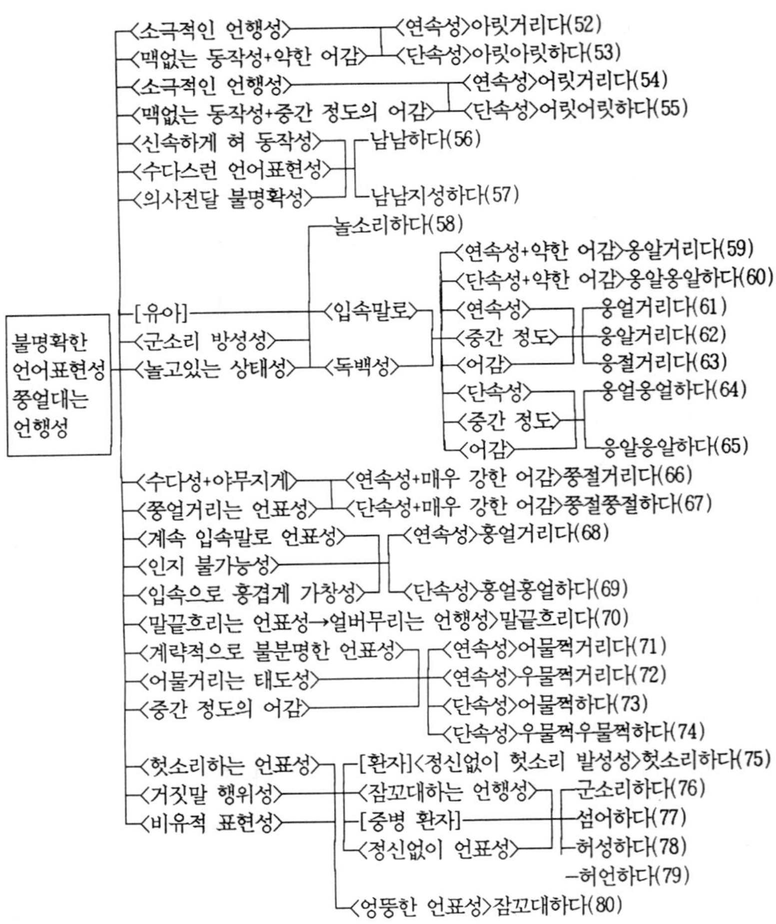

(81) 말공부하다(-工夫-)   (82) 말공부질하다(-工夫-)[18]

이들은 "어떤 문제의 해결이나 실천 작업에 직접 도움을 주지 못하는 쓸모없는 공담을 하다"의 개념을 공유하고 있어 <문제 해결에 도움 전무성→쓰데없는 공담성>이 공통으로 추가되나, (82)는 <속된 표현성>이 더 추가되어 분절한다.

    (83) 횡설수설(橫說竪說)하다　　　　(84) 횡수설거(橫竪說去)하다
    (85) 횡수설화(橫竪說話)하다　　　　(86) 몽중몽설(夢中夢說)하다
    (87) 몽중설몽(夢中說夢)하다

위의 (83)-(85)는 "조리가 없는 말로 함부로 지껄이다"의 개념을 공유하고 있어 <횡설수설성>이 공통으로 추가되는 유의어(類義語)[19]이므로 한 동아리에 묶었고, (86)과 (87)은 "꿈속에서 꿈이야기를 한다는 뜻으로 종잡을 수 없는 말을 하다"의 개념을 공유하고 있어 <횡설수설성+비유적 표현성>이 추가되어 분절한다.

    (88) 교문작자(咬文嚼字)하다　　　　(89) 지동지서(指東指西)하다

---

18) 서정수(1975:25)는 "동작성 선행요소+질(M+질)는 국어의 비동작성 명사의 일부, 동작성 명사의 일부, 동사의 어간 등에 '-질-'이 첨가되면 '-하-'의 선행요소가 된다. 그리고 '-질-'은 '노릇'이라는 말과 같이 동작성 기능 표시의 의미요소이다. Martin은 '-질-'을 'act, behavior, way of doing'이라 하였고, 송병학이 'action nominal marker'라 한 것도 동작성 표시 기능을 지적한 것이라고 생각한다. '-질-'이 첨가되면 품위 없는 말이 되기도 한다"고 하였다.

19) Palmer,F.R(1976:95)는 "유의성은 의미의 동질성을 뜻한다. 감정적 의미(emotive meaning) 또는 평가적 의미(evaluative meaning)에서 다르나 인지적 의미(cognitive meaning)은 동일하다"고 하였다.
남기심 외2인(1985:156)은 "어떠한 맥락 속에서나 똑같은 개념적 의미, 감정적 어조, 정서적 가치를 지니고 쓰이는 동의어들은 존재하기 힘들다. 고로 유의어라 부르는 것이 편리하다. 우리말에는 고유어와 한자어의 대립으로 되는 유의어의 유형이 크게 발달되어 있으며, 또한 외래어와의 대립 유형이 있다"고 하였다.

(90) 서털구털하다   (91) 콩팔칠팔하다
(92) 허텅거리다

위의 (88)은 "말이 한결같지 않고 중언부언 지껄이다"의 개념이니 <
일관성 없이 중언부언성>이 추가되고, (89)는 "근본에는 손을 대지 못
하고 엉뚱한 것을 가지고 이러쿵저러쿵 하다"의 개념이므로 <주제에서
이탈성→왈가왈부성>이 추가되며, 또 "동쪽을 가리키기도 하고 서쪽을
가리키기도 하다"의 개념도 가지고 있어 <횡설수설성>이 더 추가된다.
그리고, (90)과 (91)은 "갈피를 잡을 수 없이 함부로 지껄이다"의 개념
을 공유하고 있어 <조리없이 횡설수설성+속된 표현성>이 공통으로 추
가되고, (92)는 "일정한 상대가 없이 들떼 놓고 말하다"의 개념이므로
<일정한 상대없이 공허한 언표성>이 추가되어 분절한다.

    (93) 새살떨다   (94) 시설떨다

이들은 "말이나 행동이 얽히고 뒤섞여 갈피를 잡을 수 없게 어지럽
고 수선스럽게 하다"의 개념을 공유하고 있어 <수선스런 언행성>이 공
통으로 부가되나, 이들은 모음의 교체로 어감이 주는 뉘앙스에 의하여
서로 분절한다. 따라서, (93)은 <약한 어감>이 더 추가되고, (94)는 <중
간 정도의 어감>이 더 추가되어 분절한다. 앞에서 논의한 부조리한 언
어표현의 분절구조는 다음과 같다.

[그림8] 조리없이 언어표현하는 분절구조

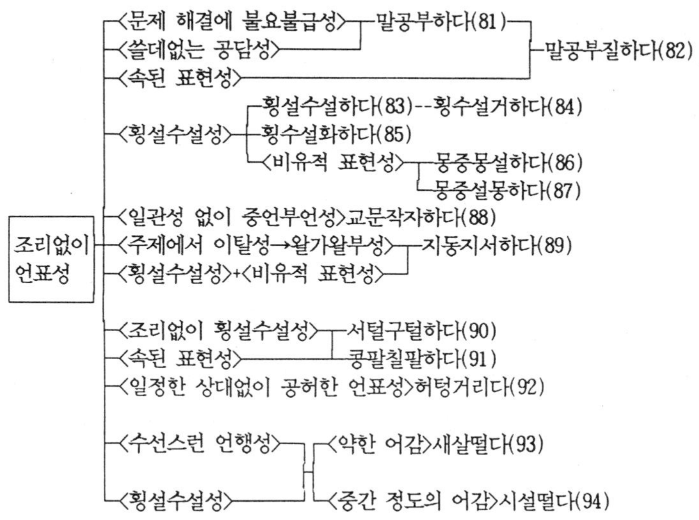

3. 마무리

현대 국어에서 분명하지 못한 언어표현에 관련된 94개 자동사에 대하여 개별적인 분절성을 논의하였다. 이제 이것을 바탕으로 하여 전체적인 분절구조를 요약하려 한다.

3.1. 말을 분명하게 하지 못하는 내용 중 많이 분포된 순으로 고찰하면 다음과 같다.

독서나 언어표현에서 계속하여 더듬거리는 내용은 13개(13.83%)로 제일 많고, 횡설수설하는 내용이 12개(12.77%)로 다음으로 많으며, 주저하며 아리송하게 말하는 내용이 10개(10.64%)로 세 번째로 많다. 그리고, 어리숙하여 어물거리는 언표와 유아가 놀면서 군소리하는 내용이 각각 8개(8.51%)이고, 중병 환자가 정신없이 헛소리하는 내용이 6개(6.38%)이며, 입속말로 중얼거리는 내용과 말끝을 흐리게하여 얼버무리는 내용이 5개(5.32%)이다. 말을 더듬거리는 내용, 결단을 못내리고 머무적거리는 내용, 언어표현이 순조롭지 못하여 다달거리는 내용, 맥없이 소극적으로 말하는 내용이 각각 4개(4.26%)이고, 계속 어물거리는 내용이 3개(3.19%)이며, 혀짧은 소리, 혀가 굳어 모호한 발음, 빠르게 말하여 표현이 분명하지 못한 내용, 주제에서 벗어난 공담이 각각 2개(2.13%)로 분포되어 있다.

3.2. 불분명한 언어표현을 하고 있는 주체는 그 신분이 드러나지 않는 것이 61개(64.89%)이고, 막연하나마 신분이 드러나 있는 것은 33개(35.11%)이다. 이들 중 신분이 드러난 것 중 많이 분포된 순으로 고찰하면 다음과 같다.

독서하는 사람과 우유부단한 사람 및 젖먹이 어린이가 각각 8개(8.51%)이고, 중병을 앓고 있는 사람이 6개(6.38%)이며, 혀가 짧은 사람이 2개(2.13%)이다. 그리고, 혀가 굳은 사람이 1개(1.06%)로 분포되어 있다.

3.3. 말하는 대상이나 객체를 알 수 없는 것은 33개(35.11%)이고, 객체를 알 수 있는 것은 61개(64.89%)이다. 이들 중 많이 분포된 순으로 고찰하여 보면 다음과 같다.

어린아이의 옹알이가 8개(8.51%)로 가장 많고, 헛소리가 6개(6.38%)로 다음으로 많으며, 우유부단한 태도와 우물쭈물하는 태도가 각각 5개(5.32%)로 세 번째로 많다. 그리고, 혀, 어리숙한 언행, 소극적인 태도, 맥없는 동작, 어물거리는 태도가 각각 4개(4.26%)이고, 머뭇거리는 태도와 꿈이 각각 3개(3.19%)이며, 입과 수다 및 입속말이 각각 2개

(2.13%)이다. 남을 속이는 기만, 유음, 흐리멍텅한 태도, 동서(東西)가 각각 1개(1.06%)로 분포되어 있다.

이러한 현상으로 보아 우리 언어공동체(Sprachgemeinschaft)[20]는 옹알이와 헛소리 및 말하는 태도에 깊은 관심이 반영되어 있고, 또 발음기관의 표현 기능에도 큰 관심이 드러나 있다.

3.4. 이 부분은 연구의 대상이 분명하지 못한 언어표현을 내용으로 하고 있으므로 거의 모두가 바람직하지 못한 부정적인 내용으로 되어 있다. 그 가운데서도 필자가 느끼기에 매우 바람직하지 못한 낱말을 살펴보면 다음과 같다. '떠뜻거리다. 뙤뙤거리다. 섭유하다. 아름거리다. 아름아름하다. 어름거리다. 어름어름하다. 아름작거리다. 아름작아름작하다. 아물거리다. 아물아물하다. 아믈거리다. 머무적거리다. 머뭇거리다. 머무적머무적하다. 머뭇머뭇하다. 어물거리다. 어물어물하다. 어름거리다. 어름어름하다. 어름적거리다. 어름적어름적하다. 우물쭈물하다. 어물쩍거리다. 우물쩍거리다. 어물쩍하다. 우물쩍우물쩍하다. 말공부하다. 말공부질하다. 횡설수설하다. 횡수설거리다. 횡수설화하다. 몽중몽설하다. 몽중설몽하다. 교문작자하다. 지동지서하다. 서털구털하다. 콩팔칠팔하다. 허텅거리다. 새살거리다. 시설거리다' 등 41개(43.62%)이다. 그리고, 부의(副義)에 의거한 내용이나, 바람직한 긍정적인 내용은 흥에 겨워 콧노래를 부르는 '흥얼거리다. 흥얼흥얼하다' 등 2개(2.13%)에 불과하다.

3.5. 우리 국어는 어휘의 수에 있어서 한자어가 우위를 차지하고 있

---

20) Leo Weisgerber(1967:21)는 "der Inbegriff der Menschen, die in Wirkungszusam -menhang der stehen"이라고 하였다. 언어 공동체를 결속시키는 것은 모국어의 세계상이다. 즉 모국어의 작용을 통해 언어공동체 전구성원들이 공통의 차원에 올라서고, 이러한 차원 위에서 그들의 정신적 만남이 가능하다. 물론 모국어의 세계상은 긴 세월의 흐름 속에서 언어공동체의 노력을 통해 형성된다.

는 형편이다. 국어사 전반을 통하여, 국어는 중국어와 가장 광범위하고 긴 접촉관계를 수립하여 왔다. 국어를 표기하기에 알맞은 고유 문자를 가지지 못한 채 수립된 중국어와의 접촉에서 국어는 심원한 영향을 받아왔다. 애초에 소수의 어휘 차용에서 차자표기법을 창안했고 드디어 한문 전부를 문자언어에 수용하게 되었다. 그래서 순수한 한문과 고유 국어문을 생각할 수 없게 되어 국한문 홍용체가 쓰이게 되었다(沈在箕,1983:214). 그런데 분명하지 목한 언어표현의 낱말밭에서는 고유어가 76개(80.85%)로 과반수가 훨씬 넘고 있으며, 한자어는 16개(17.02%)에 불과하다. 그리고, 고유어와 한자어가 융합된 혼종어는 '말공부하다. 말공부질하다' 등 2개(2.13%)이고, 서구 외래어는 하나도 없는 것이 특징이다.

〔부산외국어대학교 언어학과 교수〕

참 고 문 헌

강호진(1989), “언어밭의 형식화 가능성 문제에 대하여”
　　　　「언어내용연구」. 태종출판사.
金光海(1993), 「국어어휘론 개설」. 집문당
金命鎬·文榮漢(1993), 「敎養保健」. 延世大 出版部.
金敏洙(1972), 「新國語學」. 一潮閣.
金芳漢(1983), 「一般言語學槪要」. 一潮閣.
김시업 역(1994), 「심리학」. 문음사.
김유진 외2인 역(1994), 「심리학 개론」. 螢雪出版社.
金應模(1989), 「國語平行移動自動詞 낱말밭」. 翰信文化社.
―――(1993), 「國語移動自動詞 낱말밭(1)-平行移動篇」 曙光學術資料社.
―――(1993), 「國語移動自動詞 낱말밭(2)-垂直移動篇」 曙光學術資料社.
―――(1996), 「韓國語 身體關聯 自動詞 낱말밭」. 도서출판 박이정.
김종택(1992), 「어휘의미론」. 탑출판사.
남기심 외2인(1985), 「언어학개론」. 탑출판사.
朴炳采(1973), 「古代國語硏究」. 高麗大 出版部.
박영순(1994), 「한국어 의미론」. 고려대 출판부.
배해수(1982), 「현대국어 생명종식어에 대한 연구」. 태양출판사
―――(1990), 「국어내용연구(1)」. 고려대민족문화연구소.
―――(1992), 「국어내용연구(2)」. 국학자료원.
―――(1994), 「국어내용연구(3)」. 국학자료원.
裵禧任(1988), 「國語被動硏究」. 高麗大 民族文化硏究所.
서울대 심리학연구실 역(1991), 「집단심리」. 星苑社.
서정수(1975), 「동사 ‘하’ 문법」. 형설출판사.
宋秉鶴(1974), “「하」에 관한 연구”. 忠北大 大學院(박사).
신익성(1974): “Weisgerber의 언어이론-해석과 주석적 비판”「한글」
　　　　153호. 한글학회.
신현숙(1986), 「의미분석의 방법과 실제」. 한신문화사.
沈雨晟(1982), “傳承놀이”. 「韓國民俗大觀」4. 高麗大 民族文化硏究所.
沈在箕(1983), 「國語語彙論」. 集文堂.
우리말내용연구회 편(1994), 「우리말내용연구」창간호. 국학자료원.

30

──────────────── (1995), 「우리말내용연구」2호. 국학자료원.
兪悳善(1993), 「家庭生活寶鑑」. 신나라.
尹光鳳(1995), 「韓國口碑文學槪論」. 民俗苑.
윤진·최상진 역(1990),「사회심리학」. 探求堂.
李基哲 외2인(1992), 「運動과 健康生活」. 부산외국어대학교 출판부.
李杜鉉 외2인(1988), 「韓國民俗學槪說」. 學研社.
이성준(1993), 「언어내용이론」. 국학자료원.
────(1994), 「언어학개론」. 국학자료원.
李益煥(1986), 「意味論槪論」. 翰信文化社.
任東權(1973), 「韓國의 歲時風俗」. 瑞文堂.
임지룡(1993), 「국어의미론」. 탑출판사.
田秀泰(1986), 「國語移動動詞研究」. 翰信文化社.
鄭相珍(1994), 「우리民俗의 理解」. 부산외국어대학교 출판부.
정시호(1994), 「어휘장이론연구」. 경북대 출판부.
허 발(1977), "Coseriu의 의미연구와 낱말밭". 「언어학」2.한국언어학연구회.
────(1985), 「낱낱밭이론」. 고려대 출판부.
────(1985), 「언어내용의 핵심문제」. 고려대 출판부.
洪大植 譯(1990), 「사회심리학」.博英社.
洪錫謨(1911), 「東國歲時記」.朝鮮光文會.
홍승우(1988), 「의미론입문」.청록출판사.

金光海(1087), 「類意語·反意語 辭典」. 한샘.
신기철·신용철(1980), 「새우리말 큰사전」. 삼성출판사.
李家源·張三植(1973), 「詳解漢字大典」. 庚庚出版社.
이희승(1085), 「국어대사전」. 민중서관.

Coseriu.E(1973): Probleme der Strukturellen Semantik,Tübingen.
Geckeler,H((1973): Strukurelle Semantik des Frazösischen.
                    Max Niemyer Verlag, Tübingen.
Martin,S(1954): Korean Morphophonemics. Baltimore. Linguistic
                    Society of America.
Nida,E.A(1979): Componental Analysis of meaning(Approches to
                    Semantics). Moution.

Palmer,F.R(1976): Semantics. London. Cambridge Uive Prees.
Ramstedt,G.I(1939): A Korea Grammer. Helsink.
Trier,J(1973): Der deutsche Wortschazt im Sinnbezirk des
               Verstander Heidelberg.
Weisgerber,L(1962): Grundzuge der ihaltbezögenen Grammatik
               Schwann. Düsseldorf.
——————(1964): Das Menchheitsgestz der Sprach. Quelle & Meyer
               Verlag, Heidelberg.
——————(1967): Sprachgemeinschaft als Gegenstand
               Sprachwissenhaftlicher Forshung. Westdeucher
               Verlag.
——————(1971): Die Muttersprache in Aufbau unserer Kultur.
               Pädagogischer Verlag. Schwann. Düsseldorf.

물의 원형상징 연구
― 김춘수의 〈봄바다〉를 중심으로 ―

오택근*

<목차>

---

1. 들머리

　이 논문은 김춘수의 <봄바다>를 중심으로 하여 '물'의 원형상징을 연구함이 그 목적이다. 그 이유는 어떤 사물이든지 그것이 가지고 있는 근원적 양상을 우리는 일반적으로 원형(原型:archetype) 이라고 한다. 개별적인 사물들은 모두가 보편적인 어떤 형을 내포하고 있다고 보는 이러한 견해는 물론 관념론에 지나지 않지만, 우리에게 소중한 것은 관념론 그 자체의 의미보다는 그것이 우리의 삶을 얼마나 풍요하게 해 주느냐에 있다. 이런 점에서 어떤 형이상학적 체계도 우리 생활과 관련 속에서만 그 진정한 가치가 밝혀진다고 보아야 하겠다.

---

* 이 논문은 1997년도 안양대학교 연구년 논문임.

일반적으로 모든 모방은 어떤 사물의 실재 때문에 가능하고, 어떤 사물도 한결같이 원형을 내포한다면, 결국 모든 행위는 궁극적으로 구체적인 사물의 세계가 아니라, 그 세계가 나타내는 보편적 형식인 원형의 세계를 지향한다고 볼 수 있다. 원형의 세계는 모든 구체적인 사물들이 한결같이 지니는 여러 특성들을 기본적으로 대표하는 세계이다. 그것은 매우 추상적인 범주의 세계라고 말 할 수 있으며 어떤 특수한 사물도 한결같이 뿌리를 박고 있는 깊은 원초적인 근원이 있다. 이런 맥락에서 <봄바다>도 물의 원형에 그 뿌리가 내렸기 때문에 이 점을 해명하려고 한다.

그러면 김춘수의 시에 대하여 현재까지의 언급된 흐름을 알아 보겠다. 이러한 작업은 필자가 의도하려는 문제의 실마리를 제공해 주기 때문이다. 김춘수의 시에 관한 최초의 언급은 김 현으로 비롯된다. 그는 「존재의 탐구로서의 언어」[1] 라는 제하에서 철학적 범주에 속한 존재론을 제안하였다. 이와 같은 의견을 표현한 연구자로 이승훈의 「시의 존재론적 해석 시고」, 「존재의 해명」, 「김춘수론-시적 인식의 문제」, 「존재의 기호학」[2] 그리고 조남현의 「김춘수의 '꽃'-사물과 존재론」[3], 전봉건과 이승훈의 대담에서 「시와 인식·존재」의 문제를 취급하였다[4]. 앞에서 지적한 '언어·기호·꽃·시'등은 모두 사물의 존재론과 결부된 문제로 형이상학과 관계가 있다.

---

1) 김　현, 「존재의 탐구로서의 언어」, 『세대』,1964년 7월호.
2) 이승훈, 「시의 존재론적 해석 시고」, 『춘천교대논문집』, 11집, 1972.
　　＿＿＿ , 「존재의 해명」, 『현대시학』, 1974년 5월호.
　　＿＿＿ , 「김춘수론-시적 인식의 문제」, 『현대문학』, 1977년 11월호.
　　＿＿＿ , 「존재의 기호학」, 『문학사상』, 1984년 8월호.
3) 조남현, 「김춘수의 '꽃'-사물과 존재론」, 『한국현대시작품론』, (서울 :문장사, 1981년).
4) 전봉건과 이승훈의 대담, 「시와 인식·존재」, 『현대시학』, 1973년 3월호.

이와 부분적으로 같은 의견을 표명한 이도 있다. 즉 '존재와 현상학'이란 의견이다. 이은정은 「김춘수의 시적 대상에 관한 연구」에서 '꽃의 존재와 현상학적 환원' 5) 에서, 조명제는 「김춘수 시의 현상학적 연구」에서 <처용단장>을 분석하면서 '처용의 모티브와 존재의 심리 그리고 현상학적 미학' 6) 이라고 지적하였고, 김주연은 「명상적 집중과 추억」7) 에서 정신현상에 대하여 논술한 점이 형이상학과 접맥된다.

다음은 인식론에 관한 의견들이 있다. 인식론이란 지식의 이론으로 논리적, 심리적인 지식의 기원, 구성, 본질, 타당성 등을 논하여 합리론, 경험론, 직관론 그리고 비판론 등을 통하여 '앎'의 세계를 자각하게 된다. 이승훈은 김춘수의 「시적 인식의 문제」8) 에서 시의 성격을 밝혔고 ,전봉건과 이승훈의 대담에서9) 「시와 인식·존재」의 문제를 논의하였고, 박이문은 「인식과 실재」10)에 관한 논의가 있었다. 그러므로 이상의 견해들은 김춘수 시세계에서 존재론, 현상학 그리고 인식론 등을 제시함으로 철학적 입장을 제시한 사물시(physical poetry)로 보았다. 이를 밑받침해 줄 김춘수의 고백을 참고해 보자.

청마 선생께 시고 뭉치를 보이고 그 분의 서문을 얻어낸 처녀시집 『구름과 장미』는 몇 분의 눈에 뜨이게 되었다. 그것이 47년 일이던가? 박목월씨가 신문에 간곡한 신간평을 해주었고, 조지훈씨가 병석에서 아주 재미 있게 보았다는 엽서를 보내 주었다. 이리하여 50년대로 접어들면서 비로소 시작의 방향 설정에 대한 어떤 자각이 싹트기 시작했다. 매우 늦은 셈이다. 30을 바라 보면서 시작된 일이니 말이다. 이때에 그동

---

5) 이은정, 「김춘수의 시적대상에 관한 연구」, (이화여대 대학원, 1985).
6) 조명제, 「김춘수 시의 현상학적 연구」, (중앙대 대학원, 1983).
7) 김주연, 「명상적 집중과 추억」, 『처용』, (서울 :민음사,1974).
8) 이승훈, 「김춘수론」, 138쪽.
9) 전봉건과 이승훈의 대담, 70-80 쪽.
10) 박이문, 『인식과 실재』, (문학과 지성사,1982).

안(약 10년간) 잠재해 있었던 릴케의 영향이 고개를 들게 되었다. 릴케 스타일이라고 할 수 있는(나대로 그렇게 생각한) 몸짓을 하게 되었다. 꽃을 소재로 하여 형이상학적인 관념적인 몸짓을 하게 되었다.[11]

이와 같이 형이상학적인 관념의 시가 초기부터 보인다.

이와 달리 시와 시정신의 입장에서 시를 생각할 때, 시는 언어 연구에 기초를 둔다. 그래서 '쉽게 쓰고 쉽게 읽혀지는 시'와 '어렵게 쓰고 어렵게 읽혀지는 시'가 있다. 이 말에는 어느 한쪽에 피하지 못할 결함이 내포되어 있다. 그 어떤 것이 완전한 시라고 단정적으로 말할 수 없는 것이겠지만, 이보다 더 근사한 구실을 찾자면, '어렵게 쓰고 쉽게 읽혀지는 시'가 가장 이상적인 방법이 아닌가 싶다. 이러한 시 본래의 문학성을 감안할 때 김춘수 시가 언어 표현에 깊은 관심을 보였다. 김현은 「존재의 탐구로서의 언어」[12], 이승훈은 「시의 언어학 해석 시고」와 「말의 새로운 모습」[13], 김태옥의 「시와 언어학적 소고」[14], 김우창의 「시의 언어와 사물의 의미」[15]를 순화시켜 정확하고 명징하게 의미를 전달하며, 미적 감흥을 끌어주는 언어의 직공인 듯하다고 언급하였다.

그 다음으로 심리적 입장을 제시한 이들이 있다. 심리학은 마음의 과학 또는 행동의 과학이라고 한다. 그래서 심리학이 지향하는 목표는 인간의 행동, 사고, 감정 등이다. 김춘수의 시는 이러한 경향이 뚜렷하게 보인다. 김현은 「신화적 인물의 시적 변용」 과 「김춘수의 유년 시절」[16], 최

---

11) 김춘수, 『김춘수 전집 Ⅱ, 시론』, (서울 :문장, 1986).
12) 김 현, 앞의 책 220-228 쪽.
13) 이승훈, 「시의 언어학 해석 시고」,『춘천교대논문집』, 제 13집, 1973년.
　　____ , 「말의 새로운 모습」,『비대상』, (서울 : 민족문화사, 1983년).
14) 김태옥, 「시의 언어학적 소고」,『언어』, 제1권 제1호 , 1976년 .
15) 김우창, 「시의 언어와 사물의 의미」,『세계의 문학』, 1981년 가을호.
16) 김 현 , 「신화적 인문의 시적 변용」,『문학과 지성』,1970년 12월호.
　　____ , 「김춘수 유년 시절의 시」, 김현 평론집, 『문학과 유토피아』,(문학과 지성사, 1980)

하림의 「원초 경험의 변용-김춘수의 <이중섭> 이해의 기초 여건」[17), 등
에서 순결, 거세, 외디푸스 콤플렉스를 추출하였다. 그리고 장윤익의 「비
현실의 현실과 무한의 변증법」[18)에서 <처용단장>을 분석하면서 시의 독
창적 상상의 세계를 성적 리비도로 환원시켰고, 조명제도 「김춘수 시의
현상학적 연구」[19) 에서 <처용단장>을 분석하여 성적 콤플렉스를 고통과
관련하여 표현하였으며, 이은정의 「김춘수의 시적 대상에 관한 연구」[20)
에서는 '<이중섭>의 순수자아'와 장광수의 「김춘수 시에 나타난 유년 이
미지의 변용」[21) 이 <유년시> (1),(2),(3) 과 <처용단장> 제 1부, <늦은 눈
>, <깜냥>, 등에서 유년기 체험이 보이는 것은 발달심리의 과정으로 보인
다.

한 편으로 이미지 추구에 관한 견해이다. 이미지는 상상력이 문학의
세계와 연관을 가지고 작품을 만들어 낼 때 드러나는 특유한 의미의 양
식이다. 김춘수 시를 연구함에 있어서 김 현은 「꽃의 이미지 분석」, 「식
물적 상상력의 개발」 그리고 「상상력과 인간」[22) 등에서 상상력이 다른
이미지들과 결합해서 새로운 시적 미학을 만들게 하였고, 신정순은 「김춘
수 시에 나타난 빛· 물· 돌의 이미지와 상상력의 질서」[23) 에서 '물과 빛
의 이미지가 통합하여 화해를 이룬다.' 고 지적하였다. 이와 같은 유사점

---

17) 최하림, 「원초 경험의 변용-김춘수의 <이중섭> 이해의 기초 여건」, 『문학과
    지성』1976년 5월호.
18) 장윤익, 「비현실의 현실과 무한의 변증법」, 『문학 이론의 현장』, (문학예술
    사, 1980).
19) 조명제, 「김춘수 시의 현상학적 연구소」, (중앙대 대학원 , 1983).
20) 이은정 , 앞의 책 28-39 쪽.
21) 장광수, 「김춘수 시에 나타난 유년 이미지의 변용」, (경북대 대학원 , 1988).
22) 김 현 , 「꽃의 이미지 분석」, 『문학 춘추』,1965년 2월호.
    _____ , 「식물적 상상력의 개발」, 『현대 시학』,1970년 4월호.
    _____ , 『상상력과 인간』, (서울 : 일지사 , 1975)
23) 신정순, 「김춘수 시에 나타난 빛· 물· 돌의 이미지와 상상력의 질서」, (이화여
    대 대학원, 1981)

38

은 손자희의 「김춘수 시 연구-이미지 중심으로」[24)]에서 '바다의 이미지나 꽃 이미지'에서 상상력의 접합이 가능하게 보인다는 점이다.

이러한 가능성은 장윤익의 「김춘수 시의 내향적 이미지」[25)]와 김현자의 「시와 상상력 구조」[26)]가 유사한 의견으로 제시된 듯하다.

그 밖에도 김춘수는 김수영의 참여시와 비교하여 순수시인으로 김윤식과 김현이 [27)]그리고 김용식의 「순수와 응전력」[28)] 등에서도 언급되었다. 또 다른 입장에서 쉬르리얼리즘의 영향을 받은 난해시 그리고 무의미시로 이진홍의 「일상성 파기」[29)], 김춘수의 「의미와 무의미」[30)] ,원형갑의 「김춘수와 무의미의 기본구조」[31)] , 이기철의 「의미시와 무의미시」[32)], 이승훈의 「무의미시」[33)], 김두한의 「무의미시 고찰」[34)] 등이 있다. 이어 무의미시론으로 고정희의 「김춘수의 무의미론고」[35)]와 현희의 「김춘수의 시세계와 은유구조」[36)] 그리고 김춘수 자기 자신의 의견[37)] 등이 있다.

그러므로 김춘수 시에 관한 선행연구의 흐름을 집약해 보면, 철학적인 범주로 존재론, 현상학, 인식론, 관념론적 시의 세계이며, 언어학, 심리학,

---

24) 손자희 , 「김춘수 시 연구-이미지 중심으로」,(중앙대 대학원,1983)
25) 장윤익 , 『문학과 이론의 현장』,(문학 예술사,1980)
26) 김현자, 『시와 상상력의 구조』(문학과 지성사, 1982).
27) 김윤식 · 김 현, 『한국문학사』(서울:민음사,1973).
28) 김용식, 「순수와 응전력」,김춘수 시선 『꽃의 소묘』,(삼중당,1978).
29) 이진홍, 「일상성 파기」,『문학과 언어』, 제 1집 , 1980.
30) 김춘수, 「의미와 무의미」,『문학과 지성』,(문학과 지성사,1976).
31) 원형갑, 「김춘수와 무의미의 구조」,김춘수의 회갑기념 『현대시 논총』,(형설출판사,1982).
32) 이기철, 「의미시와 무의미시」,『시문학』,1981년 10월호.
33) 이승훈, 「무의미시」,『비대상』,(민족문화사 , 1983).
34) 김두한, 「무의미시 고찰」,(경북대 대학원, 1983).
35) 고정희, 「김춘수의 무의미론고」,『시와 의의』, 통권 20호 . 1981년 가을호.
36) 현 희, 「김춘수의 시세계와 은유구조」,『다층』, (도서출판 지음,1998)봄호(통권8호).
37) 김춘수, 전집Ⅱ . 376-382쪽.

이미지의 세계를 그리었고, 순수시, 무의미시의 세계 등으로 정리된다. 이러한 논이 등을 참고하면서 본고에서는 김춘수의 <봄바다>를 중심으로 워트슨(G. Watson)의 기술비평(descriptive criticism)방법과 바슐라르 (G. Bachelard)의 상상력의 이론을 원용하고자 한다.38) 특히 바슐라르는 상상력의 이론에서 인간의 정신적 영상의 원형을 물질적 상상력의 구조로 파악하였다. 그 물질이 물, 불, 공기, 흙으로 구성되었다고 보았다. 그렇기 때문에 인간의 정신적 영상의 원형도 이 4원소에서 출발한 것으로 보고 , 문학 작품 내면의 원초적인 심층 부분을 추적하고 있다. 김춘수의 <봄바다>도 이 4원소와 접맥되었기에 그 원형적 제재(archetypal subject)인 '물'을 검증하고자 한다.

2. 원형의 이론

원형은 어떤 사물이 가지고 있는 근원적 양상이다. 보기를 든다면 빨간 장미, 흰 장미, 노랑 장미 등이 있다. 이들은 장미꽃으로 추상화 되고, 이것을 더 원초적인 양상으로 표현하면 '꽃'이다. 이 꽃을 원형(archetype)이라 부른다. 그래서 이 원형은 항상 신화적 요소가 동반하고 있기 때문에 원형비평을 신화비형(myth criticism)이라고 부른다. 이러한 신화의 이론과 방법은 캠브리지 대학의 비교 인류학회에서 유래된 것으로 프레이저를 시작으로 머레이, 해리슨, 웨스턴, 후크, 버틀러, 가스터 등이 노력을 하였다. 그 가운데 프레이저의 『황금의 가지』는 오늘의 신화비평이 있게 하는 데 크게 이바지를 하였다. 그는 이 저서에서 인간에게 시대를 초월

---

38) G. Wason , *The Literary Criticism* (New York , 1967). pp. 11-16.

    G. Bachelard , *L'eau et les rêves:Essai sur L'imagination de la matière* .(Paris, José Corti, 1942) , pp. 279-281.

하여 영적인 통일성(psychical unity)이 있다고 보고, 원시인의 관습, 전통, 주술, 원시신앙, 토속신앙, 전설등을 폭 넓게 연구하여 인류문화의 이해를 돕기 위한 신화의 중요성을 역설하였다. 그래서 신화는 인간, 존재의 심층을 암시적으로 상징하거나 표현하는 설화 혹은 복합적 설화요소라고 정의 하였다. 이런 점에서 아이스퀼로스의 《오레스티아》, 버어질의 《에이네이드》, 단테의 《신곡》, 셰익스피어의 《한 여름밤의 꿈》, 《템페스트》, 밀턴의 《실락원》 등은 모두가 고대 신화적인 것을 재현한 것들이다. 이런 맥락에서 기독교적 신화에 대한 릴케의 인식, 곧 《모든 천사는 공포에 싸여 있네》라든가, 신비적인 신학과 아일랜드 민족어는 결합하여 강력한 신화적 사고를 표혀노한 예이츠의 인식, 혹은 엘리엇이 성취한 인류학, 기독교적 신비주의, 고대 희랍돠 인도철학의 종합화는 오늘 시인이 어떻게 신화를 시적으로 다시 생생하게 살리는가를 매우 의미 있게 보이는 본보기이다.

한편 신화 비형가들은 프로이드의 사상보다 융(C.G.Jung)의 『무의식의 심리학』(1916), 『꿈의 상징』(1920)을 더 많이 받아들였다. 그 보기를 들면 융의 개념들 가운데 중심적 생각이 되는 원형은 문학의 신화적 해석에 있어 근본적인 것이 되었다. 그는 원형을 인간 체험의 원초적 근원으로, 혹은 집단 무의식의 실재적인 내용으로 보았고 이 원형의 표현은 원초적인 이미지의 형태를 가질 수 있다고 보았다. 그래서 융은 우리 조상들이 구조적 요소로 고정되어 민족적 무의식을 통하여 유전된다고 보고, 그것이 신화, 종교, 꿈, 환상 또는 문학의 상징적인 형태로 나타난다고 말하였다. 흔히 나타나는 태양과 달빛, 바다, 피, 강같은 원형은 신화비평의 주요한 대상이다. 예를 들면 로마신화의 태양은 아폴로적 남성이며 달은 디아나적 여성이라고 한다. 그것은 오늘까지도 문학작품 속에 유사한 이미지들로 태양과 달은 원형적 기능을 반복하고 있다. 우리 나라 설화에서 오빠는 하늘로 올라가서 해가 되고 누이는 달이 되었다는 설화는 로

마의 그것과 원형적 유사점을 지니며, 한국 시인들의 해와 갈에 대한 전통적 상징의 이미지의 반복도 비슷하다. 이러한 보편적인 모티프와 테마들의 행위패턴 내지 의미패턴으로서 원형이 되는 것이다.

원형의 유형은 은유의 확장, 구원의 논리, 사계절 원형등으로 나눈다.[39] 먼저 은유의 확장은 천지, 부모, 상하, 피, 달, 물, 수레바퀴 등의 상징들이 계속적으로 반복되어 나타난다.[40] 이 반복은 인간들에게 유사한 의미로 다가오며, 나타나는 유사성은 물질적 측면과 심리적 측면으로 고찰된다. 이들은 1)상하의 원형, 2) 피의 원형, 3) 빛의 원형 , 4) 말의 원형, 5) 물의 원형, 6) 원의 원형 등이 있다.[41]

다음으로 귀에린(W. L. Guerin)의 구원의 논리는 초자연적인 존재나 자연적 존재들에 의하여 우주, 자연, 인간이 어떻게 세계에서 존재하게 되었는가를 중심으로 원형적 모티프를 세 가지 원리로 나눈다[42]. 첫째로 창조의 원리, 둘째로 불사의 원리, 셋째로 영웅의 원리가 있다. 이런 원리에 의하여 나타나는 이미지들과 상징적 의미는 1) 물-창조의 신비, 탄생-죽음-부활, 정화와 구원, 비옥과 성장, 무의식(융) 등이 있고, 이것을 다시 바다, 강물등으로 나눈다. 2) 태양-물과 하늘의 밀착으로 창조력, 자연의 법칙, 의식, 아버지의 원리, 시간과 인생의 경과 등이 있고, 이것을 다시 떠오르는 태양과 지는 태양으로 나눈다. 3) 빛깔은 흑색, 적색, 초록 등이 있다. 4) 원-전체성, 통일성, 무한으로서의 신, 원시적 형식의 삶, 의식과

---

39) 이승훈, 『시론』, (고려원, 1986), 201-209쪽 참조
40) P.E.Wheelwright, *Metaphor & Realty*,(Bloomington : Indiana Univ. Press, 1962). pp. 114-129. 'The Archetypal Symbol' 참조.
41) Gaston , Bachelard, 이기림(역), 『물과 꿈』,(문예출판사. 1986)
　　　──────, 민희식(역), 『촛불의 미학』, (삼성출판사. 1977).
　　　──────, 민희식(역), 『불의 정신분석』, (삼성출판사, 1977).
42) Wilfred L.Guerin et al., *A Handbook of Critical Approaches to Liberature*, (Haper & Row, perblishers , 1966). 'mythlogical and archetyper' pp. 45-50.

무의식의 결합, 곧 중국 철학 예술의 음양의 원리 등이 있고, 이것을 다시 양, 음 등으로 나눈다. 5) 여성(융의 아니마 포함)은 다시 위대한 어머니, 고통스런 어머니, 영혼의 친구등으로 나눈다. 6) 바람, 7) 배, 8) 정원, 9) 사막 등이 있다.

끝으로 사계절 원형은 문학적 유형으로 제시된다. 프라이는 원형적 국면과[43] 그에 상응하는 문학적 유형은 다음과 같다[44]. 주로 사계절 원형은 순환 국면에 의하여 1) 봄은 하루 국면에서 새벽에 해당하며, 인생의 국면에서는 탄생에 해당되고, 문학적 유형으로는 기사담의 원형, 음송시와 광상시의 원형이다. 2) 여름은 하루 국면에서 정오에 해당하며, 인생의 국면에서 결혼 혹은 승리에 해당되고, 문학적 유형으로는 희극의 원형, 목가시, 전원시의 원형이다. 3) 가을은 하루 국면에서 일몰에 해당하면, 인생의 국면에서는 죽음에 해당되고, 문학적 유형으로는 비극의 원형, 비가의 원형이다. 4)겨울은 하루의 국면에서 밤에 해당하며, 인생의 사멸에 해당되고, 문학적 유형으로는 풍자의 원형이다.

그러므로 이상의 논의 가운데 <봄바다>는 (1) 은유의 확장 가운데 물의 원형과,(2) 구원의 논리 가운데 물의 상징과 여성 상징, (3) 사계절이 원형 가운데 봄 등을 고찰하고자 한다.

3. 시의 원형 분석

먼저 金春洙의 <봄바다>를 소개하기로 한다.

毛髮을 날리며 오랜만에

---

43) N.Frye, *Anatomy of Criticism*(Princerton Univ press. 1973). pp70-73. archetypal phase.
44) W.L.Guerin , op. cit., cf. N.Frye. Fables of Identity(1961)참고.

바다를 바라고 섰다.
눈보라도 걷히고
저 멀리 물거품 속에서
제일 아름다운 人間의 여자가
誕生하는 것을 본다.

이 시의 형식은 6행 홑 연으로 구성되었다. 대개의 경우 홑 연은 일반성보다는 고유명사적인 함의가 있는 듯하다. 1,2행은 화자의 외모와 그 시선이 머무는 곳을 묘사하고, 3행은 제목과 문맥에 의하면 봄철을 가리키는 듯하며, 4행의 '저'는 '바다'를 지시하고 있어서, 그 바다의 파도 속에 일어난 물거품 속에 제일 아름다운 인간의 여자(5행)가 탄생하는 것을 환각—幻視·幻聽·幻臭·幻味·幻影—체험하는 시이다(6행). 그 가운데 '탄생'이란 어휘는 평범한 사람의 출생시 사용되는 것이 아니고, 귀한 사람이 출생할 때 쓰이는 관습도 눈여겨 보아야 한다. '바다 속에서 여자가 탄생하는 것'은 현상계에서는 불가능 하지면 꿈이라든가, 원형 상징의 세계에서는 가능하기에 이 점에서 문제를 풀어 보고자 한다.

이 시에 관한 기존 연구로 이승훈은 <봄바다>의 원형 분석에서 '새로운 정신적 생명의 탄생'45)이라고 언급한 것은 '바다'와 '여자'의 의미를 원형상징 입장에서 처리되었다. 그런데 신정순은 <봄바다>에서 '제일 아름다운 여자의 탄생'을 빛과 물의 이미지가 결합된 것46)이라고 언급하였다. 이러한 의견을 참고하면서 필자의 의견을 개진하고자 한다.

1) 물의 언어학적 고찰

언어학이란 말을 연구 대상으로 하는 학문으로, 그 사회집단의 구성

---

45) 이승훈, 「시론」, (고려원, 1986), 210쪽
46) 신정순, 앞의 책 85쪽

원이 서로 협동하고 상호작용을 하는 자의적(恣意的)인 음성적 기호의 조직이다47). 이런 입장에서 <봄바다> 시의 내용을 정리하면 '바다의 물거품 속에서 여자가 탄생하는 것을 본다.'는 뜻으로 요약된다. 이 글을 분석해 보면 바다, 물거품, 여자 그리고 탄생 등의 네 개의 낱말이 주요성분이다. 이들의 표현은 다르지만 의미는 탄생과 공통점이 보인다. 그 이유는 귀에린(W. L. Guerin)의 의견과 같다. "물-창조의 신비,탄생-죽음-부활, 바다-모든 생명의 어머니, 여성-대지인 어머니로서 탄생"48) 등이다. [필자] 즉, 물거품은 물이 중심이고, 강물, 시냇물, 바다 등은 '물'의 원형이다. 그리고, 여자는 대지인 어머니로 탄생의 뜻이 함축되었기 때문이다.

다음은 음성학이나 음운론적 입장에서 '물과 바다'의 관계를 살펴보기로 하자.

먼저 '바다'에 관하여 음운론적으로 분석해 보면, 이 낱말 속에는 [a]모음이 두 개나 들어 있다. 이런 언어들은 사람이 낼 수 있는 소리 가운데 가장 완벽하고도 최초로 발음되어지는 모음[ㅏ](a)는 '물'의 모음이라고 바호펜(Bachoffen)은 진술하였다. 이를 뒷받침하는 보기를 들면 라틴어로 물은 aqua로, 루마니어로 물은 apa로, 독일어로 물은 wasser로 이 모두가 [a]로 시작되었음이 발견된다. 그래서 바슐라르는 "물에 의한 창조의 문제를 지적하였다. [a]는 최초의 물질을 표시한다.

---

47) "A language is a system of arbitrary vocal symbols by which members of a social group cooperate and interact." <*An Introduction to Linguistic Science*. New Heaven, 1947. p.2>, 그리고 B.Bloch과 G.L.Targer의 <*Outline of Linguistic Analsis*, Michigan, 1950. p.5>에서도 이와 비슷한 설명이 보인다. "A langage is a system of arbitrary vocal symbols by means of which a social group cooperates."

48) W.L Guerin, op. cit.,
　　이승훈, 「시론」, 207-208쪽.

그것은 우주적인 시편의 머리 글자이다."[49) 라고 언급하였다. 이러한 최초의 물질 표시는 성경에서도 발견된다.

> 태초에 하나님이 천지를 창조하시니라. 땅이 혼돈하고 공허하며 흑암이 깊음 위에 있고 하나님의 신은 수면에 운행하시니라 하나님이 가라사대 빛이 있으라 하시매 빛이 있었고 그 빛이 하나님의 보시기에 좋았더라 하나님이 빛과 어두움을 나누사 빛을 낮이라 칭하시고 어두움을 밤이라 칭하시니라 저녁이 되며 아침이 되니 이는 첫째 날이니라.[50)

이 글은 성경의 첫 부분으로 우주의 형성에 관한 기록으로, 천지창조의 과정을 묘사한 창세기 처음 장면이다. 이 가운데 "땅이 혼돈하고 공허하며, 흑암이 깊음 위에 있고"의 표현 가운데 "땅" 의 대칭되는 낱말로 "깊음" 으로 쓰이고 있다. "깊음"의 의미는 바다(물:water)이며 지구의 근본 재료가 유동체이거나 액체 또는 용해된 형태라는 것을 암시하는 상징적 표현으로 보인다. 그런 의미에서 "깊음(바다)" 의 양적 규모에 관해서도 "하나님의 신은 수면에 운행하시니라"와 연결해 보면 "땅"보다 큰 것을 알 수 있다. 그러므로 하나님이 천지 창조의 물질도 빛보다 "물"이 먼저였고, 이 물을 재료로 삼아 다음 단계를 창조하였다는 것이 이하 내용에서 증명이 된다. 그래서 "물"이 창조나 탄생, 시작 등과 밀접하게 관여된 것이 입증된다. 그리고 구약성경의 창세기 기록을 살펴보아도 우주에 최초로 창조된 인물 이름이 아담과 그 부인의 이름이 하와인데 이들도 모두 [a]모음으로 기록되었다.

> 1) 여호와 하나님이 흙으로 사람을 지으시고 생기를 그 코에 불어 넣으시니 사람이 생령이 된 지라 여호와 하나님이 동방의 에덴에 동산을 창설하시고 그 지으신 사람을 거기 두시고 (창세기 2장 7-8절)

---

49) Gaston Bachelard, op. cit., pp.267-268.
50) 「구약성경」, (대한성서공회, 1992), 창세기 1:1-5

2) 여호와 하나님이 가라사대 사람의 독처하는 것이 좋지 못하니 내가 그를 위하여 돕는 배필을 지으리라 하시니라 여호와 하나님이 흙으로 각종 들짐승과 공중의 각종 새를 지으시고 아담이 어떻게 이름을 짓나 보시려고 그것들을 그에게로 이끌어 이르시니 아담이 각 생물을 일컫는 바가 곧 그 이름이라 아담이 모든 육축과 공중의 새가 들의 모든 짐승에게 이름을 주니라 아담이 돕는 배필이 없으므로 여호와 하나님이 아담을 깊이 잠들게 하시니 잠들매 그가 그 갈빗대 하나를 취하고 살로 대신 채우시고 여호와 하나님이 아담에게서 취하신 으 갈빗대로 여자를 만드시고 그를 아담에게로 이끌어 오시니 아담이 가로되 이는 내 뼈중의 뼈요 살 중의 살이라 이것을 남자에게서 휘하였은즉 여자라 칭하리라 하니라 이러므로 남자가 무모를 떠나 그 아내와 연합하여 둘이 한 몸을 이룰찌로다 아담과 그 아내 두 사람이 벌거 벗었으나 부끄러워 아니하니라 (창세기 2장 18-25절)

3) 아담이 그 아내를 하와라 이름하였으니 그는 모든 산 자의 어머가 됨이더라(창세기 3장 20절)

이와 같이 ①은 최초의 사람이 만들어 지는 과정이고, ②는 ①에서 만들어진 사람의 이름이 '아담'이고 이 아담은 터어기어로 '사람'을 '아담'이라 부른다. 그리고 ③은 아담 부인의 이름이 '하와'인데, ②의 '아담'이나 ③의 '하와' 등 모두가 [a]모음으로 쓰인 것은 우연만은 아니고, 사건의 의미까지 곁들어 볼 때 탄생이나 시작의 뜻이 내포되었다고 추정된다. 그뿐이겠는가. 창세기 기록을 더 고찰해 보면

내가 너와 내 언약을 세우니 너는 열국의 아비가 될지니라 이제 후로는 네 이름을 아브람이라 하지 아니하고 아브라함이라 하리니 이는 내가 너로 열국의 아비가 되게 함이니라.(창세기 17장 4-5절)

여기에 나오는 인물이 있는데 인류의 최초에 만들어진 사람의 후손 가운데 믿음의 조상으로 자격의 변화가 발생하면서 본래 '아브람'이

‘아브라함’으로 개명된다. 그 ‘아브라함’의 뜻은 ‘열굴의 아비 또는 많은 무리의 아비라 하여 믿는 사람의 조상도 [a]모음으로 쓰였다.

그러므로 언어학적인 입장에서 살펴본 결과, 라틴어, 루마니아어, 독일어의 ‘물’이 모두 [a]모음이고 ,우리 말로 ‘바다’도 [a]모음이며, 히브리어, 헬라어, 불어, 독어, 영어의 알파벳 등도 모두 [a]모음으로 시작된 것은 바다의 원형 상징인 ‘물’로서 [a]모음으로 비롯되었음이 증명된다. 그리고 ‘탄생·시작’의 의미로 공통성을 찾는다.

2) 바다의 원형

김춘수 <봄바다> 시의 2행에 ‘바다를 바라고 섰다’와 4행에 ‘저 멀리 물거품 속에서’ 의 원형적 제재가 ‘바다’와 ‘물거품’으로 정리된다. 이들은 모두 ‘물’의 원형에 내포되었다. 그래서 물의 원형 상징을 해명하겠다.

바슐라르에 의해 4원소 심상 가운데 ‘물’은 유동적 특질을 갖는 바다, 강 그리고 비의 형태로 나타나며 무의식 세계에서 순환하는 이미지를 지닌다고 여긴다. 이어 그는 인간의 꿈이 본질적으로 물질적인 것이다. 우리들의 꿈은 어린 시절에 탄생지에서 이미 물질화 된다. 고향이란 하나의 영역이 아니라 차라리 하나의 물에 의해 그의 무의식에 지배된다. 이러한 물질적인 꿈은 미학적인 차원이나 시적 세계에서 뿐 아니라 철학적인 측면에서도 얼마든지 찾아볼 수 있다. 지적 사고는 물질적 꿈에 연결되어 있고 항구적인 지혜는 물질적 항구성에 그 근본적인 바탕을 두고 있다. 어떤 철학이 설득력을 지닐 수 있는 것은 그 속에 아주 자연스런 상상적 힘이 있기 때문이다.

결국 인간은 편애하는 하나의 이미지, 하나의 원초적인 감정, 근원적으로 몽상적인 하나의 기질에 지배 당하는 것이다. 그러므로 바슐라르에 의하면 한 인간의 믿음, 정열, 이상, 사고의 심층적인 상상 세계를

48

파악하려면 그것을 지배하는 물질의 한 속성으로 파악해야 한다는 것이다. 그리하여 그는 인간의 상상력을 근본적으로 물질적이라고 생각하면서 네 개의 기본적 물질 물, 불, 공기, 흙으로 분류할 것을 주장한다. 사실 상상력의 영역에서는 4원소 가운데 어느 것에 결부되느냐에 따라 여러 가지의 물질적 상상력을 분류하는 4원소의 법칙을 확립하는 것이 가능하다고 우리는 믿는다. 그리고 만일 우리가 주장하는 것처럼, 모든 시학이 물질적 본성을 갖는 분력(composante)을 받아들여야 하는 것이라면, 시적 혼(魂)들은 가장 강력하게 결부시키는 것은 이와 같은 기본적인 물질적 요소에 의한 분류이다. 이처럼 4원소에 따라 모든 상상력을 도식적으로 분류한다고 해서 단순히 형식 주의적인 발상으로 생각해서는 안 되리라. 사실상 과학 철학자 바슐라르가 물질의 상상력 쪽으로 기울어진 것도 모든 형식주의나 기능주의, 성급한 종합이나 관념적 추상에의 심한 부정에서부터 비롯된 것이기 때문이다.

그러면 물질적 상상력의 원리에 대해 보다 구체적으로 알아 보기 위해 물의 이미지 분석을 보다 자세히 살펴보기로 하자. 바슐라르에 있어서 물의 이미지는 크게 두 개의 유형으로 나누어진다. 무의식의 세계에서 물은 지배적이며 근본적인 요소이지만, 그 근원은 언제나 동일한 것은 아니다. 우선 물은 대별해서 A. 부드러운 물과 B. 난폭한 물의 두 가지로 구분되어진다. 그러나 우리의 상상세계는 근본적으로 '부드러운 물'의 지배 아래 있다. 부드러운 물이 상상력에 있어 우월성을 갖는 것은 그것이 일상적이기 때문이다. 광대한 바다가 부드러운 물인 시냇물이나 강만큼 강하게 상상세계를 지배하지 못하는 이유는 사실상 그것을 접촉해보거나 감지할 수 없기 때문이다. 바다에 관한 이미지는 먼 바다로부터 돌아온 사람들의 이야기의 영역을 넘지 못하는 허구적인 것. 다시 말하면 그것은 구체적인 물질의 영역에 들어오지 못하는 것이다. 부드러운 물에 의해 탄생되는 물의 상상세계는 다시 네 개의 형태로 분류된다.

    1) 물의 물질적 상상력   2) 문화의 콤플렉스
    3) 역동적 상상력   4) 모성적 상상력 등이다

  1)물의 물질적 상상력은 인간이 직접 물과 접촉을 가지고 그렇게 함으로써 어떤 관능미를 느끼며 무의식이 세계가 근원적으로 물에 의해 물질화된 경우를 의미한다. 이것은 다시 세 가지 요소로 나누어 검토해볼 수 있는데 (1) 봄의 물 (2) 깊은 물 (3) 복합적인 물이 그것들이다.

  (1)봄의 물은 맑은 물을 가리킨다. 그 물의 속성이 신선하기 때문에 '거울의 이미지' 즉, 나르시스의 이상화 작용을 말하고, (2) 깊은 물은 잠자는 물을 가리킨다. 즉, 깊은 물을 의미하기 때문에 '죽음에 대한 이미지'이고, (3) 복합적인 물은 물과 다른 요소가 '결합된 이미지'를 말하며, 이것들은 물과 흙이 결합, 불과 물의 결합, 물과 공기의 결합으로 나타난다.51)

  이와 같은 논의는 <봄바다> 4행에 '저 멀리 물거품 속에서'의 '물거품'은 '물'과 '공기'의 결합으로 문자 그대로 '물'의 물질적 상상력이다. 그리고 바슐라르의 언급대로 '부드러운 물'과 대칭되는 '난폭한 물'에서도 나타난다. '부드러운 물'이 상상력이나 무의식에 지배적인 요소로서 뿌리박혀 있는 것과는 달리 '난폭한 물'은 인간의 의지력에 대한 방해물이며 도전장인 것이다. '난폭한 물'은 홍수나 파도와 같은 힘이 있어서 약자를 죽게하든지 파도의 힘으로 파괴되는 현상으로 나타난다. 노아의 홍수[구약성경, 창세기 7장 1절 - 24절 까지:필자 첨가]는 '난폭한 물'의 좋은 보기로 약한자는 죽고, 강한자만이 살아남게 되어 인간 자신도 모르는 사이에 파괴되면서 강해진다는 교훈과 함께 위대한 힘

---

51) G.Bachelard. op. cit., pp.281-83

50

을 얻게 된다.[52) 이처럼 <봄바다> 의 5,6행의 "제일 아름다운 인간의
여자가/탄생하는 것을 본다."는 표현도 파도 속에 탄생된 '인간의 여자'
도 적자생존의 원리에 적용된 것으로 보인다.

김춘수의 <봄바다>는 '바다 →생명 탄생→ 여자' 과정으로 전개된
상징 체계이다. "저 멀리 물거품 속에서 /제일 아름다운 人間의 여자가/
誕生하는 것을 본다."란 그리스의 아포르티테신화 (로마의 베느스 신화
에 해당)에 연유된 것으로도 보인다.

> 우라노스(Uranus)는 天空의 신 가이아(Gaia)의 남편으로 왕위를 자식
> 들에게 빼앗기리라는 예언을 두려워하여 자식들을 가두어 두었다. 그러
> 나 결국 막내 아들인 크로누스(Kranus)가 돌도끼로 아버지인 우라노스
> 의 생식기를 찍어내서 그것을 바다에 버렸는데, 그것이 파도에 쓸려 바
> 다 위를 떠다니던 생식기가 물거품과 만남으로 거기서 미와 사랑의 여
> 신인 아프로디테(Aphordite)가 탄생되었다는 이야기다.[53)

이 신화와 같이 아름다움의 원천도 '물, 물거품'에 두고 있는 그리스
인이나 로마인의 사고도 공통적인 원형이며, 아들이 아버지에 대한 적
대감도 바슐라르의 '난폭한 물'과도 유사성이 있어 존속 살인(parricide)
의식으로 보인다. 이런 상관 관계는 '물'을 둘러싸고 파생되는 원형 상
징들이다. 그렇기 때문에 결과적으로 아프로디테의 아들이 에로스(Eros)
로 사랑의 신(로마 아모르(Amor)신이나 큐우핏(Cupid)신에 해당)도 '물'
의 원형과 관련되었다.

> 사랑은 그의 어머니의 탄생연유로
> 아직도 바다의 속성을 지니고 있네.
> (Love still has something of the sea,

---

52) Ibid., p.285.
53) Thomas Bulfinch, *Mythology*(New York:Dell Publishing, 1971),p.16f.

> From whenoe his mother rose ;)
>   Sircharles Sedley 의 <song> 2 line 에서

　위의 <노래>는 사랑의 詩인 에로스의 아버지인 아포르디테가 '바다'의 물거품 속에서 탄생되었기 때문에 '사랑' 이란 언어 속에 '바다'나 '물'의 일면이 깃들어 있음을 불란서 말에서 그 증거가 발견된다. 불란서어에서 '어머니'의 발음과 '바다'가 [m ε;r]로 같은 소리값이다. 그래서 '바다→생명탄생→여자→사랑'의 전형이 그리스와 로마의 신화계에서 공통 원형이었고, 불란서어의 '사랑, 연애, 애정'이 amour인데, 이것도 라틴어의 Amor신에 유래된 것도 같은 맥락으로 설명된다. 이런 논의는 에이브럼즈(M. H. Abrams)도 사랑의 신 에로스의 어머니 아포르디테가 바다의 물거품 속에서 탄생되었기 때문에, 사랑이라는 말 속에 바다의 의미가 깃들어 있음을 새들리의 <노래> 제2행에 보인다[54]고 말하였다.

　구약 성경 창세기 제1장 제2절의 기록에 의하면 "땅이 혼돈하고 공허하며 흑암이 깊음 위에 있고 하나님의 신은 수면에 운행하시니라"는 표현 앞에 "태초에 하나님이 천지를 창조하시니라"는 선언문이 나와 있고, 그 뒤에 천지창조의 과정이 기술되어 있다. 앞에 인용된 본문에 "깊은 위에 있고"는 히브리 원문에 "바다 위에 있고"의 뜻이며, 그 다음에 "하나님의 신은 수면에 운행하시니라"의 표현이 이어 있다. 이 뜻을 정리해 보면 천지창조 당시의 상황을 물질로 표시하면 '물'이나 '바다'로 둘러 싸여 있음을 알 수 있다. 이것은 천지 창조와 '물'과 깊은 관련이 있음을 시사하고 있다. 그 뿐 아니라 그리스의 신화도 이와 맥을 같이 하고 있다. 즉 바다를 생명의 근원으로, 창조의 시발로 보고

---

54) M. H. Abrams, et al., *The Norton Anthology of English Literature*, Vol.1 (New York:W. W. Norton & Company, 1962), p.1035.

52

있다. 최초의 이 세계는 '바다(물)'로 둘러 싸여 있었고 그곳에서 만물이 탄생되었다[55)는 것이다.

이런 '바다'의 원형 상징은 건국신화에서도 최초의 왕이나 민족 지도자도 바다 위의 상자 속에서, 또는 알 속에서 깨어 나오는 양식을 취하고 있다.

> ① 시조의 성은 박씨,휘는 혁거세이다. 전한 효선제 오봉 원년 갑자 4월 병진날에 즉위하여 왕호를 거서간이라 하고, 그때 나이 13세, 국호는 서나벌이라 하였다. ......(중략)......고허촌장인 소벌공이 (하루는)양산 밑 나정(蘿井) 곁에 있는 숲 사이를 바라본즉, 말이 무릎을 꿇고 울고 있는지라. 가 보니 말은 간 데 없고, 다만 있는 것은 큰 알뿐이었다. 알을 깨어본즉 (한) 어린 아이가 (거기서) 나왔다. 곧 (소벌공이) 데려다가 길렀더니, 나이 십여세가 되매 유달리 (솟아 나게) 일되었다. 육부 사람들은 그 아이의 출생이 이상하였던 까닭에 높이 받들더니, 이때에 이르러 그를 세워 임금을 삼았다. 진인은 호를 박이라 할새, 처음 대란이 박과 같다 하여 박으로써 성을 삼았다. 거서간은 진인의 말에 왕이라는 뜻이다.[56)

> ② 탈해니사금이 즉위하니 이는 그 때 나이 62세이며, 성은 석씨요 비는 아효부인이었다. 탈해는 본시 다파나국의 출생으로, 그 나라는 왜국의 동북 일천리 되는 곳에 있었다. 처음 그 국왕이 여국왕의 딸을 데려다 아내를 삼았더니, 아이를 밴 지 칠년만에 큰 알을 낳거늘, 왕이 가로되 사람으로서 알을 낳는 것은 상서롭지 못한 일이니 버리라고 하였다. (그런데) 그 아내는 차마 그리하지 못하고 비단에 알을 싸서 보물과 함께 궤짝 속에 넣어 바다에 띄워 갈대로 가게 내버려 두었다. 그거이 처음 금관국 해변에 가서 닿으니, 금관국인은 이를 괴이히 여기어

---

55) 호메로스(Homeros)의 장편서사시 <Ilias>에 나오는 최초의 신화적 의미이다. 그러나, 헤시오도스의 「神 族譜」에 의하면 「에로스」가 만물을 생성해냈다고 기록되어 있는데 「에로스」 자체가 바다에서 탄생한 「아프로디테」의 아들이라는 점을 생각하면, 바다를 만물의 근원으로 보는데는 별로 무리가 없다.
56) 이병도, 국역 삼국사기(을유문화사, 1977), 1-2쪽.

취하지 아니하고, 다시 진한의 아진포구에 이르니, 이때는 시조 혁거세
가 재위한 지 39년 되던 해였다. 그때 해변의 노모가 이를 줄로 잡아당
기어 바닷가에 매고 궤를 열어본즉, 거기에 한 어린이가 들어 있었다.
그 노모가 이를 데려가 길렀더니, 커지매 신장이 9척이나 되고, 인물이
출중하고 지식이 남에게 뛰어났다, 어떤 이가 말하기를 이 아이는 성을
알지 못하니 처음 궤짝이 와 닿을 때 까치 한 마리가 날아와 짖으며
따라다녔으니 작(鵲)字의 한 쪽을 약하여 석씨(昔氏)로 성을 삼고, 또
그 아이가 담은 궤를 풀고 나왔으니 이를 탈해(脫解)라 지으리라고 하
였다 한다.[57]

　　③ 그 아이가 자라매 바로의 딸에게로 데려가니 그가 그의 아들이
되니라 그가 그의 이름을 모세라 하여 이르되 이는 내가 그를 물에서
건져내었음이라 하였더라.[58]

　　④심청이 몸부림치는 부친과 이별하고 상인들을 따라 배를 타고 떠
난다. 심청은 인당수(印塘水·臨堂水)에 이르러 제수로 물에 몸을 던졌
다. 이때, 상제가 심처의 지효(至孝)에 감동하고 용왕에게 명하여 심청
을 용궁에 데리고 가서 보호하였다가, 옥련화(玉蓮花)에 싸서 물 위에
띄우게 한다.
　상인들은 중국으로 가서 큰 이익을 보고 돌아오다가 인당수 위에 떠
있는 연화 한 송이를 발견한다. 그들은 연화를 건져가지고 돌아와서 국
왕에게 바친다. 국왕이 연화를 완상하면서 오무라든 그 연화를 헤치니,
그 연화 속에서 아름다운 미인이 나오는데, 그 미인은 바로 심청이었
다.국왕은 아름다운 심청을 왕후로 삼는다.[59]

　위의 ①은 신라 시조 박혁거세가 알에서 나온 건국 신화이고, ②는
신라 4대 석탈해왕이 석씨의 시조로 바다 위에 떠 있는 상자 속에서
나왔다는 신화이다. ③은 구약 성경의 대표적 인물로, 이스라엘의 최초

---

57) 위의 책, 10쪽.
58) 「구약성경」, 출애굽기 제2장 10절.
59) 김기동, 「심청전」, 『한국고전소설연구』,교학사, 1981),862쪽

민족 지도자이다. 그의 이름이 모세인데 그의 뜻은 '물에서 건졌다'는 것이다. ④는 심청전의 일부분으로 심청이가 인당수에 몸을 던져 수장되었다가 옥련화(玉蓮花)로 변화되어 국왕에게 바쳐 완상하던 중 그 속에서 아름다운 미인 심청이가 나옴으로 왕후가 되었다. 사건의 전말로 보아 심청이의 환생(還生)하는 과정이었으나 결과적으로 왕후로 태어남은 역시 '물→연꽃→아름다운 미인'으로 탄생하는 순서를 밟고 있다. 곧 물의 탄생 원형 상징이다. 이 과정은 역학(易學)의 상생설(相生設) 가운데 金生水, 水生木, 木生火, 火生土, 土生金 가운데 '水生木'에 해당된다. 이것은 자연과학적 현상으로도 설명된다. 즉, 바닷물, 공기, 햇볕의 만남으로 부유생물(plankton)이 발생되는 것을 광합성 에너지라고 한다. 그래서 모든 식물들은 탄소통화작용으로 생명이 시작되며 발육하고 결실을 맺는 것은 세 가지 물질의 조화로 유지하고 지탱하며, 우람한 삼림은 형성해 가고 있다.

그러므로 대개의 건국 신화나 씨족의 시조나 민족 지도자가 바다 위에서 '상자나 꽃'과 같은 보호물에 실려 표류해 오거나 알 속에서 깨어나오는 형식을 취하는 데 그때 '바다'는 모체요, '상자나 꽃'은 자궁의 상징이 되는 것이며, 알도 그 속은 '물'로 채워져 있기 때문에 동일한 양상이다. 이런 상징은 물 속에서 생활하는 생물로부터 땅 위에서 생활하는 생물로 진화되어 왔다는 과학적 사실과 일치하며, 모든 인간은 태내의 羊水로부터 생명이 시작되며 모든 생물체의 생명유지는 물과 관련이 있다는 논의는 오토 랭크의 '영웅 탄생 신화론'[60] '신성의 화신'[61] 등은 '물'과 탄생의 이미지가 직결된다. 이와 같은 논거는 정신분석학자들도[62] 밝히고 있다. 특히 프로이트는 '물'과 꿈의 상징성을

---

60) Otto Rank, *The Myth of the Birth of the Hero, The World of Psycho-analysis*, Vol.I, ed. G.B.Levitas (New York:George Braziller, 1965), pp.128-144.
61) Wilfred L. Guerin, et al. p.118, 1966.

언급하면서 "출생은 대개 꿈 속에서 물과의 관계로써 표현된다. 물 속으로 빠지는 것은 출산을 의미하고, 물에서 나오는 것은 탄생을 뜻한다. 그래서 모든 포유동물이나 인간은 생존이 첫단계를 모체인 자궁 속에 있는 羊水라는 물 속에서 태아로 있다가 출생시에 물 속으로부터 나오는 것이다."[63]라고 언급하였다.

 P.윌라이트는 원형 상징으로 물은, 정화 기능과 생명을 지속시키는 기능을 함께 갖는 그 복합적 속성에서 보편적인 호소력을 자아낸다. 그래서 물은 순결과 새 생명을 상징하며[64], 기독교 세례 성사에서는 이 두 의미가 합해진다. 즉 의식에 쓰이는 물은, 물려받은 원죄의 때를 상징적으로 씻어 주고 또 영적인 예수가 우물가에서 사마리아 여인과 나눈 대화에서도 새로운 생명 탄생의 뜻이 내포되었다.[65]

 그러므로 <봄바다> 의 제 2·4행에서 '바다'는 '물'의 원형으로 시의 화자는 '새 생명 탄생'의 뜻이 함축되었다.

3) 봄의 원형

> 눈보라도 걷히고
> 저 멀리 물거품 속에서

 위의 시는 <봄바다>의 3·4행이다. '물거품'은 '눈보라도 걷힌' 다음

---

62) S. Freud, *Introductory Lectures on Psycho-analysis*, trans. J.Strachey(London: The Hogarth Press, 1963), p.153. 160f.
   C. G. Jung, *Essays on Science of Mythology*(Princeton Univ. Press, 1973), p.46f. 49. 148f.
63) S. Freud, op. cit., p.158, 162.
64) P. E. Wheelwrigh, op. cit., p.126.
   Richards Junkuntz, *The Gospel of Baptism*, (Concordia Press, 1967), pp.9-43.
65) 신약성경, 요한복음 제4장 5절-15절 까지 참고.

에 나타난다. 문맥의 전후로 보아 겨울이 끝나고 다시 봄이 옴을 암시하고 있는 듯하다. 이런 상황을 증명해 주는 것이 이 시의 제목으로 '봄바다'이다. 여기서 말하는 봄바다는 '봄+바다'로 구성된 복합어이다. '바다'는 이미 물의 원형 상징에서 언급하였고, 이 곳에서는 '봄'이라는 계절적인 측면의 원형 상징을 고찰하고자 한다.

중국 性理學的 哲學의 기초는 宇宙의 象形인 太極에서 출발하여 陰陽動靜하는 작용으로서 氣와 그 작용의 원리인 理에 의하여 이 세상의 모든 현상을 설명하는 理氣論으로 구성된다. 그래서 理와 氣가 어떻게 상호작용하느냐 하는 문제가 당시인들의 철학적 논제였고 그것을 해석하는 입장에 따라 현실 문제에 관한 관점과 대처 방안도 차별성을 띠게 되었다. 그 가운데 氣의 문제만 본장에서 언급하겠다.

'氣'는 '현상계에 있는 모든 존재 또는 기능의 근원'이다. 이 현상계의 모든 존재물은 氣로 이루어진다. 그래서 모든 존재물을 구성하는 근원적 요소이다. 그래서 자연계의 모든 만물의 생성·변화·소멸도 결국 氣의 動靜이다.

인간에게는 心氣·意氣·神氣가 있고, 자연에는 물질·생명·마음의 三界가 있어 陰陽·五行의 氣는 相對·相補·相待的 性格을 二元論的으로 抽出한 原理이다.66) 이들은 金生水·水生木·木生火·火生土·土生金과 같이 相生說로, 그리고 다른 면으로 金剋木·木剋土·土剋水·水剋火·火剋金과 같은 相剋說로 추상화되며 우주의 모든 현상을 설명하는 원리로 삼는다. 그리고 이 相生說은 다시 四季節과 연관시켜 金은 秋節·水는 冬節·木은 春節·火는 夏節·土는 中央으로 우주의 운행질서를 시간 축에서 맞추어 설명하고 있다.

이런 의미에서 김춘수의 <봄바다>는 음양·오행의 氣가 사계절의

---

66) 박희준(역), 丸山敏秋, 『氣란 무엇인가』, (정신세계사, 1993) 27-29쪽

질서와 접맥됨이 발견된다. 그래서 '눈보라도 걷히고'는 겨울철이 지나
가는 뜻이므로 상생설(相生說)의 水生木이요, 이는 사계절로는 冬節이
다. 그리고 '저 멀리 물거품 속에서'는 봄철이 다가오는 순환 질서가
나타난다. 이는 木生火로 春節에 속한다. 이 과정은 氣가 운동변화의
총체성으로 '전체운동'을[67] 이루고 있으며 모든 事象이 유기적(有機的)
으로 형성되고 있음이 입증된다. 이런 계절의 총체성은 김소월의 시에
서도 엿보인다.

山에는 꽃피네.
꽃이 피네.
갈 봄 여름 없이
꽃이 피네.

山에
山에
피는 꽃은
저만치 혼자서 피어 있네.

山에서 우는 작은 새요.
꽃이 좋아
산에서
사노라네.

山에는 꽃지네.
꽃이 지네.
갈 봄 여름없이
꽃이지네.

김소월 <山有花> 전문

---

67) 박희준, 위의 책 248쪽.

이 시의 구조는 단순하고, 그 뜻은 평범하다. 산에는 가을, 봄, 여름 없이 꽃이 핀다. 산에 산에 피는 꽃은 저만치 혼자서 피어 있다. 산에 사는 작은 새는 꽃이 좋아서 산에 살고 있다. 산에는 가을, 봄, 여름 없이 꽃이 지고 있다. 언제나 그렇게…… 즉 시간 질서의 전체성 속에 꽃이 피고, 지는 과정이 연속되는 순환진리이다. 이건 순환 진리는 대개 봄에서 시작되어 겨울에서 마지막을 정리하고 다시 봄에 시작하는 것이다. 다음 시를 보기로 하자.

> 한 송이의 국화꽃을 피우기 위해
> 봄부터 소쩍새는
> 그렇게 울었나 보다.
>
> 한 송이의 국화꽃을 피우기 위해
> 천둥은 먹구름 속에서
> 또 그렇게 울었나 보다.
>
> 그립고 아쉬움에 가슴 조이던
> 먼 먼 젊음의 뒤안길에서
> 인제는 돌아와 거울 앞에 선
> 내 누님같이 생긴 꽃이여.
>
> 노오란 네 꽃잎이 필라고
> 간 밤에는 무서리가 저리 네리고
> 내게는 잠도 오지 않았나 보다.
>
> 서정주 <菊花 옆에서> 전문

국화꽃을 바라보고 있으면 '한 송이의 국화꽃마저도 제 혼자서 핀 것이 아니라, 봄부터 소쩍새의 피눈물 나는 울음의 은밀한 결과가 아닌가 생각된다'는 것이다. 한 송이의 국화꽃마저도 이렇게 해서 피어나므로 우주 만물의 생명은 다른 여러 가지 생명의 활동과 은밀하게 관련되어 그것이 근거가 되고, 그 결과로 탄생한다고 볼 수 있다. 우리는 국화꽃의 피고 짐이 소쩍새의 울음과 은밀한 관계를 맺을 수가 있는가. 관계를 맺을 수 있는 근거가 있다면 그 관계는 어떠한 성질의 것이냐 하는 의문이 생긴다.

이 의문에 대한 대답으로서 이 시인의 자작시 해설이 있는데, 거기서 이른바 인체윤회와 애인갱생을 말하고 있다. 이러한 생각은 물론 불교의 인연설과 윤회사상(輪廻思想)과도 관련된다. 그는 한 송이의 국화를 중심으로 하는 이미지가 고정되기까지에는 그 이전에 이와 비슷한 많은 상념이 머리 속에 이루어지고 사라지고 하면서 은연 중에 계속되어 왔다고 말한다.

> 한 송이의 국화꽃을 피우기 위해 봄부터 소쩍새는 그렇게 울었나 보다의 한 송이의 피어 있는 국화꽃의 색채와 향기의 배후에 봄부터 초가을까지 계속되었던 저 소쩍새의 울음의 음향을 첨가시킨 이미지에는 물론 색채와 음향을 조화시켜 보려는 표현적 의도에 의해서 결정을 보게 된 건 사실입니다마는, 이 한 개의 국화를 중심으로 하는 이미지가 고정되기까지에는 그전에 외와 비슷한 많은 상념이 내 속에 이루어지고 인멸(湮滅)하고 다시 이루어지며서 은연중에 지속되어 왔었던 것을 나는 기억합니다.
>
> 그 중에 몇 가지를 예로 들어 말씀 드리면, 「저 우리 이전의 무수한 인체가 死去(사거)하여 부식해서 흙 속에 동화된 그 골육을 거름이 되어 온갖 풀꽃들을 기르고, 그 액체는 수증기로 승화하여 구름이 되었다가 다시 비가 되어 우리 위에 퍼부었다가 다시 승화하였다가 한다.」는 상념이라든지, 「한 사람의 음성에는 —그것이 청하건 탁하건 절실하면 절실할수록 거기에는 반드시 저 먼 상대(上代) 본연의 음성이 사거한 우리 애인의 분화된 갱생이라.」는 환상이라든지— 이런 것들입니다68).

---

68) 徐廷柱, 『詩創作法』, (宣文社, 1949), 241쪽

　이러한 작자의 해설에서 보는 바와 같이 국화의 개화와 소쩍새의 울음은 윤회와 갱생의 사상에 근거하여 연결된 것임을 알 수 있고, 또 모든 생명의 생성은 이러한 근거에서 설명될 수 있다는 것이다. 이러한 사상은 우주의 기원이나 생성설까지 설명할 수 있다는 것이다. 국화의 개화와 윤회는 봄철이라는 시간 질서의 윤회까지 말하며 이런 과정은 생명의 「죽음과 부활」이라는 삶의 드라마가 암시되었음을 발견해야 한다. 즉 순환의 질서와 리듬은 <금잔디>에서도 발견된다.

　　잔디
　　잔디
　　금잔디
　　심심산천에 붙은 불은
　　가신님 무덤가에 금잔디
　　봄이 왔네. 봄빛이 왔네.
　　버드나무 끝에는 실가지에
　　봄빛이 왔네. 봄날이 왔네.
　　심심산천에도 금잔디네.
　　　　　　김소월 <금잔디> 전문

　인용한 시는 화자가 봄이 왔다는 사실을 시간적으로 표현한 것이다. 일반인이 봄에 대하여 언급한다면, 봄은 일년 4계절 중에 처음 오는 절기이고 봄에는 만물이 소생하고 꽃이 피는 계절이라는 등의 극히 객관적인 사실을 기술할 것이다. 그러나 그러한 일상적인 관념이니 객관적인 사상을 밝히려는 것이 아니라 다른 일면을 드러내고 있는 것이다.
　예의 시에서 소재는 금잔디에도 봄이 왔다는 극히 일상적인 사건이다. 그러나 시인은 금잔디의 존재성을 구체적으로 밝히고 있다. 금잔디는 공원이나 길가나 언덕이나 어디든지 있을 수 있는 풀이다. 그러나 시인은 우선 잔디 중에서도 금잔디임을 강조하고 그것은 심심산천 깊은 골짜기, 그 중에서도 가신님 무덤가에 자라고 있는 금잔디로 금잔디의 공간적 존재성을 구체화하고 있다는 점이다.

그리고 봄에 대한 인식도 그렇다. 그는 봄이 왔다는 일상적인 서술에서 봄빛으로 봄의 시간적 존재성을 구체화하고 그것을 다시 버드나무 끝 부분에서 한들거리는 실가지에 나타난 봄기운을 발견하는 섬세한 시각을 보이고 있다. 사물에 대한 서술에서 시인은 이처럼 보다 구체적인 사실을 발견하고 이를 통하여 존재들의 참된 리얼리티를 표현하려는 것이다. 「잔디→금잔디→심심산천→가신님 무덤가」, 「봄→봄빛→버드나무 끝→실가지」, 「봄→봄빛→봄날→심심산천→금잔디」의 추리과정에서 공간과 시간의 만남으로 겨울과 죽음이 물러가고 봄철에 다시 새로운 생명이 부활이라든가 탄생하는 국면을 생생하게 보고 있다.

  지금은 남의 땅——빼앗긴 들에도 봄은 오는가?

  ·········(중략)·········

  바람은 내 귀에 속삭이며
  한 자욱도 섰지마라 옷자락을 흔들고
  종소리는 울타리 넘의 아가씨같이 구름 뒤에서 반갑다 웃네.

  고맙게 잘 자란 보리밭아.
  간밤 자정이 넘어 나리던 고운 비로
  너는 삼단 같은 머리를 감았구나, 내 머리조차 가뿐하다.

  혼자라도 가뿐게나 가자.
  마른 논을 안고 도는 착한 도랑이
  젖먹이 달래는 노래를 하고 제 혼자 어깨춤만 추고 가네.

  나는 온 몸에 풋내를 띠고
  푸른 웃음 푸른 설움이 어우러진 사이로

> 다리를 절며 하루를 걷는다. 아마도 봄 신령이 접혔나 보다.
> 이상화의 <빼앗긴 들에도 봄은 오는가>에서

보기의 시에서 일제에게 빼앗긴 조국의 들에서 맞이하는 봄은 봄이 찾아 와도 봄 같지 않다. 春來不似春의 느낌도 들것이요, 나라는 망하였으나 산과 물은 예대로 있으니 성내도 봄은 돌아와 초목이 우거겼다는 두보의 <春望>이라는 시도 연상하게 되는 듯하다. 그래서 시의 화자는 제 1연에서 '지금은'이라는 시간 한정이 중요한 의미를 띤다. 조국과 국토 상실은 지금의 일시적인 일이며, 결코 영속될 수 없다. 우리의 조국은 영원하며, 영원한 조국은 이 비극적인 일시적 현상을 끝내 극복하고야 말 것이라는 뜻이 담겨져 있다. '남의 땅—빼앗긴 들'은 본래 우리의 국토인데, 일제의 식민지가 된 사실을 말하고, 동시에 조국과 국토 회복의 의지를 암시한다. 곧 '우리의 땅, 빼앗길 수 없는 들'이라는 역설적 의미가 들어 있다. '봄은 오는가'는 계절로서의 봄만을 의미한다면 굳이 반문 형식으로 취하지 않았을 것이다. '조국의 재생, 국토 회복이 봄이 올 것인가'라는 의구심과, '아니 온다, 또는 올 것이다'라는 확신의 뜻이 포함되어 있다. 그 이유는 자연의 '봄'은 어김없이 찾아오는 율동이기 때문이다. 그러므로 이 시의 화자는 '국토의 회복의 봄을 희구한 노래'를 읊는 것으로 보인다.

모란이 피기까지는
나는 아즉 나의 봄을 기둘리고 있을테요.
모란이 뚝뚝 떨어져 버린 날
나는 비로소 봄을 여흰 설움에 잠길테요.
五月 어느날 그 하로 무덥든 날
떨어져 누운 꽃잎마저 시들어 버리고는
천지에 모란은 자최도 없어지고
뻗쳐오르던 내 보람 서운케 문허졌느니,

  모란이 지고 말면 그뿐 내 한 해는 다 가고 말아
  三百 예순 날 하냥 섭섭해 우옵내다.
  나는 아즉 기둘리고 있을테요, 찬란한 슬픔의 봄을.
         김영랑 <모란이 피기까지는> 전문

  이 시는 김윤식의 대표작일 뿐만 아니라 , 한국 현대시에 있어서 가
장 '아름다운 시'의 하나이다. 광주시 광주 공원에 세워져 있는 김영랑
의 시비에도 이 시의 끄트머리 2행이 새겨져 있거니와, 웬만한 사람은
이 시를 다 알고 있다. 이 시는 1934년 4월 《文學》지 3호에 처음 발
표된 것이다. 1934년대 순수시 운동의 모태가 된 박용철 주재의 《詩
文學》(1930)의 후신인데, 《文學》지 역시 순수시 운동의 잡지다. 개긴
시집인 《永郎詩集》(詩文學社, 1935)에는 목차도 제목도 없이 '45'라는
번호만 붙어 있다. 그 다음에 나온 《永郎詩選》(中央文化社, 1949, 正
音社, 1956) 에도 수록 작품 전부가 이런 일련 번호로 매겨져 있다.

  이 시는 무엇을 노래한 것일까? 첫 머리 두 줄과 끄트머리 두 줄이
이 물음에 대한 결정적인 대답을 제시하고 있다. 곧, '모란이 피는 찬
란한 슬픔의 봄을 기다림', 이것이 이 시의 표면에 나타나 있는 주제이
다. 여기서 우리는 또 한 번 의문을 가지게 된다. 곧, '모란'이 무엇을
의미하기에 다른 꽃들은 다 두고 하필이면 '모란이 피는 봄'을 기다리
느냐 하는 것이다. 이 시를 주의 깊게 읽어보면, 봄이 오고 다른 꽃
들—이를테면 개나리, 진달래, 목련, 산수유 등이 피어도 이 시인에게
는 봄이 될 수 없다. 모란이 피어야 비로소 봄이 왔다고 생각하는 것
이다. 그러므로, 모란이 피기까지 '나의 봄'을 기다리는 것이다.

  이렇게 보면, 이 시에서는 역시 '모란'이 가장 중요한, 그리고 핵심적
인 이미지임을 알 수 있다. 모란의 개화는 나의 봄을 상징한다. 모란이
지면, 아직도 봄의 계절이 남아 있고, 봄에 피는 다른 꽃들이 남아 있어
도 이 시인에게는 이미 봄이 다 가고 만 것이다. 모란이 지면 봄만 다

간 것이 아니라 '뻗쳐오르든 내 보람'도 서운하게 다 무너져 버리는 것이다. 그리고 1년 열두 달, 365일도 간 것이나 마찬가지이다. 여기서 모란의 핌과 짐, 모란의 개화와 낙화는 바로 이 시인의 삶의 보람과 허무, 기쁨과 슬픔, 기대와 상실, 찬란함과 어둠, 상승(上昇)과 하강(下降), 가능성과 불가능성, 전진과 후퇴를 상징한다고 말할 수 있다.

이 시는 찬란한 슬픔의 정감이 은근하게 배어 흐르는 섬세하고 영롱한 음악적인 서정시다. 박목월은 "모란 꽃송이에 봄(생명)의 극치를 모으는 이 탐미적인 세계는 영랑의 시심의 가장 큰 바탕이 되는 것이다"라고[69] 말한바 있다. 그러나 영랑 시에서는 그보다도 '기다림의 **詩學**'을 간과해서는 안 된다는 점을 강조하기 위해서이다. 다시 여기서 <모란이 피기까지>로 되돌아가자. 이 시는 시간적으로 모란이 피기까지의 미래 가정과 , 모란이 진 이후부터 시작되는 미래 가정—이러한 이중적 미래 가정으로 되어 있다. 모란이 핀 이후부터 지기까지, 곧 모란이 피어 있는 동안은 '찬란한 슬픔의 봄'으로서 그 표현이 보류 내지 단절되어 있다. 모란이 피기까지는 기다리는 시간이다. 이 시의 중심 단락인 제 3행부터 제 10행까지는 삶의 보람의 붕괴와 기다림이라는 갈등의 시기를 나타내고 있다. 그런데, 이 시기도 미래 가정이다. 그러나, 여기서 이 미래 가정은 이미 겪은 과거의 이미지를 미래 가정으로 하고 있다는 循環的 時間 構造를 발견하게 된다. 그것은 제 1행의 '모란이 피기까지는'과 끄트머리의 제 11행의 '모란이 피기까지는'이 한정해 주는 시간, 다시 말하면 모란이 피기 이전의 시간이 바로 삶의 보람의 붕괴와 그 가능성을 기다리는 시기에 해당하기 때문이다. 요컨대, 이 시의 이중적 미래 가정은 循環的 構造를 형성하고 있다. 그리고 삶의 긍정과 부정이 기다림에 의하여 반복되고 있음을 알게 된다.

---

69) 朴木月, 『보라빛 素描』, (新興出版社, 1958), 241쪽.

프라이(N. Frye)는 원형적 국면[70]과 그에 상응하는 문학적 유형을 다음과 같이 논의한다. 주로 계절적 순환의 국면에 의하여 다음과 같은 논리가 나타난다.[71]

1) 봄

하루의 국면에서는 새벽에 해당하며, 인생의 국면에서는 탄생에 해당한다. 영웅의 탄생 신화, 세계의 창조신화, 어둠의 힘이 파멸되는 신화, 겨울과 죽음이 물러가는 신화의 세계이며, 아버지와 어머니가 주인공들이다. 문학적 유형으로는 기사담(romanece)의 원형이며, 대체로 음송시(dithyrdnabic)와 광상시(rhapsoolic)의 원형이다.

2) 여름

하루의 국면에서는 정오(절정)에 해당하며, 인생의 국면에서는 결혼 혹은 승리에 해당한다. 찬미와 신화, 성스런 결혼의 신화, 낙원으로 들어가는 신화의 세계이며, 신랑과 신부가 주인공들이다. 문학적 유형으로는 희극(comedy)의 원형이며, 목가시(pastoral), 전원시(idyll)의 원형이다.

3) 가을

하루의 국면에서는 일몰에 해당하며, 인생의 국면에서는 죽음(노쇠)에 해당한다. 전락(fall)의 신화, 신의 죽음에 관한 신화, 격렬한 죽음과 희생의 신화, 영웅이 고립되는 신화의 세계이며, 배반자와 마녀가 주인공들이다. 문학적 유형으로는 비극(tragedy)의 원형이며, 비가(elegy)의 원형이다.

4) 겨울

하루의 국면에서는 밤에 해당하며, 인생의 국면에서는 사멸(死滅)에 해당한다. 따라서 사멸시키는 힘들이 승리하는 신화, 홍수의 신화, 혼돈

---

70) N. Frye, *Anatomy of Criticism*, (Princeton Univ. Press, 1973)., 'Theory of symbols' 가운데 'archetypal phase' 참조

71) W. L. Guerin et al., ibid., pp132-135. Fromm 의 ibid. pp. 136-137. 'Freud & Jung' 참조, Brown. J. A.의 Freud and post-Freudian(Penguin books, 1972)', myth & archetype', pp.45-50, 참조

으로서의 회귀신화, 영웅의 패배 신화의 세계이며, 사람을 잡아먹는 귀신, 마녀가 주인공들이다. 문학적 유형으로는 풍자(staire)의 원형이다.

이 사계(四季)의 원형을 소개하였다. 이 가운데 김춘수의 <봄바다>는 겨울과 봄의 원형에 상응하며, 이 시는 인류 최초의 여성 탄생으로 인생의 국면에 해당한다. 겨울은 사멸의 절기이며 봄은 탄생의 국면이므로 봄에 해당한다. 즉 '인간의 여자'가 탄생하는 순환적 구조로 삶의 부침(浮沈)의 장면이다.

끝으로 '봄(spring)'의 어휘 속에 '샘' 즉 '물'의 의미가 내포된 것으로 보아 '생명 순환' 뜻이 더 적절하게 보인다.

4) 여성의 원형

바슐라르는 "바다는 母性이며, 물은 놀라운 젖이다. 그래서 모든 물은 젖이라고 말하지 않으면 안 되리라. 보다 더 정확하게 말한다면, 모든 행복스러운 음료는 母乳인 것이다. 우리는 이에 관해서 물질적 상상력의 두 단계, 무의식적 깊이의 연속적인 두 단계에 의한 설명의 한 예를 들어보자. 우선 모든 액체는 물이며, 다음에 모든 물은 젖이다. 대지는 자신의 자궁 속에 따뜻하고 풍부한 양식을 준비하고 있다. 해변에서는 유방이 부풀어 올라, 모든 존재에게 '살찐 미물(des atomes gras)'을 옵티미즘(낙관주의)이란 풍요로움을 내포하고 있다."[72]는 표현은 여성의 원형으로 '물'이며, 물은 젖과 같이 우리 생물체에게 영양이 되며, 분명히 소화되는 원소로 영양이 되는 근원적 음료이다. 근원적 음료가 갖는 직관력이 너무나 강하기 때문에 이를 '母性化'된 물에 의해서이다. 액체의 원소는 그 때에 어머니 중의 어머니 젖만이 최고의 젖(ultralait)으로 표현한다. 요컨대, 실재하는 물, 모성적인 젖, 영원한 어

---

72) G. Bachelard, op. cit., p.171.

머니(la Mère), 그래서 어머니인 자연의 젖으로 만드는 실체적 가치부여 (valorisation)는 여성적 특성을 물에 새기는 작용으로 끝나지 않는다. 모든 인간의 삶, 적어도 모든 인간의 꿈꾸어진 삶 속에서 연인 또는 아내 라는 제2의 여성의 모습으로 우리 삶 속에 투영되고 있다. 그래서

> 제일 아름다운 人間의 여자가
> 誕生하는 것을 본다.

이 시는 <봄바다>의 5,6행으로 핵샘어는 '여자'이다 이 '여자'의 상 징성에 관하여 고찰해 보고자 한다. 앞에서 언급하듯이 모성의 원형은 '물(바다)'이다. 그래서 이 세상에 살고 있는 모든 생물체 속에 물의 함 량이 70% 내지 90%가 생물체 내에 유기질로 내포되어 있다고 한다. 그 가운데 보기의 시에 등장하는 어휘가 '여자'이기 때문에 이와 관계 된 분야만 논의하고자 한다. 인간을 포함한 모든 포유동물의 생존의 첫 단계가 여성의 자궁 속에 있는 '羊水' 속에서 비롯된다는 것은 '물' 과 밀접한 관계가 있다. 그런 까닭에 '바다'는 '만물의 어머니, 영적인 신비'라고[73] 시인들은 그의 작품 세계에서 노래하고 있다. 이런 시편들 을 아래에 열거해 보기로 한다.

> 강이어 돌아가거라.
> 어머니던가.
> 사랑이던가
> 흙이던가…….
> 애초 우리가 배운

---

73) W. L. Guerin, et, al., op. cit., p.119. "The Sea: the mother of all life; spritual mystery and infinity; death and rebirth; timelessness and eternity; the unconscious."

68

후끈한 낱말에서
아장아장 다시 오너라
                  김광회 <江이어 돌아가거라> 에서

엄마야 누나야 강변 살자.
들에는 반짝이는 金모래빛.

뒷문 밖에는 갈잎의 노래.
엄마야 누나야 강변 살자.
                  김소월 <엄마야 누나야> 전문

뜨거운 가슴은
바다
아 — 어머니. 바다
                  김익배 <바다>에서

바다가 어머니라면 ——하고 나는 생각해 본다.
바다의 품에 안기고 싶다. 안기어 날개같이 보드러운
물결을 쓰고 맘 편히 쉬고 싶다.
                  장만영 <향수> 에서

젊은 어머니여 젊은 어머니여
밀물로서 바닷가를 쳐들어왔다가
허무의 부르짓음으로 밀려 나간다.
                  고 은 <바다의 무덤>에서

오, 바다여,
그대는 사랑의 갈망 그 자체보다 더 친하고,
그대는 내게 있어 어머니인 것이다.
                  뽈 드 뢸 <사이모도스의 뜰> 에서

위의 시편들은 물—바다·강—의 向母性의 상징이 잘 표현되고 있다. 즉 '물'과 여성이 羊水로 인하여 밀접한 관계가 있음을 보여준다.
그래서 여성 정신분석학자인 보나빠르트(Marie Bonaparte)는 "감정의 측
면에서 보면 자연은 어머니의 「투영」인 것이다. 특히 「바다는 모든 인
간에 있어서, 모성적 상징 가운데 가장 크고 변하지 않는 것의 하나이
다.」라고[74] 언급하였다. 그렇기 때문에 인용 시편에서 김광회는 "강이
어 돌아 가거라 / 어머니던가 / 사랑이던가"로 노래 하였고, 김소월은
금모래빛 반짝이는 강면에 가서 생활의 보금자리로 만들자고 읊었으며,
김익배는 "바다는 우리의 어머니기에 뜨거운 가슴을 가졌다"고 말하쳤
고, 장만영은 "바다의 품 속에 안기어 쉬고 싶다."고 토로 하였고, 고은
은 "바다가 젊은 어머니"로, 뽈드릴은 '사랑스런 어머니'로 묘사하였다.
자연은 그 가운데 '물'은 우리의 어머니. 아니 '위대한 어머니'이다.[75]
이 어머니는 '영양(nourriciere)을 주는 이미지가 있다. 이 이미지는 다른
모든 이미지를 지배하는 가장 좋은 증거이다. 그것은 모유로부터 유방
으로 옮겨가는 것을 주저하지 않고 있다. 해면은 끊임없이 파도의 애
무로써 모성적 윤곽을 나타내고 있다. 그렇기 때문에 아이가 그토록
부드러움과 안전한 따스함과 휴식을 강하게 느끼는 것이다.

　4원소—물, 불, 공기, 흙— 가운데 흔들 수 있는 것은 물밖에 없다.
물은 흔드는 원소인 것이다. 이것이 어머니와 같이 흔든다는 여성적
특성을 어느 정도 두드러지게 하는 한 요소이다. 무의식적인 것은 자
신의 아르키메데스의 원리를 형성하고 있지는 않으나, 그것은 분명히
살고(生) 있다. 한가로운 배는, 이와 똑같은 쾌락을 주며, 같은 몽상을
연상시킨다. 라마르띤느가 주저함이 없이 말하고 있는 바와 같이, 그것
은 자연의 가장 신비스런 관능 가운데 하나인 것이다. 마법의 배나 로
망파의 배는 몇가지 점에서 다시 획득된 요람이라는 것을 문학적 표현

---

74) G. Bachelard, op. cit., p.164
75) 이승훈, 앞의 책 208쪽.

에 의해서 쉽게 증명된다. 바닷물 속에 우리가 잠겨 있을 때 근심도 없이 평온한 긴 시간, 그리고 쓸쓸한 배의 밑바닥에 누워서 우리가 하늘을 응시하고 있는 긴 시간, 텅 비어 있으나, 운동은 생생하고 원만하게, 또 리듬을 지니 채 거기에 있음을 발견하게 된다. 그것은 아주 조용한, 거의 움직이지 않는 운동인 것이다. 물은 우리를 운반해간다. 물은 우리를 흔든다. 물(water)은 우리를 잠들게 한다. 물은 우리에게 여성인 어머니를 되돌려준다. 그래서 발자끄는 "배의 관능적인 동요는 영혼 속을 떠도는 사고를 어렴풋이 모방하고 있다."76)라고 표현한 듯하다. 이같은 모성에서 안식이나 휴식을 느끼고 있다.

　바다의 모성(maternite)은 언어 그 자체이다. 중국어로 '海'는 '母'의 뜻을 담고 있으며, 불어의 경우도 '어머니(mere)'속에 '바다(mer)'가 내포되어 있다. 이런 모성의 의미가 아래 시에서 보인다.

　　　바다, 먼 바다여!
　　　우리들이 쓰는 글에는 네 안에 어머니가 있다.
　　　어머니여,
　　　불란서인의 말에는 그대 안에 바다가 있다.
　　　　　　　三好達治<鄕愁>에서 (김광림역)

　여성 상징 속에는 사랑의 대상으로 노래하고 있다. 사랑의 원천적 쾌감으로 어머니와 입맞추며, 매달리는 모성의 일면이 보인다.

　　　① 나 돌아가리, 인간의 어머니이라 애인인 바다,
　　　그 위대하고 감미로운 어머니에게로.
　　　나 그녀에게로 가리, 입맞추고 ,한데 얼려
　　　매달리고, 보채며, 그녀를 꼭 껴안으리.
　　　　　　　스윈번<The Triumph of Time>의 33에서

---

76) 발자끄, 『골자기의 백합(Le lys dans la vallée)』, 깔만-레비 刊, 221쪽.

②바다가 오만한 스스로의 가슴은 진정시켜
———— 그지없는 유방으로 서서히 숨쉬는 때여 오라.
미스트랄<Mirelle >의 제4가에서

　예시의 ①은 스윈번(Charles Swinburne)의 시로 보성인 바다를 강렬한
사랑의 상대로 노래하였고, ②는 미스트랄(Frederic Mistral)의 장편 서사
시 <미레이유>로 —1904년 노벨 문학상 수상작—젖같은 바다의 풍경을
읊었다. 그래서 바슈라르는 바다는 무수한 유방과 무수한 마음을 가진
어머니라고 표현하였다.
　다음 여성 상징 속에는 성적 상징으로 읊은 시의 세계가 있다. 시인
의 상상력의 자유로움을 엿볼 수 있다.

하늘이 하늘 하늘 내려앉는다
바다가 받아 받아 품에 안는다.
알몸으로 섞이는
커다란 몸짓
철썩 철석…….
옷을 벗는다.
벗어서 발치께로 밀어던지는
사랑앓는 큰 가슴의 깨끗한 속옷
하이얀 물결이 뭍을 적신다.
　　　　　유승우 <속옷> 전문

싱싱한 靑綠의 숲에서
豊滿한 여인의 乳房을 만진다.
바다————
내 肉身이 마음껏 飽食한다.
　　　　　성권영 <바다> 에서

많은
태양이
죄그만 공처럼
바다 끝에서 튀어오른다.
일제히 쏘아 올린 총알이다.
짐승처럼
우르르 몰려왔다가는
몰려간다.
능금처럼 익은 바다가 부글부글 끓는다.
—齊射擊.
벌집처럼 총총히 뚫린 구멍 속으로
태양이 하나하나 박힌다.
바다는 寶石箱子다.
　　　　　　　문덕수 <새벽바다> 전문

청사초롱 붉 밝힌
窓門마다
수줍은 江물이
치마끈을 푼다.
　　　　　　　이광석 <딸기밭> 전문

어머니 어머니라고
어린 마음으로 가만히 부르고 싶은
푸른 하늘에
따스한 봄이 흐르고
또 흰 별을 놓으며
불룩한 乳房이 달려 있어
이슬 맺힌 포도송이보다도 더 아름다워라.
　　　　　　　이장희 <靑天의 乳房 > 전문

바다에서 女子를 만난다.
질벅한 햇빛의 갯벌에 누워
징징 울어대는 女子를 만난다.

김용길 <濟州바다와 巫女>에서

初潮도 안 지난 어린 바다여 말하지 말자.
네 처녀가 갖고 싶어서
조금에겐 사리에겐 그물을 던졌을 ……
                김창완 <詩人의 죽음>에서

이런 시편들은 '바다'를 원형 제재로 삼아 리비도성을 읊었다. 그래서 유승우의 <속옷>과 성권영의 <바다>는 관능적 욕망을 묘사하였고, 문덕수의 <새벽바다>와 이광석의, <딸기밭> 등은 일출직유의 미학을 회화적으로 간결하게 그렸다. 특히 <새벽바다>는 '태양→공→총알→능금→구멍→보석상자'등의 언어를 동원하여 성상징을 회화적으로 처리하였고, 이장희의 <靑天의 乳房>은 유방 콤플렉스를, <詩人의 죽음> 등은 '여자·자궁·초조' 등으로 구체적 성상징으로 묘사되었다. 결국 '바다'에서 만나게 되는 여성이 성적 대상으로 보일 때 모성의 자애로움은 증발해 버리고 말지만, 시인의 무의식 상상력은 더욱 활력을 발휘하게 된다. 이런 시들은 관념적인 모성지향이 아니라 개인적인 무의식에의하여 바다의 리비도(libido)성을 그렸다. 발자크는 '물은 불타는 물체'라고 표현하였으며, 노발리스는 '물에 젖은 불꽃'[77]이라 묘사하였고, 바슐라르는 '물과 불의 결합으로 복합적인 물'이라 하였다. 즉 물은 여성적 성격으로, 불은 남성적 성격으로 보아 결혼의 관계로 이 두 개의 원소는 모든 것을 창조하는[78] 것이다.

그러므로 '탄생'과 '여자'는 숙명적 관계이다. 모성 논리에 의하면 가장 자연스러운 관계로 연결된다. 이승훈 <봄바다>의 시를 해석하면서 이 곳에서 '여자'는 '영혼의 친구'[79]로 보았으나, 필자는 '위대한 어거

---

77) G. Bachelard, op. cit., p.138f.
78) 위의 책 144쪽.

니'80)로 '탄생→성장→풍요' 의미가 내포된 인류 최초의 여성 '이브'를 상징한 것으로 보인다. 모든 인간은 그를 할머니로 모시고 오늘도 내일도 이 땅에서 번영을 생각하고 있는 듯하다.

4. 마무리

시는 한 시인이 상상력이 시어를 통하여 형상화된 창조의 세계이다. 이런 점에서 본고는 김춘수의 <봄바다>를 중심으로 '물'의 원형 상징을 고찰해 보았다. 그 내용을 요약하면 다음과 같다.

金春洙의 <봄바다>가 가지고 있는 근원적 양상은 '물과 여자'로 파악되었다. 이들은 개별성을 띠고 있으면서도 보편적인 어떤 형질을 내포하고 있다고 본다. 이런 관점은 하나의 형이상학적 관념론으로 끝나지 않고 우리의 생과의 관련 속에서 그 진정한 가치가 지금도 유지되고 있다.

지구의 표면에는 흙(대지)보다 물(바다·강·시냇물)의 요소가 더 많다. 그것은 대체적으로 3:7의 비율로 파악된다. 이들은 우리 자연계에서 액체, 고체(얼음), 기체(수증기) 등으로도 있다. 물은 순환성과 유기적인 기능을 갖고 있다. 전자는 비가 오면 흐르고, 고이고, 증발하여 구름으로 떠 있다가 비가 되어 내리면 흘러 시내, 강, 바다의 세계를 만들어 지구를 감싸고, 보호하며 생산성을 유지해 간다. 그리고 후자는 동물의 조직, 식물의 유기체로, 광물 등의 결정체 속에 포함되어 있기도 하다.

그런 반면에 '물'은 생물이 살아가는데 꼭 필요하다. 융·귀에린·바

---

79) 이승훈, 앞의 책 211쪽.
80) 위의 책 208쪽.

슐라르의 의견을 빌린다면 '생명의 원천'이 된다는 것이다. 이런 의미에서 <봄바다>는 물의 원형으로서 인간의 삶과 밀접한 관계가 형성되어 왔다. 그 관계는 '여자'의 태내에 '羊水'로 접맥된다. 모든 인간은 여자의 몸으로 비롯된다. 누구나 10개월 동안 양수 속에서 생활하다가 구체적인 생명으로 이 세상에 탄생된다. 이런 과정은 일회적이 아니라 유구한 역사 속에서 순환적으로 부침하는 모습을 형상화한 시가 김춘수의 <봄바다>이다.

그래서 바슐라르는 물 가운데 봄의 물은 맑은 물(水)로 나르시스의 심상을, 깊은 물은 죽음의 이미지로, 복합적인 물은 물과 흙, 물과 공기, 물과 불의 결합으로 되어 있는데 그 가운데 물과 불의 결합은 '결혼'을 의미하며 이는 생산이나 창조의 뜻이 있다고 말하였다. 그리고 난폭한 물은 노아의 홍수와 같이 최초의 세계를 물로 심판하여 강자는 살아 남고 —예로 노아의 가정— 약자는 소멸하는 질서가 있다고 말하였다.

그러므로 '물'은 모성이 있어 생산하고 성장하는 풍요를 누리는 생명 순환질서로 우주의 역사를 운행해 나간다. 김춘수의 <봄바다>는 인류의 번영의 시이다.

〔안양대학교 국어국문학과 교수〕

참 고 문 헌

<저서>
김기동, 한국 고전 소설 연구, 교학사, 1981.
김무조, 한국신화의 원형, 정음문화사, 1989.
김시태, 문학의 이해, 이우출판사, 1984.
김윤식 · 김 현, 한국문학사, 민음사, 1973.
김춘수, 김춘수 전집II.시론, 문장, 1986.
김 현, 상상력과 인간, 일지사, 1975.
김현자, 시와 상상력의 구조, 문학과 지성사, 1982.
문덕수, 한국 모더니즘 시 연구, 시문학사, 1981.
박목월, 보라빛 소묘, 신흥출판사, 1958.
박이문, 인식과 실재, 문학과 지성사, 1982.
서정주, 시창작법, 선문사, 1949.
성경전서, 대한성서공회, 1992.
이병도, 국역삼국사기, 을유문화사, 1977.
이승훈, 시론, 고려원, 1986.
장윤익, 문학과 이론의 현장, 문학예술사, 1980.
전규태, 한국신화와 원초의식, 이우출판사, 1985.

<논문>
고정희, 「김춘수의 무의미론고」, 『시의 의의』, 통권 20호
김두한, 「무의미시 고찰」, 경북대 대학원, 1983.
김용식, 「순수와 응전력」, 『꽃의 소묘』, 삼중당, 1978.
김예호, 「청마시의 심상 구조 연구」, 연세대 대학원 박사학위, 1991.
김우창, 「시의 언어와 사물의 의미」, 『세계문학』, 1981. 가을호.
김주현, 「명상적 집중과 추억」, 『처용』, 민음사, 1974.
김춘수, 「의미와 무의미」, 『문학과 지성』, 문학과 지성사, 1976.
김태옥, 「시의 언어학적 소고」, 『언어』, 제 13권 제1호, 1976.
김 현, 「존재의 탐구로서의언어」, 『세대』, 1964.
―――, 「신화적 인물의 시적 변용」, 『문학과 지성』. 1970. 가을호.
―――, 「김춘수의 유년시절의 시」, 『문학과 유토피아』, 문학과 지성사.

　　　　　1980.
―――, 「꽃의 이미지 분석」, 『문학춘추』. 1965.
―――, 「식물적 상상력의 개발」, 『현대시학』.1970.
손자희, 「김춘수 시 연구-이미지 중심으로」, 중앙대 대학원 , 1983.
신정순, 「김춘수 시에 나타난 빛·물·돌의 이미지와 상상력의 질서」 이화
　　　　여대 대학원, 1981.
이기철, 「의미시와 무의미시」, 『시문학』, 1981.
이승훈, 「무의미시」, 『비대상』, 민족문화사, 1983.
―――, 「시의 존재론적 해석 시고」, 『춘천교대 논문집』, 11집, 1972.
―――, 「존재의 해명」, 『현대시학』, 1974.
―――, 「김춘수론-시적 인식 문제」, 『현대문학』, 1977.
―――, 「존재의 기호학」, 『문학사상』, 1984.
―――, 「시의 언어학 해석고」, 『춘천교대 논문집』, 제13집, 1973.
―――, 「말의 새로은 모습」, 『비대상』, 민족문화사, 1983.
이진홍, 「일상성 파기」, 『문학과 언어』, 제11집, 1980.
이은정, 「김춘수의 시적 대상에 관한 연구」, 이화여대 대학원, 1985.
원형갑, 「김춘수와 무의미 구조」, 『현대시 논총』, 형설출판사, 1982.
장광수, 「김춘수 시에 나타난 유년 이미지의 변용」, 경북대 대학원, 1988.
장윤익, 「비현실의 현실과 무한의 변증법」, 『문학과 이론의 현장』, 문학예술
　　　　　사, 1980.
전봉건과 이승훈의 대담, 「시의 인식과 대담」, 『현대시학』, 1973.
조남현, 「김춘수의 '꽃'-사물과 존재론」, 『한국현대시 작품론』, 문장사, 1981.
조명제, 「김춘수 시의 현상학 연구」, 중앙대 대학원, 1983.
최하림, 「원초 경험의 변용」, 『문학과 지성』, 1976.
현　희, 「김춘수 세계와 은유구조」, 『다층』, 지음, 1978, 봄호.

<번역과 외국저서>
환산민추, 氣란 무엇인가. 동경미술, 1986.
장입문, 氣의 철학(상), 중국인민대학 출판부. 1990.
Abrams, M. H. et al., *The Norton Anthology of English Literature*, Vol.1., New
　　　　York:W. W Norton & Company, 1962.
Bachelard, G. *L'eau et les rêves : Essai sur l'imagination de la matière*, Paris
　　　　José Corti, 1942.

————, 이가림역, 물과 꿈, 문예출판사, 1968.

————, 민희식역, 촛불의 미학, 삼성출판사, 1977.

————, 민희식역, 불의 정신분석, 삼성출판사, 1977.

Freud. S. *Introductory Lectures on Psycho-analysis*, London:hogarth press. 1963.

Frye, N. *Anatomy of Criticism*, Princeton:Princeton Univ. press. 1973.

Guerin Wilfred L. et al., *A Handbook of Critical Approaches to Literature*, Harper & Row. Publishers. 1966.

Hormour, *Ilias*.

Jung C. G. *Essays on Science of Mythology*, Princeton Univ. press. 1973.

Otto. Rank, *The Myth of the Birth of the Hero*, Vol.1. New York:George Brazille, 1965.

Richards Jungkuntz, *The Gospel of Batism*, Conoordia press. 1967.

Wason, G. *The Literary Criticism*, New York, 1967.

Wheelwrigh, P. E. *Metaphor & Reality*, Bloomington:Indiana Univ. Press. 1962.

高銀문학의 求道的 변모 양상
- 고은시의 불교의식적 변화를 중심으로 -

한명환

1. 머리말

   고은문학에 대한 지금까지의 평가는 크게 긍정적 측면과 부정적 측면으로 나누어 볼 수 있다. 긍정적 측면은 '불교적 세계관이라는 자기 자신보다 훨씬 큰 하나의 테두리에 스스로를 의탁함으로써 그의 날카로운 감수성이 가져온 허무의 감정에 견고한 틀을 씌울 수 있었던 것'[1]으로 보는 초기 불교 문학적 관점과 '민중문학 혹은 민족문학'의 관점에서 바라보는 사회·역사적 관점에서 본 평가[2]이다. 부정적 측면

---

1) 김종철, "시와 긴장", (≪문학과 지성≫, 1974.9.) 738쪽.
2) '대체로 민족시, 민중시의 범주 안에 넣는데 이의를 말하는 사람은 없을 것이

은 문학적 체험이 시 언어에 충분히 용해되지 못하고 '물 위의 기름처럼' 떠돌고 있다는 문학 심미성의 결여에 대한 비판과 함께 고은 시의 전모를 '과장'3), '연기'4), '제스처'5), '가면' 등의 표현으로 폄하하는 측면이다. '내적 정황이 아무런 필연성 없이 툭툭 튀어나오'는 시적 구체성의 결여와 난삽한 한자 어휘와 문맥이 닿지 않은 비문법적 표현의 부적절함이 흔히 지적된다.6)

다.'라고 신경림은 <아직 가지 않은 길>(고은, 현대문학사, 1992.)의 해설,114쪽에서 밝히고 있다.

송기숙 (고은시집 <내일의노래> (창비사, 1992), 발문 해설)과 조동일 (고은시집 <해금강>(한길사, 1991), 해설)도 일관된 관점에 선다. 특히 김태현은 고은의 후반기 시에 대해 '그의 시 곳곳에서 지칠 줄 모르고 민중이 하나가 되어 지배 세력과 싸울 것을 사람들에게 권면한다'고 보고 고은시야말로 '강렬한 투쟁의식의 소산'이라고 주장한다.("새로운 세계를 여는 시", ≪실천문학≫, 1990.12. 407 쪽) 반면에 80년대 후반부터 이미 이러한 관점에 대한 비판적 시각이 나타나기 시작하였다. 성민엽은 88년 고은 시집 <네 눈동자>의 발문에서 다음과 같이 기존의 시각을 비판한다.

'역사의식'으로의 변모 이후의 선생을 민족주의 시인이라 부르는 것이 통상적이고 그 부름은 대체로 긍정적 가치판단을 내포하고 있다. 그러나 그 통상적인 부름에 따라 선생의 이른바 민족시를 실제로 찬찬히 들여다보면 우리는 뜻밖의 부정적인 모습들과 마주치게 된다. 그 중 핵심적인 것은 선생의 민족이라는 것이 역사적 민족이 아니라는 점이다. 그것은 과거 지향적이며 퇴영적인 것이어서 자본주의 세계시장의 세계 속에서, 독점자본근거는 되겠지만, 그 세계의 실제적 변혁 가능성을 담지하는 역사적 실체가 되지 못한다.(성민엽, "고은, 혹은 시의 숨결", 고은시집 <네 눈동자>(창작과 비평사, 1988, 139쪽. 발문에서)

3) 안수환, "진흙과 화엄", ≪현대시학≫, 1992., 10.247 쪽.

4) 류철균, "고은 초기시에 나타난 연기의 의미",(≪작가세계≫, 91, 가을호, 71-84 쪽.

5) 오규원, "시적 변용과 그 의미", (≪문학과 지성≫, 1972.3.149 쪽.

6) 김현·김윤식의 『한국문학사』에서는 고은 초기시의 학교문법을 초월하는 기벽에 대해 긍정적인 평가를 내리기도 한다. 그것은 '서정주의 불교가 보여주는 샤머니즘적 면모를 뛰어 넘으려는 노력의 결과'로 보는 '선적 발상'과 관련된다고 할 수 있는데, 김현은 여기서 고은의 초기시가 '한시 번역에서 흔히 볼 수 있는 조사의 탈락 혹은 오용 그리고 실사의 제거 등으로 교묘한

긍정적 측면은 주로 역사주의적 비평 입장에서 이루어지고 있다면 부정적 측면은 대체로 형식주의 입장에서 이루어지고 있다 할 수 있는데 엄밀히 본다면 내용적 측면에 대한 찬반과 형식적 측면에 대한 찬반 논의가 진행될 수 있음을 간과할 수 없다. 그 까닭은 고은문학이 차지하는 시대적 범주의 크기와 그 양적 질적 왕성함이 고은문학의 질을 어느 한쪽으로 한정하기 곤란한데다 그 정신적 높이를 객관적으로 바라보기엔 시기상조인 이유에 있을 것이다. 그럼에도 고은문학에 대한 일단의 학문적 평가를 시도해보고자 하는 것은 그의 문학이 진행 중이긴 하더라도 최근 60년대 문학연구가 활발히 진행되고 있고 고은문학이 어느정도 마무리될 시기에 놓여 있다고 객관적으로 판단되기 때문이다.

고은문학의 전반적 특징은 양적인 풍요성, 장르의 다양성, 극적인 삶에 걸맞는 '활동성'7) 등 다양하게 들 수 있을 것이다. 고은문학은 엄청

여백의 맛을 낸다'고 긍정적 평가를 내리고 있는 것이다. 즉 고은시의 문법 파괴는 모더니스트들의 언어 실험과는 달리 여운을 남기기 위한 시인의 무의식적 행위여서, 그의 시를 생경하게 만들지는 않는다고 주장한다.(김현, 김윤식, 『한국문학사』, 민음사, 1973. 277쪽.) 이렇게 고은 시의 문장에 대한 견해가 달라지는 것은 '불립문자'의 언어를 구사하려는 禪的인 가치와 '시의 언어에 의한 구체적 형상화'라는 전통적 입장에 따른 형식적 가치가 충돌하기 때문으로 보이는데 중요한 것은 고은시의 선적인 발상이 시의 상상적 내용과 맞아 떨어져 효과적으로 전달될 때는 성공적인 표현이 되지만 그렇지 못할 때는 심한 언어상의 모순으로 유치하거나 난해한 것이 되고 만다는 데 있다. 즉, 오규원이나 김종철 등의 비판적 입장은 고은 시가 '제스처'나 '연기'로 폄하하는 근거가 되는데 이는 사실 고은시의 언어도단의 시적 방법과 지향에 대한 입장의 차이라 할 수 있다. 이러한 고은문학에 대한 대립적 평가에는 크게는 참여문학과 순수문학이 대립되는 당대 문단정치적 분위기에도 원인이 있었다.

7) 고은은 1973, 화곡동 시대 이후 이른바 허무주의의 대표자라는 딱지를 떼어내고 현실주의의 탱탱하게 당겨진 활시위로부터 자신의 시와 삶을 어떤 목표, 과녁에 맞추는 '활동성 시인'으로 변전한다. 그 활동성은 마음이 뜨거워

82

난 시집 분량8) 뿐만 아니라 소설집, 장편소설, 수필집, 평론집, 연구 평
전을 합하면 백여 권에 이른다. 그럼에도 고은문학에 대한 본격적 연구
는 아직 零星하기 이를 데 없다. 작가 고은의 문학적 정열과 그 업적에
비해 작품적 평가가 보류되고 있는 것도 또한 고은문학의 특징일 것이
다.

이 글에서는 고은의 시에 대한 기존의 평가를 참고하면서 작가의 불
교적 의식이 어떻게 시작품에 반영되고 있는가를 시의식의 변모양상에
주목하여 검토하고자 한다. 불교적 시의식의 변화의 이포크를 1970년
과 1990년 이후의 세 시기로 구분하고 논하고자 한다. 1970년은 고은
이 환속한 뒤 방황하다가 전태일 분신사건을 계기로 새로운 삶의 변화
를 모색하기 시작한 시기이면서 동시에, 초기시의 특징인 '번뇌와 갈
등'에서 벗어나 <문의마을에 가서>(1969)9) 이후의 강한 신념으로 새로

지면 금방 확 불붙어버리는 시인적 영혼의 휘발성인데, 그의 이런 뛰어난
활력은 십여년의 승려생활과 환속과 파탄지경의 기행과 발광적인 통음과 몇
번의 자살미수에 걸쳐 있는 그의 끓어오르는 절망의 비등점에서 氣化된 새
로운 압력,말하자면 그의 성애 속에 작동하고 있는, 양질 전화의 변증법적
동력에 다름아닙니다. (황지우, "고은론 " <<사회와 사상>>, 1989,6.한길사)

8) 시집/<피안감성>(1960), <해변의 운문집>(1964), <신,최후의 언어마을>(1967), <
문의마을에 가서>(1974), <입산>(1977), <새벽길>(1978), <조국의 별>(1984), <
전원시편>(1986),<시여 날아가라>(1986), <네눈동자>(1988), <그날의 대행진
>(1988), <나의 저녁>(1988), <아침 이슬>(1990), <눈물을 위하여>(1990), <거
리의 노래>(1991), <해금강>(1991), <선시집-뭐냐>(1991), <내일의노래> (1992),
<아직 가지않은 길>(1993), 시전집 및 시선/<고은시전집1,2>(1983), <고은전집
1-9권>(1988), <내 조국의 별아래-고은시선>(1991). 장편서사시/<대륙>(1977), <
만인보>(1986-1993), <백두산>(1987-1996?) 이상 시집이 권 수로 40여권에 이
른다. 이는 한국시사상 유례없는 분량이다.
9) 최초의 <문의마을에 가서>(≪현대시학≫, 1969년 5월호, pp 36-37)는 이후
1974년, <문의 마을에 가서>(민음사)에 실리면서 일차 개작되고 1983년 민음
사판 『고은시전집』에 이차 개작을 거쳐 실리게 된다. 고은 시 <문의마을에
가서>의 개작과정에 대한 고찰은 이광호의 "죽음의 구체성을 향한 도정"(이

운 세계에 용맹정진으로 나아가기 시작한 시점이 된다.[10]

1990년대 들어 고은은 '자유실천문인협의회장', '민족문학작가회의 의장', '한민족예술인총연합회 공동의장','남북작가회담 준비위원장'과 같은 각종 무거운 명함으로부터 서서히 자유로워지면서 선시집 <뭐냐-什麽>와 532 쪽에 달하는 구도소설 <華嚴經>을 출간하는 등 본격적인 불교 소재의 문학에 몰두한다. 그리고 <내일의 노래>(창비사, 1992) <아직 가지 않은 길>(원제: 마정리 바람, 1993)과 같은 시집에서 '선시적 요소와 리얼리즘적 요소의 공존가능성'[11]을 내비치게 된다. 초기와 중기 사이의 변화의 골은 깊지만 중기와 후기의 변화의 골은 다소 완만하다. 따라서 90년대 이후의 저작을 중심으로 후기시를 논한다하더라도 그 내재적 변모의 출발은 80년 중반부터라고 할 수 있다. 그것은 당시 현실정국에 대한 대응방식의 변화와 관계된다. 즉, 제 3공화국 시대와 제 5공화국 이후의 민중문학의 대결방식이 민족주의에서 전투적 마르크시즘으로 바뀜으로써 그것이 시인 고은에게도 상당한 심적 영향을 주었으리라 여겨지는데 이것은 부정과 저항 일변도의 고은의 시정신이 다시금 불교적 성찰의 시정신의 모습으로 돌아가게 한 원인이 되었으리라 추정된다. 중기의 시에도 초기·후기와 같은 선적 부정의 일 갈이라는 불교적 흐름이 있었고 그것이 현실로 드러날 때는 격렬한 선동적 구호로 비치기도 하였던 것이다. 이러한 이유로 고은시의 시의식

광호, 『위반의 시학』이광호평론집, 문학과 지성사, 1993) 231-245 쪽을 참고할 것.

10) <문의 마을에 가서>는 시인의 변모가 시작될 무렵의 과도기적 산물로서 초기의 다소 몽롱하고 막연한 언어가 많이 남아 있었는데- 시전집(고은시전집, 민음사 판-필자 주)의 핵심부에 당당히 자리잡게 되었다.(백낙청, "한 시인의 변모와 성숙"-고은 시전집을 읽고-, ≪세계의 문학≫, 1984, 여름호, 49 쪽)

11) 백낙청, "선시와 리얼리즘", (『고은문학의 세계』, 창작과 비평사, 1993.)165 쪽.

의 변모단계를 초기, 중기, 후기의 삼단계로 구분하여 그 불교적 의식의 추이 과정을 살펴보고자 하는 것이다. 작품을 텍스트로 한 시의식의 분석은 작품 속에 내재한 자아와 세계를 상정하여 시인의 내면의식을 추론하는 방법으로, 시의식 연구방법은 문학이 근본적으로 자아 동일성을 추구하는 자의식으로부터 출발한 서정 양식이라고 보았을 때, 설득력 있는 연구방법이라 할 수 있다.12)

2. 초기시의 내면 - 바람부는 길 위에서의 彼岸感性13)

고은의 삶은 출가-환속-투쟁-成家의 과정을 겪으면서 외면상 '길 위의 삶'이 멈춰진다. 길위의 삶은 초기 산문에서의 고독과 갈등, 환속 후의 자살과 방황, 70년대 이후의 연대와 투쟁으로 점철되다 80년대

---

12) '시의식'의 연구 방법에 대한 중요한 업적으로 이기서, 『한국한국현대시의식연구』, (고려대 (민족문화연구소연구총서 9,1984)를 비롯하여 『한국현대시의 의식현상학적 연구』(최동호, 민족문화연구총서 12 1989) 등을 들 수 있다.

13) 고은 초기시의 내면의식은 대부분 피안과 차안사이의 갈등과 번뇌로 드러난다. 그 또래의 많은 시인들이 그랬듯 어린시절의 전쟁과 죽음,파산의 체험은 내면에 깊은 상처를 남긴다. 차안을 초월하지 않고는 견딜 수 없어 '산문'에 들지만 차안에서의 인연들은 쉽게 지워지지 않는다. 고은 초기시의 내면의식은 주로 이런 아픔을 사랑, 죽음, 이별, 그리움 등 다각도의 정서로 드러난다고 할 수 있는데 세속적 번뇌와 불가의 삶 사이의 길항적으로 작용하는 힘은 바로 '피안감성'이다. 즉, 초기시의 내포화자는 세속적 그리움으로 괴로워하면서도 피안의식으로 그러한 번뇌를 극복하고자 하는 경향을 보인다. 고은은 당시를 다음과 같이 회고한다. '저 건너'가 항상 내가 서 있는 세상으로부터 꿈꾸는 곳이 아닐 수 없다. 나는 현실이나 구체적인 것 그리고 역사적인 상황에 대해서 관념세계를 너무나 바람직한 것으로 이해하지 않은 오랫동안의 벅찬 과정을 지난 뒤, 관념이 얼마나 사람을 사람답게 하는가에 대한 새로운 인식에 도달했을 때 내가 스무살 무렵에 그렇게도 꿈꾸었던 피안이야말로, '저 건너'야말로 나의 불멸의 관념이라는 사실을 깨닫게 되었다.(고은, 『광야에서의 사색』(산문집), (동아출판사, 1993.) 276 쪽).

후반에 들어 마감된다. 집에서 손을 맞는 그에게 더이상의 길위의 방
랑은 없다. 고은 문학의 여정은 고은의 삶과 항상 일치하는 것은 아니
다. 참다운 불교작품을 계획하고 있는 그에게 내적으로는 새로운 구도
의 길을 떠나야 할 지도 모르는 상황에 놓여 있기 때문이다. 사실 산
문에 있던 시절의 고은문학이 누이콤플렉스와 에로스와 죽음의 충동에
서 이루어지고 있음을 보더라도 그가 袈裟를 걸치고 있든 민족작가회
의 의장의 명함을 갖든 그런 외적 의장이 시의식에 지배적으로 영향을
끼치는 것 같지 않다.

초기의 고은시의 의식은 그다지 불교적 가르침을 지향하지 않고 있
는 것같아 보인다. <彼岸感性>이나 <海邊의 韻文集>, <神,最後의 言語
마을>의 지향점은 愛別離苦나 病苦,死苦의 고통에서 벗어나는 '피안'에
대한 예감이어야 할 텐데 오히려 이 세계에서의 인연으로 인한 고독과
그리움으로 꽉 차 있다. 선사로서의 길은 이미 시인에게 너무 지난한
길이었을 것이다. 유년기의 향수와 에로스적 충동(고은에게 자살충동은
에로스적 충동의 다른 면이다)으로 세상은 더욱 허무하고 어디론가 자
꾸 떠나야 하는 것(방랑충동)이다. 6.25동란 중의 즐비한 주검, 자살한
시동인의 목격 체험, 약간의 정신착란 병력을 겪은 그가 선사의 길을
가기에는 속세에 너무나 부채가 많았던 것이다. 불가에 몸담고 있으면
서도 늘 세속적 인연으로 인한 고통 자체가 초기 고은 창작의 산실이
었다는 것은 아이러니한 일이다. 존재에 매달리는 고통은 五蘊盛苦로
서 '충족된 것에 대한 모순된 공허감에서 비롯되는 고뇌'14)이다. 대덕
법계에 이르고 문단의 새로운 시인으로 각광받기 시작한 시인의 고뇌
는 끝없이 달겨드는 존재에 대한 허무감에서 벗어날 수 없는 苦諦이다.

불가에 몸담고 있던 초기시에서는 오히려 <천은사 운>처럼 불교적

---

14). 宋原泰道, 박혜경 역 『법구경 입문』, 범우사, 1986. 73 쪽. 오온이란 色, 受,
　　 相, 行, 識.

86

인 정취와 깨달음을 노래한 것이 드물게 나타난다. <천은사 운>은
'그이들끼리 살데,/돌아 가 한 번 잊은 제 /도로 가고 싶은 /그이들의
얼바람진 산허리/ 같은 운에서 보이듯 동병상련의 심정으로 천은사 비
구니들의 삶을 사랑스럽게 그리고 있다. 이 시는 천은사 여주지 동림
스님과의 애틋한 인연을 배경으로 씌여진 시다.15) 무심한듯 枯淡스런
그들만의 수행의 삶을 동경하면서도 '-데'의 반복된 어조에서 약간의
질투와 투정이 어려 있음을 알 수있다.

　초기시에서 지배적인 심상 가운데 하나는 성적 충동이다. 고은 초기
시의 성적 충동은 사실 오온성고의 고체와 관련이 깊다. 만족할 수 없
는 자아는 환상 속에서의 역할을 쫓지 않으면 견딜 수 없다. <폐결핵>
에서 누이의 환상이 모성에 대한 무의식의 전이 대상이라면 만주벌판
의 환상 체험은 훼손된 아니마에 대한 역할이미지(페르소나와 동일시)
로의 전이(transference)라고 분석할 수 있다. 스물 다섯의 나이로 고은
이 시에 집착하게 된 것도 아니마의 수축에 따른 팽창(inflation)의 무
의식적 발현이라고 할 수 있다. '그렇게라도 하지 않으면 한반도라는
공간이 너무 숨막혔'16)기 때문이다. 이처럼 70년대 이전 초기시의 내면
의식은 그의 절박한 자의식적 몸짓에 의해 표백되고 있었다17).

　　　누님이 와서 이마위에 앉고
　　　외로운 파스.하이드라지드 병속에
　　　들어 있는 情緒를 보고 있다.
　　　뜨락의 목련이 쪼개어 지고 있다.
　　　……

---

15) 고은, '천은사운'에는 천은사 여주지 '동림스님'과의 애틋한 만남을 서술하고
　　있다. (고은, 『광야에서의 사색』(산문집), (동아출판사, 1993.)267-274쪽 참조)
16) 고은, 『광야에서의 사색』(고은산문집), 동아출판사, 1993. 30 쪽.
17) 류철균, "고은 초기시에 나타난 演技의 의미",(≪작가세계≫, 1991. 가을호)

> 늑골에서 두근거리는 神이
> 어딘가의 머나먼 곳으로 간다.
> 지금은 거울에 담겨진 기도와
> 소름조차 말라 버린 얼굴
> 모든 것은 이렇게 두려웁고나
> 기침은 누님의 姦淫
> 한 겨를의 실크빛 연애에도
> 나의 시달리는 홑이불의 일요일을
> 누님이 그렇게 보고 있다.   (<폐결핵>, 1연, 전집 23쪽)

포악한 현실, 건조한 삶에서 시인의 내면은 비정상적인 애정관계를 지향한다. 그것은 위축되고 버림받은 아니마에 대한 보상적 무의식으로서 얼마동안 꾸준히 반복되는 강박적 욕망이다. 위 시에서의 '근친상간적 환상'은 그러한 욕망 실현의 극치를 이룬다. 그러나 모성 컴플렉스적 욕망의 대상은 누님 이외에도 형수, 누이, 아내, 아주머니, 비구니, 사미니 등으로 포근하고 사랑스러운 이미지의 여성으로 더 많이 나타난다.

<눈물>에서, '이 세상의 어디에는/ 부서지는 괴로움도 있다 하니 /너는 그러한 데를 따라가 보았느냐/ 물에는 물소리가 가듯/ 네가 자라서 부끄러우며 울때./ 나는 네 부끄러움 속에 있고 싶었네....해지면 돌아오는 네 울음이요,/ 울 밑에 풀 포기 나 있는 것을 만나서 / 나는 다시 눈물이 나네'라고 노래하는 데서 방랑의 고통과 괴로움을 누이에게 호소하듯 사무치게 누군가를 그리워하고 있음을 알 수 있다. 이와 같은 여성 콤플렉스는 일찍이 일제하의 시인들에게도 일반적 현상으로 확대된 적이 있었듯이 전쟁 전후의 소설이나 시에서도 유행되기도 하였었다. 특히 삼일운동직후 암울한 절망감으로 <백조>의 젊은 시인들은 하여금 죽음을 찬미하거나 에로스적 충동에 몰입하는 듯한 시를 쓰게 하

였었다. 고은 초기시에게 있어서 이러한 죽음충동은 나른한 성적 쾌감을 가져다 주기도 하는 에로스 욕망의 이면이었다.[18] 고은 초기시에서 죽음에 대한 충동은 바다나 해변의 이미지와 자주 결부된다.[19]

> 아아 虛無를 服用한 東支那海입니다.
> 劇藥이 쏟아 집니다.
> 숨 지는 당신의 저녁 머리가
> 검은 바람에 날린 뒤 치켜 오릅니다.
> 그리고 산산이 내려옵니다.
> 熱演하고 싶습니다.
> 새가 흐느끼지 않고 濕氣가 흐느낍니다.
> <서귀읍에서>2연, 시전집, 163 쪽)

죽음의 충동은 허무의식의 돌발적 행위이지만 어둠의 이미지로도 자

---

18) 고은 초기시의 죽음 충동은 에로스 충동의 다른 면이다. 6.25 당시 피비린내 나는 주검들, 동료의 자살 등 폭력적 환경은 심약한 유년기의 시인에게 견딜 수 없는 것이었다. 시인이 네 번의 자살을 시도하게 되는 것은 그러한 유년, 소년기의 충격으로 인한 심한 우울증에서 비롯된 것이라 할 수 있으며 그러한 신경증적 강박관념은 불가에 귀의함으로써 치유되는데는 한계가 있었다. 불가의 성욕 차단은 오히려 근친상간적 환상에 젖게 하고 거기서 다시 얻게 되는 죄의식, 이런 파행적 충동의 근저는 결국 타나토스적 충동의 다른 면으로 회귀되고 만다. 고은은 자살충동에서 묘한 성적 희열감을 맛보았다고 술회하였다. "이상하게도 죽음만 생각하면 황홀한 느낌이 다가오고 어느 때는 그것이 성적인 황홀감 같은 것으로 느껴지기도 했어요. 이런 감정이 나에겐 60 연대 말까지 따라다녔어요"("허무에서 역사로, 다시 새로운 삶으로의 질주", 《문학정신》, 1991. 1월호, 이경호, 정효구와의 대담에서) 시인이 죽음에 대한 강박에서 자유로와 진 것은 20년만에 고향부모를 찾은 후부터라고나 할 것이다.

19) <해변의 운문집>에는 가끔 자아의 이성관이 건강성을 회복하는 경우가 나타난다. '내 아내의 농업'은 그의 소박한 미래의 아내를 묘사하게 된다. 그러나 이러한 소망은 에로스적 죽음의 충동으로부터 간간히 벗어나고자 한 의지적 노력으로 프랑시스 잠의 '순박한 아내를 위한 기도'와 같은 경건함이 있을 뿐이다.

주 표현된다. <속 눈길>은 산문에 몸을 기대고 있지만 선사의 길을 갈
수 없는 자아의 어두운 내면을 고백한 시다.

> 나의 마음은 밖에서는 눈길
> 안에서는 어둠이노라
> 온 겨울의 누리 떠돌다가
> 이제 와 위대한 적막을 지킴으로써
> 쌓이는 눈더미 앞에
> 나의 마음은 어둠이노라   (<속 눈길>, 전집 46면)

 <눈길>에서 눈의 정화력을 통한 화엄적 세계관에 대한 신념을 피력
한 듯하지만 이처럼 <속 눈길>에서는 내면의 고독을 절실하게 절규하
고 있다. 이후 몇 번의 죽음의 벼랑까지 갔다 온 시인은 자신이 선택
한 절망에 철저히 빠지고자 한다. '절망의 끝이 희망'이 될 수 있을까
를 시험해 보는 그는 죽음의 충동,죽음의 강박관념에서 벗어나기 어려
웠다. 운명적으로 고은의 '熱演'의 충동은 삶을 가벼이 보는 죽음의
충동에서 나오는 모험행위였다. 자살충동이 가식적 삶에 대해 자신을
내던짐으로써 획책하는 연기였다면 그것은 마치 '러시안 룰렛 게임'
같이 현실에 대한 부정의 극단적 행위를 통한 '삶을 넘어서기 위한' 표
현과 유사한 행동이었을 것이다. 문제는 그러한 모험 행위가 반복되면
서 병적 집착을 낳게 되어 '성적 오르가즘'이상의 초월적 환희를 가져
다 주기도 한다는 것이다.
 그러므로 고은 초기시의 그러한 내면의식의 정서적 표현이 '연기'나
'과장'으로 보이기도 하는 근거가 허무의식에 갇힌 충동적 감성에 있음
을 알 수 있다.
 시는 심리학적으로 넓게 볼 땐 하나의 병리학적 현상일 것이다. 시
를 쓰는 일은 보통 있는 일이 아니기 때문이다. 그런데도 강박증과 같

은 병적인 것을 시적인 것이라고 여기지 않는 것은 시가 언어로 이루
어진 창조적 상상물이라고 믿기 때문이다. 고은의 초기시가 '열연'으로
비판되는 것은 고은초기 문학이 죽음, 허무의식으로 인한 병적인 성적
충동에 그 출발점이 놓여있다는 점일 것이다. 초기시에서 고은시의 운
명적 출발점을 발견하였다고 하여 그것이 시인의 결함일 수는 없다.
시는 어차피 열등감이나 자아동일성의 훼손으로부터 출발하는 것이기
때문이다. 문제는 그외에도 다른 이유에서 '연기'를 논할 땐 시인으로
선 치명적이다. 즉 시라면 마땅히 갖추기를 바라는 형식적이고 객관적
인 언어의 구조물이라는 믿음 아래 바라본 고은 초기시의 언어적 문맥
이 '연기'적이지 않은가 하는 부정적인 생각이다. 고은 초기시의 언어
적 낯설음 때문이다. 그의 '열연'은 진지한 면이 있음에도 다소 언어상
의 결합과 연결이나 정황의 제시가 돌발적이어서[20] 선시적 풍토에 익
숙하지 않은 독자들에게 치기어린 모습으로 비춰질 가능성이 많은 것
이 사실이다. 그러나 선시적 문채를 벗어나 '죽음'과 '어둠'을 내밀하게
언어로 형상화한 몇 몇 초기시들은 새로운 불교적 세계관으로 나아갈
수 있는 안정된 깨달음을 전달하는 데 성공하고 있다. <묘지송>의 '작
은 제일 하나를 남겼을 뿐-그대들이 다만 옛날을 이루고 있다'에서는
주검들을 자비심으로 응시하는 화자의 시선과 함께 역사의식의 일단마
저 감지할 수 있다. 출세간의 번뇌와 갈등이 초기 고은문학의 토대를

---

20) 고은 초기시에 대한 많은 비판적 시각들은 70년대의 시연구의 방법적 협소함
  을 드러내는 한 예가 될 것이다. 전쟁을 겪고 중학정도를 졸업한 고은에게
  체계적인 한국어 학습이라든가 서구근대적인 문학 학습 경험을 기대하기란
  어렵다. 전통 불교 중에서도 특히 서구적 논리나 작문학습과 거리가 먼 선
  불교에서 단련된 시인의 문학이라는 틀은 전통 한시라든가 선불교의 철학적,
  정신적 입장에서 함께 이해되어야 함에도 70년대의 많은 비평가나 연구자들
  은 그들의 몸에 밴 형식주의라든가 구조주의적인 근대서구이론으로 시분석
  에 접근하고 있기 때문에 고은의 초기시는 한글의 문법도 모르는 언어 구사
  능력을 갖는 것으로 타매될 수 있었다.

이루면서 내면의식의 갈등에서 조금씩 유마경적 깨달음에 접근하고 있
는 것이다. 그의 苦諦는 알고보면 법사로서 선사의 길을 가기에 부족
함에서 나온 것이고 시인으로서의 깨달음이 선종에 더이상 어울리지
않음을 자각하게 하는 과정이었던 것이다. 그는 마침내 선방을 박차고
새로운 고행의 길을 나선다. 그는 현실에 맞지 않게 고답적이고 위선
적인 선종을 버린 것이지 불교의 세계를 떠난 것은 아니었다. 안정된
법사의 삶을 내버리고 길 위에 고통으로 남겨진 시인은 길 위의 삶에
지쳐갈 무렵　頓悟처럼 喝을 외치게 된다. 진흙에서 연꽃이 피어난다
는 유마경적 인식에 도달한 시인은 진흙 구덩이 속에서 노동대중의 고
통을 대신 견디고자 한다.

3. 〈文義 마을에 가서〉이후-선적 부정 정신과 유마적 실천의식

　　〈문의 마을에 가서〉 이후의 고은 詩作에는 선종적 지사로서의 지향
이 드러난다. 일찍이 만해 한용운의 〈님의 침묵〉이 이룩한 선사와 지
사로서의 삶의 선택에 대한 갈등과 신념이 고은 중기시에 닿아 있다고
할 수 있다. 고은의 70년대 이후 많은 평론집, 산문집에서 환속 이후의
삶의 지향점이 '평등주의'에 있음을 밝히고 있는데 이는 특히 禪宗 초
기의 불교개혁정신과 상통한다고 보았다. '불교의 사상화, 사변철학화
의 권위를 불교의 모든 懸敎와 秘密藏의 경전에 대한 일대부정으로 능
멸한 선종'21)의 창제정신이야말로 '높고 낮음도 없고 보살, 성문, 연각,

---

21) 고은, 『시와 현실』, 고은평론집, (실천문학사, 1986.) 155 쪽.

나한도 없’는 ‘일체평등’22)에 있다고 본 것이다. 이러한 선종개혁사상에 기초한 평등주의는 ‘眞人眞僧은 더러운 곳에 있다’거나 ‘난장이, 머저리, 갈보, 망나니, 소경, 귀머거리, 벙어리, 문둥이들이야말로 시혼의 소재지인 것이다.’23)라는 민중주의 문학사상으로 표현된다.

70년대 이후 열악한 현실과의 집단적 몸싸움 기간 동안 오히려 그는 절창을 남겼다. <문의 마을에 가서>나 <화살>에서 죽음에 대한 통찰과 살신의 보시정신이 나타난다. <문의 마을에 가서>에서 시인은 오성온 고의 꿈로부터 어느 정도 벗어난다.

인간에 대한 그리움이나 여러가지 충동으로 표출되던 존재론적 갈등은 선종적 평등주의에 기초한 역사적 실천에 대한 신념을 계기로 해소되고 만다. 선종은 참깨달음을 위해 기존불교의 경전이나 형식에 구애받지 않고자 생겨난 개혁종파이지만 그 근본정신은 기존불교의 것과 크게 다르지는 않다. 예로써 용수의 『中論』이나 『惟摩經』에서도 佛과 衆生을 구별하는 것이 허상임을 밝히고 있는데, 이는 『華嚴經』의 노사나(비로자나)품에도 마찬가지로 설명되고 있다. 온 세계가 곧 부처의 현신이라는 것, 즉 모든 현상이 현신이라는 것이며 그 원리는 부처의 법신이라는 것인데, 결국 모든 것이 하나요 곧 평등하다라는 원리와 통한다.

불교의 참뜻이 평등으로 드러날 수 밖에 없는 것은 이른바 ‘연기설’로도 설명된다. 연기란 ‘이것이 있으므로 저것이 있고 이것이 없으므로 저것이 없다’는 인과론과 관계론의 사상이다. 이 때문에 ‘중론’에서는 모든 극단화된 수행방법이나 주장을 비판한다. 그렇다고 해서 ‘중론’을 ‘유마경’과 관련시켜 ‘무에의 집착과 공에의 집착조차도 넘어선 정신의

---

22) 위의 책, 같은 쪽.
23) 같은 책, 161 쪽.

자유를 지향하는 점에서는 적극적 실천의 논리라고 보아야할 성격을 가진다'고 하고 '역사에의 절망·역사의 가치란 전혀 없다는 단멸의 관점을 거부하고 성립한다'고 주장[24]한 것은 약간의 무리가 있다. 왜냐하면 '중론'이 갖는 역사관은 궁극적으로 '空'의 깨달음의 실천이지 역사적 발전의 관점에서 설한 내용이 아니기 때문이다. 또, '중론'이 갖는 역사적 관점은 '유마경'의 재가승적 실천의 논리와 결부시키더라도 발전적 역사주의를 토대로 한 진취적인 중생의 의지와 상관없는 순환론적 역사관에 가깝기 때문이다. 근본적으로 <중론>은 역사의 주체가 인간이 아니라 '緣起사상'이라는 점에서 자아중심적 실천보다 더 큰 자아에 대한 믿음을 중시한다.[25]

그러나 또한 이러한 믿음이 결코 절망할 수 없는 삶의 희망이자 창조적 적극성의 터전이 될 수 있는 것은 사실이다. 유마경은 '중론'의 '空'에서 한 발 더 나아가 깨우침에 있어 '진흙'의 역설을 말한다.

> 고원의 메마른 땅에 연꽃이 피지 못하고 낮은 곳의 습한 진흙땅에라야 꽃이 피는 것과 같습니다. 이와 같으므로 무위의 법을 깨달아 정위로 들어간 이는 끝내 다시 불법을 얻을 수 없고 번뇌의 진흙 가운데 있는 중생이라야 불법을 일으킬 수 있습니다.[26]

---

24) 김흥규, "님의 소재와 진정한 역사" (『문학과 역사적 인간』, 창비사, 1930. 9-37쪽)에는 용수의 『중론』과 『유마경』의 실천적 대승불교적 관련성에 대해 자세히 논하고 있다.
25) 중론의 사상은 본질적으로 '空'에 있음을 중시해야 한다. '空'은 '空性'의 사상으로 일체법의 실재로 확립하려는 實在論的 입장을 부정하였다. 즉 사물이 실체(自我)로서 존재함을 타파한 논법은 존재 자체에 대한 깊은 사색의 자취를 나타내고 있다. 이 공성의 사상은 '無我'로 표시되는 불타의 사상적 입장을 대승적으로 전개시킨 것이다. (平川 彰외 2, 윤종갑 역, 『중관사상』, 경서원, 1995.)
26) 『유마경』, 홍정식 역,(『세계사상선집1』, 동서문화사, 1977) 227 쪽.

94

라고 밝힌 것은 부처의 입을 빌어 중생들이 살아가는 이 땅이야말로 곧 구원의 땅,정토이며 이를 떠나서는 부처의 나라가 따로 있을 수 없다.27)는 대승주의적 실천의 중요성을 역설한 것이다.

그러므로 고은이 선택한 진흙의 삶에는 더이상의 번뇌가 있을 수 없다. 고은은 선종의 개혁불교정신을 마음껏 실천하고자 하는 터전을 유마경의 가르침에서 얻고 있다. 그 터전은 바로 온갖 잡다한 번뇌가 들끓는 '마을'이다. <문의 마을에 가서>는 초기 번뇌의 바다에서 부침만 하던 시인이 마침내 그리운 '마을'에서 모든 길의 가능성을 열어 미망의 업으로부터 비로소 벗어나고 있음을 보여준다. 인간사에 대한 엄숙함을 '절하고 싶다 저녁연기 피어오르는 먼 마을'로 단행시에서도 절실하게 읊은 시인은 '문의 마을에 가서' 죽음과 화해한다. 애초에 시인이 마을을 떠난 것은 '먼곳으로부터의 꿈꾸기' 위해서였다. 그것은 '먼곳으로의 지향으로 시작된 서구 편력'28)과 동일한 방법으로서의 우회적인 길이었던 만큼 시인은 기필코 '마을'을 잊을 수 없었고 마을이야말로 마음 속의 참신앙이 되고 만 것이다. '겨울문의여 눈이 죽음을 덮고 나면 우리 모두 다 덮이겠느냐'는 읊조림은 '길들은 모두 추운 소백산맥으로 뻗는구나'라든가 '빈부에 젖은 삶은 길에서 돌아가 /잠든 마을에 재를 날리고/ 문득 팔짱끼고 서서 참으면/먼 산이 너무 가깝구나'에서 보이는 실존적 죽음의 문제와 가난한 이웃에 대한 자비의 실천을

---

27) 김홍규, 위의 책, 11-29 쪽.

28) 고은은 '멀고 먼 세계로부터 내가 존재할 수 있는 근거를 찾아냈다. 그것은 고뇌하는 젊음에게 준 단 하나의 축복이었다'(고은 외, 『내 인생의 책들』, 한겨레신문사, 1995. 11쪽) 일본을 통한 서구독서체험을 고백하고 있는데 이러한 젊은 시절의 의식은 출가하게 된 중요한 단서가 된다. 어린 고은은 죽음목격과 자살충동의 악순환에서 벗어나기 위해 현실과 가장 먼 곳, 즉 중이 되는 길, 그것도 언어도단의 선종을 택한 것이다. 그것은 악몽같은 현실로부터 가장 멀어지기 위한 방편이었던 만큼 의식 속의 현실은 더욱 지울 수 없었던 것이다.)

대등하게 융합시키고 있다. 화자는 이를 계기로 유마적 살신궁행의 이타적 실천에 몰입할 수 있게 된다. <화살>을 보자.

> 우리 모두 화살이 되어
> 온몸으로 가자
> 허공 뚫고
> 온몸으로 가자
> 가서는 돌아오지 말자
> 박혀서
> 박힌 아픔과 함께 썩어서 돌아오지 말자
> ……
>
> 허공이 소리친다
> 허공 뚫고
> 저 캄캄한 대낮 과녁이 달려 온다.
> 이윽고 과녁이 피 뿜으며 쓰러질 때
> 단 한 번
> 우리 모두 화살로 피를 흘리자　　　　(화살,2연 ,전집 574 쪽)

'박혀서 /박힌 아픔과 함께 썩어서 돌아오지 말자'에는 추상적인 하늘을 찢어버리고 땅으로 돌아온 시인의 절규라 할 만큼 시대적 당위라든가 투철한 역사의식으로만 설명하기 어려운 보다 큰 것에 대한 신앙을 전제로 하는 절박함이 있다. 과녁, 화살, 피 이런 단순 명료한 시어들은 선적 '喝'의 부정 정신과 함께 재가승의 살신궁행의 보시의 참모습을 너무도 명징하게 전달하고 있다. <화살>이 내포하는 방향이 '혁명적 낭만주의'라든가 '70년대 리얼리즘 시의 혼'[29]이라든가 하는 평가에서처럼 '위대한 자기 희생'의 고귀함을 상징한 <화살>은 '怨憎會苦'의 세속적 번뇌와 충돌을 그린 것도 아니요 오로지 살신성인, 재가승의

---

29) 최원식, "고은, 서정시 30년의 역정"(『고은문학앨범』 웅진출판, 1993. 183쪽)

실천적 이타정신의 표백외에 다름아니다. 그릇된 가치에 집착하는 세상에 대해 통렬하게 비판하는 부정정신은 '기침을 하자/젊은 시인이여 기침을 하자./눈을 바라보며/, 밤새 도록 고인 가슴의 가래라도/마음껏 뱉자/'고 한 김수영의 어투로부터 첨예하게 발전하여 전투적 알맹이만 남은 모습으로 형상화되어 있다. <화살>이 갖는 시적 성취는 오랫동안의 구도적 수행과 민중적 실천, 그리고 명상의 끄트머리에서만 얻어지는 선적 大喝聲처럼 시대적 고통과 현실적 삶의 실천 방향을 선명하게 부각시켜 놓았다는 데 있다.

70년대 이후의 고은의 이러한 변화는 어린시절의 전쟁, 죽음의 트로마로부터 벗어나게 하였을 뿐만 아니라 애정의 결핍으로 인한 대리 욕망의 환상을 떨쳐 버릴 수 있게 하였다. 그 일례로 그의 시에 등장하는 누이, 어머니 등 여성성의 이미지는 인간 고은태로부터 초월한 민족공동체의 여성상으로서 보편성을 갖고 등장하게 된다. 개인의 운명적 시련에 시달림을 받아 온 시인과 아수라장같은 민족 현실과의 만남이 다행할 수 있었던 것은 시인이 '정토'가 아닌 '穢土'에 뛰어듬으로써 민중적 자각과 자유를 위해 자신의 역할을 팽창시켜 나가게 된 때문이었다. 그리고 그러한 역할 팽창이야말로 고은을 죽음에 대한 강박, 우울증적 염세, 성적 일탈 등 초기시의 존재론적 절망의 나락에서 벗어날 수 있도록 해주었다. 고은은 1973년 박대통령 3선 개헌직후 정치적으로 살얼음같은 상황에서 자유실천문인협회를 구성하고 각종 집회와 항의를 주도하였다. 제일공화국하에서 독재를 경험한 국민들은 이미 알아서 조심하기 시작하던 시절이었다.[30) 시인의 꾸짖음과 외침의

---

30) 특히 유신헌법 이후부터는 학자들간에 직접적으로 시국에 대해 쓰기가 곤란하여, 어쩔 수 없이 비판해야 하는 경우 매우 난해하거나 모호하게 써야 했던 사정을 일컬어 '안개지수'라는 용어를 사용하였다.(한완상, 광주 Y.W.C.A 강당, 시국강연에서, 1978.10.)

행각은 쾌도난마, 7-80년대의 난세를 시원스레 꿰뚫고 지나 간 한 줄기
폭풍과 같은 것이었다고 할 수 있다.[31]

이 모든 역사적 실천은 외면상 엄청난 변화처럼 보이지만, 시인의
편에서 보면 '서정주나 효봉의 자리에 전태일을 앉혔'[32]을 뿐인데서
비롯된다. 서정주나 효봉, 그리고 전태일은 고은 삶의 변화의 계기였을
뿐이라는 대목에서 우리는 '뿐'의 의미에 주목해야 한다. 고은의 시의
식 내면 풍경은 일관된 구도의 흐름으로 파악되어야 한다. 최초 고은
초기시의 내면 세계가 인연의 번뇌에 갇힌 자아가 세계를 감당할 수
없는 병적 충동과 죽음의 강박의 폐쇄적 세계관으로 드러나고 있는 것
과 70년대 이후 시에서는 역할 이미지, 즉 자아(페르소나)의 외적 팽창
으로 인한 유마적 살신성인의 실천에 이른 행위는 어떤 단절이 있을
수 없기 때문이다.

자아팽창의 무의식은 때때로 욕설이나 극단적 부사어로 언어 사이를
비집고 돌출하여 반항 자체의 부정정신만으로 거칠게 나타나기도 하고
선과 악의 도식적인 대립 의식[33]으로 비약되기도 한다. 호흡이 거칠어
지고 산문화되기도 하는 파행이 주로 거듭된다. 언어적인 면에서 볼
때, <갯비나리>나 <자장가>와 같은 서사시들이 민족전통적 정서를 현
대시적인 호흡으로 계승할 수 있었다는 것이 수확이라면 수확일 것이
다. '자장가'에서는 엄마와 돈 벌러 간 아빠의 사랑을 아기를 매개로

---

31) 한명환, "한 구도자의 갈등과 신념 -고은론", 예술평론(대구예술평론가협
   회,93년 가을호 94-114쪽) 112-113 쪽 참조.
32) 김승희, "파란과 신명의축제",(『고은문학앨범』,웅진출판사,1993.), 104쪽.
33) 78년이후 92년 사이만도 5판을 찍은 고은시집 <새벽길> 한 권만 보더라도
   친구,누이,형제,아가,아주머니 등 가족적인 호칭과 왜놈, 쪽바리, 양코백이,
   되놈 등의 호칭이 노골적으로 대립되고 있음을 알 수 있다. 이러한 대립 의
   식은 적과 아군의 대립 설정에서 비롯된 것으로 자칫 흑백 논리의 오류를
   범하게 되어 국수주의화될 위험성을 내포하고 있었지만 암울한 현실에 대한
   뚜렷한 부정정신의 표현이었다는 점에서 대중의 수용폭이 컸다.

98

하여 훨씬 곡진하고 애달프게 들려주는 대목이 빼어난다. 그러나 이 시에도 엄마의 노래에 '홀앗이 쓸쓸한 방 방 한 칸도 역사여라'처럼 바닷가 아녀자의 노래에 어울리지 않게 자주 '역사'나 '진리'와 같은 관념어의 남발로 시상을 단절시킨다. 이는 근본적으로 70년대의 고은 시의 지향점을 지적해 준 예가 될 수 있다. 그는 언어의 시를 쓰고자 하지 않았다. 시인은 스스로 고통을 딛고 도달한 선종의 개혁정신과 유마적 법열을, 진정한 불교의 길을, 온 세상에 알려 주려고 오직 신념으로 외친 것[34]이라 할 수 있다.

<문의마을에 가서>이후 장편 서사시에 이르는 이와같은 고은 중기 시의 풍경은 이처럼 외면상 변화의 골이 큰 것 같지만 그 내면에는 일관된 길위에서의 구도 의식이 흐르고 있었다. 그리고 그 일관된 의식이란 다름아닌 아수라장의 현실을 거부하고 부정하는 선적 자각과 유마적 실천으로서의 구도의식이었다고 할 수 있다.

4. 〈華嚴經〉의 '立法界品'과 〈禪詩〉의 가르침으로

1983년 '대림동산'에 정착한 고은시는 페퍼포그 속의 아수라장으로 부터 조금씩 멀어지게 되는데 이른바 시집 <田園詩篇>(1986)이 갖는 농촌지향의 여유와 관조는 진흙 바탕의 역사적 소용돌이 현장을 총람하게 하는 업적을 낳게 한다. 1988년 이후 10년간 제작된 <萬人譜> 12권과 <白頭山> 전작이 그것이다. 두 장편서사시는 고은시의 중반기 문학을 결산하는 절정을 이룬다. 이러한 절정의 순간에 구도소설 <華嚴

---

34) 시인의 기존불교에 대한 저항의식은 살불정신으로도 표방된다. '부처님 끌어 내려요/잘 먹어 잘 생긴 부처님 끌어 내려요/...단청 똥갈보 대들보 내려요/용 대가리는 무슨 용대가리여요/ 대웅전 다 허물어/ 중들 쫓아 버리고 먼지 구 더기 돼 버려요 (<대웅전>,1연)

經>(1990)을 완성한 것이나 선시집 <뭐냐>(1991)를 완성하여 이후 선시풍의 시가 늘어나게 된 것은 우연이 아니었다. 고은은 환속이후 줄곧 '禪宗'이나 '華嚴'의 세계에 대해 관심을 두고 있었기 때문이다. 1974년 <어린 나그네>(예문관)를 발표하였고 선시풍의 짤막한 시를 꾸준히 써왔다. 화엄 지향의 의식도 그의 시가 절망이나 고뇌섞인 좌절감으로 젖어들지 않도록 제어한다. 일례로 1988년 시집 <네 눈동자>는 암담한 현실 속에 '때로는 상충되고 또는 상호 모순되기도 하는 시적 움직임들'의 총화를 이룬 것임에도 시라는 은밀한 흐름 가운데 '화엄'의 이미지에서 흔들릴 수 없는 시인의 불교적 세계관을 엿볼 수 있게 한다.

선종계의 개혁정신, 자유분방한 초경전주의는 후반기의 고은시가 화엄세계를 지향하는 것과 대립되거나 논리적으로 모순되지 않는다. 고은의 시가 갖는 불교적 특성이 선시풍의 불립문자의 '喝'의 속성에 있으면서도 교학적인 화엄종의 화엄사상을 지향한다는 것은 어찌보면 모순되는 것같이 보인다. 그러나 화엄사상이 모든 불교의 근본원리로서 고은의 후기시의 종착적 지향점이 되고 있는 것은 고은시의 40년 동안 일관성있게 흐르고 있는 선적 지향의식이 있었기 때문이다. 고은 스스로 시란 그 본질상 불교의 선적인 요소가 잠재한다고 주장하였듯 선시적 요소가 시에 공통적으로 있다는 것은 결국 시가 주관적인 시인의 마음에서 우러난 '유심'과 멀지 않기 때문이다. 선의 출발이 아라야식의 유심에 있다는 것은 이미 알려져 있듯 화엄의 세계 역시 바로 아라야식에서 출발한 비로자나불의 대승주의를 지향하고 있는 것과 마찬가지로 서로 대치될 수 없는 내포적 관계임을 알 수 있다.35) 중기시의 유마적 실천이 화엄 지향의 의식과 별개의 것이 아님을 다음시에서 알

---

35) 唯心說이 경전상에 명확한 형태로 나타나는 것은 <화엄경>의 십지품의 '現前地'에서 '三界唯心說'이다. 瑜伽불교에서는 이 유심설을 唯識으로 파악하고 마음의 인식작용을 분석하여 유심론적이고 세계관까지 구축하였다.

수 있다. 80년대 후반의 『네 눈동자』의 첫 쪽에 실린 시 <화엄>은 모든 현실적 고뇌와 투쟁이 자연의 한 일부로서 거대한 법신의 원리에 음일하게 통일되고 있음을 극명하게 전달하고 있다.

> 서로 비추노니
> 서로서로 비추노니
> 눈부시어라
> 온 세상 어둠 끝 간 데 몰라[36]

술에 만취했던 명정의 순간에서든 아수라장의 한 복판에서든 어느 한 순간 붙잡힌 이러한 '황홀'[37]감은 우연이 아니다. 삶이 고해인 此岸에서 이러한 피안감성은 사실 고은시를 떠받치는 중요한 에네르기가 되고 있음을 간과해서는 안 된다. 팔십년대 민중을 위한 보시, 살신궁행의 도정에서 이와같은 짧은 선시적 시 '화엄'을 첫장에 둠으로써 유마적 실천의 지향점을 놓치지 않고자 한 것이다. '진흙'속에서의 '화엄'을 지향한 시인의 내면의식은 역사적 진보에 대한 맹목적 실천성을 경계한다. 불우한 이웃에 대한 의무적 연대의식만으로 중생이 고통으로부터 구제될 수 없음을 자각한다. 고은의 삶을 지탱하고 있던 내면의식이 '그 먼 곳'을 지향하는 피안의식임을 그의 초기시에서 살펴본 바

---

36) 시집 <네 눈동자> (창비사,1988),8 쪽.
37) 화엄경 중에서 성립연대가 가장 오래 된 축에 속하는 十之品에는 보살이 부처에 이르는 열 가지 단계를 歡喜地, 離垢地, 發光地, 焰慧地, 亂勝地, 現前地, 遠行地, 不動地, 善慧地, 法雲地의 열 가지 경지로 단계적으로 설명하고 있다. 십지란 보살의 인격 세계의 발전 과정을 열 단계로 나눈 것이다. 위의 시 '화엄'에서 얻는 기쁨은 '자리행(깨달음의 실천)과 이타행(사회적 실천)을 통해 얻는' '환희지'에 가깝다. 이러한 '환희지'는 설사 부동지의 경계에 이르렀다 하더라도 쉽게 느낄 수 있는 깨달음이 될 것이다. (다마키 고시로, 위의 책, 126-128 쪽 참조)

있듯이, 죽음충동을 벗어난 경험한 그가 화엄 지향적 삶이 주는 **희망**과 기쁨의 전율을 몰랐을 리 없다. 화엄의 세계는 유마적인 낮은 곳에서의 역경과 고난과의 싸움을 통해 더욱 잘 깨달을 수 있는 세계이기 때문이다.

세계가 주체가 되어 세계 자신을 알고 또 그것을 실천하는 화엄의 지혜는 난해[38]하기로 이름났지만 그만큼 깨달음의 지혜로서는 불경 가운데 단연 최고의 경지라 할 만하기 때문에 근본적인 불교적 이상의 세계로 구도자의 이상향이 되고 있는 것이다. 비로자나불의 현신이 대우주이고 그 본체인 법신이 부처임을 깨달아야 하는 화엄의 세계에 들기 위해서는 선정과 지혜를 통해서만이 가능하다. 禪定은 선종의 좌선으로서 그것은 인도의 요가와 상통하는 바가 있으나 華嚴經에서는 '자아관념'(아라야식)에서 벗어난 '화엄삼매'(海印三昧라고도 함)라 부르는 大禪定으로 향한 일대 전환이 요청된다. 선학원 출신의 시인이 타락한 불교를 타매하는 선시를 쓰고 유마적인 '진흙'의 삶을 긍정하는 평등주의를 실천하는 것은 결국 화엄의 세계에 이르는 도정인 것이었다.

소설 <華嚴經> 역시 그러한 화엄적 지향의식이 형상화된 구체적 모습이다. 소설 <華嚴經>이 어떤 점에서 소설이고 어떤 점에서 경전인가에 대해서 이동하는 결국 왜 이 소설이 소설인가를 분석 비교하여 보여주고[39] 있지만 그것은 어디까지나 소설과 경전 사이의 차이점을 증

---

38) 그것은 마치 꿈 같고 환상 같아 망양하여 잡히는 데가 없다. -석존의 제자 중에 지혜제일의 사리불과 신통 제일의 목련이 있다. 이 두 사람은 '화엄경'을 설법하는 자리에 있었으나, 마치 귀머거리인 듯 벙어리인 듯 아무것도 이해하지 못했다고 전한다.(다마키 고시로, 『화엄경의 세계』, 12 쪽).

39) 이동하는 소설 <화엄경>이 소설로서 충분하다는 점을 첫째, '화엄경'의 '입법계품'보다 훨씬 실감 있는 세계를 만들어내고 있다는 점, 둘째, 선종의 세계에서 찾아볼 수 있는 파격적이고 자유분방한 관점과 스타일을 도입하여 원래의 '입법계품'보다 훨씬 더 서민적인 성격을 창출하고 있다는 점, 셋째, 고은 특유의 화려하고 발랄한 언어가 구사되고 있는 점을 들어 주장한다.

명해 보인 것일 뿐이다. 고은의 소설 <화엄경>이 김성동의 <만다라>나 한승원의 <아제아제바라아제>, 혹은 이문열의 <사람의 아들>과 같은 구도적 소설과 다른 점은 대중성, 통속성을 포기했다는 점이다. 난해한 화엄의 사상을 선재의 구도 여행담으로 바꾸어 풀어 쓸 정도의 각색을 한 소설<화엄경>은 그가 오랫동안 꿈꾸어 온 정통 구도소설이었던 것이다. 그러므로 소설 <화엄경>은 소설적이긴 하지만 불교경전적 가르침을 주조로 설화적 구성, 예를 들면 '탐색담'의 유형을 그대로 답습한다. 다양한 선지식을 거쳐가는 무변화의 구성은 문학적으로 볼 땐 설교적이어서 지루한 일면이 있다. 더구나 안내역할과 깨우침을 주는 선지식 등의 등장인물들은 반복·중복되는 인상을 준다. 수사법에 있어서도 선적 문답이나 경전적 비유에 치우치고 있다. 이 점은 고은문학이 삶의 현장에서 다시 경전에 몰입한 대표적 예로 보이는 데, 이것은 고은 후반기 문학의 중요한 특징이다. 이러한 고은문학의 후반기적 특징은 두 가지 면을 제기하게 된다. 첫째는 고은문학의 본체가 불교적 가르침에 따른 것으로 그 본류가 40년간 흐르고 있었다는 것. 둘째는 <만인보>, <백두산>을 절정으로 고은문학이 다시금 원래의 경전적 가르침의 세계로 수습되고 있다는 점이다.

소설 <華嚴經>에서 평화와 자유, 진리를 설하는 그윽한 목소리가 넘치는 낙영락성의 아름다움을 만난 선재는 그가 거쳐온 힌두지방의 모진 삶, 착취와 학대, 차별, 가난의 고통의 세계를 떠올리며 '이 같은 고통스러운 땅이 바로 제석천의 낙원을 낳는 어머니임을 알고 있다' 즉, 선재는 잘못된 세상의 고통은 인간이 순종하고 감내해야 할 고통임을 깨닫는다. 그러한 깨달음은 저항하고 부정해야할 땅위의 투쟁적 의미

여기서 주목할 만한 점은 선종적인 자유분방함을 잘 살려 입법계품과 달리 더욱 소설답게 되었다는 지적이다. (이동하, "선재동자의 새로운 구도여행", (≪작가세계≫(고은특집호), 1991, 가을호, 100-109 쪽)

를 반감시킬 수 있는 연기설에 기초한다. 그러나 불교적 역사관은 사바세계의 고통을 견디는 것을 전제로 한다. 고은의 화엄지향이 추상적으로 그치고 않는 것은 선적 부정과 유마적 실천의 대승적 불교에 근거하고 있기 때문이다.

> 사바세계는 고통의 세계이자 그 고통을 참는 세계이다. 뭣 때문에 이 세상의 괴로움과 아픔과 슬픔 가운데 태어나는가. 바로 그런 것을 강요하는 자를 견디다가 없애고, 그런 자의 악을 견디다가 재가 되게 하려고 보살은 때로 힘센 군사를 일으키는 사변을 땅 위의 역사에 일으키는 것이다.[40)]

華嚴經의 세계가 모든 불교의 깨달음의 총화로서 난해한 경지라 할 때 고은문학의 총집결지는 화엄지향의 세계관, 華嚴經에 가까운 것임을 알 수 있다. 그러한 내면의식이 강해지면 강해질수록 작품 내용은 오히려 문학적 형상화가 미흡한데 머물고 마는 것은 작가의식의 과잉으로 인해 작품내용이 종교적 교술성에 빠져들기 때문이다. 이른바 <華嚴經>의 호한한 규모와 <선시집-뭐냐>의 교술성이 경계해야 할 점은 바로 문학과 종교사이의 한계를 분명히 하는 것이고 그렇게 함으로써만이 독자 대중들로 하여금 진정한 화엄의 경지를 느끼게 해 주는 고은문학의 진정한 도달점이 될 것이다.

5. 맺는 말

지금까지 고은문학의 불교적 세계관을 그의 시의식의 변모과정을 중

---

40) 고은, 소설 <화엄경>, (민음사, 1991.) 218 쪽.

심으로 검토하여 보았다. 진흙과 화엄의 세계지향이 모순되지 하고 조화를 이루는 융일한 불법의 깨우침으로 나아갈 수 있는 호한한 가능성은 40년에 이르는 치열한 시정신, 저항정신이 아니고는 불가능한 경지이다. 그것은 고은문학이 갖는 내구적 실천과 '喝'적인 표현에의 정열을 함께 이해하지 않고는 받아들이기 곤란한 모순이자 쟁점이 되고 말 것이다. 언어를 초월한 언어의 지향은 궁극적으로 시의식이라는 내면의식, 시인의 지향의식을 살펴보지 않고는 건성이 될 수밖에 없기 때문이다. 고은초기시가 갖는 특성을 단순히 '모더니즘적'이라고 매도할 수 없는 이유는 바로 이것이었다. 50-60 년대의 시풍의 영향이라든가 문단지적 배경에 의한 이해의 한계를 고은 초기시의 잘못된 분석에서 깨달을 수 있다.

더구나 고은 초기시의 갈등과 苦諦의식이 중기시에서 활발하게 '휘발'할 수 있는 신념으로 나아갈 수 있는 근거였다는 점은 고은시의 맥락에서 간과할 수 없는 점이었다.

근대식 교육과 서구적 발상과 거리가 먼 비구출신의 시인들에게 언어의 세련됨이나 정돈된 논리로 접근하려는 노력이 별 효력이 없음을 우리는 만해 한용운의 시에서 경험한 바 있다. 치기나 단순성으로 치부되기 쉬운 선시풍의 짧은 시, 지나치게 늘어놓은 사설 일변도의 장광설은 시에 대한 내면의식 특히 불교의 어법, 전통에 대한 이해없이는 이해하기 어렵다. 일찍이 만해가 이룩한 불교문학의 높이를 이후의 불교 시인들이 넘어서지 못하는 것은 시적 기법의 부족함, 언어 훈련의 미비가 원인이 아니라 오히려 삶과 형식이 일치되지 못하는 나약한 정신적 높이에 기인한 것은 아닐까 ? 어떤 열정이나 믿음이 없는 구도적 내면의식은 언제나 허약한 채 '님의 침묵을 휩싸고 도는' 소시민적 세계에 머물러 있을 뿐이다.

90년대 들어 <선시집>이나 소설 <華嚴經>의 종교적 취향이 오히려 종교적으로 대중과 유리되고 마는 것은 고은 중기시들이 내포하는 선적 부정, 유마적 실천을 통한 참부처를 지향한 신앙적 정열때문이라면 잘못된 판단일까? 초기시에 잠재된 불교적 철학과 중기시 이후의 변화 양상은 선종의 막다른 길목에서 찾은 유마적, 화엄적 경지를 발견한 것이라 할 수 있지만 후기 작품에서의 불교적 지향의식은 높이는 커졌지만 문학적 구체성의 매개없이 원전 주석적인 틀안에서의 성실성에 그치고 있다.

지금까지 고은문학의 불교적 세계관의 변화양상을 살펴보기 위해 초기, 중기, 후기를 대표할 만한 작품을 들어 시에 드러난 불교적 시의식을 개략 살펴보았다. 이같은 구분 방법이 적절할 지는 더 면밀한 작품적 검토가 이루어짐으로써 확인될 것이다. 시인은 이제 바람부는 길위에 서있지도 만행을 일삼지도 않을 것이다. 시인은 집에서 손을 맞는다. 작게는 초기시 가운데 '내 아내의 농업'에서처럼 표면의식에 따라 작은 소망을 이루었고 크게는 먼 훗날 과연 제대로 이해할 수 있게 될지 모를 문학사적 족적을 남겼다. 앞으로 시인으로서 더 이상의 변화를 가져오지 않는다면 그는 정말 '진보적 소시민'에 그칠 것이다. 그러나 시인은 속성상 안주할 수 없는 존재다. 어쩌면 운명적으로 허무와 환희의 체험을 윤회해야 했던 시인이 이제 끊임없이 쓰면서 새롭게 태어나야만 할 것이다. 70년대 이후의 아수라장에서의 法悅이 진정한 법열일 지는 깨닫기 위해서는 시인은 또다시 바랑을 지고 떠나지 않으면 안된다. 그것은 끊임없이 구도의 고된 길을 떠날 줄 알았던 선재동자의 가르침이기도 하다. 시인의 마음은 늘 길 위에 서야 한다는 집착을 버릴 수 없는 운명을 지닌 이상 그는 언제까지든지 화엄의 세계를 지향하는 지상의 어린 선재동자로 남아 있을 것이다.

고은문학 40년, 백 권에 이르는 저서의 방대한 분량, 암울한 시대 소신을 꺾는 일없이 사람과 사람 속에서의 글쓰기, 그 글쓰기가 사고가

106

아니라 행위로 보이는 浩汗함은 다소 문학적 틀안에서 이해하기 어려운 측면이 있다. 비평적 논란만 많을 뿐 제대로 된 깊이있는 분석연구가 없는 것도 고은문학의 특징이라면 특징이다. 또한 여느 시인에 비해 연구 대상이 되는 횟수가 놀라울 정도로 적어 소문만 무성한 것도 아쉬운 일이었다. 70년대 김현·김윤식의 『한국문학사』에서 고은시의 현대시사적 가치를 평가, 수용[41]하고자 하였던 것은 그간의 고은문학의 회피적 경향에 대해 의혹이 생기게 하는 작은 빌미가 될 수 있다. 이 글은 고은문학 비평의 전반적 검토를 토대로 고은문학의 전모를 불교적 세계관의 입장에서 거시적으로 보고자 한 의의만을 제공할 뿐이다.

〔홍익대학교 국어국문학과 강사〕

<참고문헌>은 각주로 대신함.

인용된 작품은 『고은시전집』1,2권(민음사, 1983)에서 발췌하였음.

---

41) 김현,김윤식의 [한국문학사](민음사, 1973) 276 쪽. 이 책에서는 고은의 초기 문학에 대해 '고은, 혹은 소멸의 시학'이란 제목으로 다루고 있는데, 이는 문단사,논쟁사,잡지사,근대문학 단절론을 극복한 역사주의 방법에 기초하여 기술된 최초의 근대문학사의 시도라는 점에서 의의가 깊다. 각주 6) 참조.

〈만선〉의 비극적 특성 연구

심상교

1. 서 론

한국의 근대 리얼리즘 희곡이나 신파조의 대중극 대부분이 비극적 내용을 다루고 있지만 비극이라고 규정되는 경우는 별로 없다. 그 이유는 대개 다음 몇 가지로 요약된다. 첫째, 작품이 절망의 비극적 상황을 진지하게 표현하지 못하고 있으며, 둘째, 비극적 내용을 구성하는 인물과 사건이 좀 더 처절한 패배의 심연에 빠지지 않고 있고, 셋째, 슬픔의 원인이 인생에 대한 폭넓은 통찰과 관련되고 있지 못하다는 것이다. 이러한 지적은 일차적으로 서구적 미학에 준거하여 작품을 바라보기 때문이며 한국 희곡이 보여 주는 비극적 특질의 이질성을 온당한 미적 기준으로 인정하지 않으려는 태도 때문인 것 같다. 서구의 비극과 한국의 비극이 서로 다른 것은 아닐 것이나 한국적 비극의 모습을 찾기 위한 나름의 논의[1]를 더 활성화할 필요가 있다.

희곡이 서양에서 들어 온 장르인만큼 서양의 이론으로 한국 희곡을 분석하는 것은 당연한 이치일 것임에도 한국 희곡을 분석하는 잣대가 비극론에 이르면 유난히 엄격해지는 듯한 인상을 준다. 간혹, 비극론의 전범처럼 되어 있는 『시학』을 기준으로 하여 분석하는 경우에는 한국 희곡이 희곡적 완성도 면에서 뒤처진 것이 아닌가 하는 오해를 불러 일으키기도 한다. 희곡작품에는 비극적 요소와 희극적 요소가 혼합되어 있는 경우가 많기 때문에 어느 한 쪽의 특성으로 하나의 작품을 재단하는 일이 반드시 바람직한 작업은 아닐 것이다. 그렇지만 하나의 작품이 어느 한 쪽의 특성을 선명하게 보여 줄 때 그 특성에 대한 고찰은 작품 이해에 도움이 될 것이다.

천승세의 <만선>(1967)은 비극의 특성을 선명하게 보여 주고 있으며 인물과 사건의 얽힘이 비극론 잣대의 엄격함에도 견디는 특성이 있다. <만선>의 내용은 현실의 물질적 조건과 설화적 운명공간 안에서 전개된다. 비극의 주인공은 이 두 조건 현실의 물질적 조건과 설화적 운명공간에서 벗어날 수 없었기 때문에 좌절하고 절망한다. 주인공이 벗어나려고 했던 전자의 조건은 현대적 삶의 모습과 관련되고 있고 후자의 조건은 우리 삶의 원형과 관련되어 있다. 주인공의 독선과 오만한 성격은 자신에게 주어진 조건들을 극복할 수 있을 것이라 확신하고 있다. 그러나 그 믿음은 잘못된 것이었기에 그 자신을 포함한 가족과 주변에 절망의 슬픔을 남기고 있으며 결말에 보여지는 몇 몇 죽음의 원인이 되어 절망으로 급락하는 작품 말미를 더 가파르게 한다.

그래서 본고는 두 개의 조건과 주인공의 대항이 앞에서 거론한 두

---

1) 심상교, 「1950~60년대 희곡의 비극적 특성 연구」, 고대박사논문, 1998. 이 논문에서 이런 시도를 하고 있으며 이와 관련된 자료들을 소개하고 있다.

문제 즉, 슬픔의 정서와 한국적 표현법이 어떻게 맞물려 선명한 비극적 특성으로 나타나는지를 고찰해 보고자 한다.

<만선>에 대한 기존 논의는 많지 않다. 서연호는 '현실과 이상의 갈등, 꿈의 좌절 등을 주제로 설정하였으나 그것이 상투적인 전개에 그치지 않고 인물의 성격추구가 그러한 주제를 견실하게 떠받들고 있어 신선한 감동을 느끼게 해 준다'[2]고 했으며 '서구의 전통적인 비극적 방법에 토대를 둔 이 작품은 리얼리즘의 큰 성과의 하나로 기억된다[3]'고 평했다. 김방옥은 '자연과 가난이라는 환경에 의해 패배하는 인간을 그린 자연주의적 작품으로 해석할 여지도 있다[4]'고 전제하면서 사실주의 희곡의 모범적 작품으로 해석한다. 특히, 주인공 곰치는 '우리 나라 사실주의 희곡에서 성격다운 성격을 부여받은 인물[5]'이라고 평한다. 그런데 김방옥은 <만선>의 비극적 특성을 논하면서 등장인물의 '비극적 인식'을 기준으로 비극적이냐 아니냐를 자리매김 한다. 곰치가 비극적 인물이라는 해석을 하면서도 '다소 모호한 위치에 서 있는 인물[6]'이라고 설명한다.

비극적 특성이라는 용어는 비극에 관한 기존의 서구 논의와 한국 고전에 나타나 있는 여러 가지 슬픈 장면[7]에서 추출되는 슬픔의 특성을

---

2) 서연호, 「리얼리즘 연극의 인식과 전개」, p40, 『동시대적 삶과 연극』, 열음사, 1988

3) 서연호, 위의 책, p.40

4) 김방옥, 『한국 사실주의 희곡 연구』, p.143, 한국공연예술연구소, 1988

5) 위의 책, p.146~147.

6) 김방옥, 위의 책, p.149.

7) 한국 고전 소설에 나타난 비극성과 관련된 자료는 ·김명순, 「한국고소설의 비극성과 결말구조」, 『고소설 연구 논총』, 이수봉박사 정년기념 논문집, 경인문화사, 1994. 그리고 ·김관웅, <고소설에서 보여지는 비극적 요소에 대하여>, 소재영교수환력기념논문집, 「고소설사의 제문제」, 1993, 집문당.을 참조했고, 판소리에 나타난 비극적 특성에 관한 자료는, 심상교의 「판소리의 비극적 특성에 관한 연구사적 검토」, 『판소리 연구』 7집, 판소리학회,1997.를 참

의미한다. 다양하고 오랫동안 논의 되어온 비극의 핵심을 슬픈 내용으로 구성된 작품이라는 의미로 확대하고 슬픈 내용의 층위는 등장인물이 죽거나 등장인물의 행복한 상태가 불행한 상태로 변하게 되었을 때 혹은 희망이 좌절되었을 때를 슬픔의 층위로 하겠다. 단순한 슬픈 감정, 슬픈 사건을 비극에서 제외시키는 논자도 있지만 우리의 경우 슬픈 이야기, 비장의 상태를 비극성으로 분류한다. 슬픈 내용은 연민과 극적 긴장을 통해 전달되는 경우가 많은데 연민과 극적 긴장은 몰입성과 병행되어 나타나기도 한다. 몰입은 감정의 공유를 가능하게 하고 이어 감정에 변화가 생기게 되는데 이 과정에서 감정의 정화가 부수되기도 한다. 내용에의 몰입부터 감정에 변화가 생길 때까지의 과정에 작용하는 핵심 동인을 비극성이라고 하겠다. 비극성은 작품의 내용과 관련되어 몰입을 유도하며 내용의 흐름과 동질성이 획득된 다음 발생하는 슬픈 감정의 원인이자 한 종류인 것이다.

2. 본 론

본론의 전반부에서는 현실적 조건으로 발생되는 비극적 요소를 살핀다. 현실적 조건은 경제적 예속과 관련된다. <만선>의 배경이 되는 칠산마을 어민들은 빚을 많이 지고 있다. 생존을 위해 어쩔 수 없는 일이었다. 빚을 변제하려는 노력을 하지만 현실적 조건은 이런 노력을 방해한다. 현실의 조건이 채권자에게 유리하게 되어 있기 때문이다. 부당한 상황이 전개되고 있다고 할 수 있지만 이것은 현실을 지배하는 조건이다. 이런 조건 때문에 채무자들은 좌절과 절망을 경험한다.

조 했음. 심상교의 논문에는 판소리의 비극성에 관련된 기존논의를 상세히 검토하고 있다.

1) 경제적 조건

①부당한 계약에 의한 곰치일가의 희생

칠산 마을은 '퇴색한 지붕'과 '명색뿐인 싸리 울타리'로 된 어촌이다. 과거에 풍족한 생활을 하기도 했으나 지금은 어획고의 감소로 매우 궁핍한 생활을 하고 있다. 경제적 궁핍에 신명나는 일도 없이 살아가던 마을 사람들에게 삶의 전기가 되는 사건이 일어난다. 칠산 앞바다에 '부서'가 나타난 것이다. '부서'가 나타났음을 알리는 징소리와 주인공 곰치의 목소리는 매우 흥분되어 있다. 오랫동안의 침체와 고통에서 벗어날 수 있다는 희망을 기대하기 때문이다. 이들 소리는 억눌렸던 마을 분위기를 한 순간에 변화시켜 마을 전체가 희망으로 가득차게 한다.

'부서떼' 풍어로 '허벅다리'만한 굵기의 부서를 '넉접'이상씩 잡게된 곰치와 마을 사람들은 흥분을 감추지 못한다. 마을 사람들은 갑작스런 풍요에 여러 형태의 기쁨으로 반응한다. '발뻗고 살 수 있게되었다'고 넋두리하듯 과거의 고단한 삶을 말하는가 하면 배를 구입하여 자신의 배로 고기를 잡으려는 계획을 세우기도 한다. 경제적 궁핍을 해결하고 삶의 새 모습을 설계하는 희망찬 모습으로 행복의 도래를 기대하는 것이다. 그러나 그들의 계획과 설계는 곧 고난에 빠진다. 그들은 몇 년간 누적되어 온 빚을 청산해야만 하는 것이다. 부서의 풍어로 기쁨을 감추지 못할 때 '풀이 죽어' 등장하는 연철의 모습을 통해 풍어의 기쁨과 곧 이어질 고난의 현실이 교차된다.

> 곰 치 : (영문을 몰라서) 믄 소리여? (와락 연철의 팔을 붙들고) 아니, 믄 소리여? 엉?
> 연 철 : (처절하게) 다, 다 뺏겼오! 아무 것도 없이 다 뺏겼오!

112

일 동 : (비명처럼) 믓이라고?
곰 치 : (미친 사람처럼) 뺏기다니? 뺏기다니? 믓을 누구한테 뺏겼단 말
        이여? 엉?
연 철 : (처절하게) 빚에 싹 잡혔지라우! 그것도 빚은 이만원이나 남
        고...... (절규하듯) 믄 도리로 막는단 말이요?
        (『한국대표희곡선집』2. p390, 태학사, 1996. 이하 쪽수만 표기)

만선의 기쁨을 나누고 있을 때 연철이 등장하여 자신이 잡은 부서를
빚 변제 몫으로 모두 빼앗겼다고 절규한다. 빚 변제는 채무자가 이행
해야 할 당연한 의무이나 계약이 공정하지 않기 때문에 연철이 처한
상황은 부당하다. 칠산 마을의 어민들은 생계를 위해 돈을 빌린다. 그
런데 돈을 빌려 주는 자산가는 과다한 이자를 요구하며 변제가 불가능
한 기한안에 변제의 의무를 지운다. 고리대금업같은 부당한 계약이라
도 약자인 어민은 삶을 유지하기 위해 이런 계약을 수용할 수밖에 없
다. 흉어가 계속되는 동안 빚은 눈덩이처럼 불어나 채무 불능상태가
된다. 채무자인 어민들은 자신의 빚이 정확이 어느 정도인지 모른채
그저 앞으로의 수입 모두는 빚을 탕감하는데 쓰여 질지도 모른다고 생
각 하거나 빚을 더 얻어 쓰는데 장애가 없게 하려고 빚 갚는데 열중한
다. 그래서 채무자인 어민들은 채권자에게 자기 삶을 종속시킨 채 살
아가게 된다. 그 관계가 부당하다고 해도 그들은 그 부당한 구조 안에
서 살 수밖에 없고 그 구조에 능숙하게 적응하는 길을 찾아야 한다.
그래서 부당한 계약은 예속관계를 결과하고 어민들을 구속하게 된다.
자신이 잡을 부서를 '뺏겼다'라고 외치는 연철의 대사는 부당한 계약
에 희생당하는 어부의 모습과 감정을 잘 보여주고 있다.

성 삼 : (격분하여) 안됩니다! 그럴 수는 없지라우! 돈 사천 원에 부서
        넉접이 넘가요?
임제순 : (발끈해서) 아니면 으짤 참이엿? 이자를 생각해 봐! 놀랠 것이

뭇이여?
연　철 : (비꼬는 투로) 놀랠 것 하나도 없지라우! 이렇게 될 줄 뻔히
　　　　알었지라우! (불같은 한숨)　　(p391)

성삼의 대사로 추측해보면 부서 넉접의 가치가 사천원을 초과하는 가치임에 틀림없다. 그래서 성삼은 부서 넉접으로 이자 사천원을 대체하겠다는 임제순의 행동에 강한 불만을 표시하는 것이다. 연철은 임제순의 부당한 요구에 예상했던 일이었으므로 놀랄 이유가 없다는 역설적 태도를 보인다. 이런 태도는 부당한 계약이 늘 행해져 왔음을 암시하는 것이며 억울한 자신의 처지를 호소하지만 현실적 해결책이 없는 상황을 자조하는 행동이라고 할 수 있다.

칠산 마을의 채권자들에 의한 어민의 희생은 곰치와 관련되어 갈등의 최고점에 이른다. 특히 선주 임제순과 곰치와의 관계가 그렇다. 선주 임제순이 곰치에게 요구하는 빚 변제 조건은 부당한 계약의 전형을 보여 준다. 가진 자는 못가진 자의 절박한 상황을 악용하여 자신의 이익을 극대화 하고 있는 것이다. 자산가의 횡포로 요약되는 현실의 조건에 희생되는 못 가진 자의 고통이 드러나는 것이다.

임제순의 부당한 계약 조건은 수년 동안의 흉어로 누적된 빚을 이틀 안에 다 갚아야 한다는 것이다. 곰치가 어부로서 뛰어난 능력을 가졌다는 점은 마을 사람들에게 인정되고 있는 점이고 부서가 나타난 날, 첫 어획량으로 보아 그런 상태가 며칠 지속되면 그 간의 빚을 다 갚을 수 있을 것으로 기대되지만 이틀안에 수 년간의 빚을 갚는 것은 불가능한 것이 틀림없다. 임제순은 곰치가 이 조건에 응하지 않으면 '배를 묶겠다'고 한다. 임제순의 부당한 요구는 실행 불가능한 것이지만 곰치는 이에 정면으로 대항하지 못한다. 부서떼가 마을 앞 바다에 있는 것을 보고 출어하지 않을 수도 없고 출어하게 되면 부당한 계약에 응해야 한다. 곰치는 임제순의 배가 아닌 다른 사람의 배를 타려는 등 해

114

결방법을 찾아보지만 가닥은 잡히지 않는다. 이에 임제순의 부인 구포댁과 아들 도삼은 자신들의 경제적 궁핍 때문에 생긴 처지를 원망하면서 오랫동안 희망해 온 부서의 풍어를 고통으로 생각한다.

구포댁 : (간이 타게) 가난이 뭇잉고? 이 놈의 가난이 대체 뭇이여?
도 삼 : 바로 이것 아니요? (격정적으로) 펄떡펄떡 뛰는 부서를 눈앞에
         두고도 배를 띄우기는 커녕 멀거니 앞산 팔고 앉어서는, 저 기
         뻐서 미쳐 날뛰는 소리마저 듣기 싫어 귀를 틀어 막어사 쓰는
         이것 아니여? (야릇한 웃음 뒤에, 허탈하게) 입을 봉하고 살어!
         입이 백 개라도 꼭꼭 봉하고 살어……   (p396)

궁핍이 결과한 경제적 예속 때문에 어민이 가질 수 있는 가장 기본적 행복조건인 만선에의 기대가 무산되고 있고 이로 인한 박탈감에 절망감이 누적되는 상황이 나타나고 있다. 만선은 어부들에게 희망적인 일이고 행복을 보장하는 일이다. 만선은 경제적 이득을 보장할 뿐만아니라 어부로서 만선을 이루었다는 정신적 위안과 만족감도 준다. 그런데 선주가 배를 묶겠다는 위협은 만선을 향한 어부들의 노력이 시도조차 될 수 없는 상황이 초래되기 때문에 절망의 상태를 결과하게 된다. 그래서 배를 묶는 일은 그들에게 죽음과도 같은 일이라 할 수 있다. 곰치는 절망의 상태를 맞지 않기 위해 부당한 조건이지만 임제순의 계약조건에 응한다. 임제순이 요구하는 계약 조건의 실상을 살펴보자.

임제순 : 보자이— 계약서를 이렇게 썼네. 열 엿세니까 내일이시! 좀 짧
         네만은 내일 저녁까지 밀린 배 삯 이만 원을 치르기로 돼 있어!
곰 치 : (어안이 벙벙해서) 너, 너무나 시일이 짧습니다요! 너무나 시
         일이 짧습니다요! 나는 오늘부터 사흘 안으론지 알었지라우!
임제순 : 무슨 소리? 어지께 자네하고 합의한 것인께 계약날은 어지께
         여야 되지 안컸어?
곰 치 : 글씨라우— 글씨라우……

임제순 : (벌떡 일어서며)뭇이여? 씨! 자네가 그런다면 나 다 파계하고
         다시 배를 묶겄어!
곰 치 : (황급히 일어서 임제순의 팔을 잡고는) 아닙니다. 영감님 말씀
         이 옳지랍녀? 예예! 예!   (p415~416)

부서를 잡기 시작한 첫 하룻동안 넉접 반의 부서를 잡아 원금 사천
원에 부과된 이자를 변제했는데 이틀동안 원금 이만원과 그에 부과되
는 이자를 갚기란 현실적으로 불가능하다. 이행 불가능한 계약은 곰치
를 불행에 빠뜨리게 될 것이 틀림없다. 어부들의 궁핍을 이용하여 자
신의 이익을 확보하고 경제적 예속 관계를 지속시키려는 고리대금업자
로서의 야욕을 드러내고 있다. 이처럼 이행 불가능한 계약에 응한 곰
치는 자신의 욕망을 실현하지 못한 채 다시 임제순에게 경제적으로 예
속되는 절망의 상황에 빠질 것이다. 그러면 곰치를 판단력 불능상태에
빠뜨리는 욕망은 어떤 모습인가?

곰치에게는 어부로서의 능력을 인정받으려는 욕망과 부서를 많이 어
획하여 물질적 만족을 추구하려는 욕망이 있다. 두 개의 욕망은 동전
의 양면처럼 다르게 보이나 실제로는 하나의 욕망체계를 형성하고 있
다. 이것은 만선이라는 욕망에서 만나고 만선을 통해 해결될 수 있는
욕망이 되는 것이다.

물질적 만족의 내용은 빚을 모두 갚고 뜰망배라도 자신의 배를 하나
장만하겠다는 것이다. 경제적 예속의 고리를 끊으려는 목적이 있는 것
이다. 그러나 현실의 조건은 곰치의 계획을 불가능하게 한다. 선주 임
제순에게 진 빚을 갚아야 자신의 행복을 담보하는 일이 시작될 수 있
는데 임제순의 계약 조건이 실현 불가능한 비현실적인 내용들로 되어
있기 때문이다. 설상가상으로 이 실현 불가능한 계약을 곰치는 실현
가능한 것으로 인식하고 이를 수용한다는 점이다. 유능한 어부로 인정
받고자 하는 욕망과 경제적 독립에 대한 욕망이 결합되어 부당한 계약

에 대한 성찰을 할 수 없게 된 것이다. 부서떼를 잡으려는 어부로서의 집착과 배를 마련하겠다는 집착이 분별력을 상실케 한 것이라 할 수 있다. 욕망의 무게가 부당한 계약을 판별할 수 있는 분별력을 눌러 버렸기 때문에 눈앞에 전개되는 부당성에 대한 이의 제기가 불가능해졌다. 임제순의 부당한 조건 제시는 자산가로서 당연한 행동인 것처럼 나타난다. 자산가의 축재가 어떻게 이뤄졌는 가를 알 수 있게 하며 부당한 조건이 관습처럼 받아들여져온 어촌 마을의 실상을 짐작케한다. 임제순의 부당한 행동을 통해 부당한 계약에 희생당해 온 어민들의 비참한 경제적 예속 상태가 읽혀지고 있다.

그러나 곰치의 경우 이 부당성을 바다를 통해 극복할 수 있다고 생각한다. 그래서 계약에 응했던 것이나 성공하지 못한다. 삶의 절대 공간인 바다가 절망의 공간으로 바뀌기 때문이다. 회복할 수 없는 상태로 전락하기 때문이다. 바닷가 절망의 공간으로 바뀜으로서 곰치만 절망을 경험하는 것은 아니다. 빚을 갚고 뭍으로 떠나려 던 구포댁도 절망하고 결혼을 계획했던 슬슬이도 절망한다.

곰치 가족의 희망은 곰치의 과도한 욕망에 비해 상대적으로 약화되어 있긴 하지만 모두 애절하고 처절하다. 가족의 희망은 곰치의 행동에 부수되는 비극적 결과라고 할 수 있다. 구포댁의 희망은 뭍으로 나가는 것이다. 더 이상 자식을 바다에서 잃고 싶지 않기 때문이다. 자신이 낳은 자식 넷을 이미 바다에서 잃은 처지이고 남은 세 자식 도삼과 갓난애기 슬슬이와 함께 뭍에 나가 행복한 삶을 살고 싶어 하는 것이다. 딸 슬슬이의 희망은 연철과 결혼하는 것이다. 두 사람은 결혼을 약속했고 행복한 미래에 가슴이 부풀어 있다. 그런데 이들의 희망은 좌절된다.

구포댁의 좌절은 자식 상실과 관련되어 더 애절하고 슬슬이는 약혼자를 잃게 되어 슬프다. 도삼이 풍랑으로 목숨을 잃자 구포댁은 마지막 남은 자식인 갓난아기의 미래가 염려되어 폭풍우가 몰아치는 상황에서도 자식을 뭍으로 떠나 보낸다. 정신 이상의 결과라고 할 수 있는 이 행동도 악순환되는 경제적 예속에서 벗어나지 못하는 절망 상태를 보여 주고 있는 것이며 동시에 곰치의 과도한 욕망 즉, 만선에의 집념이 만들어 낸 비극적 결과라고 할 수 있다. 슬슬이의 약혼자 연철의 죽음도 곰치의 과도한 욕망 때문이다. 이러한 곰치의 과도한 욕망은 물질적인 것 때문이고 그 실상은 경제적 예속관계가 억압하는 장애에서 발생한 것이라고 할 수 있다.

육지와 바다가 현실과 이상의 절대 공간으로 항상 나뉘어 지는 것은 아니다. 일상적 삶에서 곰치나 어민들에게 육지와 바다는 동일한 삶의 공간이다. 그러나 착근할 수 없는 현실의 조건이 주어지거나 이상 세계를 향한 욕망이 표면화 될 때 분리된다. 공간의 분리는 욕망체계에 의해 발생되며 욕망체계는 외적 조건에의해 유발된다. 곰치의 욕망체계는 현실 만족적이나 외부 자극에의해 과도한 상태로 부풀려진다. 어부로서의 삶에 충실하려는 현실 만족의 사고와 경제적 예속에서의 탈피가 외적 조건에 의해 균열되어 자아 완성과 경제적 독립의 적극적 열망으로 변해 가는 것이다. 현실 만족은 삶의 현재 조건 내에서 사고하고 행동하며 그 결과로 행복상태를 차지려는 것이고 자아 완성과 경제적 독립의 적극적 열망은 현실적 장애를 극복하려는 적극적 삶의 태도에서 확장된 것이다. 곰치의 욕망이 확장에 실패하고 장애에 부딪칠 때 비극성이 발생한다.

②늙은 자산가의 결혼 방해

경제적 예속에서 발생되는 비극성은 범쇠의 행동에서도 나타난다. 범쇠는 주막의 주인으로 칠산 마을에서는 자산가 계층에 속하며 나이가 50세이며 기혼이다. 그럼에도 그는 곰치의 딸 슬슬이를 아내로 삼고자 한다. 슬슬이는 19세로 결혼을 약정한 남자가 있다. 그럼에도 범쇠는 이들 사이에 끼어들려고 한다. 늙은 기혼자가 젊은 처녀와 결혼하려는 부당한 기도(企圖)가 설정되어 있다. 범쇠가 원하는 결혼은 자본가의 비도덕적 횡포라고 할 수밖에 없다. 그러나 부당한 혼인 기도는 구포댁의 동의를 받는 상황에 이른다.

자본가 범쇠는 경제적 예속 상태를 벗어나지 못하고 있는 곰치네에 접근하여 그들을 도와 주겠다고 한다. 이틀동안 이 만원을 임제순에게 갚아야 하는 계약은 실현 불가능성을 인지한 범쇠가 곰치의 계약을 대신 이행해주는 대신 슬슬이를 자기 아내로 삼겠다고 한다. 범쇠의 행동은 자본이 이윤을 남긴다는 이치와 연결되어 있다. 즉, 돈을 투자하고 그에 따른 이윤의 기대는 당연하다. 따라서 빚을 대신 변제해 주고 반대급부를 요구하는 것은 있을 수 있다. 그러나 범쇠가 요구하는 이윤은 도덕적이지 못하다. 인신매매적이기 때문이다. 곰치와 구포댁, 슬슬이의 오빠 도삼, 그의 애인 연철 등은 범쇠의 거래 제의를 적극 반대한다. 범쇠의 부당한 결혼기도를 무시하는 것이다. 그런데 범쇠는 계약의 중요성을 인식하고 있는 인물이다. 그래서 자신의 거래 조건이 실현될 것이라고 자신한다. 최악의 상황에 처한 곰치일가가 자신의 거래 조건에 동의 하리라고 기대하는 것이다. 범쇠는 곰치가 계약을 이행하지 않았을 때 큰 불이익이 발생할 것이라는 강한 암시를 줌으로써 자신의 목적을 달성하려고 한다.

곰치와 도삼, 연철이 바다에 나갔다가 풍랑을 만나 파선된 다음 범쇠의 행동은 더 적극적이 된다. 슬슬이와의 결혼기도를 더 적극적으로 추진하는 것이다. 파선으로 곰치는 임제순과의 계약을 이행치 못하게 되었다. 임제순은 계약을 이행하라고 윽박지르고 차압운운 하면서 곰치네를 절망적 상황으로 몰아간다. 이 때 범쇠는 자신의 거래 조건이 이뤄지기를 은밀히 추진한다.

임제순 : 으음— 됐어! 돈 관계는 분명해사 쓰는 것이니…….
범 쇠 : 절절이 옳은 말씀이지라우! (힐끗 힐끗 구포댁의 눈치를 살피
         며 서성댄다)
임제순 : (내뱉듯) 헛 참, 살다살다 기맥힌 꼴을 다 봐! (퇴장)
범 쇠 : (다정하게) 아짐씨이!
구포댁 : (벼락같이) 뭇이여! 뭇이난 말이여?
범 쇠 : (질려서) 이라지 마시요! 당최 이라지 말어!
            …… 중 략 ……
범 쇠 : 허어— 아짐씨! 아짐씨가 그렇게 소락때기만 친다고 일이 끝
         나는 것이 아니요! 발등에 떨어진 불을 우선 끄고 볼 방도를
         캐사제! 이래도 내 말이 틀린단 말요? (p430-431)

범쇠는 곰치네의 절박한 상황을 염려해주는 듯 하지만 실제로는 자
신의 욕심을 채우려는 행동을 한다. 약자인 곰치네의 빚갚기를 도와 주
는 것이 아니라 임제순의 빚받기에 협조함으로써 곰치네의 절박한 상황
을 더 악화시키려는 것이다. 곰치네는 현실적으로 빚을 갚기 어려운 상
황에 처했다. 그러나 임제순은 곰치네의 절박한 상황을 고려하지 않고
빚갚기만을 강요할 뿐이다.

구포댁은 배의 파선을 자식의 소멸로만 인식한다. 파선이 계약을 실
천해야 하는 법적 의무 이행을 불가능하게 하는 위기 상황은 인식하지
못한다. 범쇠는 구포댁이 인식하지 못하는 사항을 일깨워 준다. 자신의
경제적 도움이 필요한 상황임을 인식시키려는 것이다. 범쇠의 도움이
실행되면 곰치네는 새로운 경제적 예속 관계로 전이된다. 임제순에 대
한 예속이 범쇠로의 예속으로 전이되는 것이다. 이런 예속의 전이는
범쇠의 결혼기도를 실현 시킬 수 있는 전단계가 되는 것이다. 범쇠는
욕망의 성취를 위해 예속의 전이를 은밀히 추진하고 있다.

도삼과 연철의 사망 소식이 전해지자 범쇠는 오히려 기뻐한다. 자신

의 욕망이 실현되는 것으로 생각하기 때문이다. 곰치네가 받고 있는 빚갚기의 강요 상태를 해결해 줄 수 있는 배가 파선되었기 때문에 범쇠 자신의 경제적 도움이 절대적으로 필요하게 되었다. 그러나 범쇠가 예상하는대로 일이 진행되지는 않는다. 구포댁과 슬슬이는 이 상황을 경제적 위기로 인식하기보다 가족 붕괴의 위험으로 인식하고 도덕적으로 인식하기 때문이다. 도덕적 가치관이 경제적 이해관계가 상충되고 있다. 도덕적 가치관과 경제적 이해관계가 상충되는 지점에서 비극적 상황이 유발된다. 경제적 예속이 내포한 상황의 절박성도 중요한데 구포댁은 이런 상황에까지 인식을 확대하지 못한다. 비극적 상황에 대한 대응방식이 도덕적 대응 태도 뿐만 아니라 법적 절차라는 사회제도의 이용과 경제적 대응태도도 필요한데 인식의 편협성 때문에 적절한 대응이 이뤄지지 못하고 있는 것이다.

파선과 사망 소식이 경찰에 의해 확인되자 범쇠는 곰치네의 경제적 위기를 이용하는 애욕의 행동을 노골화한다. 슬슬이를 차지하려던 회유적 태도가 강압적 태도로 바뀌는 것이다. 이와 같은 범쇠의 적극적 행동에 슬슬이는 갈등한다. 곰치네의 경제적 위기를 극복하기 위해 범쇠의 요구를 수용하느냐 아니면 파산 상태에 처하더라도 도덕적으로 대응하느냐 하는 갈등을 하는 것이다. 슬슬이는 범쇠의 행동에 도덕적 대응으로 맞선다. 범쇠의 요구를 단호히 거절하는 것이다. 범쇠의 요구가 거절됨으로써 곰치네는 경제적 파산을 맞게 될 것이다.

슬슬이가 어느 쪽을 선택하더라도 비극적 상황이 예상된다. 슬슬이가 범쇠의 요구 조건을 수용하였다 하더라도 행복한 상황이 보장되지는 않을 것이기 때문이다. 애욕에 부풀려진 늙은 자본가와의 결혼이 행복할 것이라는 기대는 충족되기 어렵다. 젊은 남녀의 결혼이 고난을 극복하고 성공에 이르렀을 때 희극이 되는 예가 많다. 로마의 희극이 그렇고 춘향전이 그렇다. 그런데 <만선>의 경우는 젊은 남녀의 결혼이

성사되지 않는다. 경제적 예속이라는 현실의 조건이 이들에게 파멸적 상황을 초래했기 때문이다. 게다가 늙은 자산가 범쇠의 결혼 방해 행동으로 이들의 결혼 좌절은 더 슬픈 상황으로 이어진다. 슬슬이가 자살하는 것이다.

슬슬이는 겁탈하려는 범쇠의 완력에서 벗어나기 위해 도망치다 헛간으로 들어가서 자살한다. 파선으로 임제순과의 계약을 이행하지 못하게 되었고 오빠와 애인이 사망하였기 때문에 가족 상실로 인한 절망감도 누적되었고 늙은이 자본가의 물질적, 육체적 폭력의 위협을 감당할 내성이 와해되면서 극단적 행동을 선택한 것이다. 절망감의 누적으로 삶의 분별력이 혼미해졌을 때 범쇠의 야만적 애욕이 슬슬의 정신 세계에 치명적 충격을 준 것이다.

결혼 좌절은 경제적 예속과 도덕적 가치관이 자본주의하에서는 상충된다는 점을 보여 주는데 기능한다. <만선>은 자본주의 사회에서 경제적 이익과 도덕적 가치관이 상보적이 되지 않았을 때 비극적 상황이 발생할 수 있다는 점을 암시하여 현대 자본주의 사회의 비극성에 주목한다. 경제적 이익과 도덕적 가치관이 상보적이 되기 어려운 자본주의 사회의 현실을 비판하면서 두 가지가 융합된 가치관으로 정위하기를 바라는 희망도 보여주고 있다.

2) 원형적 조건

인간 정신의 근저에서 인간의 행동을 제약하는 하나의 억압적 기제로서 작용하는 것으로 교육에 의해 습득될 수도 있고 경험에 의해 인지할 수도 있으며 유전에 의해 잠재되어 있다가 표면화 될 수도 있는 사건이나 형질을 원형이라고 하겠다. <만선>에서의 원형은 인간 의지로 극복할 수 없는 한계를 설정하기도 하고 성공할 것처럼 보이던 사건도 파멸되도록 하는 특성도 갖고 있으며 지극히 간절한 인간의 희망도 무참히 짓밟아 버리는 포악함도 보여 준다. 이런 의미에서 <만선>을 제약하는 원형의 조건은 운명이나 숙명과 같은 성질과 근사하다. 그래서 이 원형의 조건은 <만선>에서 현실의 조건에서 벗어나려고 하는 인물들을 패배시키고 죽음으로 몰아 넣는다.

곰치가 원하는 정신적 만족, 즉 유아독존적 훌륭한 어부로 인정받으려 하는 욕망이 바로 원형성 때문에 생긴 것으로 볼 수 있다. 그리고 섬에 태어나 바다를 근거로 살아가는 삶의 조건도 원형과 관련된다고 하겠다. 이러한 조건은 섬으로부터 떠나려고 하는 희망들을 파괴적으로 제약한다.

<만선>의 배경은 섬이고 이곳에 사는 사람들은 어업으로 생계를 꾸려 간다. 바다를 삶의 근거로 하고 있는 이들은 고기떼가 몰려오면 풍족하게 살게 되지만 고기떼가 몰려오지 않으면 가난하게 산다. 이들은 바다를 지배하고 있는 것이 아니라 바다에 철저히 지배당하고 있는 것이다. 바다에 복종하며 지배당하지만 그들은 늘 바다로부터 떠나려고 한다. 그들의 운명이 바다에 지나치게 구속되고 있기 때문이다. 바다에 구속되어 있는 어민 대부분은 선주에게 빚을 지는 등 경제적으로 예속되어 있고 이 경제적 예속은 어민들의 삶을 고통스럽게 한다. 경제적 예속에서 벗어나려는 어민들의 희망은 그들의 주 소득원인 '부서'가 많이 잡혀야 실현되는데 어민들 스스로의 힘으로 '부서'를 많이 잡을 수는 없다. 보이지 않는 어떤 힘이나 운명에 의해 횡재하듯 그들 앞에 부서떼가 나타나지 않고서는 그들은 부서떼를 잡을 수 없다. 그들은 '부서'떼를 그들 앞으로 유인한다거나 '부서'떼를 찾아가서 어획할 기술이 없기 때문이다. 그래서 칠산마을 사람들이 경제적 예속에서 벗어날 수 있는 현실적인 방법은 없는 듯 하다. 그들이 처한 현실의 고통이 스스로의 노력에 의해 해결될 수 없는 상황이 만들어지는데 이것이

바로 원형의 조건 때문인 것이다. 이 원형은 결과적으로 곰치일가의 삶 전체를 파괴하는 원인이 된다.

①기대의 좌절

기대의 좌절은 부서떼가 나타났음을 알리는 기쁨의 징소리에서 역설적으로 암시된다. 징소리와 함께 퍼져가는 칠산 마을의 기쁨은 한시적 운명을 갖고 있는 듯이 암시되어 있고 오랜만의 기쁨은 그 동안 침체됐던 상황을 일시에 풀어내는 한(恨)의 상태를 보여 주기 때문이다. 한시적 운명의 암시는 이들이 자신들의 삶의 근거를 부인하는 행동이 지나치게 확대되어 있는 속에서 이를 용납하지 않으려는 원형이라고 할 수 있을 어떤 힘에 지배되고 있기 때문이다. 현실의 조건을 넘어서려는 인간의 노력과 의지가 이 힘에 의해 제약당하는 상태라고 할 수 있다. 특히, 선대부터 뛰어난 어부로 인정받아 왔고 수 년만에 나타난 부서를 발견하고 이를 잡을 수 있도록 기술을 발휘한 곰치의 처지에서 만선을 포기하는 일은 용납할 수 없다. 그러나 곰치의 운명을 감싸고 있는 힘은 곰치의 의지 실현을 허락하지 않는다. 뭍으로 가고자 하는 희망도 어부의 치열함을 잊을 수도 있을 어떤 상태로 가려고 하는 욕망도 이 힘에 의해 좌절되는 것이다. 그런데 이 힘은 곰치 개인과 그 가족에게는 깊은 절망과 좌절을 남기고 있다.

전통적 비극 구조는 기대가 좌절되거나 행복의 상태가 불행의 상태로 전락[8]하도록 되어 있고 운명을 뛰어 넘을 수 없는 왜소한 개인의

---

8) 아리스토텔레스는 비극의 플롯에 있어서 우리를 가장 매혹시키는 것이 <급전>과 <발견>이라고 했다. 특히 <급전>은 주인공이 개연적 필연적 과정을 거쳐 행복에서 불행으로 바뀌는 것 같이 사태가 반대 방향으로 바뀌는 것이라고 하여 중요한 요소로 보았다. 아리스토텔레스 著, 윤영주 譯, 『시학』, 청년사, 1988, 40-56쪽 참조.

124

모습이 나타나도록 되어 있다. 열악한 환경속에 살아가던 작은 어촌 마을에 부서가 풍어를 이룸으로써 활기를 띤다. 마을과 곰치네는 불황과 침체의 긴 터널을 지나 행복 상태에 도달하고 있다. 격앙되게 울리는 징소리와 부서를 발견한 곰치의 흥분이 이를 잘 보여준다. 그런데 과도한 행복상태는 불안한 기미를 보인다. 매우 퇴락한 어촌의 모습에 대비되는 고양된 징소리가 긴장감을 배태하고 있는 것이다. 비극적 분위기[9]는 긴장감의 미동으로부터 불행의 상태가 뚜렷해지는 경우를 의미하며 미지의 알 수 없는 것에 의하여 불행을 당하게 된다는 인식을 자아내게 한다. 오랜 고통 중에 발생한 우연스럽고 일시적인 행운 즉 풍어를 즐기는 그들의 기쁨 속에 어떤 불행의 씨가 암시되고 있는 것이다. 처음부터 불행으로 운명지어져 있는 기쁨 상태처럼 보이는 것이다.

어촌 마을의 전경은 후락한 모습이다. 곰치네 집은 몇 해 동안이나 이엉을 얹지 못해 군데군데 움푹꺼져 있다. 집에는 세간살이도 거의 없다. 집 주변의 울타리도 '명색뿐'이다. 빨래줄에 걸린 빨래도 보잘 것 없고 장대줄에 매달린 생선도 '잡생선'들이다. 지극히 침체된 분위기를 압도하듯 밀려드는 풍어의 외침은 기쁨의 만연상태를 보여 준다. '허어 - 칠산 바다에 부서떼가 밀리다니! 기가 막혀-', '너무 좋아서 죽진 말게들!'라고 한다. 성삼과 구포댁의 대사를 통해서도 기쁨의 만연을 확인할 수 있다.

성 삼 : 듣기만 해도 배가 불러서 죽을 지경이시! (p387)
구포댁 : (미친 사람처럼) 멋찐거으! 참말로 멋쪄서 죽겠네여! (허벅다리를 부둥켜 잡고는) 꼭 이만씩 한 놈의 부서들이 펄쩍펄쩍 뛰는디, 그 때마다 이놈의 가슴이 확확 달아 오름시로는…… (희열에 몸을 부르르 떨며) 시상에! 시상에…….(p387)

---

9) 칼 야스퍼스 著, 황문수 譯, 『비극론 · 인간론』, p40, 범우사, 1975.

바다에서 돌아온 성삼의 마음 상태가 나타나 있다. 부서를 많이 어획하게 된 기쁨을 숨김없이 드러내고 있다. '죽을 지경'이라는 표현은 최고조에 이른 기쁨의 상태를 설명하는 것이라고 볼 수 있다. 구포댁의 감정은 성삼의 감정보다 한 단계 더 나아갔다. 기쁨의 정도가 더 고조되고 있는 것이다. 부서의 풍어가 격한 감정 상태를 만들고 있음을 알 수 있다. 구포댁의 기쁨 속에는 불황과 가난의 늪으로부터 마을이 구원될 수 있으리라는 기대가 들어 있다. 부서의 출현이 결과한 마을의 희망적 요인들을 숨김없이 표현하고 있음을 알 수 있다. 이 기쁨의 만연 상태는 서서히 반전된다. 돌발적이고 우연한 풍어로 수십 년간의 궁핍과 불황이 일시적으로 극복될 수 없다는 실상이 기쁨을 조금씩 파괴시키는 것이다.

만선에 대한 기대가 높아지는 가운데 현실의 문제는 이를 좌절의 방향으로 끌어간다. 부서의 다량어획으로 수십 년간의 고난이 전기를 맞게 되어 곰치와 마을 사람들에게 틀림없는 기쁨의 상태를 결과하나 기쁨의 감정은 하강국면을 맞게 되어 풍어의 행복 상태가 지속되지 못하는 것이다. 특히, 마을 전체가 부서의 풍어와 단절되고 있는 곰치일가의 삶은 더욱 그렇다. 만선을 알리는 징소리가 계속되지만 곰치네는 만선의 기대를 박탈당할 위기에 처하게 된다.

> 구포댁 : …전 략… (갑자기 귀를 틀어막으며) 저놈의 징소리는 그만
>   저만 울렸으면! (한동안 그대로 서 있다간 귀에서 손을 떼고)
>   그나 저나 느그 아부지는 믄 일이끄나? 입때까지 낯짝 한 번
>   안 뵈고는? (p393)

만선의 기쁨이 마을 전체를 압도하는 상황이 전개되고 있지만 마을 사람들의 대부분은 계약을 이행하는데 필요한 어획량 확보에 성공하지 못할 것이다. 수십 년간의 궁핍과 어촌을 지배해온 경제 구조의 모순성

이 이를 반증한다. 따라서 선주를 비롯한 자본가 계층에게 징소리는 기쁨의 소리겠지만 많은 마을 사람들은 이 징소리를 절망의 소리로 받아들일 것이다. 거대한 사회제도에서 희생되는 개체에게 이 징소리는 조종(弔鍾)과 다름없는 것이다.

<만선>의 감정을 하강시키는 표면적 요소는 사회 제도이다. 부채는 변제의 책임과 의무10)가 있기 때문에 이를 청산해야 한다. 그러나 임제순이 요구하는 부채변제는 합리적 이윤을 요구하는 계약이 아니라 부당한 이윤을 추구하는 불법적인 것이다. 자산가의 부채 변제 요구가 표면적으로는 정당한 듯 하지만 실제로는 부당한 것이다. 그러나 이 마을에서는 이것의 부당성이 법적으로는 문제되지 않는다. 다만 몰인정한 태도와 도덕적이지 못한 이윤추구의 행동만을 지탄할 뿐이다.

현실적 대응방법을 찾지 못하는 그들의 행동에서 우리는 그들의 삶을 지배하는 원형성을 읽을 수 있다. 현대의 사회제도와 무관하게 살아가는 점은 그들의 무지 때문이기도 하겠지만 자신들의 삶의 방식에 익숙한 채 다른 길을 찾으려고 하지 않는 태도는 틀림없이 원형성의 제약이 가져 온 결과라고 할 수 있을 것이다. 자신들의 기대가 좌절되고 있는 상황에서 현대의 합리성에 의존한 해결을 기대하지 않는다. 이러한 점은 고기 잡는 방법의 과학적 변화를 무시하는 태도에서도 드러난다. 이것은 현대적 합리성으로는 풀어낼 수 없는 영역이 될 것이다. 익숙한 삶의 방식을 그냥 추수하는 태도를 비역동적 삶의 태도라고 비난할 수도 있으나 그들의 이러한 삶의 방식은 이러한 비난에서 자유롭다. 현대적 삶의 방식과 다르기 때문이다. 자산가의 비도덕적 행동에 대한 비난만이 가중될 뿐이다.

---

10) 김남일, 『법과 사회』, p15~18, 법경출판사. 1993.

②파멸적 운명

복종적으로 살아야 하는 바다에 도전하는 일은 <만선>에서 용납되지 않는다. 그래서 <만선>에서의 바다는 설화적 공간이자 절대의 공간이다. 이것이 <만선>을 억압하는 가장 큰 운명이다. <만선>에서의 바다는 거역할 수 없는 바다인 것이다. 이런 바다에 대항하는 곰치의 운명은 그래서 비극적이다.

부당한 계약을 맺은 곰치의 출어가 확정된 후 비극적 상황의 전조는 시작된다. 계약의 부당성은 인지하지 못한채 만선에의 욕망만을 확대시킨 곰치의 행동에서 절대적 존재와 대결하는 인간의 운명이 암시된다. 암시는 파선으로 나타난다. 날씨와 관련되어 파선의 분위기가 먼저 드러난다. 곰치는 어떠한 날씨 조건도 만선에는 방해되지 않는다고 자신있게 말하는 것이다. 그리고 만선 실현의 자신감을 지나치게 표현하는 곰치의 태도와 구포댁의 과거사에 대한 넋두리와 도삼의 불안한 심경표현 속에서도 비극적 분위기가 느껴진다. 곰치는 일확천금같은 어획을 예상한다. 출어과정에는 곰치의 오만적 자신감이 과다하게 표출되고 만선에 대한 기대감도 고조된다. 만선이 실현할 수 있는 일에는 궁핍에서의 탈피, 육지로의 이사, 슬슬이와 연철의 결혼 실현 등의 바램이 포함되어 있다. 과다한 자신감과, 만선이 가져다 줄 선물에 대한 많은 기대가 반대 상황의 발생을 암시하는 듯 하다. 자신감과 기대가 강한 장력의 긴장으로 이어지는 것이다.

출어하는 날은 좋은 날씨를 보이고 풍랑의 전조를 예고하는 의견도 있다. 날씨 관계로 돛대마저 짐이 된다는 주변의 충고를 무시하고 곰치는 쌍돛대를 준비한다. 자신의 경험만을 중시하고 자신은 다른 어부들과는 다르다는 선민적 행동을 하고 있는 것이다. 곰치의 독선적 성격외에도 구포댁이나 도삼의 대사에서도 불행의 전조가 암시되어 있다.

> 구포댁 : (힐끔 힐끔 곰치의 눈치를 살피며 떨리는 목소리로) 그래! 그
> 래, 이 놈아! 날이 좋고 별 것이 다 좋을 때라도 니가 배만 타
> 면 무담씨 이렇게 선뜩선뜩 가슴이 저린단 말이여! (돌아서며
> 옷고름으로 눈물을 찍어내고 나서) 도삼이 니도 오늘 꼭 타야
> 써?
> 곰　치 : 저런 미친 것 하는 소리 좀 보게? 주둥이가 터져 뭉개져야 알
> 겄어? (노기당당하여) 도삼아 빨리 못 나서? 엉?
> 구포댁 : 주둥이가 터진 실밥이 돼도 맘대로 씨불대기나 해 봤으면 좀
> 풀리겄는디 그도 못하고……. 그라지 안하라고 했다가도 저 놈
> 이 그물만 지고 나서면 가슴이 선뜩선뜩하니 미치겄어.
> 　　　　　……중　　략……
> 도　삼 : 엄니! 딱 이번만 배타고 인자는 더 안 타! 뜰망배라도 내 배
> 부리기 전에는 안타!　　　(p417)

　구포댁은 어촌 생활을 죽음의 가능성이 상존하는 운명성으로 인식한
다. '아들 셋을 바다에 지사 지낸(p404)' 어머니로서 바다를 인식하는
시각에는 슬픔과 불안의 정서가 스며있다. '뭍으로 나가 땅이나 파먹고
(p404) 살기'를 희망하는 입장에서 항시 두려움으로 출어를 바라보고
있다. 특히 아들 도삼이 출어를 하게 되면 두려움이 더 선명해진다. 아
들의 출어를 보면 가슴이 선뜩해진다고 한다. 부서떼로 풍어의 흥분이
고조되는 마을 분위기와는 달리 구포댁은 불안하다. '오늘 꼭 배를 타
야하느냐'는 구포댁의 물음은 비극적 분위기를 돋아나게 한다. 구포댁
의 불안한 심리가 비극적 복선의 동기가 되고 있는 것이다. 구포댁의
불안한 심리는 도삼의 마음에도 비슷하게 작용한다. '이번만 타고 내
배 부리기 전까지는 안타겠다'고 한다. 구포댁의 불안한 심리를 안정시
키려는 목적에서 하는 말이지만 구포댁의 불안 심리를 상승시켜 비극
의 전조를 확대하는 역할을 한다.
　슬슬이의 기도장면과 연철과 사랑을 확인하는 장면에서 비극적 분위
기는 더 짙어진다. 이 장면은 인간의 힘으로는 어찌할 수 없는 상황을

보여 준다. 절대적 존재로서의 바다에 아량과 너그러움을 구하며 그에
게 행복한 삶을 기원한다. 이 장면을 통해 어촌을 지배하고 있는 원형
적 삶을 확인할 수 있다. 슬슬이는 먼저, 독백조로 곰치일가의 비통한
삶을 한탄하고 범쇠에게 팔려가야 될지도 모르는 상황에 슬퍼하기도
한다. 만선이 이뤄지기를 바라는 슬슬이의 애절한 마음을 표현하면서
역으로 만선의 실패가 결과할 절망적 상황을 심화시킨다. 슬슬이는 오
빠 셋이 바다에서 사망한 사실을 원망하면서 자신의 불안한 미래에 두
려워한다.

> 슬슬이 : (망연히 밤하늘을 바라보고 서선) 하나님도 너무하셔! 우리가
> 믄 죄를 지었기에 이런 벌을 내려 주실까? (점점 비통하게) 수
> 신님도 너무하셔! 오빠들만 셋이나 불러가시고는 믓이 못마땅
> 해서 일마다 트시기만 하실까? (처절하게) 아, 아! (p406)

슬슬이는 자신의 미래를 불안하게 생각한다. 자신의 운명이 수신에
의해 좌우되는 것으로 생각하며 탄식과 두려움을 토하며 살아간다. 연
철은 불안한 심리를 보이는 슬슬이를 자신감있는 어조로 위로한다. 연
철이 보여주는 자신감은 불안한 미래에 대한 역설적 표현으로 볼 수
있다.

> 연 철 : 슬슬이, 모르고 알고 아무 문제가 아니여1 (말에 힘을 줘) 우
> 리는 이긴단 말이여! 이기고 말어!
> 슬슬이 : (쓰러지듯 연철의 가슴에 안기며 비명처럼) 나는 으짜면, 으짜
> 면 좋아? 예에?
> 연 철 : 믓을 어째? 우리 둘이는 아무 일 없어! 아니, 곰치 아자씨도
> 도삼이도, 우리들은 죄다 아무 걱정없어! 우리는 안 져 절대 안
> 져! (p408)

연철에게서는 현재의 조건을 이겨내려는 의지가 강하게 드러나고 있

으며 자유로운 삶에 대한 열망도 강하게 표출되어 있다. 슬슬이의 불안한 마음과는 달리 연철은 자신의 의지가 반드시 실현되리라는 자신감을 보인다. '이기고 만다'라는 말과 '절대지지 않는다'면서 자신의 의지를 강하게 표백한다. 이기고 지는 사건에는 상대방이 있어야 한다. 연철에게 승부의 상대는 절대존재로서의 거대한 바다와 어촌의 운명적 삶이다. 연철은 이들과 대결해서 승리할 수 없다. 만선을 통해 이루려던 희망이 파선의 운명을 알지 못한 채 쏟아지고 있는 것이다. 파선으로 목숨을 잃을 뿐이다. 배에 탔던 곰치, 도삼, 연철 중에서 곰치만 살아나고 둘은 죽는다. 배구입, 탈어촌, 사랑성취 등의 희망은 이루어지지 못하는 것이다.

파선이 여러 사람의 삶에 참담한 결과를 낳았다. 곰치 아들, 딸, 애인 연철의 목숨을 앗아가고 구포댁을 정신이상으로 만든다. 정신이상이 된 구포댁은 갓난 아이를 배에 태워 폭풍우 치는 바다에 떠나보내기도 한다. 운명의 거대함 때문에 비극적 삶을 살 수밖에 없는 사람들의 모습이다. 원형적 삶에 지배되는 사람들의 운명이 비극적으로 나타나고 있는 것이다.

운명의 비극적 모습은 곰치의 행동에서 분명히 나타난다. 곰치의 이러한 행동은 비극적 장수설화의 주인공과 닮아 있다. 능력과 이상실현 행동과 그를 위한 과정, 마지막 모습 등에서 닮아 있는 것이다. 곰치는 어부로서 천부적 재능을 타고났다. 스스로 최고이기를 희망하고 이를 증명하려는 행동을 보여 준다. 그래서 그의 부족한 지혜를 메워주고 보충해 줄 존재를 인정하지 않는다. 조언을 싫어하고 과학적 어업도구를 멸시한다. 비극적 장수들이 민중의 구원을 지향했던 반면 곰치는 자신만의 행복에 더 열중했다는 차이가 있긴 하나 곰치의 행동은 비극적 장수설화의 그것과 매우 유사하다. 대결양상에서 곰치는 더 설화적이다. 장수들은 구체적 실체에 의해 이상을 좌절당했지만 곰치는 보이지 않는 거대한 운명의 힘에 좌절당하기 때문이다. 그 운명의 힘은 바다와 관련되어 있다. 곰치는 바다를 절대 존재로 생각하고 있으나 스스로 생각하는 자신의 모습에 충실하려다 절대적 존재로서의 바다에 도전하게 된다. 그래서 금기된 사항을 범하여 기아되는 설화 속의 영웅처럼 그는 바다에 버림을 받는 것이다. 곰치의 행동은 전통적 비극 구조인 행복상태의 몰락이 운명적 사건에 의해서도 만들어지고 있음을 보여 주고 있다.

3. 결 론

<만선>의 비극적 특성에 대해 고찰하였다. 슬픔의 정서와 한국적 표현법이 어떻게 맞물려 비극적 특성을 나타내는지를 고찰해 보고자 한 것이다. 본론의 전반부에서는 현실적 조건으로 발생되는 비극적 요소를 살폈고 후반부는 원형적 삶과 관련되어 살폈다. <만선>은 현실의 물질적 조건과 설화적 운명공간 안에서 전개된다. 비극의 주인공은 이 두 조건 현실의 물질적 조건과 설화적 운명공간에서 벗어날 수 없었기 때문에 좌절하고 절망한다. 주인공이 벗어나려고 했던 전자의 조건은 현대적 삶의 모습과 관련되고 있고 후자의 조건은 우리 삶의 원형과 관련되어 있다.

현실적 조건은 경제적 예속과 관련된다. 칠산 마을의 어민들은 생계를 위해 돈을 빌린다. 그런데 돈을 빌려주는 자산가는 과다한 이자를 요구하며 변제가 불가능한 기한안에 변제의 의무를 지운다. 고리대금업같은 부당한 계약이라도 약자인 어민은 삶을 유지하기 위해 이런 계약을 수용할 수 밖에 없다. 채무자인 어민들은 자신의 빚이 정확이 어느 정도인지 모른채 그저 앞으로의 수입 모두는 빚을 탕감하는데 쓰여

질지도 모른다고 생각하거나 빚을 더 얻어 쓰는데 장애가 없게 하려고 빚 갚는데 열중한다. 그 관계가 부당하다고 해도 그들은 그 부당한 구조 안에서 살 수 밖에 없고 그 구조에 능숙하게 적응하는 길을 찾아야 한다. 그래서 부당한 계약은 예속관계를 결과하고 점점 어민들을 구속하게 된다. 선주 임제순이 곰치에게 요구하는 빚 변제 조건은 부당한 계약의 전형을 보여 준다. 곰치일가에게 있어 경제적 예속은 곰치의 욕망 때문에 더 강화된다. 경제적 예속의 고리를 끊으려는 목적이 있지만 실현되지 못한다. 임제순의 부당한 행동을 통해 부당한 계약에 희생당해 온 어민들의 비참한 경제적 예속 상태가 읽혀지고 있다. 구포댁의 좌절과 슬슬이의 자살은 악순환되는 경제적 예속에서 벗어나지 못하는 절망 상태를 보여 주는 것이다. 경제적 예속에서 발생되는 비극성은 범쇠의 행동에서도 나타난다. 늙은 기혼자가 젊은 처녀와 결혼하려는 부당한 기도(企圖)가 있기 때문이다.

<만선>을 제약하는 원형의 조건은 운명이나 숙명과 같은 성질과 근사하다. 그래서 이 원형의 조건은 <만선>에서 현실의 조건에서 벗어나려고 하는 인물들을 패배시키고 죽음으로 몰아 넣는다. 곰치가 원하는 정신적 만족, 즉 유아독존적 훌륭한 어부로 인정받으려 하는 욕망이 바로 원형성 때문에 생긴 것으로 볼 수 있다. 그리고 섬에 태어나 바다를 근거로 살아가는 삶의 조건도 원형과 관련된다고 하겠다. 이러한 조건은 섬으로부터 떠나려고 하는 희망들을 파괴적으로 제약한다. 슬슬이는 절대적 존재로서의 바다에 아량과 너그러움을 구하며 그에게 행복한 삶을 기원하기도 한다. 어촌을 지배하고 있는 원형적 삶을 확인할 수 있다. 운명의 비극적 모습은 곰치의 행동에서 분명히 나타난다. 곰치도 바다를 절대적 존재로 생각하나 이와 대결하려 하기 때문에 참담한 상황에 빠진다. 곰치의 이러한 행동은 비극적 장수설화의 주인공과 닮아 있다. 능력과 이상실현 행동과 그를 위한 과정, 마지막

모습 등에서 닮아 있는 것이다. 대결양상에서 곰치는 더 설화적이다. 곰치는 보이지 않는 거대한 운명의 힘에 좌절당하기 때문이다. 금기된 사항을 범하여 기아되는 설화 속의 영웅처럼 곰치는 바다에 버림을 받는 것이다. 곰치의 행동은 전통적 비극 구조인 행복상태의 몰락이 운명적 사건에 의해서도 만들어지고 있음을 보여 주고 있다.

〔고려대학교 국어국문학과 강사〕

※참고문헌은 각주로 대신한다.

신성(神性)의 숲, 그 다다를 수 없는 추상(抽象)

——정찬 론——

안남일

1. 부조리한 세계와 강

　우리가 살고 있는 세계는 현재의 모든 순간적인 의미가 실제적으로 실현되는 근거를 마련해 주는 잠재성의 세계라 할 수 있다. 이 말은 실제 세계에서 인간의 삶이 고정되어 있다거나 변화하지 않는 것이 아니라 인간의 의식과 행동 의지에 따라 가변적이라는 의미이다. 그러므로 어떤 특정의 '현재'에서도 인간은 삶 전반에 대해서 거의 대부분을 의식하지 못한 채로 삶을 영위하고 있지만, 다른 한편으로는 의식하지 못하는 삶 속에서 역시 일상 생활의 과정을 진행시켜 나가게 되는 것이다. 이와 같이 잠재적 의미, 즉 잠재성의 세계는 인간의 의식의 흐름 안에서 끊임없이 일어나는 사건에 대해 주의를 기울이게 됨으로써 현실화된다. 이러한 인간의 의식의 흐름과 같은 관념성이 문학작품 속에서는 흔히 강으로 비유되어 나타나기도 한다.

　인간의 의식 속에서 현실화되는 세계를 유유히 흐르는 강은 "현현(顯現) 세계의 유전(流轉)"으로 인생 과정을 상징한다. 이 강에는 인간

136

과 세계의 상호보족적(相互補足的)인 관계와 더불어 인위적인 가치 체계와 욕망이 함께 흐른다. 이 속에서 인간은 자신 안에 잠재하는 긍정적이고 건강한 삶의 존재를 믿으며, 자기만의 '섬'을 갈구하게 된다. 결론적으로 잠재적 의미의 세계에서부터 시작되어 분명하고 확실한 의미의 세계로 진행하는 강은 그것 자체로 인간의 삶을 대변하는 기능을 담당하는 것이다.

《아늑한 길》1)에 실린 정찬의 소설들은 이러한 의미에서 그 자체로 하나의 강이 된다. 그가 의도했든 그렇지 않든 간에 《아늑한 길》에 실린 일곱 편의 소설들은 하나의 지향성을 가지고 일정한 흐름을 보여주고 있는데, 바로 '신성(神性)을 통해 강을 건너는 방법'이 그것이다. 그의 소설에 등장하는 인물들은 이러한 흐름을 위한 하나의 기재 역할을 담당한다.

바흐찐에 의하면 작가의 의식이라는 것은 의식의 의식, 즉 등장 인물의 의식과 그의 세계를 포함하는 의식이라고 하였다. 또한 그것은 초월적인 제 요인으로써 등장 인물의 의식을 포함시키고 완결시키는 의식이라는 것이다.2) 이처럼 작가는 각각의 등장 인물이 개별적으로 보고 지각하는 것과 등장 인물 전원이 동시에 보고 지각하는 모든 것을 보고 지각한다고 할 수 있다. 뿐만 아니라 작가의 의식은 그들 이상의 것을 보고 지각한다고 할 수도 있다. 따라서 등장 인물은 독백적인 작가의 시야에서 벗어나는 것이 아니라, 등장 인물 전체와 작품의 전체는 작가에 의해서 통일되어 있다고 봄이 타당하다.

이러한 관점에서 <별들의 냄새>의 강문규와 <산다화>의 김석훈, <종이 날개>의 지미숙과 <새>의 김장수, <섬>의 정섭과 <아늑한 길>의 김

---

1) 정 찬, 《아늑한 길》, 문학과 지성사, 1995.
  이하 본문의 인용은 괄호( ) 안에 해당 면수 만을 기록함.
2) 미하일 바흐찐, 이득재 옮김, 《바흐찐의 소설미학》, 열린책들, 1988.

인철, 그리고 <슬픔의 노래>의 박운형은 작가의 의식을 함의한 인물들로 볼 수 있다. 이들은 그들이 지니고 있는 혹은 작가가 의식하고 있는 진정한 가치나 기대와 그들이 현실적으로 만나게 되는 무질서한 현실 세계 사이의 필연적인 어긋남을 인식하게 된다. 바로 부조리한 서계에 직면하게 되는 것이다.

등장 인물들과 부조리한 세계와의 관계는 작가들이 직면할 수밖어 없는 본질적인 문제이다. 이것을 등장 인물들의 탐색을 통해서 그는 인물들이 처한 현실 세계의 상황이나 조건에 대응해서 반응하는 모습과 함께, 상징으로써 존재하는 강을 건너는 방법을 제시하고 있다. 그러나 그는 각각의 인물들을 통해 세계에 대한 하나의 대응 방식으로써 스스로 강을 건너는 것을 보여주고자 하는 것을 주된 목적으로 삼고 있지는 않다. 다만 우리 모두에게 강을 건너는 그 행위가 얼마나 진지하고 올바른 방향성을 가지고 있는가 라는 문제를 제시하는 선에서 인물들의 사고나 행동을 보여줄 뿐이다. 그 이후의 나머지는 우리들의 몫으로 온전히 남는다. 우리는 ≪아늑한 길≫에서 이러한 상징으로써의 강과 그 도강법(渡江法)을 만나게 된다.

≪아늑한 길≫은 크게 두 부분으로 나누어 살펴볼 수 있다. 유능한 은행 직원이 교통 사고로 인해 후각을 잃고서 정신 병원에 입원한 이야기를 그린 <별들의 냄새>, 댐 건설로 인해 고향을 떠날 수밖에 없었던 인물이 도시로 이주해서 노동자로 전락한 후 열악한 노동 환경 속에서 카드뮴 중독으로 인해 죽음에 이른다는 <산다화>, 그리고 교통 사고로 남편과 자식을 잃은 여자가 종말론에 빠지게 되는 과정을 보여준 <종이 날개>와 같이 현실의 삶 속에서 발생하는 개인의 상처와 아픔을 드러내고 있는 것이 한 부분이다. 광주 민주화 운동의 가해자였던 인물이 우연한 계기로 잊고 있었던 죄의식이 되살아나면서 공포에 사로잡혀 있다가 마침내 그로부터 도피하기 위해 살인을 저지르고 마

는 과정을 그린 <새>, 모스크바에 거주하던 친구의 죽음을 통해, 러시아의 몰락과 함께 자본주의 산업 사회의 비인간적인 현실 속에서 새로운 생명으로 태어나고자 하는 인물의 삶과 죽음에 대한 세계 인식을 보여준 <섬>, 광주 민주화 운동의 피해자의 고통스러운 비극적 삶과 그의 실종을 그린 <아늑한 길>, 그리고 광주 민주화 운동 때 군인이었던 인물이 그 죄의식에서 벗어나기 위해 폴란드의 극단 배우가 되어 그의 죄의식을 연극 '슬픔의 노래'의 배우처럼 승화시킨다는 <슬픔의 노래>와 같이 시대의 상처와 아픔에서 전이되어 개인의 상처와 아픔으로 드러나고 있는 것이 다른 한 부분이다. 물론 이러한 상처와 아픔은 모두 인물들이 몸담고 있는 부조리한 현실 세계와 직접적으로 혹은 간접적으로 관련을 맺으면서 생긴 대립의 결과로 나타난 부속물이다. 즉 전자의 그것은 우리를 둘러싸고 있는 산업 사회라는 현실 속에서 기인된 부조리함이, 후자의 그것은 개인의 논리를 넘어서 시대 혹은 역사와의 관련하에서 기인된 부조리함이다.

엘리아데는 인간은 질적으로 전혀 다른 이중적인 세계 속에 살고 있다고 하였다. 그리고는 이처럼 서로 다른 이중적인 세계에는 존재의 질서가 두 가지로 나타나는데, 그것이 바로 성(聖)과 속(俗)이라는 것이다.3) 엘리아데가 언급한 성과 속은 인간의 두 가지 경험의 양태라고 하는 서술 형식으로만 제시되어 있는 것이 아니라 인간의 삶을 설명해 줄 수 있는 새로운 범주로 제시되어 있다. 따라서 성과 속이라는 것을 엘리아데는 인간과 문화를 포괄할 수 있는 근원적인 범주라고 파악한 것이다.

이렇듯 인간이 자신의 역사 속에서 부단히 상정해 온 두 가지 존재 양식을 성과 속으로 규정한다면, 《아늑한 길》에 수록된 소설들 역시

---

3) 멀치아 엘리아데, 이동하 역, 《성과 속》, 학민사, 1983.

기본적으로 그 구조가 인간의 선과 악이라는, 다시 말해서 성과 속이라는 이원적 대립 구조로 이루어져 있다는 사실을 알 수 있다. 정찬은 이와 같은 이원적 대립을 극복하기 위한 대안을 신성이라는 소설적 장치를 마련했고, 그것을 통해 형상화시키고 있는 것이다. 따라서 이 글은 ≪아늑한 길≫에서 나타나고 있는 신성(神性)의 문제를 작가의 의식의 한 측면에서 살펴보는 것을 목적으로 하고 있다.

2. 신성, 의식의 근원

　≪아늑한 길≫에 수록된 소설들은 정찬의 시선이 이전 작품들에서 천착해 오던 "권력을 둘러싼 인간의 총체적 행위"라는 큰 줄기에서 벗어나 오늘 현재의 삶을 살아가는 인간의 행위로 이동하고 있다.

　그는 인간 정신의 내밀한 문제로 인간으로서의 '삶에 대한 곤혹스러움'(p.7)을 이야기하면서, 진정 무엇이 인간의 주인이 될 수 있는 가를 묻는다. 이러한 물음에 대해 그는 인간의 주인이 되는 것을 '자기 자신이기도 하고, 자신을 둘러싸고 있는 사회이기도 하고, 운명이기도 하고, 인간의 무의식'(p.9)이기도 하다고 규정하고 있다. 이는 인간을 전체성으로 인식하고 있는 그의 의식에서 비롯된 것이다.

　인간의 정신이란, 의식적인 모든 사고와 감정 행동 그리고 무의식적인 모든 사고와 감정 행동으로 개인을 규정한다. 그리고 그가 속한 사회적, 물리적 환경에 적응하게 하는 지침의 역할도 한다. 이것은 전체성으로의 인간을 의미하는데, 인간에게 가장 중요한 것은 이러한 정신을 통합하는 일이다.

　하지만 오늘날 인간의 모습은 그의 기대와는 달리 '문명의 거대한

140

쇠사슬에 묶인 무력한 생명'(p.38)으로 전락하고 말았다. 그것은 현대 문명 속에서 인간 스스로가 질서와 법칙에 적응하기 위해 인간으로서 가지고 있었던 수많은 감정들을 폐기했기 때문이다. 그는 이것을 인간의 외적 요인에서 발생된 문제라고 파악하기보다는 인간 내적인 요인에서 기인된 것으로 보고 있다. 그러므로 인간은 어느 누구도 '거역할 수 없는 운명'(p.67)에 놓여있다는 인간 스스로의 인식을 인간의 근원적인 한계로 파악하고 있는 것이다.

> 어떤 사물이든 형태를 지배하는 맹목적인 힘이 있습니다. 사물이 그럴진대 인간은 더 그렇겠지요. 인간이란 존재 형태를 지배하는 힘, 운명이 만들어내는 보이지 않는 힘. 인간에게는 이 힘을 거역할 수 있는 힘이 없습니다. 저는 지금 운명의 손에 꽉 붙들려 있습니다. 그 완강한 손의 힘이 뚜렷이 느껴집니다. 제가 불행을 느낀다 해도 운명의 손에서 벗어날 수 가 없습니다. 운명에 대해 제가 내릴 수 있는 유일한 확신이지요.(pp.277~278)

바로 현실 세계의 인간의 모습을 거부할 수 없는 인간의 운명을 지니고 이와 함께 문명에 귀속되어서 문명이란 거대한 쇠사슬에 묶인 무력한 생명으로 본 것이다. 결국 운명에 대해 무기력한 인간의 이같은 모습은 단지 '문명의 숲을 무심히 지나치기만 해도 짐승의 이빨에 깊숙한 상처를 입'(p.98)게 되는 유약한 모습으로 남을 수밖에 없는 것이다.

하지만 그는 개체화되고 분절화된 모습을 가진 인간들의 삶이 그들이 처한 운명 안에서 무기력하게 진행되고 있음에도 불구하고 그 삶 속에는 저마다의 관계를 유지하고자 하는 의지가 내재되어 있다고 보았다. 이것은 인간이 가진 욕망의 문제로써, 욕망은 늘 다른 어떤 것을 끊임없이 추구하고 있다.

오늘날 우리들의 삶이 기계 문명의 과잉 속에서 저마다 단절된 모습으로 살아가고 있지만, 그러나 조금만 자세히 관찰하면 삶과 삶 사이를 잇고 있는 무수한 인과(因果)의 끈을 볼 수가 있다. 너와 나는 단절되고 분리되어 있지만, 너와 나의 욕망은 끊임없이 충돌한다. 나의 욕망이 채워지면, 너의 욕망은 메말라가고, 너의 욕망이 채워지면 나의 욕망이 굶주림에 눈물 흘린다. 이 욕망의 무서운 인과의 끈은 문명의 안개 속에 짐승의 모습으로 숨어있다.(pp.97~98)

그는 인간의 욕망은 문명의 안개 속에 짐승의 모습으로 숨어있다고 하였다. 인간의 모습으로 살아가지만 뿌연 안개 속을 배회하는 본능적인 짐승의 모습에 불과하다는 그의 지적은 욕망 속에 내재되어 있는 부정적인 의미의 한 단면을 보여주는 것이다. 하지만 그는 욕망이 반드시 인간에게 부정적으로만 작용하는 것은 아니라는 점을 강조하고 있다. '사람에게 목표가 있으면 욕망이 생기지 않겠어요. 욕망은 힘이지요.'(p.99)에서처럼 욕망 그 자체가 인간에게 있어서 한편으로는 커다란 힘이 된다는 것이다.

라깡의 개념을 빌리면, 의미 표현을 통해 드러나지 않고 그 자체로 계속 감추어진 무의식적 사고 내용을 '기호 내용'이라고 한다. 그리고 무의식이 일정한 형태로 표현되어 실제화 되어 나타난 사물 표상과 언어 표상을 '기호 표현'이라고 한다. 그런데 기호 내용과 기호 표현은 일치하지 않는 속성을 가지고 있다. 그것은 욕망의 주체와 욕망의 대상 사이에는 돌이킬 수 없는 간격이 존재하기 때문이다. 이로 인해서 인간의 욕망은 충족 불능에 빠지고 영원히 기호 표현 위를 미끄러지며 떠돌게 되는 것이다. 이것은 기호 표현과 기호 내용의 불일치에서 기인되는 것으로써, 욕망은 충족되지 않는 환유적 기호 표현의 사슬 위를 영원히 떠돌게 된다.4) 결국 기호 표현과 기호 내용의 행복한 결합

---

4) 자크 라깡, 권택영 엮음, 《욕망이론》, 문예출판사, 1994.

은 어디에도 존재하지 않기 때문에 인간성을 진정으로 구현할 수 있는 장소는 존재하지 않는다.

그러나 정찬은 일치되지 않는 욕망으로 인한 좌절 때문에 욕망은 계속되고 욕망은 환유라는 기호 표현의 형태를 떠나 존재하지 않기 때문에 욕망의 '충족 불능성'이 바로 욕망을 가능하게 하는 조건이 된다고 보았다. 욕망에 대한 그의 이와 같은 인식은 인간의 욕망 속에서 삶과 삶 사이를 잇고 있는 무수한 인과의 끈을 발견할 수 있는 계기를 마련하게 해준다. 이처럼 인간의 욕망에 대한 의식이 긍정적으로 나타나고 있는 것은 기본적으로 그의 시선이 철저하게 신성을 바탕에 두고 있기 때문에 가능한 것으로 판단된다. 이것은 곧 어떠한 상황이나 조건 아래에서도 인간 그 본래의 심성에 대한 깊은 신뢰를 대변하는 것이라 할 수 있다. 이같은 신뢰를 바탕으로 해서 그는 인간이 가지고 있는 수많은 감정을 박탈해 온 문명 속에서 이제는 인간이 가지고 있는 욕망의 변신이 절실히 필요한 때라고 주장한다. 그리고는 그렇게 하기 위해서는 '인간들이 잃어버린 것들이 사라지지 않고 별들에게로 올라'(p.32)가도록 해야 한다고 강조하고 있다.

별은 일반적인 의미에서 신의 존재를 표상한다. 또한 그것은 지고지순한 존재이며 영원하고 죽지 않는 희망을 암시하기도 한다. 따라서 별들에게로 올라가도록 해야 한다는 그의 관념은 별을 신성한 공간으로 파악하고 있기 때문에 가능한 것이다.

보드킨은 하늘에서 최고의 욕망을 투사하고 강화시켜 주는 별의 움직임을 통해 땅 위에서 인간에 의해 형성된 거대한 이미지를 본다[5]고

아니카 르메르, 이미선 옮김, ≪자크 라깡≫, 문예출판사, 1994.
5) M.Bodkin (1963), Archetypal Patterns in Poetry (London : Oxford University Press), p.14.
김용희, <<현대소설에 나타난 '길'의 상징성>>, 정음사, 1986. p.28에서 재인용.

했다. 그러므로 별들에게로 올라가야 한다는 것은 결정론적 운명의 인간이 현실 세계에서 입게되는 상처나 아픔에서 벗어나서 희망 혹은 꿈의 세계로 나아가야 한다는 의미와 더불어, 보다 냉철하고 객관적으로 현실 세계를 보고자 하는 의지가 내포되어 있다는 것을 알 수 있다.

그런데 인간은 그 별(빛)을 움켜쥐자 사랑이 아닌 증오가, '이 납득되지 않는 세상에 대한 증오가 비로소 솟아'(p.106)난다. 인간이 가지고 있던 욕망이 변화의 필요성을 깨닫고 별들에게로 올라가서 그것을 움켜잡았다면, 자신의 의지를 실현시켰다는 성취감이나 만족감 혹은 자기애가 발현되는 것이 자연스러운 현상일 것이다. 그런데 사랑이 아닌 증오가 솟아난 이유는 무엇인가. 그것은 인간이 '죽음의 구렁텅이 속에서 끊임없이 신음하고 있었는데도 불구하고 세상은 그 신음에 귀 한번 기울이지 않았다'(p.107)는 세상에 대한 자각과 함께 이 세계가 이성과 논리로는 납득되지 않는 세계, 다시 말해서 부조리한 세계라는 인식 때문이다. 자신이 몸담고 있는 세계에 대한 부정적인 인식으로 인해 증오가 도출되고, 이로 말미암아 인간은 '기억의 상실이라는 깊은 우물에 갇힌 고립된 존재'(p.126)가 되는데, 고립된 존재로서는 인간 고유의 본성이라는 것이 완전한 상태로 유지될 수는 없다.

인간의 기억이란 회상의 형태 아래에서 의지적으로 복구할 수 있는 능력을 말한다. 이것은 습관의 특징에 의해서 생기는 반복적인 기억과 자발성에 의해서 생기는 일회적인 기억으로 구분되며, 형식적이나 부분적으로 표상되는 것이 아니라 살아 있는 것이며 활동하는 것을 의미한다.6) 그러므로 반복적인 것이든지 자발성에 의한 일회적 성격을 가진 것이든지 기억의 특징을 인간 의식의 운동이라고 정의한다면, 이와 같은 세계에 대한 인식을 통한 증오는 자연발생적인 인간 의식의

---

6) 헨리 베르그송, 정석해 역, ≪시간과 자유의지≫, 삼성출판사, 1982.

활동이며 살아 있음의 증거가 되는 것이다.

이 살아 있음이 바로 증오로 인한 고립된 존재 가운데에서도 인간의 '생명의 기적'(p.139)을 놓치지 않게 한다. 오히려 이것은 고향 사람들(소설 속에서는 광주 사람들로 묘사되어 있다)의 그 처참한 몸에서 사랑의 모습을 발견하게 해 주는 동인으로 작용되고 있다. 그들은 사람의 죽음을 분노하고, 역사의 죽음을 분노했지만, '분노는 바로 사랑'(p.140)이라는 것을 깨닫는다. 인간의 욕망과 인간의 욕망을 통해 표출되는 욕망의 한 갈래인 권력, 그 속에서 솟아나는 증오와 분노. 이것이 다시 인간의 욕망을 정화시키는 사랑으로 표현된다는 것은 근본적으로 그의 시선이 세계와 인간에 대해 반대되는 지점에 머물고 있는 것이 아니라 서로 조화와 화해로운 지점에 머물러 있음을 시사해 준다.

화해로움과 조화의 시선 속에서 정찬은 사람과 사람 사이에 흐르는 강을 발견한다. 이 강은 비록 사람들 사이를 흐르고는 있지만 사람들 사이의 상호 침투와 일치감을 좌절시키고 서로 닿을 수 없는 존재로 만드는 강이다. 그러기에 그는 이 강을 절망과 불신, 아픔과 슬픔의 강이라고 했다. 하지만 이 강이 반드시 사람과 사람 사이만을 흐르는 것은 아니다. 강은 세계와 세계, 혹은 사람과 세계 사이에서도 흐르는데 이것 역시 사람과 사람 사이를 흐르는 강과 큰 차이는 없어 보인다. 그가 문제시하는 것은 강이 아니라 이들 사이에 가로놓인 까마득한 거리에서 발생하는 '무너짐이 아니라 무너짐의 폐허 위에 새로운 대안의 세계가 보이지 않는다는 점'(p.185)이다.

하지만 그는 인간의 역사가 아무리 혼란스럽다고 하더라도 거기에는 어떤 질서가 있다는 믿음을 가지고 있다. 그렇기 때문에 그는 이 '사이'를 메우기 위해서 신성을 통한 세상 보기를 제시할 수 있는 것이다. 그런데 이러한 믿음이 가능한 것은 그가 신성이라는 것을 세상을 내려다보며 거기에 어떤 질서를 부여하는 이성(理性)의 등대로 파악하고 있기 때문이다.

> 신이란 세상을 내려다보며 거기에 어떤 질서를 부여하는 이성(理性)의 등대였다. 인간의 역사가 아무리 혼란스럽다 하더라도 거기에 어떤 질서가 있다는 믿음. 악은 언제나 격렬하며, 원초적이며, 분명히 드러나지만, 그 악을 정화하는 보이지 않는 힘이 있다는 믿음의 근원은 바로 이성의 등대인 신이었다.(p.189)

이는 그의 의식의 근원이 신성을 바탕으로 하고 있다는 것을 확인시켜 주는 것이 되며, 아울러 앞서 언급한 신성을 통한 강 건너기란 상징적인 유추를 가능하게 하는 부분이다.

여기에서 말하는 신성이란 종교적 의미로써의 절대자의 속성으로 파악하기보다는, 우리의 내부에 있는 그러면서도 우리를 전복시킬 수 있는 어떤 신성한 현실에 의해 결정되는 삶이라는 바따이유[7]의 개념으로 보는 것이 타당하다. 따라서 정찬은 인간의 '절망은 사랑을 차단하고 신을 잃게 하지만, 슬픔은 신에게 다가가게 하'(pp.189~190)기 때문에 신성을 통해 강을 건너기 위해서는 절망을 슬픔으로 바꾸기 위한 노력을 해야 한다고 하였다.

그는 '인간이 가진 능력 중 가장 귀중한 것이 슬퍼하는 능력이라고 생각하고 있다. 존재의 불완전함에 대해 슬퍼하는 것. 어찌할 수 없는 운명에 대해 한없이 슬퍼하는 것. 이 슬퍼하는 능력이야말로 인간이 신에게 다가갈 수 있는 유일한 길'(p.193)이라는 것이다. 새로운 대안의 세계가 보이지 않는 세계에서 인간이 지녀야 할 것이 슬퍼하는 능력이라는 그의 인식은 그 속에 신성이 깃들어 있다고 판단했기 때문이다. 따라서 슬퍼하는 능력을 갖춘 인간만이 '인간의 꿈이 깃들인, 신의 집'(p.195)에 들어가 신과 관계를 맺을 수 있는 것이다.

---

7) 죠르쥬 바따이유, 조한경 옮김, ≪에로티즘≫, 민음사, 1989. p.283.

하지만 신은 인간의 손을 놓아버렸고 따라서 신과 인간의 관계는 얼 크러져 버리고 말았다. 신과 인간의 괴리는 인간이 꿈을 상실했기 때 문이며 슬퍼할 줄 모르는 데서 발생했다. 이렇듯 인간의 불완전함으로 말미암아 신과 맺은 관계를 지속시킬 수 없게 되자 그는 슬픔의 가장 깊은 드러냄이라는 '희생'으로써 깨어진 관계를 회복시키고자 한다. 이 깨어짐은 외부의 물리적인 폭력이나 관계에 의한 깨어짐이 아니라 인 간 본래의 불완전함으로 깨어진 것이다. 그러므로 그는 신과의 관계를 인간 스스로의 희생을 통해서 회복시키고자 한다. 이것은 그가 희생 을 삶과 죽음의 탄생과 재생의 순환이라는 점으로 파악하면서, 그 자 체로써 인간을 우주의 여러 가지 모습에 일치시킬 수 있다고 판단했기 때문이다. 곧 인간들이 잃어버린 것을 고스란히 가지고 별들에게로 올라가 합일되고자 하는 소망을 슬픔의 가장 깊은 드러냄이라는'희생' 으로 이루고자 한 것이다.

그러나 오늘날 우리 인간들은 이러한 슬픔의 형태조차도 알지 못할 뿐만 아니라 보지도 듣지도 못하고 있다. 그렇기 때문에 인간 스스로 의 희생에까지 이르지 못하고 만다. 그리하여 아직도 계속 '신과 인간 의 사이에는 깊은 강이 흐르며, 신은 진실로 슬퍼하는 이를 원하고, 인 간에게는 섬이 필요'(p.197)하지만 현실에서의 인간은 영혼의 고갈과 상실의 상처로 인한 불완전함으로 말미암아 신과의 얼크러져 있는 매 듭을 풀지 못하는 것이다. 이렇듯 인간과 인간 사이, 신과 인간 사이 의 풀지 못한 매듭은 '검은 강'(p.205)으로 가로놓여 있으며, 그 '깊고 깊은 슬픔의 강은 언제나 인간의 역사 속'(p.241)을 가로질러 흘러가고 있는 것이다.

검은 강이라는 것은 인간의 수치, 절망, 파괴, 부패, 비애, 자기 비하 등 인간의 어두운 측면들이 어우러진 강을 의미한다. 맑고 투명한 푸 른 강이 흘러 인간의 삶 자체가 그 강과 더불어 건강해 지는 것이 아니라, 인간에 의해 오염되어 버린 강이 그들의 역사 속을 끊임없이 가로지르며 흘러간다.

　마이허홉[8]의 언급대로 인간의 삶이 경험 속에서 동적인 상호 침투가 이루어지고 사건들의 질서는 동적인 연관성에 의해 관계를 맺는다면, '과거로부터 흘러나오는 이 강은 현재를 넘어 미래로 흘러'(p.243)들어갈 것을 예상할 수 있다. 이는 과거의 부정적인 요소들이 현재를 지나 미래에까지 이어진다는 비관적인 인식을 나타낸다. 이와 마찬가지로 슬픔 역시 그 형태만 다를 뿐, 과거의 슬픔은 곧 현재와 미래의 슬픔이 되는 것이다. 하지만 많은 사람들은 그것의 존재를 의식하지 못하고 있다. 따라서 그는 불완전성의 인간의 역사 속에 언제나 존재하는 강을 건너기 위해서는 예술가가 존재해야 한다는 당위성을 주장한다.

　　　슬픔의 강은 사람과 사람 사이에서 끊임없이 흐르고 있지만 그 강이 있는지조차 모르는 사람들이 많다. 이 강의 있음을 일깨우는 사람이 바로 예술가다. 예술가는 볼 수 있는 자다. 그 눈은 강의 흐름을 본다. 예술가는 들을 수 있는 자다. 그 귀는 강물 흐르는 소리를 듣는다. 예술가는 어둠 속에서 빛을 찾는 사람이다. 그런데 그 빛은 슬픔의 강 너머에 있다.(p.244)

　비록 예술가가 찾는 빛이 슬픔의 강 너머에 있음에도 불구하고 그는 신성한 숲으로 부르고 있는 신성이 아직도 우리 주위 곳곳에 살아 숨쉬고 있다고 믿고 있다. 숲은 인간 심성의 영역이다. 그렇기 때문에 그는 '우리들이 그 숲을 갈망하는 한 숲은 사라지지 않는다'(p.254~255)고 했다. 그것은 인간의 마음이 신성을 바탕으로 하는 한 신과의 깨어진 관계를 회복할 수 있다는 믿음을 보여준 것이다. 이는 미래의 불확

---

8) 한스 마이어홉, 김준오 역, ≪문학과 시간현상학≫, 심상사, 1979.

실하고 비관적인 인식을 가지고 있다 하더라도 결코 우리 주위 어느 구석에서 살아 숨쉬고 있는 신성을 포기할 수 없다는 의미이다. 또한 그 '신성의 숲'을 갈망하는 것을 잃지 않는 한 인간의 삶은 긍정적이라는 것을 현실 세계에 대한 부정(否定)의 부정을 통해 보여주고 있는 것이다.

3. 도식적 상상력의 한계

정찬은 1990년대의 우리 문학에서 선악(善惡)과 같이 대상을 표시하는 심적인 형상을 다룬다는 점에서 관념 소설의 한 유형을 보여주고 있는데, 강을 건넌다는 것은 눈으로 보는 현실과 마음으로 그리는 관념을 접목하는 하나의 방법으로서의 행위로 간주할 수 있다.

그는 인간이 자신의 내부를 깊숙이 들여다보게 될 때 그 속에 깊이 감추어진 '생명, 그 누구도 헤아릴 수 없는 거대한 에너지의 바다'(p.279)를 알게 될 것이라고 하였다. 이를 깨닫게 된다면 인간이 만들고 있는 문명의 세계가 얼마나 하찮은 것이고 위태로우며 무서운 것인가를 알게 된다는 것이다. 이것은 근원적으로 볼 때 인간사회 자체가 얼마나 이기적이고 타락해 있는가 하는 것에 대해 무감각했던 우리 자신에 대한 반성의 의미를 가진다.

이러한 그의 사유는 자기 자신과 세계에 대한 깊은 천착에서부터 가능한 것으로써, 인간의 현존재에 대한 사유이기도 하다. 현존재란 하이데거의 용어로써, 인간이 스스로 자기의 존재를 '이해'하는 한에 있어서의 인간 존재를 의미한다. 이는 밖으로는 '세계-내-존재(世界內存在)'라고 할 수 있고, 안으로는 '시간적 존재'라고 할 수 있다. 자기 자신의 현존재를 알게된다는 것은 세계 안의 존재로 파악한다는 뜻

이며, 이는 곧 세계와 인간의 관계를 적확하게 인식한다는 의미이다.[9]

따라서 강 너머에 빛이 있음을 인식한 그에게 있어 자기 자신을 되돌아보면서 깨닫게 된 문명 세계의 허상과 부조리함을 극복하기 위해서는 강을 건너야 한다는 필연적인 행동이 주어질 수밖에 없다. 이러한 근본적인 물음과 구체적 삶을 이어주기 위해서 그는 두 가지의 도강법을 제시하였는데, 그는 대부분의 사람들이 선택한 방법을 택하고 있지는 않다.

> 강을 건너는 방법은 두 가지가 있지요. 배를 타는 것과 스스로 강이 되는 것. 대부분의 작가들은 배를 타더군요. 작고 가볍고 날렵한 상상의 배를.(p.280)

배는 다리(橋)와 같은 상징성을 가지면서 이 세계에서 다른 세계로 건너가는 의미로 사용된다. 그런데 많은 사람들은 강을 건너기 위해 작고 가볍고 날렵한 배를 이용한다. 하지만 이 배는 인간 사회 자체의 왜소함과 위태로움 그리고 이기적이고 음흉함을 의미하기에, 배를 탄다는 자체가 이미 문명 세계의 허상과 부조리함에 편승하는 한 방법이 되고 만다. 따라서 문명 세계의 허상과 부조리함을 극복하기 위해 강을 건너고자 한 그에게 있어서 스스로 강이 되는 것을 택했다는 것은 이기적이고 타락한 인간 사회에 대한 무감각함을 반성하면서 인간의 불완전함으로 인해 깨어진 신과의 관계를 '희생'을 통해 회복시키려 한 의지로 볼 수 있다.

그는 오늘날의 자본주의를 욕망의 끝없는 먹이 사슬로 보고 있다. 그리고 이로 인해 야기된 비개성적인 사고와 물질적인 것을 중심으로

---

9) 마르틴 하이데거, 전양범 옮김, ≪존재와 시간≫, 시간과 공간사, 1989.
   프리드리히 빌헬름 폰 헤르만, 신상희 옮김, ≪하이데거의 존재와 시간을 찾아서≫, 한길사, 1997.

150

하는 욕망에 함몰된 현실 세계를 살아가는 인간의 삶 속에서 신성을 바탕으로 인간의 생명과 사랑에 대한 관념성을 강조하고 있다. 문명이란 거대한 쇠사슬에 묶인 무력한 생명으로서의 인간이 소망하는 꿈이 증오가 되고, 그 증오로 인해 발생되는 고립된 존재마저도 다시 사랑이 된다는 점. 그리고 이 사랑 역시 슬픔으로서만 가능하며 이러한 능력이 바로 신에게 다가갈 수 있는 유일한 길이라는 그의 생각을 우리는 어떻게 읽어야 하는가.

오생근은 정찬의 소설이 "삶의 부조리와 세계에 대한 비극적 인식과 자기 희생의 가치를 보여주고, 슬픔을 불러일으키는 것이라면, 그만큼 슬픔 속에서 구원적 의미를 모색해 보는 일도 한 방법"[10]이 될 수 있다고 보았다. 물론 그가 슬픔을 통해 구원적 의미를 모색해 보는 일은 정직한 인식이라고 할 수 있다. 왜냐하면 슬픔은 힘을 예비한 관념이며, 추후에 도전할 수 있는 힘이 될 수도 있기 때문이다. 따라서 그가 구원적 의미를 슬픔을 통해 구하고자 한 것은 긍정적인 측면으로 작용한다. 그러나 슬픔 속에서 구원적 의미를 찾는 것이 가능하기 위해서는 그의 소설 형식을 통해 나타난 '신성으로서의 관념성'을 어떻게 극복할 것인가 라는 문제를 선행조건으로 해결해야만 한다. 이러한 문제의 해결 없이는 그가 스스로 강이 되어 신성의 숲으로 향하고자 한 소망은 한낱 추상적인 숲을 쫓아가는 관념성으로 빠질 위험이 크다. 따라서 슬퍼하는 능력으로 신에게 다가가고자 한 길이 그의 의도와는 달리 자칫 '아득한 길'로 접어들 가능성을 결코 배제할 수 없는 것이다.

그 자신이 강 건너편의 빛을 인식하고 스스로 강이 되고자 하였음에도 불구하고, 확실하지 않은 모호한 상태로 단지 머리 속에 그려놓은 주관적인 논리나 상상력만으로 섣부른 도강(渡江)을 시도한다면 그 길

---

10) 오생근, <폭력의 시대와 생명의 존엄성>, ≪아득한 길≫ 해설, 문학과 지성사, 1995. p.298.

이 그의 소망대로 '아늑한 길'이 되기는 어려울 것이다. 그러므로 이제는 '엿봄은 휴식이었으나 다가감은 실천이고 운동'(pp.109~110)이라는 그의 인식을 바탕으로 해서 신성이라는 관념으로서의 도강이 아니라, 그가 언급한 것처럼 운명이라든가 열정을 가진 실천 혹은 운동으로서의 도강을 시도해야 할 것이다.

〔고려대학교 국어국문학과 강사〕

참 고 문 헌

1. 기본 자료
정 찬, ≪아늑한 길≫, 문학과 지성사, 1995.

2. 단행본
김용희, ≪현대소설에 나타난 '길'의 상징성≫, 정음사, 1986.
마르틴 하이데거, 전양범 옮김, ≪존재와 시간≫, 시간과 공간사, 1989.
멀치아 엘리아데, 이동하 역, ≪성과 속≫, 학민사, 1983.
아니카 르메르, 이미선 옮김, ≪자크 라깡≫, 문예출판사, 1994.
자크 라깡, 권택영 엮음, ≪욕망이론≫, 문예출판사, 1994.
죠르쥬 바따이유, 조한경 옮김, ≪에로티즘≫, 민음사, 1989.
프리드리히 빌헬름 폰 헤르만, 신상희 옮김, ≪하이데거의 존재와 시간을
        찾아서≫, 한길사, 1997.
한스 마이어홉, 김준오 역, ≪문학과 시간현상학≫, 심상사, 1979.
헨리 베르그송, 정석해 역, ≪시간과 자유의지≫, 삼성출판사, 1982.

井邑詞의 性格에 대한 再考

양희찬

1. 井邑詞에 대한 視覺

정읍사에 대한 기존 연구들은 高麗史 志 卷第二十五 樂二 三國俗樂 條 百濟項의 '井邑'의 창작배경에서 '장사 떠간 남편을 걱정하는 아내의 마음을 담은 내용'이라는 해설과, 中宗實錄 卷三十二 中宗十三年 四月條의 淫詞 관련 기록을 참고하여 여러 시각에서 고찰하였고, 작품 내용과 관련된 어석에서는 여러 견해가 제시되었다.

본고는 이 기존 연구 결과 중에서 정읍사에 음사적 표현이 있다는 지적에 대해서 재고해 보려고 한다. 이러한 논의의 출발은 중종실록에서 정읍사에 淫詞의 가사가 있다고 한 견해와 고려사의 기록에서는 淫詞라고 하지 않았다는 두 시각의 차이에 대한 의문에서부터 시작되어야 할 것이다. 본고는 井邑詞의 내용에 대한 온당한 解析과 정읍사의 性格을 해명해 보고자 하는 것이다.

2. 井邑詞에 대한 古記錄

井邑詞의 내용에 관련된 첫기록은 1454년(단종 2년)에 완성된 高麗史 三國俗樂條에 百濟의 노래로 소개된 것이다. 이 기록은 다음과 같다.

井邑 全州屬縣 縣人爲行商久不至 其妻登山石以望之 恐其夫夜行犯害 托
泥水之汚以歌之 世傳有登岾望夫石云

이 기록의 내용을 간추리면, 행상을 나가 오래도록 돌아오지 않는 남편을 기다리면서 남편이 행여나 밤길에 불상사를 당하지나 않을까 걱정하는 심정을 '진창에 더럽히게 됨'(泥水之汚)에 비유하여 노래하였다는 것이다. 이 기록에서 관심을 둘 데는 "恐其夫夜行犯害"이다. 이 구절이 '남편이 아내나 다른 사람에게 해 끼칠 잘못을 저지른다'는 것으로 풀이된다면, 그 대상이나 행위를 지나치게 생략한 非文이다. 또한 그런 내용이라면 행위 자체가 중요한 것이므로 '夜行'이라는 말을 굳이 넣을 필요가 없을 것이다. 그러므로 이 구절은 옷과 신을 더럽히지 않으려면 진창을 피해 가야 하듯이 '남편이 밤길에 불상사를 당하지 않고 피해 갈 수 있기'를 바라는 아내의 심정을 그렇게 비유한 것이라고 이해하는 것이 온당할 것이다.

그런 반면에 井邑詞에 淫詞가 있다는 견해를 엿보이는 기록은 中宗 實錄의 중종 13년(1518년) 4월 1일의 기록이다. 이 기록은 중종 12년 12월 23일 홍문관 직제학 조광조 등이 그 당시 사용하던 樂章들 중에

서 "가사가 음사와 불교에 관련된 악장을 고치게 해 달라"[1]고 중종에게 奏請하여 수행된 일의 결과보고이다. 주요 부분만 간추리면 다음과 같다.

> 大提學南袞啓曰 前者命臣 改製樂章中語涉淫詞釋敎者 臣與掌樂院提調及解音律樂師 反覆商確 如牙拍呈才動動詞 語涉男女間淫詞 代以新都歌 盖以音節同也 … <舞鼓呈才井邑詞 代用五冠山 亦以音律相叶也> 處容舞靈山會相 代以新製壽萬年詞 本師讚彌陀讚 代以新製中興樂詞 盖此二曲 皆涉異端 … 大抵處容舞 本奇邪不正之樂 故亦以此曲節之 臣意若不以此舞呈於雜戲之中 則此詞不製 可也 … 傳曰 所啓之言 皆是 處容舞等 如所啓革之則可也 但不正之舊習 不特此也 必多有之 不可一切革之 仍命以袞所製樂章 代舊樂章(< > : 필자 첨부)

이 기록에서 < > 표한 부분이 井邑詞 관련 기록이다. 이 기록만에는 정읍사가 淫詞라는 구체적인 언급이 없다. 이것은 動動, 靈山會相·本師讚·彌陀讚, 處容舞에 '男女間淫詞', '異端', '奇邪不正之樂'과 같은 改製理由를 첨부한 것과 구별된다.

특히 원문에서 "此二曲 皆涉異端"의 '二曲'은 靈山會相과 本師讚·彌陀讚을 일컬은 것인데, 모두 處容舞에서 불렀던 唱詞이다. 南袞은 이 작품들을 처용무 창사로 넣게 된 까닭을 처용무가 '奇邪不正之樂'이기 때문이었다고 하였다. 이것은 당시에 처용무의 성격에 대한 인식을 말한 것이고, 처용무를 추지 않으면 이 창사들을 개제하지 않아도 될 것이라는 의견까지 제시하였다.

이 樂章改製의 제기는 中宗反正의 진면목을 확립하려는 관료들의 노력 중에 燕山君 때 문란하였던 女樂의 폐습을 척결하려던 것과 관련된

---

1) 弘文館直提學趙光祖 典翰孔瑞麟 應敎閔壽千等 啓曰 語涉淫詞釋敎樂章 令臣等改製 夫樂章協音律傳後世 至爲重大故 成宗朝 使大提學與掌樂院提調同議叅考音律 商確審定 …

156

작업이었던 것 같다.2) 중종이 "不正한 옛 관습은 이 악장들만 아니라 많이 있지만, 한꺼번에 개혁할 수는 없을 것이다."라고 한 말에서 기존 악장들을 대대적으로 개제하려고 하였던 것을 짐작할 수 있다. 남곤 등이 代替한 악장들의 내용은 새 도읍의 무궁을 송축하고(新都歌), 효를 노래하고(五冠山), 임금의 만년수 축원하고(壽萬年), 中宗反正을 기린(中興樂) 것이었다.

이와 관련하여 처용무(<鶴蓮花臺處容舞合設> 樂學軌範 所載)에서 노래된 창사들을 찾아보면, 앞의 세 佛詞와 處容歌, 鳳凰吟, 三眞勺(鄭瓜亭) 등과 함께 <舞鼓>의 창사인 井邑詞도 있었다. 여기서 鳳凰吟과 三眞勺은 각각 송축가 연군가인 점에서, 處容歌는 儺禮儀式舞인 처용무의 폐지 여부에 직결되므로 개제 대상이 되지 않은 것이라면, 처용무의 창사 모두가 그 대상이 아니었음을 알 수 있다. 그런데 佛詞가 아닌 井邑詞가 그 대상이 된 것은 淫詞였기 때문인가?

<燕山君日記>3)에 의하면 연산군은 處容舞를 아주 즐겼음을 알 수 있다. 남곤 등이 처용무를 奇邪不正하다고 평한 것은 動動의 일부 내용에 대한 견해처럼 處容歌에서도 역귀가 처용 아내를 범하였다는 부분에 근거하였을 것이라고 짐작해 볼 수 있겠다. 처용무는 나례무로서 중종 후에도 계속 연희되었으므로 그러한 평가의 근거를 다른 데에서는 찾을 수 없기 때문이다. 처용무의 창사들 중에서 연산군은 靈山會相의 '靈山會上佛菩薩'을 佛語라 하여 '君綏臣福擊邦謐'로 고쳤는데,4) 남곤 등은 이것을 용납하지 않고 改製하였다.5) 이러한 것은 연산군의

---

2) 女樂 및 晉樂의 정비작업과 관련된 견해를 중종 5년 10월 甲辰(21일), 6년 10월 辛卯(14일), 14년 정월 辛亥(16일), 14년 2월 丙寅(2일) 등의 기록들에서 확인할 수 있다.
3) 燕山君日記, 朝鮮王朝實錄 晉樂記事資料集(5), 정신문호연구원 편저, 민속원, 1998.
4) 燕山君日記 燕山君 11년 12월 丁亥(27일)條.

蕩淫하고 不正한 殘滓를 청산하여야 한다는 인식을 엿보이는 사례라고 할 것이다.

정읍사 또한 마찬가지 사례라면, 개제한 이유를 첨부하지 않은 것을 의심해 보는 한편, 動動에 첨부한 "語涉男女間淫詞"를 생략하였을 경우도 짐작해 볼 수 있겠다. 그렇지만 창사 전체를 온당하게 풀이해 보아 남곤 등의 이러한 견해가 지나친 편견의 결과라면, 연산군조를 기피해야 한다는 강박관념의 결과라는 혐의를 벗을 수 없을 것이다.

3. 井邑詞의 解析

1) 井邑詞의 音樂的 記載狀態

정읍사는 樂學軌範에 다음과 같이 가사가 악곡 단위로 구분되고 여음구와 섞여 기재되어 있다.

前腔　돌하 노피곰 도ᄃ샤 (어긔야) 머리곰 비취오시라(어긔야 어강됴
　　　리)
小葉　아으 다롱디리
後腔全 져재 녀러신고요 (어긔야) 즌 ᄃᆞᆯ 드듸욜셰라(어긔야 어강됴리)
過篇　어느이다 노코시라　金善調 (어긔야) 내 가논디 졈그롤셰라 (어
　　　긔야 어강됴리)
小葉　아으 다롱디리[6]

---

5) 중종조의 음악 관련 개정 작업은 中宗反正이 갖는, 燕山君朝의 淸算認識에
　　서 수행된 것이라도 조선조 창건에서부터 定向된 朱子學的 紀綱의 再確認이
　　라는 의도적인 표방 아래 수행되었던 것이라는 점에서 숙고해 볼 필요가 있
　　다.
6) 「樂學軌範·樂章歌詞·敎坊歌謠 合本」(亞細亞文化社, 1975)의 樂學軌範(蓬左
　　文庫本) 所載.

정읍사는 前腔 後腔 過篇[7]의 세 토막 악곡형식에 맞추어 기재되었
다. 일반적으로 인식되듯이 이 세 토막은 세 가락과 어울리게 가사도
세 부분의 내용으로 분할되는 것을 뜻한다. 그리고 여음구 '어긔야'와
'어긔야 어강됴리'는 그 위치가 또한 가사 세 토막을 확인시키면서 각
토막도 다시 작게 양분될 수 있다는 표지 역할을 한다. 이 가사의 토
막형태는 악곡형식과의 상관성에서 온전한 의미단락과 창악에서의 휴
지부분을 뜻하는 것으로 認知될 수 있을 것이다.

그리고 小葉이 前腔과 過篇에는 있고, 後腔에는 없다. 後腔의 '全'은
小葉이 없이 후강만으로 된 형식이라는 뜻으로 이해하는 것이 무난할
것 같다. 이것은 곡명의 漢字 표기에 주목한 것이다. 애초에 노래부르
기 적합하게 '全州'를 '全'자 한 자로 기재하였다 하더라도 전승되면서
그 당시에 사용하던 명확한 지명으로 고치지 않은 것은 다른 뜻의 글
자였기 때문일 것이다. 앞에서 다룬 고려사의 기록에서처럼 全州라는
지명을 확인할 수 있었을 것인데 그대로 둔 것은 그것이 지명이 아니
라는 것을 드러낸 것이 분명할 것이다. 본사에 한자어가 없는데 이것
만 한자로 표기한 것은 다른 뜻의 사용이라도 어색하다. 이것은 본사
와 구분된 표기로 인정해야 할 것이다.

2) 作中時間

정읍사의 작중시간은 작중장소의 성격을 해명하거나 화자의 관심사
를 파악하기 위해서도 확인되어야 하는 중요한 작품 형성요소이다.

---

7) 井邑詞는 악곡상 前腔·後腔·過篇 세 가락 형식이다. 金善調는 翰林別曲 제6
  연에 나오는 당시 비파의 명연주가인 金善의 독특한 비파 가락과 관계 있을
  것으로 추측되고 있다.(張師勛, 國樂大事典, 세광음악출판사, 1989)

前腔 돌하 노피곰 도드샤 머리곰 비취오시라
過篇 어느이다 노코시라 내 가논디 졈그롤셰라

　이 두 부분의 가사에서 정읍사의 작중시간은 저녁이라는 것을 알 수 있다. 過篇의 가사에서 "졈그롤셰라"는 날이 저물어 점점 어두워지고 있는 '저녁' 시간을 그대로 나타낸다. 前腔의 가사에서도 달이 더 높이 솟아 멀리 비출 수 있기를 바라는 것은 달이 아직 높이 솟지 않은 때라는 것을 드러낸다. 그러므로 정읍사의 작중시간은 어둠이 점점 짙게 깔리고, 달이 떠오르기 시작한 저녁 무렵이다. 그렇지만 달빛이 '멀리' 비추기를 바라는 것은 저녁이 지난 밤을 전제한 것이므로, 화자가 관심을 둔 시간은 현재의 '저녁'부터 시작되는 '밤'이다.
　정읍사에서 작중시간인 '저녁'은 화자가 남편의 안전을 염려하게 된 동기이다. 저녁 시간은 남편이 그날 장사를 마치고 다음 장으로 떠나는 시간이다. "내 가논디 졈그롤셰라"에 그 시간의 남편 모습을 그려 어두워지는 길을 염려하는 심정을 담았고, "즌 디롤 디디욜셰라"는 어두운 밤길에 남편이 불상사를 당할까 염려하는 심정을 표현한 것이다. 다시 말하면, 낮에는 '즌 디'를 보고 피할 수 있어도 어두운 밤에는 피하기 어렵다. 後腔의 "져재 녀러신고요 즌 디롤 드디욜셰라"의 시간 배경은 이 표현 자체에서는 알 수 없다. 이 표현에서의 시간이 작중시간을 낮이라고 하면, 낮에 '즌 디를 디딘다'는 것은 이치에 맞지 않을 뿐 아니라 작품 전개의 통일성에도 어긋난다. 그러므로 작중시간인 저녁에 남편이 갈 밤길에서 남편이 즌 디를 밟게 되지나 않을까 걱정하는 것은 아내의 당연한 심정이다. 그러므로 "머리곰 비취오시라"라고 기원한 대로 달빛이 멀리까지 비출 대상은 다른 것이 아니라 남편이 가는 밤길인 것이다.

3) 作中場所

後腔 져재 녀러신고요 즌 디롤 드디욜셰라
過篇 어느이다 노코시라 내 가논디 졈그롤셰라

정읍사에서 제시된 장소는 '져재' '즌 디' '어느(곳)'이다. 화자인 아내가 있는 곳은 집이므로, 이 장소들은 남편이 다니고 머무는 곳이다. 이 장소들은 남편이 여러 장을 다니며 장사하는 행상이라는 것을 알 수 있는 자료들이다.

이 세 장소 중에 '즌 디'는 앞에서 살핀 고려사 기록에서의 해설대로 '남편에게 일어날지 모르는 불상사'를 비유한 것이다. '즌 디'는 '녀러신고요'의 행위와 상관되므로, 그 文面的 意味는 '남편이 가는 길' 어디에 있을 개연성이 있는 임의의 장소로 인정된다. 이에 작중공간으로서 '길'이 제시되며, 이 비유에는 사건 발생의 우연성이 含意되어 있다.

그런데 '즌 디'를 '져재'와 연관시킨다면, 작중공간인 '길'은 설정될 수 없다. '녀러신고요'가 '가논디'와 같이 移動의 행위를 나타내고, 前腔에서 달빛이 멀리 비추는 대상은 집안이 아니라 길이다.그러므로 '즌 디'와 '져재'는 연관성이 없으며, '녀러신고요'와 의미의 상관관계를 가진다.

'져재'는 '後腔全'의 '全'자와의 문제가 있다. 이 문제를 해결하면서 '져재'의 성격을 밝히기 위해서 '져재'와 過篇에서의 '어느(곳)'과의 상관성을 살펴볼 필요가 있다. 두 장소는 남편이 간 곳이므로, 그에 직결되고 유사한 행위를 나타낸 '가다'(가논디)와 '녀다'(녀러신고요)의 문맥적 의미를 가리는 것으로 그 상관성을 확인할 수 있을 것이다. '가다'는 '어디에서 어디로 간다'는 구문을 형성한다. 過篇의 '어느곳에 짐을 놓으려고(그날 밤을 묵으려고) 서둘러 간다'에서는 '어디에서'는 드러나 있지 않고, '어디로'는 '어느(곳)'으로 제시되었지만 확인되지 않는 장소이다. 이 '어느(곳)'은 화자가 생각하는, 남편이 그날 묵을 곳이다. 화자는 남편이 어느 장으로 가는지 어디에서 묵을 것인지 모르기 때문에 이 표현을 쓴 것이다. 그곳을 알거나 얼추 가늠할 수 있었다면, '어느 이다'라 하지 않고 구체적인 장소를 언급하였을 것이다.

만약, 드러나지 않은 '어디에서'를 '져재'라고 한다면, "져재 녀러신고요"는 '(그) 장에 가셨는가요'로 풀이된다. 이 풀이를 "즌 디롤 드디욜셰라"에 연결해 보면, '즌 디를 디딘 것'이 그 장에 가던 도중에 있었던 過去完了된 사건이므로 '드디욜셰라'의 不定時制와 시제가 합치되지 않는다. 그러므로 이 풀이는 잘못된 풀이이며, 올바른 풀이는 '여러 장들을 다니시는가요.'가 되어여 한다. 결국, '져재'는 기존 일부 연구에서 거론한 '全州場'과 같은 특정한 장소를 지칭한 것일 수 없고[8], 文面的으로 '어느(곳)'과도 연결되지 않는다.

이에 따라 '녀다'를 '가다'와 구별하여 '여러 곳을 오가며 다니다'는 사전적인 뜻으로 풀이되어야 할 것이다. 그러면 남편이 여러 장을 다니는데, 장에서 장으로 이동하는 과정에 '즌 디를 디디는 사건'이 일어날 수 있을 것이라고 할 때 그 부정시제는 합당하다. 결국, '져재'는 '남편이 다니는 日程의 모든 場'이라고 풀이되어야 타당한 것이다.

이상으로 작중장소에 대하여 결론하면 다음과 같다. '즌 디'는 장들을 '옮겨가는 도중'에 있을 개연적인 사건이며, '져재'는 남편이 일정에 따라 옮겨 다니는 모든 장을 뜻하는 포괄적 성격을 가진 것으로 특정한 한 장을 지칭한 것이 아니다. 그러므로 井邑詞에서 남편이 있는 작

---

8) '後腔全'의 '全'이 井邑詞 本詞에 포함되지 않는다는 것은, 결과적으로 樂學軌範의 기재상태로 미루어 後腔에 小葉을 사용하지 않는다는 뜻으로 풀이하는 것이 합당할 것이다.

중장소는 '남편이 장들을 옮겨가는 도중의 밤길'이다.

4) 表現意味와 文脈

"돌하, 노피곰 도ᄃ샤 머리곰 비취오시라"

달이 '높이 돋는 것'은 넓은 지역을 비추게 되는 조건이고, 넓은 지역을 비춘다는 공간적 현상에는 '멀리 비춘다'는 원근적 속성이 내포된다. 즉, "노피곰 도ᄃ샤"와 "머리곰 비취오시라"는 넓은 지역을 밝힌다는 동의적 표현인데, 달이 움직이는 자연현상에 대해 '높이'와 '멀리'라는 인위적 판단을 나타내는 어휘를 사용한 것은 이 표현에는 화자의 특별한 의도가 담겨 있다는 것을 뜻한다. 특히 두 표현의 그 문맥적 관계와 내포 속성에서 '머리곰 비취오시라'는 특별한 의미를 가진 표현이라고 할 것이다. 원근적 속성을 가진 '머리곰'은 '밤길'을 대상으로 한 것이며, '비취오시라'는 그 밤길을 (누가) 간다는 의미를 내포하고 있는 것이다. 그러므로 '달아, 멀리멀리 비추어다오'는 누가 가는 밤길 밝게 멀리 비추어 달라는 특별한 기원을 담은 것이다. 그런데 이 가사에 그 '누구'와 '특별한 의도'가 드러나 있지 않다.

"져재 녀러신고요 즌 ᄃᆡ를 드ᄃ욜셰라"

이 가사는, 앞의 고려사 기록 분석과 작중장소 분석의 결과를 참조하여, '(계속) 장들을 다니고 있는가요. (장을 마치고 다음 장으로 옮겨갈 때마다 그 도중에) 불상사를 당할까 염려되는군요.'라고 풀이할 수 있다. 이 풀이에서 화자의 관심은 남편이 이 장에서 저 장으로 이동하는 도중의 상황에 있음을 알 수 있다. 이 가사에서 의미 비중을 상대적으로 가름하면, '져재…'는 남편의 상태를 나타내는 단순한 장소와 행위를 나타낼 따름이고, '즌 딕…'가 화자의 관심을 드러낸 중심부분이다. 따라서 후자에 고찰의 초점을 맞추는 것은 당연하다. 그 올바른 해석을 위해서는 화자의 의도와 판단을 표현 속에서 정확하게 찾아내는 것이 관건일 것이다.

이 가사의 해석에서 문제가 되는 것은 '즌 딕'이다. '즌 딕'는 길의 일부 상태를 뜻하는 만큼 路上에서의 사건을 뜻한다. 기존 일부 연구에서처럼 '즌 딕'가 남편의 외도를 나타내는 路柳墻花를 비유한 것이라고 맞추어 보면, 남편의 의도에서가 아니라 노류장화의 유혹에 넘어가서 그렇게 되었고, 만난 장소도 路上이라고 할 때 그런 풀이는 일단 무리가 없고 인정할 수 있다. 그렇다면 이 풀이가 문맥에 적절한가를 판단해야 할 것이다.

먼저, 전강의 가사 "머리곰 비취오시라"의 달빛과 공간적 의미가 남편의 외도와 문맥에서 전혀 연결되지 않는다. '즌 딕'를 남편이 가는 밤길에 있을 '진창'으로 풀이하면 그 달빛과 공간적 의미가 제 기능을 하여 前腔과 後腔 두 가사 사이의 유기적 상관관계가 성립된다. 즉, 밝은 달빛이 멀리까지 비추기를 바라는 것은 남편이 서둘러 바삐 가는 길을 밝혀주어 진창에 빠지는 것과 같은 불상사를 당하지 않기를 바라는 의도적 표현인 것이다. 이 '진창'의 의미에 적당한 개별 사례로 예컨대 강도를 만나는 등의 불상사를 들 수 있을 것이다. 또, 날이 저물어 서둘러 바삐 가는 상황을 담은 過篇의 가사와도 남편의 외도를 연결시킴은 어색한 데 반해, 그런 상황에 '행여 강도라도 만나면 어쩌나' 하는 풀이는 무리가 없다. 다시 말하면, 화자는 남편이 밤길을 가다가 당할 불상사를 모면하여 무사하기만을 바란 것이지, 남편을 의심하는 생각은 전혀 드러나 있지 않다.

결국, '즌 딕'의 풀이는 밤길 가는 도중에 당하는 '불상사'가 타당하다. 그러므로 '노류장화' 또는 남편의 외도'라는 풀이는 그 표현만을 따로 떼어 볼 때만 가능한 것이라고 할 것이다.

여기서 前腔의 가사에서 화자가 달빛이 밝게 비추어 주기를 바란 곳은 남편이 가는 '밤길'이며, 그렇게 바란 것은 길이 밝으면 앞에 있을 위험한 사태를 피할 수 있을 것으로 화자는 생각하였기 때문이라는 것을 알 수 있다.

"어느이다 노코시라 내 가논디 졈그롤셰라"

이 가사에서 '어느(이다)'는 앞에서 풀이한 대로 '남편이 그날 밤을 묵을 곳(에)'이다. '(놓)고시라'는 前腔의 '(비취)오시라'와 같은 꼴이지만, 기능이 다른 語尾이다. '(비취)오시라'는 '비추어다오'로 願望의 기능을 한다면, '(놓)고시라'는 '놓으려고'9)로 意圖의 기능을 하는 것이다. 그리고 "노코시라"의 의미에 대하여 '짐을 놓다'에서 '몸을 쉬다', 그리고 '하루를 묵다'라는 聯想的 解釋을 해 볼 수 있다. 이 연상적 해석은 "노코시라"가 "내 가논디"의 목적이라는 점에서 가능한 것이다.

"내 가논디"는 '서둘러 바삐(내)10) 가는데'로 풀이된다. 이것은 화자가 짐작한 남편의 모습이다. "내 가논디"는 하루 장사를 마치고 쉬고 싶은 마음을 적절히 표현한 것이다. '날이 저무는' 시간이라면 더욱 그럴 것이고, 다음 장이 서는 곳까지 먼 길을 가야 함에서나, 그 밤길에 어떤 불상사를 당하지 않기 위해서 서두는 것은 당연할 것이다. 이렇게 서두는 남편의 모습은 화자가 짐작한 것이다. 이것은 바로 남편이

---

9) "어느이다 노코시라"를 '어디에다 (짐을) 내려놓으십시오.'라고 풀이하면, 설령 날이 저물어가는데 남편이 서둘러 무사히 오늘 묵을 곳으로 가기를 바라는 화자의 애타는 심정은 담길지라도, 문맥이 순조롭지 않다. 또 다른 한편은 숙소를 정하라고 하고는 남편이 외도(즌 디)를 하여 자신의 신세가 암울하게 될 것이라는 내용으로 전개되는 것은 자체 모순이 된다.

10) 劉昌惇의 李朝語辭典(연세대 출판부, 1964) 141쪽 '내'(앞질러)의 풀이를 참고하여 정읍사의 '내'를 '서둘러(급히, 바삐)'의 뜻으로 재해석한 것이다.

　그렇게 해 주기를 바라는 화자의 마음을 표현한 것이다. 이러한 짐작으로써나마 화자의 마음은 다소 위안이 될 것이다.

　　이러한 화자의 마음과 관련하여 "어느이다 노코시라"는 또 다른 기능을 한다. 이 표현은 "즌디롤 드디욜세라"의 의미(화자가 남편의 무사함을 바라는 마음)를 수렴하여 "내 가논디"의 의미(서둘러 바삐 가는 행위)를 강화함으로써 화자의 불안을 완화시키는 기능을 한다. 그러므로 "어느이다 노코시라"는 이러한 문맥의 접속적 기능에서 전개의 전환부라는 성격을 가진다.

　　"즌 디롤 드디욜세라"가 현재적 상황인 "어느이다 노코시라"와 연결되는 것은 "져재 …"에 담긴 남편의 전체 일정 상황에 이 현재적 상황이 포함되기 때문이다. '드디욜세라'의 부정시제는 이것을 암시한 것이다.

　　그런데 "내 가논디"가 "졈그롤세라"에 연결되면서 화자의 마음에는 남편이 더 서둘러 가기를 바라는 동시에 어두움에 의한 불안함이 되솟는다. 이 심리적 전환은 남편이 무사함을 확인하지 못하는 상황에서 화자의 불안은 계속될 수밖에 없다는 사실을 제시한다. 전개의 끝에서 일어나는 이 불안은 앞의 전개 과정에서의 불안보다 더 강할 것이다. 이 순간에 화자가 할 수 있는 것은 前腔에서의 기원, 달에게 남편이 가는 밤길을 환하게 멀리멀리까지 밝혀 달라는 기원을 되풀이하는 것뿐이다. 이때 달은 화자에게 화자 자신이 바라는 것을 이루어줄 수 있는 절대적인 신앙의 대상이 되는 것이다.

　　결국, 過篇의 가사는 "어느이다 노코시라"에서 전개의 전환이 일어나, "내 가논디"에서 가능한 한 짧은 시간 안에 남편이 무사한 상태가 되기를 바라는 화자의 기대가 표출되었다가, "졈그롤세라"에서 멀리 밝게 비추는 달빛을 다시 절실하게 요청하는 급박한 현재 상황으로 전개된다. 이것은 이 過篇의 가사가 전개의 완결부라는 것을 알리는 표지

166

이다. 前腔 後腔의 완만한 흐름이 過篇에 이르러 급박하고 복잡한 전환의 국면을 드러내 보이는 것은 악곡형식에서 過篇의 기능이 그 앞과는 다른 가락으로 바뀌는 음악적 전환부라는 성격11)과 동일하다. 즉, 이 가사의 성격을 확인할 수 있는 음악적 증거라고 할 수 있을 것이다.12)

4. 井邑詞의 構造

작품의 구조란 글감들로써 형성된 모든 의미체들이 상호 대응과 결합으로 논리성과 상관성과 균형을 갖추어 짜여진 유기적 체계를 말한다. 정읍사는 앞에서 살핀 대로 장사 떠간 남편에게 아무 탈 없기를 바라는 아내의 간절한 마음을 표현한 작품이다. 정읍사의 구조는 음악 형식과도 조화를 이루면서 시간과 공간의 배경 속에 하나의 심상(화자의 심정)을 형상화한 세 표현 단락이 유기적 의미관계로 짜여진 것이다.

---

11) 換頭로 추정되는 용어이다. 환두는, 예를 들면 前段과 後段을 계속 노래 부를 때 후단의 첫 구는 전단의 첫 구와 다르게 부르고, 후단의 둘째 구 이하는 전단의 둘째 구 이하의 가락대로 반복하는데, 이 후단 첫 구에서 갈라지는 가락이다. 이 전단과 후단을 합쳐서 그 음악 형식을 말할 때 환두 형식(ABCB)이라고 한다.(張師勛, 國樂大事典, 세광음악출판사, 1989)

12) 특히 金善調의 가락이 어떠한지는 전혀 알 수 없지만, "내 가논디 겸그롤셰라"에 담긴 화자의 심리상태로 미루어 가늘어 애절한 소리가 잠시 빠르고 약간 높았다가 서서히 낮아지면서 느려지는 가락이 아닐까 짐작해 본다.

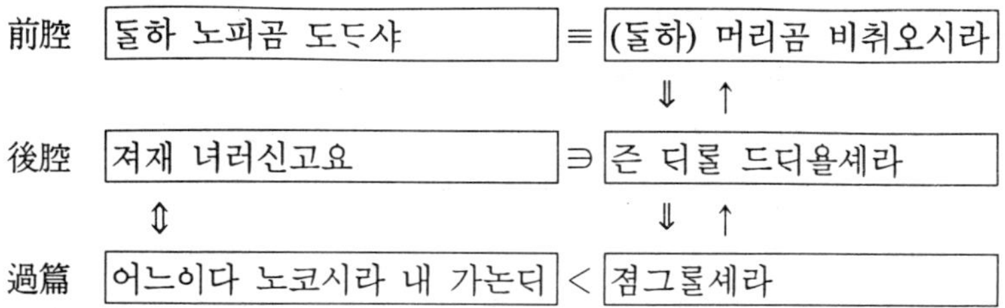

정읍사를 이렇게 세 단락으로 구분하고 각 단락을 다시 양분한 것은 음악적으로는 여음구에 의한 구분이지만, 이미 고찰한 대로 단락들 및 각 단락 내부 표현들의 의미관계를 반영한 것이다.

井邑詞의 骨格은 위의 도표에 표시된 대로 "머리곰 비취오시라" ⇒ "즌 ᄃᆡ롤 드ᄃᆡ욜셰라" ⇒ "졈그롤셰라"이다. 전개의 이러한 골격이 유지되는 데는 각 표현들 사이의 상관적인 의미관계가 작용한다.

前腔의 두 표현은 동의적(≡)이며, "돌하 노피곰 도ᄃ샤"는 다른 표현과는 상관관계를 가지지 않는다. 그러나 "(돌하) 머리곰 비취오시라"는 "즌 ᄃᆡ롤 드ᄃᆡ욜셰라"와 그 위험을 해소할 수 있는 방법으로서 직접적인 관계를 가진다. 後腔의 두 표현은 '즌 ᄃᆡ를 디디는 사건'이 '여러 장을 다니는 과정'에서 남편에게 일어날 수도 있는 여러 일들 중의 '국부적인 사건'이라는 내포관계(∋)에 있다. 그러나 "즌 ᄃᆡ롤 드ᄃᆡ욜셰라"는 작품 골격의 한 요소인 반면, "져재 녀러신고요"는 남편의 행위와 상태를 나타내는 기능만 한다. 過篇의 두 표현의 분할은 여음구에 의한 음악적 분할과 무관하게 의미관계의 긴밀성 정도로써 한 것이다. '내 가논ᄃᆡ'는 '어느이다 노코시라'를 목적으로 한 행위이고, '졈그롤셰라'는 그 행위를 하게 한 원인적 상황이라는 점에서 구분된다. 따라서 이 두 표현은 '저녁이라는 시간의 상황'에 맞추어 '남편이 하는 행위'라는 인과관계(<)에 있다. 특히 이 인과관계는 현재적 상황 속에서의

현장적 행위로 이루어져 작중 현실감을 생성하여 작중상황을 작자의 현실적 실제 상황으로 확장시키는 효과를 가진다.

그리고 이 過篇 가사의 현재적 상황에서의 행위와 後腔 가사의 남편의 전체 일정은 의미보완관계에 있다(↕). 전자는 후자의 구체적인 일부 사례로서 후자가 항상 현재적 행위와 상황의 반복이라는 포괄적 성격을 가지고 있음을 확인시키고, 후자는 전자의 全貌를 제시하여 전자가 그 부분적 행위와 상황이라는 특별한 의미를 갖게 하는 기능을 한다. 이 두 표현의 관계는 남편의 전체 일정에 상존하는 '즌 디'에 의해서 실질적인 상관관계를 확보한다.

이러한 정읍사 전개 양상, 특히 그 골격의 전개 양상은 '왜 달에게 밝게 멀리 비추어 달라고 기원하는가?'라는 의문에 '진창을 디딜까 해서이다.'라는 답을 찾게 하고, 다시 '왜 진창을 디디게 되는가?'라는 의문에 '날이 저물어 어둡기 때문이다.'라는 답을 찾게 하는 문제풀이식의 논리적인 전개로 되어 있다. 이 전개를 거꾸로 역전시켜(↑) 재구성해 볼 수 있다. 이에 따른 풀이는 '날이 저물었으므로 어두운 길을 가다가 불상사를 당하지 않도록 밝은 달빛으로 훤히 길을 비추어다오.'이다. 이 逆展開는 그 풀이로 쉽게 작품 내용을 간파할 수 있으므로 원래의 전개보다 순조로운 전개이다.

그런데 왜 작자는 정읍사에 문제풀이식 전개 방법을 사용하였을까? 우선, 전개를 표현 내적 의미로 다시 풀어보면, '남편의 安全無事 → 그 저해 요인(즌 디) → 그 요인의 발생 원인(밤)'이라는 단계적 전개로 나타낼 수 있다. 前腔의 '달빛에의 기원'이 비현실적이고 주관적 판단이라면, 後腔의 '즌 디'와 過篇의 '밤'은 현실적인 현상으로서 항상 가시적인 상태에 있다. 따라서 이러한 성향에서 양자는 상관성을 가질 수 없다. 그러나 후자가 제거될 수 있다면, 전자는 달성될 수 있다는 논리적 측면에서는 양자의 관계가 성립된다. 즉, 화자가 남편의 안전무사를 바라는 기원이 정읍사의 본지이며, '즌 디'를 제거하고자 하는 것이 화자의 의도이다. 다시 말하면, 逆展開가 단순한 설명식의 전개라면, 原展開[13)는 화자의 기원에만 관심을 둔 특별적 전개 방법이라고 말할 수 있다. 그러므로 이 原展開는 前腔의 '달빛'이 後腔과 過篇의 상황과 행위에도 작용하여 작품 전체에서 화자의 기원을 표출하려는 정읍사 나름의 전개 방법이라고 할 것이다.

그런 한편, '즌 디'와 '밤'을 통해 화자는 남편의 안전무사에 대한 불안감을 표출하고 있다. 이러한 불안은 화자가 그 우발적인 불상사의 발생 여부를 알 수 없는데다가, 남편에게 해를 끼칠 그 대상이 사람·짐승·남편의 실수 등 무엇이든지 남편과 화자의 뜻대로 되는 것이 아니라 그 대상의 결정에 의해 발생될 사건이기 때문이다. 그러므로 작품 전체에 '달빛'을 비추려고 한 것이고, 불상사에 대한 확인이 불가능한 만큼 작품 전체에 불안이 깔려 있을 수밖에 없는 것이다. 따라서 화자의 기원과 불안이 섞여 서로 대응되고 교차되고 있기 때문에 전개 과정마다 긴장이 풀어지지 않는다. 결국, 화자는 '달빛'에 의지하여 남편에게 일어날지 모르는 불상사를 방지하려고 한 것이다. 이로써 前腔의 비현실적이고 주관적인 祈願은 달을 신앙의 절대적 존재로 믿고 의지하므로써 현실적이고 가시적인 불상사 요인을 제거할 수 있기를 기대하는 것이다. 정읍사가 한 작품으로서의 가치를 가지는 것은 이러한 신앙적 자세를 통해 남편을 염려하는 至純한 사랑을 표출하고 있기 때문이다.

이러한 정읍사의 전개는 화자의 불안 심리와 확인할 수 없는 남편의 상황이 '달빛'에 의해서 照應되는 극적 상황을 연출하고, 이 극적인 전

---

13) 原展開는 작품 원래의 전개 상태를 뜻하고, 逆展開는 그 원전개를 거꾸로 거슬러 단계화하여 필요충분조건에 맞게 원전개의 의미가 그대로 보존되는 전개 상태를 뜻하는 용어로 사용하고자 한다.

개에 의해서 정읍사의 서정성은 극대화된다. 즉, 정읍사의 서정성은 '달'이라는 자연적 존재에게 의지하고자 하는 인간의 한계성과, '달빛'의 기능에 의해 신앙적 상징이 되는 '달'의 구조적 관계로써 설명된다. 전강의 가사에서 화자가 목적을 제시하지 않고 밝은 달빛을 기원한 것이 신앙적 기원이다. 이 기원에 이어 후강의 가사에서 남편의 장삿길에서의 무사함을 표출한 것은 화자의 관심사를 드러낸 것이다. 이 관심사란 남편에게 일어날지 모르는 불상사이며, 남편의 장사 일정 전체에서 이 불상사가 일어나지 않도록 달에게 기원한 것이다. 끝으로 과편의 가사에서 현재라는 시간에 초점을 맞춤으로써 남편의 장삿길 전체를 함축하여 그 간절한 심정을 현실감 있게 마무리한 것이다.

결국 이러한 구조 속에서 정읍사는 아내가 남편의 무사를 비는 純全한 마음이 표출한 것이다. 그러므로 이 정읍사의 유기적이고 통일된 구조에 淫詞的 表現이 개입될 여지가 없으며, 있다고 한다면 그것은 부분의 잘못된 확대 해석이거나 오히려 정읍사의 형성에 결함이 있음을 뜻하는 것일 것이다.

5. 마무리

작품을 온당하게 평가하기 위해서는 작품의 온전한 解析이 수행되어야 한다. 이 해석은 글감과 표현으로 형성된 구조를 면밀하게 파악함으로써 가능한 것이다. 이에 따라 앞에서 정읍사의 각 표현들의 의미와 문맥적 상관성을 고찰하였다.

특히 정읍사의 淫詞的 表現에 주목하여, 정읍사에 그러한 표현이나 의미 또는 내용은 없다는 것을 나름대로 해명하였다.

정읍사는 남편의 무사안전을 비는 화자의 지순한 마음을 유기적이고 통일성 있게 표현한 작품이다. 정읍사의 표현에는 남편의 자의적인 생각이나 행위는 전혀 드러나지 않으며, 화자가 남편의 일탈된 행위에 대해서 관심을 기울이고 있는 흔적은 전혀 없다.14)

〔전북대학교 국어국문학과 교수〕

---

14) 본고에 기존 연구의 견해와 결과들을 열거하지 않은 것은 구체적으로 그 시시비비를 가리고자 함이 아니라 槪括的 方法으로 해당 문제를 검토해 보려고 함에서였다.

英雄小說과 佛教

金連浩

1. 서론

　일대기를 골격으로 하는 소설은 영웅소설이나 군담소설로도 불리운다. 일대기라는 형태에 주목하는 한, 군담이 주된 소재로 사용되었느냐의 여부에 따른 군담 소설이란 命名은 부적합한 것으로 보인다. 그러나 '영웅의 일생' 구조를 지닌 것을 모두 영웅 소설이라고 한다면, 거의 대부분의 고소설이 탄생으로부터 죽음에 이르기까지 개인의 일대기를 그린 소설이므로 영웅 소설이라는 용어가 辨別的 資質로서의 가치를 지닐 수 없게 된다.

　영웅 소설은 유교 이데올로기에 기반한 가부장제 사회를 배경으로 하는데, 가부장제 사회에서 사회의 구성 단위는 가부장으로 대표되는 가족이고, 개인은 가족을 배경으로 하여 사회에 진출한다. 그러므로 가부장제 사회에서 가부장과의 이산은 곧 사회에 진출할 수 있는 신분의 몰락을 뜻하며, 따라서 가부장과의 상봉으로 형상화되는 신분의 회복은 국가적인 차원에서의 승인을 필요로 한다. 신분이 몰락한 계층이 국가적 차원의 승인을 얻어 신분 상승을 이룩하기 위해서는 정상적인 방법으로는 불가능하므로 비정상적인 신분 상승 방법으로서 국가의 위기를 무력으로 극복하는 방식을 취하게 된다. 따라서 영웅 소설에 필수적인 군담은 국가를 배경으로 이루어진다. 이런 점으로 미루어 본고에서 다룰 영웅 소설은 내란이나 외침으로 나타나는 국가적인 위기에서 공을 세워 부친과의 이산으로 형상화되는 개인적인 고난을 극복하는 소설로 한정된다.

2. 英雄小說의 形成과 佛敎

농법이 개량되고 대동법이 시행되면서 17세기에는 도시화와 농산물의 상품화가 촉진되었다. 이에 따라 가사노동에서 자유로워진 한글을 읽고 쓸 줄 아는 사대부가의 여인은 여가를 보낼 여흥 대상으로서의 讀書物을 필요로 하였다.[1] 시간이 흐름에 따라 중국 소설을 수입하여 번역하는 것만으로는 확대된 독자층의 욕구를 충족시킬 수 없게 되자, 18세기 초반에 貰冊家가 등장한 것으로 보인다.[2]

소설 독자층은 하층으로까지 확대되었는데, 사대부가나 경제력을 확

---

1) 여성이 여가를 획득한 시기에 소설이 발생하는 것은 동서양에 공통적이었다. 전철민 역, 『소설의 발생』. 仁宣王后(1618-1674)가 淑明公主에게 보낸 편지에서 「녹의인전」 「하북이장군전」 「수호전」이 거론되고 있다. 金一根, 『親筆諺簡總覽』, 建國大 出版部, 자료번호 56, 57, 102.

2) 蔡濟恭(1720-1799), 「女四書序」, 『樊巖先生集』33. 景仁文化社, 1988, 630-631면에서는 부녀자들이 비녀나 팔찌를 팔기도 하고 돈을 빌려서는 다투어서 패설 읽기를 숭상하니, 패설의 수가 수 천 가지나 된다고 했고, 李德懋(1741-1793), 「士小節」, 婦儀1, 『青莊館全書』中, 서울대출판부, 1966, 401면에는 국문으로 번역된 傳奇소설을 돈을 주고 빌려 읽으면서 여성의 본업을 저버려 家産을 기울인 사람이 있다고 했다.

보한 중인층은 낭독꾼을 집으로 불러 소설을 읽도록 하였다.3) 소설 낭독은 商家에서 呼客의 방편으로 이용되고4) 나아가서는 길거리에서 일반인을 대상으로 이루어지기도 하였다.5) 그런데 길거리에서 읽히는 소설은 단일한 사건 중심의 짤막한 분량일 수밖에 없었다. 독자층이 확대되면서 단일한 인물이 겪는 단일한 사건에 대한 요구가 증대되자 규방소설의 문학적 관습과 전통적인 서사의 관습을 두루 차용한 영웅 소설이 발생하게 되었다. 정조 18년(1794)에 조선에 들렀던 일본의 사신 山田士雲의 見聞錄인 『象胥記聞』에 영웅소설인 『張風雲傳』『蘇大成傳』과 군담이 주를 이루는 『林將軍忠烈傳』이 기록되어 있고,6) 전기수의 소설 목록에 『蘇大成傳』이 등장하는7) 것으로 미루어 영웅 소설은 18세기에 이미 형성된 것으로 보인다.

영웅 소설이라는 새로운 소설 양식을 형성할 수 있는 사람은 기존의 소설 양식에 정통하면서도 수용층의 요구에 민감할 것이 요구된다. 조선 후기에 그와 같은 식견과 역량을 갖춘 집단으로 낭독꾼이 주목된다.

---

3) 具樹勳, 「二旬錄」, 『稗林』9, 探求堂, 1970, 452-453면에는 張鵬翼(?-1735)이 서울에서 사대부가의 부녀자들과 간음한 소설 낭독꾼을 잡아 죽였다는 기록이 있고, 『破睡篇』上 「失佳人 數歎薄倖」에 中人層의 富豪가 소설 낭독꾼인 청지기 李業福을 불러다 소설을 낭독시킨 사례가 실려 있다. 李佑成 林熒澤 編譯, 『李朝漢文短篇集』上, 一潮閣, 1978, 271-273면 참조.

4) 李德懋(1741-1793), 「銀愛傳」, <雅亭遺稿>3, 『青莊館全書』上, 서울대 出版部, 1966, 443면에는 鍾街 담배가게에서 稗史 읽는 사람을 칼로 찔러 죽인 사건을 기록하고 있다.

5) 朴趾源(1737-1805), 「熱河日記」 關帝廟記, 『燕巖集』, 景仁文化社, 1974, 158면과 趙秀三, 「紀異」, 『秋齋集』7,에는 장거리에서 소설을 낭독하는 전기수에 대한 기록이 있다.

6) 여기에서는 『張風雲傳』『九雲夢』『崔賢傳』『蘇大成傳』『張朴傳』『林將軍忠烈傳』『蘇雲傳』『崔忠傳』『사(謝)氏傳』『淑香傳』『玉橋(梨)傳』『李白慶傳』『三國志』등이 조선에서 유통되는 언문소설로 거론되어 있다. 金東旭, 「坊刻本에 대하여」, 『東方學志』11, 연대 동방학연구소, 1970, 108면.

7) 趙秀三(1762-1849)의 『秋齋紀異』7 참조.

길거리 낭독꾼은 낭독의 보상이 유동적인 만큼 청중의 성향과 요구를 민감하게 파악하고 거기에 적절히 대응할 수 있는 능력이 필요하였다. 이들은 경험을 통해 소설 수용층의 욕구를 파악하고 충족시켜 주는 전문적인 지식을 지니게 되었을 것이며, 이러한 지식이 영웅소설을 창출해내게 되었을 것이다.

다음으로 주목할 대상이 승려들이다. 소설 낭독꾼이 중과 연결되어 불공드리고 기도하는 데에도 참여하였다.[8] 중과 연결되어 불공드리고 기도하는 데에 참여한 소설 낭독꾼은 거사나 사당이었을 것이다. 중과 연결되어 불공드리고 기도하는 데에 참여한 소설 낭독꾼은 거사나 사당이었을 것이다. 生業에 종사하며 불교를 신봉하는 남녀를 優婆塞와 優婆夷라 하는데, 이들을 달리 居士나 捨堂이라고도 불렀다.[9] 이들은 절에서 占卜術이나 巫業을 익히고 占卜과 觀相에 필요한 占法, 百中曆, 鑑影錄 등의 책을 지니고 다니면서,[10] 관상이나 손금을 봐주거나 남을 대신해 푸닥거리인 神祀를 지내 주기도 하여[11] 생계를 유지했고, 이를 빌미로 양반들과 접촉하기도 했다.[12] 소설 낭독꾼이 방물 판매나 진맥

---

8) 주 24) 참조. 蔡濟恭(1720-1799)의 「女四書序」에는 '거간꾼(僧家)이 패설을 정서하여 빌려 주고 그 대가를 받아 이득을 취한다'는 기록이 있다. '僧家'라는 용어는 일반적으로 사용되지 않았었으므로, '儈家'의 誤字가 아닌가 한다. 그러나 적극적인 증거가 없으므로, 이것은 어디까지나 가능성으로 남아 있을 따름이다. 『樊巖先生集』33. 景仁文化社, 1988, 630-631면 참조.

9) 李肯翊, 「政敎典故」 僧敎, 『燃藜室記述』 別集13, 景文社 影印本, 1976, 226면. "比丘僧 比丘尼 優婆塞 優婆夷 是爲四衆. 東俗稱, 優婆塞 曰居士, 優婆夷 曰捨堂."

10) 『正祖實錄』20, 正祖 9年 12月 丁未, 國史編纂委員會 編, 『朝鮮王朝實錄』45, 探求堂, 1970, 546면. "設推鞫. 先是, 端川府使具침, 捕居士(優婆塞之類) 劉漢敬 李泰守 金命福 宋斗一 四人. 거其탁, 有占法 百中曆 鑑影錄等書."

11) 韓國學文獻研究所 編, 『推案及鞫案』24, 297면. "問於仁老味曰; 仁宅果觀相, 或觀手文, 或爲人行神祀的實乎? 供曰; 果有是事矣."

12) 韓國學文獻研究所 編, 『推案及鞫案』24, 1979, 290면. "泰守善占善相之故, 入

을 핑계로 사대부가에 출입하였으며 佛事에도 관여하는 기록으로 미루어, 居士나 사당이 소설 낭독에 종사했을 가능성이 크다. 이들 중에는 한문에 능숙한 사람도 많았으므로13) 이들은 소설 낭독의 경험을 바탕으로 영웅소설을 창작하는 데까지 나아갔을 것이다. 한편 승가에서 세책업에 종사했다는데, 현종 4년(1663) 寺刹田이 몰수되자 사찰에서는 수공업에 종사하게 되었는데,14) 특히 종이 생산이 활발했다. 서울 근고의 승가에서 종이를 용이하게 求得할 수 있는 잇점을 이용하여 세책업에 종사했을 가능성이 있다.

3. 英雄小說 構造와 佛敎

신화적 인물을 중심으로 하여 영웅의 일대기 구조는 (가)고귀한 혈통, (나)비정상적 잉태 혹은 출생, (다)탁월한 능력, (라)어려서의 기아나 고난, (마)양육자의 구출, (바)자라서의 위험, (사)투쟁으로 극복이라고 정리되었다.15) (가)에서 (다)까지는 탄생부이며, (라)와 (마)는 비정상적인 탄생으로 말미암은 개인적인 고난을 극복하는 부분이고, (바)와 (사)는 영웅의 능력을 시기하는 적대 세력에 의한 고난과 그 극복이다.

영웅 소설은 고소설에서 상당한 비중을 차지하고 있으므로 일괄해서 살핀다는 것은 매우 어려운 일이다. 따라서 본고에서는 일단 방각본을 중심으로 논의를 전개하되, 필요한 부분에서 필사본에 대해 언급하도

見主倅, 又往來於吏廳等處, 仍以名不知朴風憲家, 定爲接主人."

13) 앞의 책, 285면, 黃仁宅 供招. "矣身粗識千字." 같은 책, 292면, 魯於仁老味 供招. "供曰; 黃哥則能教人史略初券云, 而泰守則不文云."
14) 趙璣濬, 『韓國經濟史』, 日新社, 1974, 224-226면.
15) 趙東一, 앞의 책, 246면.

록 하겠다. 방각본은 『금방울전』『김홍전』『백학선전』『쌍주기연』『옥주호연』『장백전』『정수정전』『현수문전』『황운전』 등 9작품은 경판으로, 『유충열전』『이대봉전』은 완판으로, 『소대성전』『용문전』『장경전』『장풍운전』『조웅전』 등 5작품은 경판과 완판으로 간행되는 등, 전체적으로 16작품 62종이나 된다.16) 그러나 이본에 따라 분량을 줄이면서 후반부가 생략되거나 문체상의 차이가 있을 뿐 구조가 달라지는 것은 없으므로, 하나의 이본을 골라 논의를 전개하도록 하겠다.

영웅 소설은 신화의 일대기 구조를 물려받았으나 '고귀한 혈통'은 신성성이 약화되고 현실성이 강화되었으며, 주인공이 기득권을 누릴 자격이 있는 양반임을 강조하는 데 그치게 되었다. 영웅 소설에서의 탄생 부분은 사건 전개에 미치는 영향력을 점차 상실해 갔으며 탄생부가 삭제되기도 하고, 탄생부에서 신성성이 약화됨과 동시에 주인공의 탁월한 능력도 신화적인 성격이 약화되어 현실적인 것을 지향하게 되었다. 그럼에도 불구하고 주인공의 영웅성을 강조하기 위해서 천상계와의 관련성을 어떤 식으로든지 강조하려 하는데, 여기에서 불교와의 관계가 주목된다.

다음으로, 주인공이 겪는 개인적 고난은 사회 제도나 특정한 정치 세력에 의해 주인공의 사회 참여가 제약되는 것으로 형상화되는데, 여기에는 불교적인 요소가 개입하지 않는다. 다만 고난이 생명을 위협할 정도로 심각하게 형상화되므로, 어린 주인공을 구출하고 양육하며, 그가 능력을 배양할 수 있도록 도와주는 존재가 필요하다. 여기에 불교적 요소가 개입한다. 나약한 주인공이 고난에서 소극적으로 벗어나기 위해서는 구출자가 필요하고, 적극적으로 극복을 준비하기 위해서는

---

16) 경판은 金東旭, 「坊刻本에 대하여」2, 『東方學志』11, 연대 동방학연구소, 1970
을, 완판은 柳鐸一, 『完板坊刻小說의 文獻學的研究』, 學文社, 1985를 참조할
것.

능력을 배양해야만 한다. 영웅 소설에서 고난은 곧 신분의 몰락을 의
미한다. 따라서 몰락한 신분에서 기득권을 누릴 수 있는 신분에의 상
승은 국가적인 승인이 있어야만 하므로, 외침이나 내란과 같은 국가의
존망을 좌우하는 위기를 극복하는 절대적인 입공이 필요하다.

1) 탄생

비범한 능력의 소유자인 주인공이 탄생하는 데 아무런 장치가 없을
수는 없다. 선행을 한 보답으로 천상계로부터 보답을 받는다든지, 산천
에 발원한다는 등의 장치는 거의 모든 영웅소설에 설정되어 있다. 그
러나 『소대성전』『장경전』에서는 소극적으로 불전에 발원하는 것으로
설정되어 있으나, 『쌍주기연』『이대봉전』『장백전』『현수문전』에서는
사찰에 시주한 결과 주인공이 탄생하는 것으로 설정되어 있다. 『장백
전』과 『현수문전』에서는 부처에게 시주했다는 피상적인 기록만 있으나,
『쌍주기연』과 『이대봉전』에서는 퇴락한 사찰을 중수하도록 거금을 쾌
척한 뒤에 시주승으로부터 자식을 낳게 될 것이라는 암시를 받는다.

> 일일은 외당의 한 노승이 흑포장삼에 구결죽장을 집고 팔각 포건을
> 쓰고 드러와 상공견의 합장 비례ᄒ거날 시랑도 답예ᄒ고 문왈 '존사는
> 언느 졀르 계신며 누지의 오신잇가.' 노승이 답왈 '소사는 쳔축국 금화
> 산 빅운암의 잇삽더니 져리 퇴락ᄒ와 불상이 풍우을 피치 못ᄒ옵기로
> 중수코자 ᄒ와 권션을 가지고 사ᄒ팔방을 두로 단이옵짜가 상공덕의
> 왓사오니 시주ᄒ옵소셔.' ᄒ거날 시랑이 왈 '졀을 중수ᄒ올진더 지산이
> 얼마나 ᄒ오면 중창ᄒ릿가.' 노승이 답왈 '지무리 다소가 잇사오릿가.
> 상공 쳐분리로소이다.' 시랑이 왈 '나난 죄악이 지중ᄒ여 연광이 반이
> 되도록 일졈 혀륙리 업셔 압질를 인도ᄒ고 뒤를 이을 자식이 업사오니
> 사후의 빅골인들 뉘라셔 거두오며 션영향화을 끈케 되야 주거 황쳔의
> 도라간들 션군을 엇지 디면ᄒ며 무삼 면목으로 부모를 디ᄒ리요. 션영
> 으 죄인이요 지ᄒ의 악귀로다. 니 지물을 두워 뉘계다 젼ᄒ리요. 불젼

의 시주ᄒ야 후싱 기리나 닥그리라' 하고 권션을 밧드러 황금 오빅양과 빅미 삼빅셕 황촉 삼천병를 시주ᄒ시니 노승이 권션을 바다가지고 돈수사례 왈 '소승이 멀이 와 젹지 안인 지물를 어더 가오니 불상를 안보할지라. 은혜 빅골난망이로소이다. 상공은 무자할가 한치 마옵소셔' ᄒ고 문득 간디 업거늘 『이대봉전』

사찰을 중수해 주는 예는 『곽해룡전』에서도 나타난다. 이 때 시주승은 사찰이 퇴락하여 부처가 비를 맞는다고 설명하는데, 이는 여승에게 觀音畵像을 그려주었다는 『목시룡전』이나 금산사에 석불을 안치하고 자식을 점지받았다는 『이린전』과 다를 바 없다. 영웅은 탄생할 때부터 불교와 밀접한 관련을 맺는다.

2) 남주인공의 구원과 능력 신장

어린 영웅은 전란으로 부모와 이별하거나 부친이 정적에 의해 유배됨으로써 가부장과 이산한다. 전란으로 피난 도중 부모와 이산한 주인공은 대개 불교와 관계없는 사람에게 구원되어 양육되다가 혼사장애와 같은 또다른 고난을 겪으면서 절에 들어가 수학하는 과정을 겪는다. 그러나 정적의 모해로 부친과 이산하는 경우에는 정적이 어린 주인공까지 살해하려 하는데, 이 때에는 곧바로 스님에게 구출되어 절에 의탁한다. 『이대봉전』에서 이대봉은 정적 왕희에게 모함받아 부친과 함께 유배가다가 물에 던져지는데, 서해 용궁에 사는 청의동자가 그를 천축국 백운암에 데려다 준다. 여성이 주인공인 경우에는 늑혼 위협을 피해 탈출하다가 스님에게 구출되어 절에 의탁하는데, 『정수정전』에서 이런 예를 볼 수 있다. 방각본은 아니지만 남자주인공이 곧바로 스님에게 구출되는 경우는 『목시룡전』『음양옥지환』『양주봉전』 등에서 찾을 수 있고, 여성 주인공의 경우는 『옥린몽』『이린전』 등에서 그 예를 찾을 수 있다.

주인공이 무술과 병법, 그리고 도술을 배우는 모티프는 영웅소설에 매우 흔하다. 스승은 승려이거나 도사로 설정되어 있는데, 둘은 이질적인 것으로 이해되지 않는다. 현실계의 문제를 해결하는데 현실적인 힘이 아니라 현실을 벗어난 힘을 이용해야 된다는 발상이기 때문이다. 『조웅전』에서는 수련과정이 1회로 그치지 않는다. 월경대사에게 수학한 뒤 철관도사에게서 병법과 무술을 반복해서 수련하는데, 이것은 현실과 이상과의 괴리를 극복하기가 그만큼 어렵다는 것을 의미한다.

이외에도 『소대성전』에서는 청룡사에서 노승에게 병법과 무술을 배우고, 『현수문전』에서는 일광도사에게, 『황운전』에서는 남녀 주인공이 각각 도승에게 수학하는 것으로 설정되어 있다. 『금방울전』과 『백학선전』에는 도승에게 수학하는 삽화가 배제되어 있는데, 여주인공 금방울과 조은하가 천상계 인물로부터 직접 초월적인 능력을 부여받았기 때문이다. 『장경전』『장풍운전』에서는 문과에 급제하는 것으로 설정되어 있다. 도승에게 수학하는 삽화는 『최익성전』『김진옥전』『목시룡전』『양주봉전』『어룡전』『유문성전』『진성운전』『이학사전』 등에도 나타난다.

도승은 주인공에게 병법과 무술을 가르치는 외에도 무기를 제공하고, 출전 시기와 여러 가지 비책을 알려주어 주인공으로 하여금 능력을 최대한 발휘하도록 한다. 『장백전』에서 천관도사는 장백에게 풍운경을 주면서, 주원장과 경쟁하지 말고 명 나라를 창업하는 사업을 돕고 안남왕이 되어 이상국을 건설하라고 교시한다. 도승이 교시하는 삽화는 매우 일반적이어서 『龍門傳』에서는 호국장수로 출전한 용문이 스승인 연화선생에게 명 나라 섬기도록 권유받고, 『劉忠烈傳』에서도 유충열이 도승의 지시로 갑주 보검 용마를 얻어 금산성으로 출전하며, 『李大鳳傳』에서 이대봉은 도승의 지시에 따라 필마단기로 출전하여 흉노족을 격파하고 항복 직전의 황제를 구한다. 도승 대신 다른 스승이 등장하는 경우도 많아서, 『조웅전』에서 약산도사는 조웅에게 3척검을 주며 이두병을 격멸할 시기가 도래했으니 하산하도록 한다. 그뿐 아니라 약혼녀인 장소저가 조웅을 그리다가 사망하자, 철관도사는 조웅에게 약을 주며 빨리 장소저를 찾아가 회생시키도록 주선한다. 『玉珠好緣』에서도 남녀 주인공은 스승인 귀곡 선생의 지시로 조광윤이 창업하는 일을 돕는다.

3) 여성인물의 보호와 의탁

영웅소설에서는 훼손된 부자관계를 회복하는 것이 지상목표이지만, 여기에 부부관계가 덧붙어 있다. 부자관계를 회복한 뒤에 이루어지는 부부관계는 대체로 갈등이 없지만, 남주인공이 고난을 온전하게 극복하기 이전에 맺은 부부관계는 항상 위협받는다. 장인에게 비범성을 인정받아 사위로 선택되었지만 잠만 잔다든가 신분이 미천하다는 것을 이유로 남주인공이 처가 식구들에게 박해당하고 부부관계는 훼손될 위기에 처한다. 정적이 설정된 경우에는 정적이 늑혼을 시도함으로써 배우자는 여화위남하여 피신하거나 자살을 기도한다. 그러한 갈등을 겪고난 뒤에, 남주인공이 고난을 극복하기 위해 수학하고 전투에 참여하는 동안 여성들은 안전지대인 사찰에서 안주하는 것이 일반적이다. 『장풍운전』에서 장풍운과 결혼한 이소저는 부친 이통판이 사망하자 모친 호부인이 개가를 권하자 가출하여 절에 의탁하고, 『조웅전』에서 조웅의 약혼녀 장소저는 강호자사에게 늑혼당할 위기에 빠지자 절에 의탁하며, 『현수문전』에서 부친 석광위가 사망하자 현수문의 아내 석운채는 계모의 개가 강요를 피해 칠보암에 의탁한다. 방각본 영웅소설은 아니지만, 『진성운전』에서도 진성운의 아내 윤교원이 정적 유경만의 모해를 피해 절로 피신하고, 『어룡전』에서 어룡의 누나 어월은 남편 윤시랑이 북흉노에게 포로로 잡혀가자 절로 피신한다.

주인공이 도승에 의해 구출된 경우에 그 모친은 주인공의 활약과 상관없이 지속적으로 절에 머무른다. 『조웅전』에서 조웅의 모친은 월경대사에게 구출된 이후 계속 의탁하다가 조웅이 모든 고난을 극복한 이후에야 세상에 나간다. 방각본 영웅소설은 아니지만, 몇몇 필사본에서는 삭발위승하는 경우도 있다. 『이린전』에서 이린의 배우자 두계섬의 모친은 남편과 사별하고 딸 두계섬마저 도적에게 납치되자 중이 되고, 『김진옥전』에서 김진옥의 모친은 남편이 선우족에게 포로로 잡혀가자 피난하다가 불시암에서 삭발위승한다. 이와는 다른 경우이지만, 『목시룡전』에서 유배가던 목시룡이 부친의 유서와 호패를 잃어버리는데, 동생 목시호가 뒤를 따라 가다가 형 목시룡이 죽은 줄 알고 유서를 남기고 투신 자살하지만 구출된다. 나중에 유배가 풀린 목시룡은 귀로에 목시호의 유서를 보고 동생의 명복을 빌기 위해 황룡사에서 중이 된다.

특기할 것은 사찰이 결연의 장소로도 이용된다는 점이다. 『장백전』에서 장백의 누나 장소저는 몽중 교시에 따라 동생의 안전을 축원하러 대성사에 갔다가 이 절에 머물던 주원장과 결연한다. 이런 모티프는 『김진옥전』에서 김진옥이 노승의 교시대로 유승상 집에 여장하고 찾아가 유소저와 인연을 맺는다거나, 『이학사전』에서 이현경이 남장하고 청허도인에게 동문수학한 장연수와 사귄다든지, 『진성운전』에서 절에 의탁하던 남순경이 정적 유경만의 모해를 피해 절에 피신한 윤소저와 가약한다는 등으로 다양하게 활용된다.

4. 英雄小說의 主題와 彌勒思想

미륵은 산스크리트어 Mitra에서 파생한 Maitreya를 가차한 것인데, 본래 의미는 '자비한 어머니'라는 뜻이다. 그래서 중국에서는 '慈氏'라고

의역하기도 한다. 석가모니 이전에 이 땅에 나타난 拘留孫佛 拘那含牟尼佛 迦葉佛은 過去佛이고, 釋迦牟尼가 現在佛이라면, 彌勒佛은 '후보부처'로서 '장차 이 땅에 올 부처'라는 것이다. 그는 현재 도솔천에 있으며, 앞으로 이 세상에 출현하여 인연 있는 모든 중생을 구제한다고 한다.

미륵신앙은 석가모니가 열반에 든 200-300년 뒤에 본격적으로 발전한 것으로 본다.[17) 본래의 미륵신앙에서는 열 가지 法을 지켜야 한다는 등 대승불교의 가르침과 큰 차이가 없었으나, 후대에 他力信仰의 요소가 가미되면서 미륵불의 이름만 불러도 소망이 이루어진다는 식의 祈福信仰으로 전락되고 말았다. 미륵불은 미래에 반드시 왕림할 것이며, 미륵불은 穢土를 淨土로 바로잡는 힘이 있어서 고통받는 중생이 미륵의 이름을 듣기만 했어도 도솔천 미륵정토에 왕생할 것이라고 믿게 되었다. 이러한 미륵신앙은 주로 하층민의 위안처가 되어, 현실에서 이루지 못한 것을 최소한 來世에, 잘하면 現世에서 이룰 수 있다는 신앙이 되었다.

미륵신앙은 이 땅에 불교가 전래될 때부터 받아들여진 듯하다. 『彌勒下生經』에는 미륵불이 翅頭城에 출현한다고 했는데,[18) 신라에서는 翅頭城이 곧 鷄林國이라고 받아들였다. 미래불인 미륵불이 출현할 곳이 신라일 뿐만 아니라 과거불도 신라에서 출현했다고 믿었다. 즉, 흥륜사 영흥사 황룡사 분황사 영묘사 천왕사 담엄사가 과거불이 출현한 곳이라고 믿었다.[19) 미륵신앙을 宣揚한 元曉의 「彌勒上生經疏」와 「彌

---

17) 柳德山, 「미륵신앙의 현대적 고찰」, 『불교연구』6 · 7, 1990. 171면.

18) 이종익 편저, 『미륵성전』, 운주사, 1992, 39면. "將來久遠, 於此國界, 有城郭, 名曰翅頭. 東西十二由旬, 南北七由旬, 地土豊熟, 人民熾盛, 街巷成行."

19) 『삼국유사』「아도화상조」. 母謂曰, 此國于今不知佛法, 爾後三千餘月, 鷄林有聖王出, 大興佛教. 其京都內有七處伽藍之墟, 一曰金橋東天鏡林(今興輪寺. 金橋謂西川之橋, 俗訛呼云松橋也. 寺自我道始基而中廢, 至法興王丁未草創, 乙卯

勒上生經宗要」, 月明師의 「兜率歌」는 당시에 미륵신앙이 널리 유포되었음을 알려준다.

조선 시대에 미륵신앙은 민중들에게 희망의 종교였다. 특히 임병 양란 이후 사회적인 모순은 민중으로 하여금 미륵신앙에 빠져들도록 했다. 전쟁에 대한 공포, 사회적인 억압, 정치적인 혼란 등은 당대를 말세로 인식하도록 만들었고, 민중은 말세를 구제할 당래불로서의 彌勒下生出現을 열망하였다.

영웅소설이 발생한 18세기는 천재지변에 의한 유랑과 외란의 가능성으로 매우 흉흉한 시기였다. 명 나라의 마지막 왕인 桂王이 죽은 뒤 현종 14年(1673)에 중국에서 吳三桂가 반란을 일으키자, 조선에서는 다시 北伐論이 대두되었다. 청 나라는 내부 반란을 진압하는 한편 조선의 사정을 은밀히 탐문하고 있었으므로, 숙종은 이 주장을 묵살하고 辨誣使를 파견하였다. 그러나 吳三桂의 반란군이 우세하다는 소문이 들릴 때마다 북벌론이 주장되었다. 청 나라는 조선의 사정을 감지하고 압록강 주변에서 무력 시위를 하곤 했다. 숙종은 북벌을 주장하는 윤휴 등을 賜死해서 청 나라의 눈치를 살폈다.

숙종 7년(1681)에 오삼계의 난이 진압된 뒤에도 그 잔당이 조선에 도착해서 청 나라와의 관계를 악화시키지나 않을까 하는 우려가 팽배했던 점은, 숙종10년(1684)에 대마도주의 편지가 오자 민간에서 유언비어나 난무하고 조정에서도 청 나라의 침입에 대해 노심초사한 데서 엿볼 수 있다.[20] 숙종 11년(1685)에 내란과 외적을 모두 격파한 청 나라

大開, 眞興王畢成), 二曰三川歧(今永興寺, 與興輪開同代), 三曰龍宮南(今黃龍寺, 眞興王癸酉始開), 四曰龍宮北(今芬皇寺, 善德甲午始開), 五曰沙川尾(今靈妙寺, 善德王乙未始開), 六曰神遊林(今天王寺, 文武王己卯開), 七曰婿請田(今曇嚴寺). 皆前佛時伽藍之墟, 法水長流之地, 爾歸彼而播揚大敎, 當東嚮於釋迦矣.

20) 『朝鮮王朝實錄』38, 肅宗 10年 三月 丁丑. "對馬島主 平義眞의 글 가운데 東

강희(康熙) 황제가 국경을 순시하는 때에 맞추어 조선 앞바다에 알 수 없는 배가 자주 출몰하자 朝野의 분위기가 매우 흉흉하였으며 피난하는 무리도 생겨났다.21) 청 나라는 출입금지 구역으로 묶은 만주 일대에 자주 조선인이 월경하자 국경 문제를 본격적으로 논의하여 칙사를 파견하여 조선을 엄하게 닦달하였고, 숙종 38년(1712)에는 白頭山에 定界碑를 세워 국경을 劃定하였다. 조선은 청 나라의 침범에 대해 危懼心을 지녔으나 청 나라의 의심이 두려워서 적극적인 대책을 세우지 못하다가, 1704년부터 1711년까지 한양의 성곽을 수축하고, 1711년에 북한산성을 축성하였다. 숙종은 왕권을 유지하기 위하여 청 나라에 저자세를 취하였다. 일부 유생은 전통적인 華夷論에 입각하여 북벌을 주장하였으나, 집권세력인 노론은 치열한 당쟁 속에서 왕의 신임을 얻기 위해 북벌론을 과격하게 주장하지 못하였다. 그러나 기층민은 외침에 대한 공포로 여차하면 피난을 준비하는 경우가 허다하였다.

숙종 연간에는 자연재해로 하층민의 流民化와 盜賊化가 두드러졌다. 숙종 21년(1695)부터 25년(1699)까지 매년 흉년이 들었다. 유랑민을 국가에서 구호할 수 없게 되자, 肅宗 21년에는 버려진 아이를 양육하면 노비로 삼을 수 있다는 遺棄兒收養法이 반포되었다.22) 숙종 25년까지

寧에 있는 鄭錦舍조가 奇兵을 모집하여 배를 타고 만리를 건너 조선을 침범할 것이라는 구절이 있었다. 그러자 나라가 안팎으로 소란해져서 유언비어가 널리 퍼져서 적이 금방 침범할 것이라고들 하였다. 조정에서는 왜국의 사정을 알아 보려고 朴再興을 바다 건너 일본에 보냈다.(馬島主平義眞書中, 有東寧鄭錦舍조募奇兵, 風舶萬里, 侵于貴國地方之語. 中外繹騷, 訛言日盛, 以爲海寇朝夕必至. 朝廷欲探倭中事情, 再興之渡海也.)"

21) 1685년에 대마도에서 편지가 온 뒤로 騷屑이 날로 심하여 피난하는 가마와 짐진 자가 줄을 이어 동대문과 남대문을 빠져 나갔다. 『朝野會通』20, 肅宗 10年 甲子 9月條. 鄭奭鍾, 『朝鮮後期 社會變動硏究』, 一潮閣, 1984, 23면에서 재인용.
22) 『朝鮮王朝實錄』38, 肅宗 21年 12月 丁未. "因賑恤廳啓辭, 定遺棄兒收養法,

자연적인 재해가 계속되어 숙종 19년(1693)에 비해 인구가 140여만명이
나 줄었을23) 정도이니 당시의 재해가 얼마나 심각한 지를 짐작할 수
있다.

　양란 이후부터 파탄에 이른 국가의 재정을 확충하기 위한 수단으로
納粟免賤　納粟授職　庶孼許通　奴婢從母法 등의 정책이 시행되었는데,
양민은 곡물을 바치고 명목상의 벼슬을 제수받았고, 노비는 진휼미를
납속하고 속량되었다.24) 비합법적인 방법으로 신분을 모칭하는 것은
말할 것도 없고, 서리와 결탁하여 幼學인 것처럼 서류를 모조하는 일
도 있었다.25) 모조된 양반들은 신분을 확고하게 만들기 위해 적극적으
로 과거에 참가했는데, 정조 연간에는 15만명이나 한꺼번에 응시하기
도 했다.26)

　인간은 현실적으로 부과되는 억압이 강해지면, 소극적으로는 초월적
존재에 의지하여 개인적인 복록을 추구하거나, 적극적으로는 민간신앙
이 내포하고 있는 혁명성에 의지하여 사회의 변혁을 적극적으로 추구
한다. 조선 후기에는 미륵사상이 정감록 사상과 혼용되면서 메시아 사
상을 창출하게 되었다. 숙종 14년(1688)에는 제도적인 질곡과 자연적인
재해로 고통받던 하층민이 미륵신앙에 의지하여 기존 체제를 전복하려

　　頒布八路."
23) 같은 책, 138면.
24) 『朝鮮王朝實錄』41, 肅宗 44年 正月 壬子. "關西奴婢, 許其納米贖良, 以補賑
　　資. 上令賑廳稟旨, 定式擧行."
25) 비록 1백년 쯤 뒤의 일이기는 하지만, 숙종 당시에도 이런 일은 있었을 것
　　이다. 『日省錄』194, 正祖 10年 1月 22日 丁卯條. "백성 가운데 제법 부유한
　　무리 가운데 간악한 벼슬아치들과 인연을 맺고 여러 방법으로 부역을 벗어
　　나는 자가 열에 두셋쯤 된다. 양반인 것으로 위조해서 양역을 벗어나려는
　　자가 그 가운데 절반이나 된다.(民戶中, 稍近富實之流, 則因緣奸吏, 多般謀避,
　　十之二三. 帽錄幼學, 圖免良役, 又居其半.)"
26) 鄭奭鍾, 「朝鮮後期 社會身分制의 崩壞」, 『大東文化硏究』9, 성대 대동문화연
　　구원, 1972, 292-293면.

고 한 사건이 있었다.[27] 이와 같이 기존 질서의 질곡에 허덕이던 하층민들은 탁월한 능력을 지닌 인물이 나타나 현실의 질곡에서 자신들을 해방시켜 주기를 갈망하였다. 사회적으로나 경제적으로 궁핍한 상태에 있는 하층민만이 아니라 경제력을 갖춘 하층민들도 자신의 능력과 신분상의 괴리로 말미암아 사회제도에 대한 강한 불만이 있었기 때문에 현실을 변혁하고자 하는 미륵신앙에 동참했다. 갑산에서 형세 있는 사람 가운데 미륵신앙에 참여하지 않은 사람이 없다는[28] 기록은 갑산이 조선조에 정치적으로 박대당하던 지역이라는 점을 고려하면 미륵신앙이 조선조의 사회체제에 불만을 지닌 사람이면 신분과 경제력 유무를 막론하고 두루 포괄하는 신앙이었음을 알 수 있다.

도참사상은 국가의 흥망성쇠와 인간만사의 길흉화복을 다스리는 예언과 秘記類를 모두 일컫는데, 조선 후기의 도참사상에서는 민중이 지닌 바람직한 미래상을 현세적으로 집약한 민중신앙적인 측면이 강조되었다.[29] 조선 후기의 대표적인 도참사상은 『鄭鑑錄』이다. 이씨 조선이 정씨의 혁명을 만난다는 『정감록』의 運命說은 선조 때 비롯되었다.[30] 민중이 당대의 지배체제의 억압에서 벗어나기를 소망하였기 때문에, 『정감록』은 1690년대에 한글로 번역될 정도로 하층에게 널리 유포되어 있었다. 이를 바탕으로 숙종 17年(1691)의 '首陽山 生佛 출현 사건', 正祖 6년(1782)과 정조 9년(1785)의 역모사건이 발생했다.[31] 특히 1691년

---

27) 肅宗 14年 8月 辛丑. 國史編纂委員會, 『朝鮮王朝實錄』39, 131면. "妖僧呂還等十一人, 謀不軌伏誅." 자세한 내용은 鄭奭鐘, 앞의 책, 44-78면 참조.

28) 『推案及鞫案』24, 585-586면. "男女當子夜半, 并着白弁, 設祭祈禱于天神云. 此所謂迎神將之事云矣 … 如此則當逢新世界, 或云當逢彌勒世界云矣 … 甲山則有形勢之人 無人不入."

29) 梁銀容, 「近代韓國의 圖讖思想」, 『崇山 朴吉眞博士 古稀記念 韓國近代宗教史』, 원광대 출판국, 1984.

30) 崔南善, 『朝鮮常識問答』, 三星文化文庫16, 1974.

31) 高成勳, 「朝鮮後期 社會變動과 逆謀事件에 對하여」, 동국대 석사, 1986. 참

의 생불 출현 사건은 기층의 민중이 주가 되었다는 점에서 주목된다.

영웅소설의 주인공은 비록 양반의 후예임을 자처하지만, 가부장과 이산하였다는 데서 미루어 짐작할 수 있듯이 실제로는 신분제사회에서 제대로 기능할 수 없는 하층민으로 이해된다. 이들이 자신을 억압하는 정적을 무찌르고 상층부로 진출한다는 구성이 신분제질서를 바닥에서부터 뒤엎는 것이라고 할 수 있다. 이와 같이 영웅소설은 반체제적이다. 이런 점은 모순된 사회로서의 穢土를 바람직한 사회로서의 淨土로 뒤바꾼다는 미륵신앙과 상통한다. 영웅소설이 정적을 무찌르지만 왕권을 철저하게 옹호한다는 점에서 체제 유지적이라는 평가도 있다. 그러나 『현수문전』에서는 결국 나라가 망한 것으로 설정되고, 나아가서는 새로운 왕과 전쟁을 치르면서도 현수문이 굴복하지 않는다는 것은 시사하는 바가 크다. 대부분의 영웅소설에 등장하는 삽화로 주인공이 항복하러 나가는 왕을 구한다는 것은 왕조 사회에서 유통되기 위해 어쩔 수 없이 감당해야 하는 검열이라는 것을 고려하면, 이것은 왕권에 대한 부정이라고 적극적으로 이해되어야 할 것이다.

월명사의 「도솔가」에서 알 수 있듯이, 龍은 彌勒佛에 소속된 존재이다. 水光이라는 용왕은 미륵이 下生할 翅頭城을 항상 정결하게 청소하는 존재이다.32) 이러한 용이나 용왕이 영웅소설에 중요한 소재로 자주 거론되는 것도 영웅소설이 미륵신앙과 일정하게 연관된다는 점을 증명하는 것이라고 이해된다.

조.

32) 이종익 편저, 『미륵성전』, 39면. 爾時, 城中有龍王, 名曰水光. 夜雨香澤, 晝則 淸和.

5. 결론

　본고에서 대상으로 삼은 영웅 소설은 영웅의 일대기를 구조로 취하되, 어린 시절에 가부장과 이산한 후 내란이나 외침과 같은 국가의 위기를 무력으로 극복한 공로로 가부장과의 이산으로 형상화되는 개인적인 고난을 극복하는 소설을 뜻한다. 국문소설은 여가시간을 보낼 오락물이 요구되던 17세기에 형성되었고 영웅소설은 이보다 뒤인 18세기에 형성된 것으로 보인다. 그런데 새로운 양식의 영웅소설을 형성한 사람은 기존의 소설 양식에 정통하면서도 수용층의 요구에 민감할 것이 요구되므로, 국문소설의 보급에 관여했던 강창사 강독사 전기수 등이었을 가능성이 가장 크다. 소설 낭독꾼이 방물 판매나 진맥을 핑계로 사대부가에 출입하였으며 佛事에도 관여하였는 기록으로 미루어, 居士나 사당이 소설 낭독에 종사했을 가능성이 크다.

　비범한 능력의 소유자인 주인공이 탄생하는 데 아무런 장치가 없을 수는 없다. 선행을 한 보답으로 천상계로부터 보답을 받는다든지, 산천에 발원한다는 등의 장치는 거의 모든 영웅소설에 설정되어 있다. 불전에 발원하거나 사찰에 시주한 결과 주인공이 탄생하는 것으로 설정되어 있다. 영웅은 탄생할 때부터 불교와 밀접한 관련을 맺는다.

　어린 영웅이 전란으로 가족과 이산하여 홀로 되었을 때 구원하는 존재는 스님을 포함해서 다양하게 나타난다. 그러나 성인이 된 영웅은 하나같이 절에 들어가 수학하는 과정을 겪는다. 영웅이 정적의 모해로 부친과 이산하여 살해될 위기에 처했을 때에는 곧장 절에 의탁하여 수학하는 것으로 설정되어 있다. 간혹 승려 대신 도사에게 수학하는 경우도 있다. 그러나 현실의 어려움을 극복하기 위해서는 초현실적인 존

재의 도움이 필요하다는 것을 의미하는 것이기 때문에 스승이 승려이
건 도사이건 의미상에 차이를 지니지 않는 것으로 보인다. 이외에도
승려는 영웅에게 병법과 무술을 가르치는 외에도 무기를 제공하고, 출
전 시기와 여러 가지 비책을 알려주어 능력을 최대한 발휘하도록 한다.

영웅소설에서는 훼손된 부자관계를 회복하는 것이 지상목표이지만,
여기에 부부관계가 덧붙어 있다. 이 때도 고난의 원인에 따라 양상이
다르게 나타나지만, 여주인공이 하나같이 산사에 의탁하는 것으로 설
정된다. 주인공이 도승에 의해 구출된 경우에 그 모친은 주인공의 활
약과 상관없이 지속적으로 산사에 머무른다. 이 점은 영웅의 어머니도
마찬가지이다. 이와 같이 영웅 소설에서 불교적인 배경은 탄생, 고난,
극복의 모든 과정에 개입한다.

영웅 소설에 개입하는 불교적인 요소는 미륵 사상으로 파악된다. 앞
으로 이 세상에 출현하여 인연 있는 모든 중생을 제도한다는 彌勒佛을
숭배하는 미륵신앙은 이 땅에 불교가 전래될 때부터 받아들여진 듯하
다. 특히 임병 양란 이후 민중은 전쟁에 대한 공포, 사회적인 억압, 정
치적인 혼란 등으로 말미암아 당대를 말세로 인식하였고, 말세를 구제
할 彌勒의 出現을 열망하였다. 억압이 강하게 부과되면, 인간은 소극적
으로는 초월적 존재에 의지하여 개인적인 복록을 추구하거나, 적극적
으로는 민간신앙이 내포하고 있는 혁명성에 의지하여 사회의 변혁을
적극적으로 추구한다. 조선 후기에는 미륵사상이 정감록 사상과 혼융
되면서 메시아 사상을 창출하게 되었다. 가부장과 이산한 것으로 설정
된 영웅소설의 주인공은 신분제사회에서 제대로 기능할 수 없는 하층
민을 표상하는 것으로 보이는데, 이들이 상층부로 진출한다는 영웅소
설의 구성은 곧 신분제질서를 근본적으로 부정하는 것이다. 이것은 예
토를 정토로 바꾼다는 미륵신앙과 상통한다. 또한 미륵부처에 종속된

용왕과 용이 영웅소설에 중요한 소재로 사용되는 것도 영웅소설이 미
륵신앙과 일정하게 연관된다는 점을 증명한다.

〔고려대학교 국어국문학과 강사〕

「萬言詞」의 作品論的 考察

신연우

<목차>

1. 머리말
2. 양생법과 추위의 거리
3. 현실성 획득의 방법
4. 개인적 체험 - 거리의 한계
5. 맺음말

1. 머리말

「萬言詞」는 정조 때 대전 별감을 지냈던 안조원이라는 사람의 가사 작품이다. 別監은 궁중 掖庭署에 소속된 관직이니 내시 신분에 보잘 것 없는 직위였으나, 그는 임금을 직접 모시는 大殿 別監으로 위세를 부렸던 듯 하다. 그 사실을 가사 본문 가운데에서는 다음과 같이 나타내었다.

      어와 바랐으랴 꿈결에나 바랐으랴
      어악원에 들어가서 금문 옥계 문을 열어
      디미니 賤하온 몸이 天門 近處 바랐으리(중략)
      한 번 일을 그릇하고 불충불효 다 되것다

194

悔逝者而莫及이라 뉘우친들 무삼하리
등잔불 치는 나비 저 죽을줄 알았으면
어디서 食祿之臣이 죄 짓자 하랴마는
大厄이 當前하니 눈조차 어둡구나
마른 섶을 등에 지고 烈火에 들미로다[1]

　낮은 관직에 있던 사람이 귀양지에 가서 당하는 고통은 일반 사대부와는 전혀 다른 것임을 이 가사는 여실히 보여준다. 가령 김진형 (1801-1865)의 「北遷歌」와는 전혀 다른 내용을 보여주는 것이다. 김진형의 「北遷歌」는 유배지인 명천에 도착하여 선비들과 글 읽으며 한가하게 지내고, 칠보산 구경을 가서 군산월이라는 기생을 만나 호탕하게 즐기며, 중양절에 소무굴 구경가서 고향과 옛 충신을 생각해 보기도 하고, 해배되어 서울로 가게 됨에 군산월과 헤어질 수 없어 함께 귀경 길에 오르던 중, 사대부 체면으로 기생을 끼고 갈 수 없어 군산월을 돌려 보내는 여정을 풍류삼아 나열하고 있으며 작품의 결말에 가서는 자신의 유배생활을 본받으라는 내용이니 유배의 고통은 찾을 수 없고 호탕한 유흥 풍류만이 보이는 것이다.

　이런 점 때문에 「북천가」는 최근까지도 안동 지방 등지에 이를 알고 필사하는 사람이 있을 정도로 인기를 누렸지만,[2] 「萬言詞」도 일곱 종의 이본이 전하는 것을 보면 많은 독자를 확보하였던 것으로 보인다. 안조원은 또한 「사부모」「사백부」 등의 가사를 여러 편 지어, 가사 짓는 데 일가견이 있었던 것으로 여겨지기도 한다. 그러나 우리의 관심을 끄는 것은 다음과 같은 일화이다. 가람문고본 「萬言詞」에 나오는 것인데 그 책의 필사자는 다음과 같은 해설을 남겼다.

---

1) 김성배 외, ≪주해 가사문학전집≫, 집문당, 1981년 중판, 391쪽에 실려있는 자료를 이용한다.
2) 이원주, <가사의 독자>, ≪조선 후기의 언어와 문학≫, 형설출판사, 1980.

글을 지어 본가의 보너니 됴원의 숙모와 사촌누이 다 더젼 상궁이라
이 글을 보며 슬허ㅎ니 상이 위연이 누상의 올나 비회하시며 보시니
무수훈 궁녀 둘너 안져 훈 칙을 돌녀보고 두낫 상궁은 오열 체읍ㅎ고
모든 궁녀는 손펵쳐 간간 졀도ㅎ며 혹 탄식ㅎ고 칭찬ㅎ야 자못 분분ㅎ
거늘 상이 고이히 녀기사 환시로 하여곰 그 칙을 가져오라 ㅎ사 익혀
드르시고 지은 사람을 무르시니 알외되 죄인 안도원의 글이라 알외오
니 그 문장의 긔틀과 변사의 지담을 신로이 사랑ㅎ사 즉일 방송ㅎ시고
즉시 엣 소임을 쥬사 젼문의 근시ㅎ사 쳔은의 호탕ㅎ심과 도원의 지죄
일셰의 유명하더라

「萬言詞」는 이본이 9개본이나 되어3) 독자가 많았음을 보여주고 있
고, 이 글에서 보이는 바와 같이, 무수한 궁녀들이 그 작품을 읽었다.4)
그들 궁녀 등이 「萬言詞」를 읽고 손뼉도 치고 울기도 한 이유는 무엇
일까? 임금이 그 작품을 좋아 한 것은 위의 글에 따르면 '문장의 긔틀
과 변사의 지담' 때문이다. 본고는 「萬言詞」의 어떤 점이 '문장의 긔틀
과 변사의 지담'인지를 살펴보고, 그로 인해 드러나는 「萬言詞」의 문학
적 특징을 간략히 고찰해 보고자 한다.

---

3) 김유경, <만언사 연작 연구>, ≪연민학지≫ 4집, 연민학회, 1996. 183-184쪽.
4) 김유경은 위의 논문에서 이 후기는 사실의 기록이 아니라 허구적 문학적 형
   상물이라고 논증하였다. 그러나 최상은, 조동일 등은 이 후기를 작품의 발문
   정도로 받아들여 사실로 수용하고 있다. 이 후기가 사실의 기록이 아니라
   해도 이 작품의 수용 양상의 일면을 보여준다는 점에서는 본고에서의 논지
   가 장애를 받지 않는다.
   김유경, 위의 논문.
   최상은, <유배가사의 작품구조와 현실인식>, 한국학대학원 석사논문,1984. 30
   쪽.
   조동일, ≪한국문학통사≫ 3권, 지식산업사, 1994. 324쪽.

2. 양생법과 추위의 거리

「萬言詞」의 성격을 드러내 준다고 생각되는 다음과 같은 구절이 있다.

   ‘養生法을 모르거든 叩齒조차 무삼일고’

叩齒는 윗니와 아랫니를 소리 나게 맞부딪치는 것이다.

지은이의 상태로는 추위와 연결되어야 할 ‘고치’가 양생법과 연결되어 있다. 양생법은 생존의 기본 조건이 만족된 상태 이후이니 생활의 측면에서 고찰되어야 하며, 문화로 발전될 가능성이 있다. 양생과 신선술은 하나의 짝으로 도교 문화의 한 모퉁이에 있는 것이다. 또한 박지원의 「양반전」에는 양반이 되어 해야 할 일 중의 하나가 ‘고치’로 되어 있기도 하다. 그러나 추위는 생존의 문제이니 인간 생활 이전의 사태이다. 「萬言詞」의 화자인 안조원이 부딪힌 문제는 양생법이나 신선술이기는커녕 얼어죽을까 염려되는 추위로 인한 고치 -의도해서가 아니라 추워서 저절로 위아래 이가 딱딱 부딪히는 고치였던 것이다. 양생법과 추위와의 거리, 삶의 기본 상황이 모두 갖추어진 상태에서 더 오래 살기 위해 노력하는 양생법과 생존 자체를 위협하는 추위는 한 곳에서 논의하기 어려울 만큼의 먼 거리가 있다.

안조원의 「萬言詞」는 이 거리의 문학이다. 사실 생각해 보면, ‘유배’라는 것 자체가 거리를 함의한다. 임금이 있는 조정에서 귀양지까지의 거리, 부모 처자가 있는 곳에서부터 낯선 이들 사이에 처해 있는 자신의 외로움까지의 거리, 풍족한 살림살이에서 가난한 처지로 떨어지는 전락의 거리 등을 함의한다. 김진형의 「북천가」와 같이 귀양 가서 풍류로, 호탕한 생활을 기술하여, 아무 부족함이 없는 듯 보이는 작품에서도 그 거리는 감추어져 있다고 보아야 한다. 일찌기 유배 가사의 선구인 송강의 「속미인곡」에서 그 거리는 '천상 백옥경을 엇디흐야 이별흐고' 라는 말로 표현된 바 있다. 천상과 지상, 백옥경과 세속 홍진의 거리가 유배당한 이의 가슴에 투영되는 거리이다.

우선 「萬言詞」에서 그 거리를 드러내는 표현을 찾아서 확인해 보자.

(1)서사 부분에서 화자는 사람의 일생의 덧없음을 강조한다. 이는 天地, 滄海의 무궁함, 무진함과 대조된다. 순간에 지나지 않는 자신의 일생이라는 생각은 유복하게 지내도 비애감을 줄 터인데, 오히려 귀양살이의 고난을 겪는 자신의 삶은 허망하기만 한 것이라는 인상을 준다.

'빌어온 인생이 꿈의 몸 가지고서'라고도 했다. 어차피 빌어온 인생, 꿈 속이라면 고생이 고생이 아니라고도 생각할 수 있다. 진짜 인생은 내세라든지 천국이라든지 하는 다른 곳에 있을 터이다. 그런데 본사에서 보이듯이 고난의 역정은 장난이 아니다. 꿈이 깰 가능성이 안 보이는 것이다. 꿈이 깨지 않을 때 그것은 더이상 꿈이라고 할 수 있을까? 꿈과 꿈 아닌 것의 거리에서 화자는 진동한다.

(2) '부모생아 하오실 제 죽은 나를 나으시니/ 부귀공명 하려든지 絶島 苦生 하려든지' 본사 첫귀절이다. 그는 태어날 때부터 생과 사의 갈림길에 있었던 듯 하다. 이어지는 귀절에는 '일주야 죽은 아해 홀연히 살아나네'라고 했으니, 죽을 뻔하다가 겨우 살아난 것이다. 그런데 그 살아난 이유가 '부귀공명'과 '절도 고생'으로 제시되어 있다. 부귀공명과 절도 고생은 삶과 죽음의 거리만큼이나 큰 거리가 있다. 여기서는 두 겹으로 이원적 요소의 거리를 보인다.

(3)겨우 살아난 화자는 '빛난 彩衣 몸으로 시름 없이 자라'났으나, '기박하게도 11세에 모친상'을 당한다. 그러나 임사,맹모와 같은 계모가 들어와서 경서, 문장, 사서 등 글을 배운다. 혼인을 하고 '豪心狂興이 절로' 나서 유흥에 빠진 생활을 하다가 '옛마음 다시 나서' 불철주야

공부하여 궁궐에 들어갈 기회를 얻는다. 화자의 삶은 이끝에서 저끝으로 왕복한다. 이끝은 극단적으로 긍정적으로 기술되고 저끝은 마찬가지로 극단적으로 부정적으로 기술된다.

(4) '富貴에 싸였으며 繁華에 잠겼'던 몸이 드디어 잘못되어 절도 추자도로 귀양을 가게 된다. 그의 죄는 '如山如海'이며 그의 몸은 '如不勝衣'로 약하다. 그는 '죽을 줄 모르고 등잔불에 뛰어든 나비였으며, 마른 섶을 등에 지고 불에 든 격이어서 살 가망이 없다'

(5) 이 극단에서 저 극단으로 이어지는 화자의 삶은 수식이 가득한 표현으로도 나타난다.

①바다를 바라보니 파도도 흉용하다/ 가이업슨 바다이요 한 업슨 파도로다
 태극조판 하온후에 천지광대 하다거늘/하늘아래 업사옴이 따이런가 알았더니
 즉금으로 볼 양이면 천하이 다 물이로다/바람도 쉬어가고 구름도 멈쳐가네
 나는 새도 못넘을데 제를 어이 가잔말고////
②나 가는 길 어인 길고 무삼 일로 가는 길고
 불로초 구하려고 삼신산을 찾아가니/동남동녀 아니거든 방사 서시 따라가라
 동정호 밝은 달에 악양루 오르라나/소상강 궂은 비에 조상군 하랴는가
 전원이 장무하니 귀거래 하옵는가/농어회 살쪘으니 강동거 하옵는가

화자가 가는 길은 죽음과도 같은 길이다. 그런데 그 길은 파도가 흉용하는 절망스러운 모습, 고난을 상징하는 표현과 온갖 수식으로 현란한 고사 인용으로 되어 있다. 귀양길을 축으로 고난의 현실과 귀거래라는 표현은 거리감을 느끼게 한다. 서두에서 정리한 거리와 비교하면 정확히 대응된다.

```
양 생 법          --  고 치  --    추위
   삶 ————————————————————— 죽음
```

<pre>
불로초,귀거래 등   --   귀양길   --   파도 흉용
</pre>

(6) 이 후로 이어지는 본사는 주인에게 당하는 구박과 수모, 더위, 배고픔, 추위, 동냥, 등짐 등 고난의 연속되는 삶을 제시한다. 그런데 이러한 절실함에 대비되는 것은 그 절실함을 드러내기 위해 사용된 나열 열거의 방법이 오히려 절실함과는 다른 느낌을 가능하게 한다는 점이다.

<pre>
범 물릴 줄 알았으면 깊은 뫼에 들어가며
떨어질 줄 알았으면 높은 낡에 올랐으랴
天動할줄 알았으면 잠간 樓에 올렸으랴
破船할줄 알았으면 전세대동 실었으랴
실수할 줄 알았으면 내기 장기 벌렸으랴
죄지을 줄 알았으면 공명 貪차 하였으랴
</pre>

고난은 집약되어야 강도가 있는데, 여기서는 화자가 당한 고난은 집약되지 못한다. 나열과 열거는 집약된 강도를 약화시키는 구실을 하고 만다. 그의 고난이 나무에 올라갔다가 떨어지는 정도, 내기 장기 벌렸다가 지고 마는 정도로 희석되는 것이다.

이것은 (5)항에서 말한 것처럼 정리할 수 있다.

<pre>
양 생 법   --   고 치   --   추위
 삶과 문화 ───────────────────── 죽음
표현된 여유   --   귀양살이   --   고난의 현실
</pre>

그 대표적인 것이 「萬言詞」에서 유명한 『다리 사설』일 것이다.

(7)극단적으로 드러나게 한 거리감의 표현은 그의 고난과 주인의 태도로도 나타난다. 주인의 구박에 먹을 것을 얻으려고 동냥을 나갔다가 보리 한 말을 얻어 어렵게 등짐지고 돌아오니 주인이 코웃음으로 빈정댄다.

> 양반도 할 일 없네 동냥도 하시었고
> 귀인도 속절 없네 등짐도 지시었고
> 밥싼 노릇 하오시니 저녁밥 많이 먹소
> 네 웃음도 듣기 싫고 많은 밥도 먹기 싫다
> 동냥도 한 번이지 빌긴들 매양하랴
> 평생에 처음이요 다시 못할 일이로다
> 차라리 굶을진정 이 노릇은 못하리라

주인은 놀리는 것이 재미있다. 화자에게는 고통이 된다. 재미와 고통은 먼 거리에 있다.

(8)결국 화자는 일을 배운다.

> 내 生涯 내 벌어서 苟且를 免차하니
> 처음에 못하던 일 나종은 다 배혼다
> 자리치기 먼저 하자 틀을 꽂아 나려 놓고
> 바늘대를 뽑내면서 바디를 드놓을제
> 두 어깨 무어지고 팔고 목이 부러진다
> 멍석 한 잎 겨러내니 보리 닷말 手工이요
> 도래방석 틀었으니 돈 오푼이 값이로다
> 약한 근력 強作하여 부지런을 내자하니
> 손뿌리에 피가 나서 조회 골모 얼리로다

그러나 '이렇고도 사자 하니 사자 하는 내 그르다'라고 했으니, 그 삶은 진정한 삶이 아니다. 화자는 자신의 삶을 있는 그대로 받아들이지 못한다. 고난의 삶은 진정한 자신의 삶으로 인정하지 못한다. 이는 윤우병이 「농부가」에서, 또 된동 어미가 「화전가」에서 자신의 삶을 있는 그대로 인정하고 수용하는 태도와 다르다.

이 '거리'는 흥미를 유발시키는 것으로 볼 수 있을까? 극단적인 상황의 제시는 일반적으로 흥미를 유발시키는 것 같다. 대중 소설이나 영화, 연속 드라마 등의 경우에 사람들의 흥미를 끄는 것은 사건이나 인물을 극단적으로 제시하는 수법이라 할 수 있다. 사랑이 평범해서는 흥미를 만들어 낼 수 없다. 비정상적인 인물이 정상적인 사랑을 쟁취하는 과정이거나, 정상적인 인물이 비정상적인 상황을 헤쳐 나가서 사랑을 얻는 작품이 재미를 끈다. 그 과정에서 사건은 극에서 극으로 달린다. 고난의 과정이 극단화 될수록 행복의 크기도 크게 느껴진다. 독자의 재미도 크게 느껴진다.

이것이 「萬言詞」 필사자가 말하는 '문장의 긔틀과 변사의 지담'의 한 부분일 것이다. 전체 문사를 극단화시킴으로써 흥미를 유발시키는 데 성공한 것이다. 그 극단화의 모습은 고치에서와 같이 한 행 차원으로 제시되기도 하며, 행복한 삶이 유배로 전락되는 모습과 같이 작품 전체를 틀짓는 모습으로 나타나기도 한 것이다.

3. 현실성 획득의 방법

이 작품은 전체적으로 환유적 기법으로 이루어져 있다. 은유적인 표현은 거의 보이지 않으며 주된 내용인 본사에서 자신의 고난을 보이는 데 사용되지 않았다. 서사 부분에서 인생을 '白駒之過隙이요 滄海之一粟이라/逆旅 乾坤에 지나가는 손이로다'로 비유한 부분은 한문 고전에서 이미 익숙한 것으로 상투적일 뿐이다. 다음 구절의 '빌어온 인생기 꿈의 몸 가지고서' 같은 부분은 이중의 비유로 되어 있어 훨씬 긴장감이 있는 표현이지만, 이러한 표현은 뒤에는 없다. 본사의 시작과 함께 은유는 사라지고 환유로만 진행된다.

의복을 돌아보니 한숨이 절로난다
남방 염천 찌는 날에 빠지 못한 누비바지
땀이 배고 때가 올라 굴둑 막은 덕석인가
덥고 검기 다 바리고 내암새를 어이하리

이것은 비유가 아니다. 실제로 화자는 냄새나고 때가 켜켜로 묻은 누비바지를 여름 한더위에 입고 있었을 것이다. 의식주 중에서 이 한 가지 부분은 화자의 나머지 의식주도 마찬가지일 것임을 확신하게 한다. 현실성을 확보하는 것이다. 물론 다른 부분에서 먹는 것과 사는 곳에서의 고난을 또 그리고 있다. 이들도 각각 화자의 생활이 되지 못하고 생존의 차원에 머무르고 있음을 보여준다.

은유는 두 개념이 겹치는 부분으로 이루어진다. 따라서 그 공통의 부분을 인정하면 은유가 주는 이미지는 긴장감을 얻게되지만, 겹치지 않는 부분을 보면 은유의 설득력은 사라진다. 가령 네루다의 시 가운데 '삶이란 한 순간/ 우리에게 영원이라는 말은 무슨 의미가 있는가'라는 귀절이 있다. 삶이라는 동그라미와 순간이라는 동그라미가 일치한다고 보는 사람들에게는 진정으로 삶이 한 순간뿐임을 통찰하게 되고 허무를 강하게 느끼겠지만, 삶의 동그라미를 순간과 연결짓지 않는 사람, 그렇게 못하는 사람에게는 그 시 귀절은 무의미한 것이다. 여기서도 「萬言詞」의 작가인 안조원에게 그가 당하고 있는 고통을 보고 있으면서 그에게 그 시 귀절을 들이 댄다고 했을 때, 그가 삶에 대한 하나의 통찰을 얻고 깨달음에 기쁨을 느낄 것으로는 전혀 생각할 수 없는 것이다.

이에 반해, 환유는 전체의 부분으로 아무리 해도 그 부분을 아주 지워 없앨 수는 없다. 현실 내에는 적어도 그 부분 만큼은 (이 시의 경우에는 고난이) 현실이 존재하는 한 역시 존재하는 것이다. 따라서 **환유**

는 사실성을 확보하게 된다.

다른 말로 해 보면, 은유는 통찰의 원리를 제공하고, 환유는 절실함의 원리를 제공하는 시적 기능이라 할 수 있다. 시는 삶을 드러내는데 있어서 때로는 우리가 미처 보지 못하고 지나쳐 왔던 사실을 통찰의 원리를 이용해서 제시해 주기도 하고, 이미 알고 있는 것이지만 그 사실이야 말로 삶을 이루는 피할 수 업는 것이라는 새삼스러운 확인을 절실함의 원리를 통해서 보여주기도 한다. 특히 조선조의 가사작품은 통찰의 원리보다는 절실함의 원리를 실현하는 문학 갈래인 것으로 여겨 진다. 더우기 「萬言詞」와 같이 절실한 고난을 제시하는 유배가사의 경우 은유보다는 환유를 통해서 지울 수 없는 현실 상태를 보이는 것이 효과적인 것이다.

이것은 「萬言詞」가 선적 이야기 순서를 따라가면서도 삽화를 병렬적으로 보이게 하는 것과도 관계가 있다. 우선 「萬言詞」를 읽으면, 한편의 소설처럼 이야기가 전개되어 나가는 과정을 볼 수 있다. 서사와 결사 부분을 제외하고 본사를 보면, 화자가 태어나서 학습과정을 거쳐 결혼하고 벼슬살고 죄를 얻어 귀양을 가서, 갖가지 고생을 하며 다시 방송되기를 바라는 일련의 이어진 이야기라고 할 수 있다. 이 이야기는 한 쪽에 화살표를 갖는 일직선으로 전개된다.

그러나 중요한 점에서 다르다. 「萬言詞」는 자아가 세계의 횡포를 횡포로 인정하지 않는다. 따라서 세계와의 대립이나 대결이 있을 수 없다. 집주인과 동리 사람들의 갖은 괄세를 받아가면서도 화자는 그것이 모두 자신이 지은 죄의 답보라고 생각한다.

人心이 아니어든 人事를 責望하랴
내 귀향 아니면 이런 모양 보았으랴
조고마한 실개천에 발을 빠진 소경놈도
눈 먼 줄만 한탄하고 개천 怨望 안하나니

임자 아녀 짖는 개를 꾸짖어 무엇하리

또한 화자의 이야기는 절정을 향해 집약되지 않는다. 세계와의 대결이 아니니 긴장이 고조되는 설정을 하지 않은 것이다. 대신 이야기는 폭넓게 분산된다. 표로 보이면 다음과 같을 것이다.

성장과정	유배길	주인박대	의식주곤란	동냥건 등
----	---	----	----	----

→

성장과정	유배길	주인박대	의식주곤란	동냥건 등
----	---	----	----	----
----	---	----	----	----

이와 같은 일정 선상에서의 병렬전개를 보인다.5) 이러한 설정을 '삽화적 전개'라고도 부를 수 있을 것이다.6) 이러한 설정은 가사에만 보이는 것이 아니라, 판소리 등에도 유사하게 나타나는 것 같다. 판소리의 경우에는 '부분의 독자성'이라는 말로 정리된 바 있다.7) 서양 서사문학의 기본 원리처럼 되어 있는 유기적 전개가 아니라, 아예 전개와 인식의 틀 자체가 다른 갈래의 문학으로 인정해야 하는 것이 타당하게 여겨진다. 판소리 「홍보가」에서 놀부 심술 대목, 집나가는 대목, 제비 노정기, 박타기, 놀부 화초장 타령 등등의 각기 독립해서 구연될 수 있는 노래를 구성하기 위해서는 유기적 체제보다는 부분의 독자성을 강조하는 체제가 훨씬 유리하게 작용하는 것이다.

위의 가사의 경우, 의식주로 곤란을 당하는 부분을 여러 모양으로 중첩해 나타내고 있고, 고난의 모습도 유배길, 주인의 박대, 의식주 곤

---

5) 이혜전, <조선후기 가사의 서사성 확대와 그 의미>, 이대 석사논문, 1990. 에서도 나열식 전개방식을 진술 특성으로 보았다.
6) 최상은, <유배가사의 작품 구조와 현실인식>, 한국학대학원 석사논문, 1984.
7) 조동일, <판소리의 전반적 성격>, 《판소리의 이해》. 창비, 1985년 7판, 24쪽.

란, 동냥건 등으로 중첩해 나타내고 있어 이중의 겹으로 이 작품이 부분 부분의 연결로 구성되고 있음을 볼 수 있다.

가사의 경우에 이러한 구성법이 갖는 효과는 무엇일까? 한가지는 앞에서 언급한 바 절실함의 원리와 관련 있다. 고난이라는 의미소 만을 전달하는데는 그렇게 많은 중언부언이 필요치 않다. 그러나 삶은 단순히 개념화 추상화된 의미소로 이끌어지지 않는 것이다. 현실의 삶은 항상 구체성, 반복성, 세밀함으로 이루어져 있으며, 그것들을 나타내기 위해서는 집약과 개념화가 아니라, 나열과 중첩이 필요한 것이다.

또 달리 표현해보자면 이점은 귀납의 원리라고도 할만한 것이다. 여러 가지의 다양한 삽화를 통해서 화자는 독자를 만날 통로를 여러개를 확보하는 것이 가능하다. 여러 독자는 각각의 다른 삶의 체험을 가지고 있을 터이므로 한두개의 집약적인 삽화보다는 여러 가지의 삽화가 여러 독자를 만날 수 있게 한다고 보아진다. 삶의 가장 본질적인 면에 대한 통찰이라면 한 두 개의 집약적인 이야기가 보편성을 갖고 모든 사람에게 투영될 수 있겠지만, 삶의 본질적인 면은 너무 깊어서 잘 드러나지 않기 쉽다. 이 경우 삶을 이루는 여러 가지를 다양하게 보여주는 것이 더 효과적인 방법일 수 있다. 한 두 가지를 보여줄 경우 그 한 두가지를 부정해버리면 아무 설득력이 없는 글이 되지만 다양한 체험을 보여주는 글의 경우는 한 두가지 체험을 부정한다 해도 다른 부정할 수 없는 체험들이 남아 있게 되는 것이다. 독자 누구나가 한 두 가지 이상의 체험을 공유할 수 있다면 더 많은 독자를 붙들어둘 수 있는 것이다.

다른 하나는 전체를 드러내는 틀과 부분을 드러내는 틀을 이원화시키기 위해서이다. 「萬言詞」는 전체적으로는 사대부의 체통을 잃지 않아야한다는 사실을 지속적으로 주지시키고 있다. 그것이 모자라서 안 조원은 그 작품에 이어지는 속편인 「萬言詞답」을 통해서 유배지에서라

206

도 사대부로서의 체모를 지켜야 할 것을 스스로에게 다짐 확인하였던 것이다. 그러나 작품의 각 부분 부분에서는 이러한 체모는 쑥 들어간다. 주인이 그를 박대하는 대목 중의 하나는 다음과 같다.

> 하로 이틀 몇날 되되 공한 밥만 먹으려노
> 쓰자하는 열 손가락 꼼작이도 아니하고
> 걷자하는 두 다리는 움작이도 아니하네
> 석은 남게 박은 끌가 典當잡은 촛대런가
> 종찾으련 양반인가 빚 받으련 채주런가
> 同異姓의 眷黨인가 풋낯의 친구런가
> 양반인가 常人인가 病人인가 반편인가
> 화초라고 두고 보며 괴석이라 놓고 볼가

거듭되는 열거와 대구를 통해 안조원의 삶의 실상이 드러나고 있다. 자신이 아무리 사대부 반열의 교양인임을 내세워도 자신의 삶을 스스로 마련하지 못하는 그는 다른 편으로 보면 반편이일 수도 있음을 은근히 독자는 느껴볼 수 있다. 물론 작자가 그런 효과를 일부러 노린 것인지는 알 수 없다. 문제는 그러한 효과가 드러난다는 것이다.

이러한 고찰을 「萬言詞」뿐 아니라 다른 가사에도 적용해 볼 수 있을까? 가령 「덴동어미 화전가」에서 덴동어미의 인생 역정도 여섯 번의 개가와 그 고난을 병렬로 전개한다. 송강의 「사미인곡」은 임을 이별한 후에 사계절을 병렬로 전개시키면서 임에 대한 그리움을 표현한다. 이러한 전개는 가사에만 독특한 기능을 따로 갖는가, 가사 일반에 대해 보편적이라고 말할 수 있는지 등에 대해 지속되는 고찰이 필요할 것이다.

4. 개인적 체험 - 거리의 한계

이상 안조원의 「萬言詞」를 대상으로 '문장의 긔틀과 변사의 지담'을 이루는 요소들 중의 몇가지를 개략적으로 살펴 보았다. '叩齒'가 양생법과 추위의 대조되는 상황을 극단적으로 제시하는 원리가 작품 전체의 원리로 읽힐 수 있음을 말했고, 삶의 통찰과 깨달음을 주려는 것보다는 삶의 절실함을 보여주는 문학의 기능을 가사가 십분 발휘할 수 있음을 언급했고, 나열과 중복의 병렬 전개가 갖는 기능을 생각해 코았다.

그런데 이러한 여러 가지 문학적 장치에도 불구하고 「萬言詞」가 주는 것은 감동에까지 이르지는 못하는 것으로 보인다. 그것은 앞에서 당대의 독자들이 지적했듯이 '문장의 긔틀과 변사의 지담' 으로 여겨진다. 위에서 보인 것 외에도 한문 어구와 고사를 적절하게 사용했다든지, 비유가 잘 사용되었다든지 댓구법의 효과가 큰 것이라든지 하는 다른 장점도 지적할 수 있지만 이들 역시 '문장의 긔틀과 변사의 지담'의 범주를 크게 벗어나지는 못한다.

그 이유가 무엇일까를 알아보는 한 가지 방법은 삶의 몰락과 그 고통을 소재로 한 다른 가사 작품을 비교 고찰해보는 것이다. 안조원은 엄밀한 의미에서 사대부는 아니었겠지만, 그 가치와 의식에서는 사대부 지향적이었다. 그런 점에서 박인로의 「누항사」와 윤우병의 「농부가」를 함께 놓아볼 수 있다. 박인로도 생활을 꾸려나갈 수 없을 만큼 곤궁한 처지에 놓인 사람이었고 윤우병에 이르면 양반이기를 포기하고 아예 농사꾼으로 나설 지경에 이른다. 먼저 「누항사」에 대해 생각해 보자. 「누항사」에서 박인로는 곤궁한 생활을 다음과 같이 절실하게 그렸다.

> 달 업슨 황혼의 허위허위 다라가셔
> 구디 다단 문 밧긔 어득히 혼자 서셔
> 큰 기참 아함이를 양구토록 하온 후에
> 어화 긔 뉘신고
> 염치 업산 내옵노라
> 초경도 거읜대 긔 엇지 와 겨신고
> 연년에 이러하기 구차한줄 알건만난
> 쇼 업산 궁가애 혜염 만하 왓삽노라
> 공하니나 갑시나 주엄직도 하다마는
> 다만 어제 밤의 거넨집 저 사람이
> 목 불근 수기雉을 玉脂 泣게 꾸어내고
> 간 이근 三亥酒을 취토록 권하거든
> 이러한 은혜을 어이 아니 갑흘넌고
> 내일로 주마 하고 큰 언약 하야거든
> **失約**이 **未便**하니 사설이 어려왜라
> **實爲** 그러하면 혈마 어이할고
> 헌 먼덕 수기 쓰고 측 업슨 집신에
> 설피설피 물너오니
> 풍채 저근 형용애 개 즈칠 뿐이로다8)

　이런 부분은 「萬言詞」에서 보이는 바처럼 구체적인 장면을 통해 가난과 그 고통을 그리고 있다. 귀양을 온 것이 아니라 삶이 온통 가난에 휩싸여 있다는 점이 안조원과 다르다. 이러한 현실에서 구원될 희망도 없다고 화자는 탄식했다. 달팽이 집같은데 들어앉아 '설데운 숭늉에 빈 배 속일 뿐'인 삶을 이어나가야 했다.

　그런데 그는 이러한 상황 속에서 자신을 스스로 구원하는 길을 본다. 그 구원은 외적인 구원이 아니고 내적인 것일 수 있다. 그것은 두

---

8) 김성배 외, 위의 책, 83쪽의 자료를 이용한다.

가지로 제시되었다. 하나는 자연에의 동화이고 다른 하나는 윤리에의
지향이다.

> 江湖 한 꿈을 꾸언지도 오래러니
> 口腹이 爲累하야 어지버 이져떠다(중략)
> 蘆花 깁픈 곳애 명월청풍 벗이 되야
> 님재 업산 풍월강산애 절로절로 늘그리라

　　어찌 보면 그 가난한 삶에서 자연이나 윤리를 찾는 것은 정신나간
짓이거나 허세에 지나지 않는 것일 수 있다. 그래서 이러한 꿈은 관념
이거나 현실도피에 지나지 않는 것9)으로 보인다. 그러나 좀 더 생각해
보면 그렇지만은 아닌 점도 있다. 자연에 대한 관념은 성리학을 이념
배경으로 삼는 사대부 일반의 지향이다. 그것은 도피의 수단이 되기도
했지만 다른 한 편으로는 그것이 당대의 시대적 이념이었다는 것을 기
억해야 할 것이다. 그 당시 자연은 인간적 삶의 무질서를 지양하고 내
면적 질서의 세계를 추구하는 완벽한 전범으로 제시되었던 것이다.10)
박인로가 그 점을 의식했는지 아닌지는 확인할 수 없지만 그는 그러한
시대 조류에 있었던 것은 확실하다. 그 점은 같은 작품 바로 아래에서
다음과 같이 말한 것으로 나타난다.

> 평생 한 뜻이 溫飽에난 업노왜라
> 태평천하애 충효를 일을 삼아
> 和兄弟 信朋友 외다 하리 뉘 이시리
> 그밧긔 남은 일이야 삼긴대로 살렷노라

---

9) 신연우, <사대부 가사와 현세를 바라보는 네 가지 시각>, ≪국제어문≫ 17
　　집, 국제어문학연구회, 1996, 5. 73쪽.
10) 신연우, <일상성의 문학으로서의 시조>, ≪조선조 사대부 시조문학 연구≫,
　　박이정, 1996.

210

　자연에서의 동화를 노래한 뒤 바로 윤리인 충효를 말하고 있다. 이것을 무논리한 작품이라거나 자기모순을 노정한 것이라고 폄하할 필요가 없다. 이것은 바로 이 둘이 같은 길에 놓여 있다는 것을 감지한 결과이다.

　이것은 결국 박인로가 자신의 삶의 몰락의 고통을 치유하는데 있어 보다 큰 시대 사상적 조류에 편승했음을 말하는 것이다. 개인적 고통을 벗어나는데 자기보다 큰 이념을 택했다는 것이다. 이를 관념에 불과하다거나 위선적이라고 보는 것은 당대의 정신을 무시하고 지나치게 후대적 관점에서 보았기 때문일 것이다.

　더 후대 사람인 윤우병의 「농부가」가 오늘날 우리의 마음에 더 와 닿는 것은 바로 우리시대의 정신과 더 가깝기 때문일 것이다. 윤우병은 가난을 벗어나는 길을 박인로와는 다른 방향에서 구했다. 「농부가」는 1881년에 지어졌을 것으로 추정된다 하니[11] 박인로 시대와는 현격한 거리가 있다. 그 시기는 경제가 나아지는 면도 있었지만 몰락한 사대부 양반들은 생산활동에 참여하지 않았기에 몰락이 더욱 가중되던 시대였다. 윤우병도 그 중의 하나였으며 그 가난을 이렇게 말했다.

> 세상 천지 죄인이라 가빈 친로 자식 되어
> 日用三牲 고사하고 菽水之供 누공하니
> 자식이라 이를소냐 불효지죄 막대하고
> 실중 처자 돌아보니 兒呼寒而妻啼飢라
> 가장이라 이를 소냐 保妻子도 못하도다
> 앙사부육 다 못하니 무용지인 되단말가
> 一簞食 一瓢飮에 安貧樂道 뉘가하리
> 舜何人也며 余何安고 나도 아니 하여 볼까
> 주린 창자 큰이 잡고 聖經賢傳 보자하니

---

11) 강전섭, <농부가에 대하여>, 《논문집》 5호, 대전실업고등전문학교, 1974.

視而不見 뵈지 않고 讀而無聲 소리 없다[12]

　부모 처자를 돌보지 못하는 것이 유학자의 본분인가 하는 점을 강하
게 비판하는 의식이 싹틈을 본다. 책을 보려 해도 배가 고파 글이 보
이지 않는다 했다. 이 상황에서 안빈낙도란 불가능한 것이다. 그래서
그는 유학 공부를 그만 하기로 작정한다.

　　의관 서책 전폐하고 農家者類 되리로다
　　보던 책을 깊이 넣고 썼던 갓은 높이 달고

　이 뒤로는 농사일을 배우는 자기 모습을 그린 후, 농사지어 부모 봉
양하는 것이 책보며 함께 굶는 것 보다 성인지도에 가깝다고 했다.
　이것은 박인로와는 전혀 다른 태도이다. 처지는 같았지만 태도는 달
랐다는 것은 물론 시대적 영향일 것이다. 여기서 문제로 삼고자하는
것은 이 두 작품이 「萬言詞」와는 다르다는 점이다. 「누항사」는 가난에
서의 구원을 자연과 윤리에서 찾았다. 그리고 그것은 자기의 가난보다
더 큰 이념 속에서 표출된 것이다. 「농부가」는 현실을 택해서 농사일
에 전념한다고 했다. 그것은 자신을 위해서가 아니라 부모와 처자를
위해서였다. 굶주림을 참고 공부를 계속하는 것이 사대부의 마땅한 태
도라는 반론에 대해서는 말인즉 옳거니와 현실로는 옳지 않다고 했다.
단지 부모와 처자를 위해서라고 생각하지 않고 우선은 부모와 처자를
돌보는 것이 유학의 근본 이념에 더 가깝기 때문이라고 했다. 결국 이
둘은 태도는 다르지만 자기 개인을 넘어서 있는 무엇을 위해 자기를
이겨낸다는 점에서 공통점이 있다. 이것은 바로 유학자의 질서 의식이

---

12) 유탁일, <농부가 주해>, ≪한국문학논총≫2, 한국문학회, 1979의 자료를 이용
　한다.

라 할 수 있다. 修己의 목적은 治人인 것이다. 자기를 넘어서 다른 사람에게 도움이 되는 것이 治人이다. 박인로와 윤우병에게 있어 治人의 방법은 달랐지만 治人에 이르려고 한 점은 같았던 것이다.

「萬言詞」에 없는 것이 바로 그 점이다. 몰락하고 고난을 겪고 민중의 삶을 배워도 보려 하지만 안조원이 가진 태도는 처음부터 끝까지 자신의 고난을 벗어나는 것만이 관심사이고 목적이었다. 고난이 지속되자 그는 자신까지도 포기하려 하는 태도를 보인다.

> 이렇고도 사자 하니 사자 하는 내 그르다
> 실같은 이 잔명을 끊음즉도 하다마는
> 아마도 모진 목숨 내 목숨 뿐이로다

이어서 구원되기를 하나님께 빈다는 기원의 말을 한다.

결국 안조원이 보여준 '거리'의 미학은 자신의 몸 안에 제한되어 있는 너무나도 짧은 거리에 지나지 않았던 점이 그의 고통에 찬 기록이 한낱 '변사의 재담'으로 인식하게 하는 기틀이 되었던 것이라 할 수 있다.

안조원의 인식이 '개인적 거리'에 지나지 않는 점을 상징적으로 보여주는 것이 유명한 '다리 사설'이다.

> 철없은 어린 아해 소같은 젊은 계집
> 손가락질 가라치며 귀향다리 온다 하니
> 어화 고히하다 다리 지칭 고히하다
> 구름다리 징검다리 돌다리 토다리라
> (중략)
> 아마도 이 다리는 실족하여 병든 다리
> 두 손길 느려치면 다리에 가까오니
> 손과 다리 머다한들 그 사이 얼마치리
> 한 층을 조곰 높혀 손이라나 하여주렴

귀양살이의 고난을 언어유희를 이용해서 표현기법을 고도화시킨 대표적 예이다. 「萬言詞」의 특징이라고 할 수 있는 불쌍함과 웃음의 감정이 함께 나타나게 하는 표현기법의 대표적 예인 것이다. 그러나 이 구절은 동시에 그가 원하는 거리가 결국은 다리에서 손까지의 거리에 지나지 않는 것임을 상징적으로 잘 보여주고 있다. 그는 귀양다리로 자신을 보는 인식에서 '손님'으로 대접해 보아주기를 바라는 것이다. 그것이 그가 가진 인식의 한계이다. 유학적 이념에의 인식도 없고 시대에의 공감도 없으며 서민과의 동화도 없다. 이것이 그의 체험을 개인적 체험으로 국한하고 더 이상의 깊은 의미로 확산되는 것을 막는 소이인 것이다. 궁녀들은 울기도 하고 손뼉쳐 절도도 하고 칭찬도 하였지만 결국은 '변사의 재담'이라는 평을 들었던 것이다. 그러나 그는 그 '변사의 재담'을 잘했기에 그로 인해 귀양살이에서 풀려날 수 있었다고 하니 그의 소원은 이룬 셈이 되었다.

그런 점에서 생각해보면 양생법 또한 자신을 위한 것에 지나지 않는 행동이다. 자신이 오래 살고 신선이 될 뿐 다른 사람에게 어떤 기여도 하는 바 없는 것이라는 점에서 이 또한 자신에게 제한되어 있는 것이다. 그래서 그가 자신의 추위를 막고자 하는 것과 양생법의 고치를 견결시키는 거리가 자신에게 한정되어 있는 거리임을 확인할 수 있다.

5. 맺음말

가사는 작품 수도 많고 연구도 많이 되었다. 그러나 개별 작품에 대한 깊이 있는 천착은 그만큼 많다고 할 수 없다.13) 이제 자료의 정리

---

13) 김유경, 위의 논문에서는 「만언사」가 유배가사의 하나로서 또는 소설화과정에서의 논의는 있었느나 「만언사」 자체에 대한 작품 분석은 거의 이루어지

가 어느정도 이루어지는 만큼 작품에 대한 문학적 고찰도 더 많이 이루어져야 할 것이다. 본고는 이러한 점에 관심을 두고 「萬言詞」의 문학적 기법들을 고찰해 보고자 한 것이다.

고찰한 내용을 간략히 정리해 본다. 우선 「萬言詞」에 보이는 문학적 표현의 '거리'를 나타내는 부분이 여럿 있음을 보이고 그 개념으로 작품 전체를 고찰해 볼 수 있음을 지적했다. 그 양상을 드러내고 그렇게 해서 얻는 것이 文學的 興味와 現實感 獲得의 方法들일 수 있음을 보였다. 그러나 「陋巷詞」나 「農夫歌」와 비교해서 그 거리는 너무도 제한적인 자기 개인적 범주 안에 고착되는 한계를 갖고 있다고 했다. 그것이 「萬言詞」가, 正祖가 말했다는 '문장의 긔틀과 변사의 지담'이라는 느낌을 주는 이유가 된다는 것을 밝혔다.

이렇게 보면 「萬言詞」의 한계를 너무 강조한 느낌이 든다. 필자도 물론 「萬言詞」가 '당시의 시대상황으로 보아 많은 독자를 확보할 수 있는 요소를 두루 갖추고 있었다'14)는 점을 받아들인다. 그러나 한편으로 그것이 '사대부의 권위'를 무참히 좌절시키는 것이었던가에 대하여는 의문이다. 그점이 안조원이 朝鮮時代 士大夫가 갖고 있던 中世的 秩序意識에서는 벗어나 있던 사람임이 작품에 드러난다는 것을 강조한 이유이다. 이점은 또 철저한 서민적 현실 인식을 보여주는 「덴동어미 화전가」와 같은 작품에서 보여주는 삶의 의식과도 다르다. 「萬言詞」는 사대부적 질서의식과 철저한 서민적 현실 인식 어느 편에도 속하지 않는 것으로 보인다. 이럴 경우 문학이란 무엇인가? 단순히 '말(言語)의 그늘에 잠시 쉬어 가는' 여행자의 휴식에 지나지 않는 것인가? 안조원의 「萬言詞」는 이러한 질문에 연관이 있다.

〔서울산업대학교 문예창작학과 교수〕

지 않았다는 점을 지적했다.
14)최상은, <유배가사의 작품구조와 현실인식>, 한국학대학원 석사논문, 1984.

참 고 문 헌

강전섭, <농부가에 대하여>, ≪논문집≫ 5호, 대전실업고등전문학교, 1974.

김성배 외, ≪주해 가사문학전집≫, 집문당, 1981년 중판,

김유경, <만언사 연작 연구>, ≪연민학지≫ 4집, 연민학회, 1996.

신연우, <사대부 가사와 현세를 바라보는 네 가지 시각>, ≪국제어문≫, 국제어문학연구회, 1996.

신연우, <일상성의 문학으로서의 시조>, ≪조선조 사대부 시조문학 연구≫, 박이정, 1996.

유탁일, <농부가 주해>, ≪한국문학논총≫2, 한국문학회, 1979.

이원주, <가사의 독자>, ≪조선 후기의 언어와 문학≫, 형설출판사, 1980.

이혜전, <조선후기 가사의 서사성 확대와 그 의미>, 이대 석사논문, 1990.

조동일, <판소리의 전반적 성격>, ≪판소리의 이해≫. 창작과비평사, 1985.

조동일, ≪한국문학통사 3≫, 지식산업사, 1994.

최상은, <유배가사의 작품 구조와 현실인식>, 한국학대학원 석사논문, 1984.

寓話歌辭 〈鷄恨歌〉 研究

박연호

1. 序論

　〈鷄恨歌〉는 〈懶婦歌〉·〈延安金氏遺訓〉과 함께 『懶婦歌』라는 서명으로 묶여, 규장각에 소장되어 있다. 필사자는 龍仁李氏이다. 그리고 가집 서두의 기록[1]과 한 세대가 보통 20～30년 정도된다는 점을 고려하면, 翊永의 증조모인 용인이씨가 실제로 필사한 시기는 아무리 낮춰 잡아도 癸卯年(1843이나 1903)[2]보다 60～80년 앞선 19세기 초중반 정도로 추정된다. 한편 세 작품 모두 본 가집에만 수록어 있기 때문에, 용인이씨는 단순한 필사자가 아닌 작가일 가능성도 배제할 수 없다.[3]

---

1) 曾祖妣龍仁李氏 筆跡 必爲傳家之寶 故深藏于冊几 癸卯(1843 or 1903)正月二十日 曾孫 翊永書.

2) 가람본이므로 1963년은 될 수 없으며, 서술기법의 측면에서 〈용부가〉나 〈복선화음가〉와 같은 작품이 나올 수 있는 시기는 아무리 올려 잡아도 19세기 초중반 이전을 넘을 수 없기 때문에[졸고, 「朝鮮後期 敎訓歌辭 硏究」, Ⅳ. 敎訓歌辭의 構成과 敍述技法 참고]癸卯는 1903년으로 보는 것이 타당하리라 생각한다.

3) 한편 규장각 목록에는 서문을 쓴 翊永을 李翊永으로 기록하고 있다. 하지간 가집의 어느 곳에서도 翊永의 姓이 李氏임을 알 수 있는 정보는 없다. 이는

218

<鷄恨歌>는 우화형식으로 서술된 가사이다. 지금까지 학계에 발표된 가사 중 동물이 작중화자로 등장한 경우는 <계한가> 외에 <嘆牛歌>가 있다.4) 그러나 <嘆牛歌>는 작중화자가 소로 설정되어 있을 뿐 신변탄식류 규방가사의 서술기법과 동일하기 때문에, 우화로는 볼 수 없다. 이에 비해 <鷄恨歌>는 일반 우화소설에 비해 분량이 짧다는 점을 제외하면 1인칭 시점에 의해 서술된 우화소설과 방불하다. 이 작품은 가사문학에서 드믄 한 편의 완벽한 서사물이며, 더구나 우화기법을 사용하고 있다는 점에서 주목된다. 또한 작품의 내용과 주제도 기존의 교훈가사나 규방가사에서 진일보한 측면을 보인다는 점에서 충분히 주목할 만한 작품이라 생각한다.

이에 본고에서는 <鷄恨歌>가 담고 있는 내용과 주제를 살펴보고, 우화기법과 서사적 특징을 가사의 갈래적 측면에서 살펴보도록 하겠다.

2. 葛藤樣相과 登場人物의 象徵性

먼저 <鷄恨歌>의 전체적인 흐름을 話素別로 정리하면 다음과 같다.

　　※ 새끼닭의 고난과 죽음(1행~41행)
　　① 닭의 운명 탄식
　　② 이웃집 덕석에서 求穀 → 이웃집 주인과 개로부터 追放 → 歸家
　　③ 주인집 채독에서 求穀 → 주인으로부터 逢變 → 주인원망

그의 증조모가 龍仁李氏라는 사실에 현혹되어 초래된 오류로 보인다.
4) 강전섭, 「<탄우가>(嘆牛歌)의 諷刺論」, 『語文學』 55(어문학회, 1994). 강전섭은 이 작품을 '의인체가사'라고 하였다.
　<자치가>도 꿩이 작중화자인 우화형식의 가사이지만, 판소리소설을 가사화한 작품이라는 점에서 애초부터 가사로 지어진 <鷄恨歌>·<嘆牛歌>와는 다르다.

④ 젖은땅 진똥에서 求穀 → 인간들의 蔑視
⑤ 손님방문・접대음식으로 채택
⑥ 처절한 죽음과 신세한탄

※ 사후의 상황(42행~73행)
⑦ 주인집의 모습
⑧ 닭의 탄식(53~58)
⑨ 부모 닭의 모습

이상에서 살펴본 바, <鷄恨歌>는 시점과 내용적인 측면에서 전・후의 두 부분으로 크게 나뉜다. 전반부는 1인칭 주인공 시점에 의해 서술되어 있으며, 닭의 비극적 운명에 초점이 맞추어져 있다. 닭의 비극적 운명은 求穀과정에서의 고난과 죽음이라는 두 가지 사건으로 나뉜다. 후반부는 1인칭 관찰자 시점에 의해 서술되어 있으며, 새끼닭의 사후 이를 둘러싸고 일어나는 상황에 초점이 맞추어져 있다. 사후의 상황은 인간들의 모습과 닭 부부의 모습이 형상화되어 있다. 따라서 이 작품은 크게 4 단락으로 나눌 수 있다.

이 작품은 우화기법을 사용하고 있기 때문에 우화라는 외피 속에 숨겨진 의미를 찾는 것이 작품이해의 핵심이 된다. 본절에서는 각 사건의 의미를 살펴보고, 이를 토대로 각 구성요소의 상징성과 주제를 파악해 보도록 하겠다.

1) 事件의 意味

① 닭의 苦難

이 작품은 닭이 세상에서 가장 비천하고 불쌍한 존재[5]라는 푸념으로

---

5) 만물미(이) 번셩흔더 // 그 듕의 만한 거시 우리우던 상등이요 // 부득지은 우

서두를 시작하여, 닭의 고난에 찬 삶을 닭의 시각에서 서술하고 있다.

> 부싱모육홀 제 세상을 귀히 넉여
> 가는한 쥬인은 호호미 무익호야
> 이웃집 곡식 보고 가만가만 거러 가셔
> 호 번이나 집어 먹즈 덕셕 가의 다다르니
> 쥬인이 소리호야 기 좃ᄎ 휘좃거놀
> 챵황이 도쥬호여 집으로 도라와셔
> 곱흔 비 못견듸여 챗독의 양식 보고
> 호 번이나 집어 먹즈 죽기을 더져두고
> 쳔지두지 나라드니
> 안마노라 소리호야 모질게 쑤지시되
> 계우구러 어든 양식이 호 구억이 다 구럿다
> 목장이 드듸고즈 발목 잡아 죽이고즈
> 놀닌 쐬리로 치고 마당의 느려셔셔
> 양경호여 이른 말이
> 미욱호 져 쥬인아 야속호 져 마노라
> 우리 팔어 싱익호고 우리로 양친호며
> 그디도록 무상호야 니 고기 먹을 졔는
> 아리 턱이 즈조 놀녀 만나게 먹은지라

인용문에서 닭은 생계(생존)를 위해 온갖 고난을 감수한다. 닭이 이런 고난을 겪는 표면적인 이유는 주인집의 가난 때문이다. 생존을 위해 이웃집 덕석과 주인집 채독을 범했다가 이웃집 개와 주인에게 봉변을 당한다. 이에 대해 닭은 주인집 마누라의 모진 행위를 원망한다. 자신의 처지(굶주림)와 공덕(주인집의 생계와 양친)은 생각지 않고 자신을 핍박·멸시하기 때문이다.

여기에서 갈등은 닭에 대한 닭과 인간의 상이한 인식에서 초래된 것

리밧긔 업스리라. 괄호안의 글자는 필자가 교정한 것임. 이하 같음.

이다. 닭은 생존을 위해서는 무엇이든 할 수밖에 없는 절박한 처지에
놓여있다. 그러나 인간은 닭의 이러한 상황에는 아랑곳하지 않는다. 또
한 닭은 자신의 높은 효용가치를 주장하지만, 인간은 다른 가축과의
상대적인 비중(경제적 가치)만을 생각할 뿐이다. 자신의 열악한 상황과
효용가치는 무시하고 상대적 비중만을 고려해 무관심하고 하찮게 여기
는 인간(특히 주인)들의 이기적이고 자기중심적인 태도6)를 원망하고
있는 것이다.

　　　이번은 흐릴 업시니 니 입으로 쥬어 먹즈
　　　비오는 날 져즌 싸히 즌 쏭을 혜젹이고 버레을 뒤지길 제
　　　져마당 아니 보랴고 춤을 밧고 눌니더라

　인용문에서는 생존을 위해 똥까지 헤집을 수밖에 없는 닭의 처절한
상황은 고려하지 않고 더럽게만 여겨 침을 뱉는 인간의 태도를 부정적
시각으로 그려내고 있다. 닭이 극한 상황에 이르게 된 것은 주인의 무
관심 때문이다. 그럼에도 불구하고 인간은 이러한 행위를 할 수밖에
없는 근본적인 원인은 도외시한 채 현상적인 부분만을 문제삼고 있는
것이다.
　이상에 나타난 바, 닭은 높은 효용가치에도 불구하고 주인에게 아무
런 관심이나 보상도 받지 못하면서 오로지 희생만을 강요당하는 존재
로 형상화되어 있다. 반면에 인간은 철저히 자기중심적으로 생각하고
행동하는 존재로 형상화되어 있다.

---

6) 닭의 인간에 대한 이와 같은 시각은 서두에서부터 제시되어 있다. "만물미
　　(이) 번셩흔디 그 듕의 만한 거시 우리우던 상등이요 부득지은(不得至恩) 우
　　리밧긔 업스리라".

222

② 닭의 죽음

다음은 손님접대를 위해 닭을 잡는 모습과 그 과정에서 일어나는 상황을 묘사하고 있다. 닭장에서 잡혀나와 솥에 들어가지 전까지의 과정은 이 작품에서 닭의 비극적 운명이 가장 처절하게 형상화된 부분이다.

잡히지 않으려고 노력(爭死)하지만, 결국 선택되어 끓는 물에 들어가는 새끼닭의 모습은 전적으로 주인의 선택에 의해 운명이 결정되는 닭의 비극적 처지을 나타낸다. 특히 "목아지 틀어잡어 마당"에 던지자

"머리 잡고 쏘리 잡고 부드져 쓰더니"는 "팔구세 아희들"의 신나는 모습과 죽은 닭의 피를 다투어 핥아 먹는 '개', '창즈'를 물어가는 '오작(烏鵲)', 밥통의 곡식을 주어먹는 '조작(鳥雀)' 등의 모습은 닭의 처참한 죽음과 대비되어 닭의 비극적 운명을 확실하게 부각시킨다. 또한 이들의 행위는 닭의 처참한 죽음을 부각시키는 동시에, "니몸 빗슴도 빗슬시고 버릴 게 전혀 업다 니 공노 싱각ᄒ면 쎠가지 좃는구나"라는 닭자신의 말을 통해 나타나듯, 닭의 효용성을 강조한다. 하지만 높은 효용성이 도리어 처참한 죽음을 초래했다는 점에서 닭의 운명은 더욱더 비극적인 것이다.

③ 주인집의 상황

다음은 새끼닭을 요리한 후 벌어지는 주인집의 상황을 그린 부분이다.

> 어린 넉시 화긔에 ᄂ라나셔 쳠하의 의지터니
> 식당을 살펴보니
> 십여상 사랑상의 무어시 남을넌고
> 난호던 안마노라 국즈만 들고 홀작이고
> 동즈ᄒ던 녜비들은 못먹노라 성을 니고
> 버릇 업손 아기네는 젹다고 투정ᄒ여
> 프리치고 도라안니
> 사랑의 늘근 손은 쥬인의게 치ᄒᄒ되
> 만는 고기 후디ᄒ니 빅셰ᄂ 사르소셔
> 이웃 노인 견갈ᄒ되
> 노병이 극즁ᄒ여 젼여 불식 오러더니
> 만는 고기 보닉여셔 슬흔 밥 강인ᄒ니
> 졍답고 안심찬희

새끼닭은 솥에 들어가는 순간 넋이 육신에서 분리되어 처마에 날아올라, 자신의 고기를 놓고 벌어지는 인간들의 행태를 관찰한다. 위 인

224

용문에는 부엌과 사랑방에서 벌어지는 상황이 대조적으로 제시되어 있다. 부엌에서는 고기를 모두 사랑에 들여보낸 후 "안마노라"는 "국ᄌᆞ만 들고 홀작이"고 '녜비(女婢)들'과 '아기네'는 '투경'을 부린다. 반면에 사랑에서 접대를 받는 '늘근 손'이나 고기를 보내서 먹은 '이웃 노인'은 주인의 넉넉한 인심과 덕을 致賀한다. 이런 상황이 벌어진 이유는 가난한 살림에 식구들에게 돌아갈 고기까지 마련할 수 없었기 때문이다. 앞에서 '녜비'와 '아기네'는 평소에 꿈도 못꿨던 닭고기를 먹으리라는 기대 때문에 신나게 닭을 잡았던 것인데, 정작 고기는 한 점도 못먹게 되자 실망도 그만큼 컸던 것이다. 하지만 부엌의 갈등은 불합리한 보상체계에서 발생한 것이다. 아이들과 종들은 부인과 함께 직접 닭을 잡고 음식을 만들었다. 그런데 고기는 家長과 손님에게만 돌아갈 뿐이다. 즉 희생과 노동력을 제공한 당사자들은 그에 합당한 보상을 받지 못하고, 오직 가정을 지배하고 대표하는 가장만이 보상을 독점하는 상황에서 갈등이 발생한 것이다.

한편 새끼닭은 자신의 높은 효용성과 그로 인한 비극적 운명을 다시 한 번 탄식한다.

어와 이니 몸은 빗쌈도 빗살시고
날노ᄒᆞ여 인ᄉ 밧고 사례 고ᄉ 명일 긔졔사의도
어믈곳 못 사쓰면 잡ᄂᆞ니 우리여든
노부인니 희소병과 소부인니 희산병의
싱원님니 노병환의 셔방님니 보원긔예
잡ᄂᆞ이 우리여던 이 아니 훈심훈가

인용문에서 닭의 비극적 운명은 앞에서 언급한 바, 높은 효용가치와 상대적으로 낮은 경제적 가치에 기인한 것이다. 닭은 자신의 높은 효용가치 때문에 처절한 죽음을 맞아야만 하는 비극적 운명을 "이 아니

혼심혼가"라고 탄식할 뿐, 누구도 탓할 수가 없다. 그것이 닭의 운명이기 때문이다.

④ 닭장(닭부부)의 상황

마지막 부분에서는 새끼의 죽음에 대한 닭부부의 상반된 수용태도가 제시되어 있다.

탄식을 종일ᄒ고 유명이 길이 달나
혼 가지로 못 드러가 장티 밧긔 의지터니
어미는 늦기 넉여 죽은 삿기 싱각ᄒ고
자는 아비 씨여 노코
목셩 조코 힘곳 혀면 사오년식 살건마는
불상ᄒ션 우리 목슘 불상ᄒ고 가련ᄒ다
장닭이 ᄒ는 말이
요망혼 져 계집아 무지하 ᄒ치 말고
삿기나 잘 길너라
삿기곳 잘 기르면 계불삼년이라
깁흔 산의 오는 쮕이 일족이 다 죽어거든
허물며 우리등은 개압희 쪽기일 졔
사롬이야 이롤소냐
삭 압희 잡히일 졔 그물ᄒ여 둘너주니
우리등이 웃듬의 올나 발목의 사지 감고
사람은 아릭 셔셔 읍ᄒ여 공경홀 졔
셰상의 쾌혼 게라

암탉은 오로지 육친의 정으로 새끼의 죽음을 비통해 하고, 닭의 비극적 운명을 탄식하며 잠든 장닭을 깨운다. 암탉의 비극적 운명에 대한 인식은 새끼닭의 그것과 동일하다.

이러한 어미닭의 태도에 대해 장닭은 "무지하 ᄒ치 말고 삿기나 잘" 기르라며 윽박지른다. 그리고 닭도 잘하면 삼년은 살뿐만 아니라 인간의 보호를 받으니, 인간의 보호를 못받고 산속에서 굶어죽는 꿩보다는 낫다고하여 암탉의 탄식을 타박한다. 올려보지 말고 내려보고 살며, 자신의 처지에 만족하라는 것이다. 게다가 죽어서 제사나 잔치상에 오를 경우 인간에게 공경을 받게 된다고 하여, 생시뿐만 아니라 사후에도 다른 짐승들에 비해 훨씬 나은 처지임을 강조한다.

장닭의 "허물며 우리등은 개압회 쏙기일 졔 사롬이야 이룰소냐"라는 언급은 닭의 비극적 운명을 인정하는 말인 동시에 운명에 순응할 수밖에 없는 처지임을 의미한다. 따라서 장닭의 말은 비록 비극적인 운명을 타고 났지만 현실에 만족하며, 사후의 영광을 생각하여 운명을 비관하거나 거역하지 말고 긍정적인 자세로 수용하라는 것이다.

2) 登場人物의 象徵性

우화는 인간세계의 문제를 동물의 세계에 우회적이고 상징적으로 투영한다. 따라서 본절에서는 이 작품의 각 사건과 제 관계가 인간사의 어떤 측면을 상징적으로 투영하고 있는 지를 살펴보기로 하겠다.

먼저 이 작품의 모든 갈등은 지배층—피지배층의 계층갈등으로 귀착된다. 전반부의 인간—닭, 후반부의 가장—식솔은 모두 지배층—피지배층의 관계에 있다. 그리고 피지배층의 가장 대표적인 인물은 이 작품의 주인공이자 작중화자인 새끼닭이다. 따라서 새끼닭이 무엇을 상징하는지 파악하는 것이 이 작품의 상징성을 해명하는 열쇠가 된다. 첫 번째와 두 번째 단락에 나타난 닭의 운명과 세 번째 단락에 나타난 주인집의 상황을 비교하여, 인물들의 제 관계를 표로 나타내면 다음과 같다.

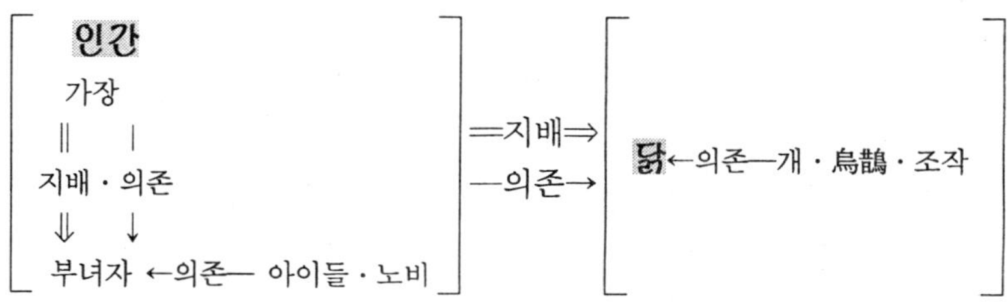

위 표에서 닭과 '婦女子'는 동일한 처지에 있다. 따라서 닭은 부녀자를 상징한다.

첫째, 婦女子는 가정 내에서는 인간과 닭의 관계에서 닭과 마찬가지로 家長의 지배 하에 있는 被支配層에 속한다. 둘째, 인간이 닭을 지배하고 닭에 의존하는 것과 마찬가지로, 가장은 부녀자를 지배하고 부녀자에게 의존한다. 셋째, 닭은 희생만 당할 뿐 모든 공은 인간에게 돌아가는 것과 마찬가지로, 부녀자에게는 오직 희생과 봉사만이 강요될 뿐 그 공은 모두 가정을 대표하는 가장에게 돌아간다. 넷째, 인간을 포함해 닭은 재외한 모든 존재가 닭에 의존해 생활하는 것과 마찬가지로, 가장을 포함한 모든 식솔들이 부녀자에 의존한다. 다섯째, 닭의 높은 효용가치에도 불구하고 가축들 사이에서 낮은 비중을 차지하는 것도 부녀자의 처지와 동일하다. 治産 · 育兒 · 事舅姑 · 事君子 · 奉祭祀 · 接賓客 등 집안의 온갖 궂은 일은 부인이 담당하지만, 자신에게 돌아오는 것은 아무 것도 없다. 누구도 부인의 노고에는 관심을 두지 않으며, 나아가 무조건적인 희생과 복종을 당연한 도리로 여긴다. 즉 부녀자는 가정 내에서 높은 효용가치를 갖고 있고, 모든 가족 구성원들이 그 혜택을 누리면서도 그 안에서 갈등하고 고뇌하는 아내의 처지에는 무관심한 것이다. 더구나 봉건시대의 가부장제 남성중심 사회에서 부녀자들은 남성들에게 철저히 종속된 在下者의 위치에 있었다.[7] 특히 며느리의 경우는 더욱 그렇다.

그러면 각각의 사건에서 被支配層으로서의 부녀자의 운명이 닭의 운명과 어떤 식으로 연결되는지 구체적으로 살펴보기로 하자.

먼저 곡식을 구하는 과정에서 온갖 고난을 겪고 급기야 "비오는 날 겨즌 싸히 즌 똥을 헤적이고 버레을 뒤지"기까지 하는 상황은 가족의 생계를 위해 온갖 고난을 감내하는 부녀자의 삶에 대응된다. <福善禍淫歌>에 나타난 김씨부인의 가문회복을 위한 노력은 이와 같은 행위에 다름아니다. 그리고 이러한 행위에 대해 "져마당 아니 보랴고 춤을 밧고 늘니"를 치는 행위는 가족의 생계를 위해 어떤 일이든 수행할 것을 요구하면서, 동시에 여성으로서 지켜야할 품위와 행위규범을 함께 요구하는 이율배반적인 행태를 의미한다.

두 번째 사건인 닭의 비극적인 죽음을 형상화한 부분도 여성의 비참한 운명을 상징적으로 표현하고 있다. 자신의 의지와는 상관없이 支配層(인간)의 필요에 따라 좌우되는 닭의 운명은 家長에게 자신의 운명을 맡기고 절대적으로 복종해야만 했던 부녀자의 처지와 동일하다. 그리고 죽는 과정에서 짐승과 아이들에게 깃털과 내장을 뺏기는 닭의 모습은 부녀자의 희생과 봉사에 의해서만 생활할 수 있었던 가족들의 모습에 다름 아니다.

세 번째 주인집의 상황은 닭의 눈에 비친 인간들의 모습이다. 여기에서도 가부장제 하의 가족 구성원들의 차별적인 지위를 직접적으로 보여주고 있다. 표에 나타난 바, 부녀자의 가정내 역할과 지위는 닭의 역할과 지위에 상응한다. 즉 주인집의 상황은 우화의 외피를 벗고 인간사회의 불합리한 가족제도의 일면을 직접적으로 표상하고 있다. 더구나 새끼닭과 마찬가지로 안주인의 처지에 대해 상당히 동정적인 시

---

7) 五倫과 三從之道는 가족 구성원 간의 계급질서를 규정하는 대표적인 예이다.

선을 보내고 있다. 여기까지의 내용으로 보면 <계한가>는 신변탄식류 규방가사로서, 가부장제의 불합리한 가족제도 안에서 오로지 희생과 봉사만을 강요당하고 아무런 보상도 받지 못하는 부녀자의 비극적인 운명을 고발하고 있는 작품으로 이해된다.

그런데 마지막 닭부부의 대화에서는 이제까지 진행된 支配-被支配 간의 대립적인 관계가 보호와 그 댓가로서의 희생이라는 상보적인 관계로 역전된다. 즉 가족들은 가장의 보호에 의존하여 안전을 보장받기 때문에 그에 상응하는 부녀자의 희생은 당연하다는 것이다. 더구나 死後의 영광을 생각하면 부녀자의 희생은 괴로운 것이 아니라 자랑스러운 것이라고 역설하고 있다. 암탉의 운명에 대한 인식은 새끼닭의 그것과 동일하다는 점에서 장닭의 훈계는 암탉뿐만 아니라 새끼닭에게도 적용된다. 더구나 장닭의 훈계는 재론의 여지가 없이 단호하며, 이것으로 작품을 마무리하고 있는 점에서, 장닭의 말을 주제로 볼 여지가 충분히 있다. 이렇게 되면 <계한가>는 교훈적인 작품이 된다.

이상에서 살펴본 바, 작품의 주제를 어느 한 방향으로 섣불리 결정할 수 없다. 이 문제를 해결하기 위해 우리는 이 가집에 함께 수록되어 있는 나머지 두 작품을 살펴보고, 거기에 나타나는 용인이씨의 가치관을 살펴볼 필요가 있다.

먼저 <懶婦歌>를 살펴보도록 하자. <懶婦歌>는 <庸婦歌>와 비슷한 성격의 작품으로, 나태한 부인의 행위를 경계하고 있다. 부녀자의 직분으로 제시된 것은 '계녀가류'에서 일반적으로 강조하고 있는 事舅姑·奉祭祀·接賓客, 事君子·睦親戚·御奴婢 등이다. 懶婦의 부정적인 행위는 나태와 낭비, 가장과 시부모의 권위 거부 등이 제시되어 있다. 이 외에도 구경가기, 소설읽기, 마실가기 등이 제시되어 있으며, 그의 모든 부정적인 행위를 治産의 실패(破産)과 관련시키고 있다. 게다가 자신의 치산 실패로 인한 가난의 원인을 남편의 무능으로 돌려 남편으로

230

하여금 환자빚을 꾸어오라고 독촉한다.8) 부녀자의 악행과 그로 인한 가문이나 가정의 경제적 몰락을 결과로 제시하여 권계하는 방식은 19세기 교훈가사의 일반적인 특징이다.9) 이 작품들에서는 아녀자의 행동과 생각이 가문의 盛衰에 지대한 영향을 미친다는 것을 강조하고 있다.

<延安金氏遺訓>은 작가인 연안김씨가 소씨 가문에 출가하여 자식 하나 두지 못한 상태에서 남편이 죽자, 자신의 운명을 한탄하며, 죽기를 작정하고 조카에게 유언한다. 유언의 요지는 조카에게 사촌이 생기거든 자신의 가산을 물려주어 대를 이어달라는 것이다.10) 자식을 두지 못한 것도 죄이며, 남편을 따라 죽지 못한 것도 죄라고 하였다. 하지만 조상의 香火를 끊는 것은 더욱 큰 죄이기에 양자라도 들여 가문의 대를 잇고자 지금까지 온갖 갈등을 이기며 견뎌왔다고 하였다. 즉 이글은 가문을 보전하기 위해 개인적인 갈등과 고뇌를 기꺼이 감수했던 조선조 여인의 집념을 기릴 목적으로 수록된 것이다.

이와 같은 작품을 필사·향유했다는 것은 필사자인 용인이씨 자신이 전통적인 婦德에 이념적으로 견고했음을 의미한다. 특히 두 작품 모두 가문의 보전과 번성을 위해 여성의 忍耐와 順從을 요구하고 있다는 점에서 용인이씨의 여성관을 읽을 수 있다.

<나부가>와 <연안김씨유훈>을 통해서 볼 때, <계한가>의 주제는 장닭의 훈계에 있다고 할 수 있다. 그래도 남는 문제는 새끼닭의 비극적 운명과 내적 갈등을 묘사하는 데 작품의 ¾을 할애하고 있고, 새끼닭

---

8) 그리 져리 허비ᄒ고 남은 양식 잇슬손가 // 제ᄉ 쎄을 당ᄒ더도 메쌀 ᄒ 되 어디 꾸리 // 사랑의 손님 와도 무어스로 디졉ᄒᆯ가 // 이마ᄒᆫ 가장 원망 머리 글고 ᄒᄂᆫ 말이 // 방도 업ᄂᆫ 이 냥반아 변통셩도 견혀 업다 // 환ᄌ빗 겨우 니여 쳔신만고 변통ᄒ면.
9) 졸고, 앞의 논문 참고.
10) 부탁ᄒ리ᄂᆫ 나 죽은 후 셰간스리 잘거두어 네 ᄉ촌 숨기거든 가도을 졍ᄒ여 우익을 일치 말고 줄 슬어 너의 삼촌홀영을 위로ᄒ여라 불상불상ᄒ다

과 안주인의 처지에 동정적 태도를 보이며 그의 탄식에 공감하고 있다는 점이다.

<계한가>는 교훈가사이면서도 부녀자의 갈등에 공감한다는 점에서 기존의 교훈가사들과 다르다. <용부가>나 <복선화음가>에 나타는 바, 기존의 교훈가사에서는 부정적인 인물의 행위와 그 결과만을 부각시켜 비판적 시각으로만 서술하고 있다. 그러나 이 작품에서는 새끼닭과 안주인의 탄식을 일방적으로 비판하지 않고, 동정과 공감의 태도를 보인다. 이는 작가가 부녀자의 입장에 충분히 공감하면서도 堪耐해야 한다는 인식의 소산이다. 즉 <계한가>의 작가는 희생과 복종만이 요구되는 부녀자의 삶이 힘들고 괴롭다는 것은 공감하면서도, 가족과 가문의 안정과 번영을 위해서는 忍耐하고 順從해야만 한다는 의식을 함께 갖고 있는 것이다. 따라서 <계한가>는 가부장제 사회에서 희생과 복종만을 강요당하던 여성들의 불만을 가문의식과 가부장제 이데올로기를 통해 해결하려한 작품이라 할 수 있다. 바로 이런 점에서 이 작품은 봉건성을 탈피하지 못하고 있다.

3. <계한가>의 산출기반

우화가사 <계한가>는 우화소설의 영향, 가사의 서사화경향, 교훈가사의 전통, 여성의 처지에 대한 인식의 변화 등 문학내외적인 요인이 복잡하게 작용하여 창출되었던 것으로 생각한다. 이에 본절에서는 <계한가>의 장르적 성격에 주목하여, 이 작품에 끼친 우화소설의 영향과 서사성에 대해서 살펴보기로 하겠다.

1) 〈장끼전〉의 영향

이 작품이 우화 기법으로 서술될 수 있었던 배경에는 조선후기에 많은 우화소설이 규방에서 활발하게 유통·향유되었던 당대의 문학적 기반이 깔려 있다. 조선후기 우화소설 중 支配—被支配 사이의 갈등이 나타나는 작품은 <토끼전>과 <장끼전>이다. <계한가>는 그중 <장끼전>의 영향을 많이 받은 것으로 보인다. 따라서 본고에서는 <장끼전>과의 관계를 살펴보도록 하겠다.

첫째, 화소의 성격면에서 <계한가>는 <장끼전>과 유사한 점이 많다.

<계한가>의 서두에 제시된 생존을 위한 구곡과 그 과정에서 겪는 고난은 <장끼전>의 서두에서 "슈풀밋히 숨엇다가 텬화세개 보랴ᄒ고 빅운산 승숭봉이 허위 허위 올나"갔다가 보라매와 사냥꾼 등에게 쫓기며 고난을 당하는 꿩의 모습과 유사하다. 특히 <계한가>에서 새끼닭이 위험을 무릅쓰고 곡식을 먹으려 한 동기도 <장끼전>과 동일하다. <장끼전>에서도 "슘동셜한 줄인" 꿩의 처지는 체면이나 염치는 이미 고려할 처지가 못되며[11] 오직 "시중허긔 치우"기가 가장 시급한 상황이다. 이 때문에 죽음에 처할 위험을 감수하며 콩을 먹을 수밖에 없었던 것이다.

<계한가>에서 새끼닭이 자신의 공덕에도 불구하고 자신을 핍박하는 인간을 비판하고 있는데, <장끼전>의 서두에도 동일한 화소가 보인다.[12]

---

11) "염치도 부지럽고 먹는거시 웃듬이ᄅ"<자치가>(고대본). "삼동셜한 쥬린 구복 엇지ᄒ야 연명ᄒ리", "아니먹고 어이살야 네나 먹지말고 아사귀신 되어셔라"<장치전> "하물며 시장할ᄎ 오날도 식전이라"<꿩자치가>. "시중ᄒ듸 그 무어셜 안니 먹으리", "오랄 쏘ᄒ 식젼니라 니콩안니 먹을손야", "염치쏘ᄒ 부질읍다 먹는거시 웃듬이라"<자치가전>. "쥬린김의 오날도 식젼이라", "염치도 볼것업고 먹는거시 졔일이라"<화츙션싱젼>. "삼동셜한 굶든짐승 이안이 검쩍한가"<까토리가>.

<계한가>의 주제와 관련시켜 볼 때, 닭의 求穀은 求穀 過程에서의 닭의 고난과 인간의 자기중심적인 태도를 부각시키기 위해 제시된 것이다. 반면에 <자치가>에서는 求穀이 하층민의 생존문제와 직결되어 있으며, 장끼의 어리석음과 죽음이라는 사건을 이끌어내기 위해 동원되고 있다. 특히 <계한가>는 경제적인 문제보다는 가정 내에서의 계층문제에 초점이 맞추어져 있으므로, '주인의 가난과 닭의 구곡행위'는 사건을 전개시키기 위한 장치에 불과할 뿐 주제와의 연관성은 약하다. 따라서 가난과 求穀이라는 화소는 작품 내에서의 기능은 다르지만 <자치가>에서 수용한 것으로 보는 것이 타당하리라 생각한다.

둘째, <장끼전>의 인간—꿩, 장끼—까투리는 <계한가>의 인간—닭, 장닭—암탉, 가장—식솔과 마찬가지로 각각 支配—被支配의 관계로 설정되어 있다는 점이다. 조선후기 우화소설 중에서 인간과 동물, 남편과 아내의 관계를 支配—被支配의 관계로 다룬 작품은 <장끼전> 뿐이다. 특히 <장끼전>은 장끼의 횡포와 까투리의 고난을 중심으로 이야기를 전개하고 있는데, 이는 <계한가>와 정확히 일치한다.

이상에서 볼 때, <계한가>는 <장끼전>의 영향 하에서 창작된 것이라 생각한다. 이러한 흔적은 수탉의 "깁흔 산의 오는 꿩이 일족이 다 죽어거든"이라는 언급에서도 나타난다. <계한가>가 <장끼전>의 직접적인 영향을 받아 창작될 수 있었던 것은 <장끼전>이 조선후기에 다양한 형

---

12) <장끼전>에서는 越裳이 周에 獻白雉를 함으로써 천하가 태평하게 된 古事를 꿩의 공덕으로 제시한다. 그리고 이런 공덕에도 불구하고 '굿타여 줍아닥아' '굿타여 살희'하는 인간의 모습을 제시함으로써, 인간들에게 고난을 받는 꿩의 모습을 제시하고 있다.
고대본 <자치가>는 이 부분을 더욱 강조하고 있다. "인간을 히ᄒ던가 오옥을 히ᄒ던가 임지업시 노는 몸을 굿티야 ᄌ바다가 삼티육경 슈령방빅 실트록 즁복ᄒ고 …중략… 노지승 멸문 쵸관 우리로 살져스니 이리헤ᄂ 져리혜ᄂ 우리공이 만컨마ᄂ 야속ᄒᄃ 꿩의 팔지 쏫이ᄂ이 스람이ᄅ".

234

식으로 광범위하게 유통되고 있었기 때문이다. <장끼전>은 판소리나 소설뿐만 아니라 가사, 민요, 설화 등 다양한 경로를 통해 전승될 정도로 조선후기에는 대부분의 사람들에게 대단히 익숙한 이야기였다.13) 따라서 <계한가>가 <장끼전>의 여러 갈래 중 어떤 갈래에 직접적인 영향을 받았는지는 속단할 수 없다. 다만 유통공간이나 주제, 작가의식 등의 측면에서 볼 때, <장끼전> 이본계열 중 까투리의 비극적 운명과 고난에 초점을 맞추어 규방에서 유통된 '자치가류'와 가장 가깝다는 점만은 지적할 수 있다.

한편 <장끼전>은 '장끼의 헛된 욕심과 그로 인한 망신', '조선후기 하층민의 비극적 운명과 고난'이라는 이중적 주제를 담고 있다. 그리고 이본에 따라 어느 한 쪽을 강하게 부각시키거나 더 나아가 까투리를 개가시킴으로서 '고난의 극복'으로까지 발전시키기도 하였다. 이 과정에서 지배층(인간, 장끼)의 횡포가 지극히 부정적인 시각으로 강하게 부각되어 있다.14) 그리고 이본에 따라 다르긴 하지만, <장끼전>은 대부분 세계와의 대결에서 팽팽한 긴장을 유지한 채 마무리되거나 세계와의 대결에서 승리하는 방향으로 귀결된다. 그런데 <鷄恨歌>는 지배층의 횡포보다는 피지배층의 고난과 갈등에만 초점을 맞추고 있다.15) 더구나 그것을 운명으로 받아들여, 순응하고 복종할 것을 요구하고 있다. 이러한 내용을 굳이 우화의 기법으로 서술한 것은 첫째, 당대의 시대상황으

---

13) 권영호의 조사에 의하면, <장끼전>은 소설, 가사, 민요, 설화의 형태로 제주도를 포함한 경기이남 지역에 광범위하게 퍼져 있었던 것으로 나타난다. [권영호, 「장끼전 作品群 硏究(경북대 박사논문, 1995)].
14) 이는 규방여성의 시각이 가장 강한 '자차가류'에서도 마찬가지이다.
15) 이 작품에서 강자의 횡포라야 주인마누라의 모진 행위와 암탉의 탄식에 대한 수탉의 위협 뿐이다. 그러나 이러한 행위들은 상대방과의 다툼에서 결과된 것이 아니라, 자기중심적인 태도에서 기인한 것이다. 따라서 약자를 괴롭히는 강자의 모습과는 성격이 다르다.

로 볼 때, 여성의 고난과 갈등에 대한 공감을 직설적으로 표현하기 어려웠기 때문이며, 둘째, 우화형식이 갖는 간접성16)과 흥미를 통해 교훈대상이 교훈이라는 주제에 대해서 갖는 선입관과 거부감을 해소하기 위한 것으로 생각된다. 즉 교훈대상이 처음에는 <계한가>를 자신의 삶과는 상관없는 닭의 이야기로 일정한 거리를 두고 흥미롭게 읽어나가다가 작품을 완독한 후 자연스럽게 교훈을 얻도록 유도한 것이다.

2) 서사와 경향

<계한가>의 우화형식 도입은 가사의 서사성의 측면에서 중요한 의의를 있다. 지금까지 서사가사의 범주에서 논의된 작품들은 <愚夫歌>·<庸夫歌>·<白髮歌>·<居士歌>·<원한가>·<노처녀가>·<申哥傳>·<福善禍淫歌> 등이다.17) 장정수는 서사가사를 '일정한 성격을 가진 인물과 일정한 질서 속에서 전개되는 사건을 가진 있을 수 있는 이야기'라고 정의하였다. 그리고 서사적 특징을 인물·구성·주제·배경의 측면에서 논의하고 있다.18) 인물이 중시되는 서사가사에는 다양한 계층과 성격의 인물이 등장한다는 점, 인물간의 갈등은 아니지만 주인공과 외부적 힘과의 갈등이 나타난다는 점, 다양한 배경이 채택된다는

---

16) 교훈내용을 직설적으로 서술한 작품은 작가가 수용자에게 판단할 여지를 주지 않고 강제적이고 직접적으로 교훈을 전달한다. 전형화된 인물의 악행과 몰락의 과정을 객관적으로 서술한 작품도 서술대상이 인간이며, 결론이 이미 예정되어 있고, 서술자의 판단과 평가가 빈번하게 개입한다는 측면에서 수용자의 판단의 여지는 거의 없다고 할 수 있다. 하지만 동물우화는 인간의 이야기도 아니며, 서술자의 목소리가 전혀 개입하지 않는다는 측면에서 완전히 간접화된 교훈방식이라 할 수 있다.

17) 이외에 <일동장유가>·<한양가>·<생조감구가>·<만언사>·<북천가> 등이 서사가사의 범주에서 논의되었으나, 기행문학이나 수필 등을 서사의 범주에 넣기는 어렵다고 보아 이후 제외되었다.

18) 장정수, 「서사가사 특성연구」(고려대 석사논문, 1989).

236

점 등을 서사적 특징으로 제시하였다.

　장정수의 논의에서도 나타난 바와 같이 지금까지 서사가사로 분류된 작품들은 소설을 비롯한 본격서사와 몇 가지 차이가 있다. 먼저 1인칭 화자의 자기토로방식이라는 점, 사건 중심이 아니라 인물중심이라는 점, 갈등 양상이 인물간의 갈등이 아니라 주인공과 세계와의 갈등이라는 점 등이다.

　본격서사는 작가와 분리된 이야기꾼*narrater*이 있어야 한다. 그리고 인물보다는 사건이 중심에 서며, 갈등이 사건전개의 핵심적인 요소가 된다. 또한 인물들 사이의 갈등이 세계와의 갈등보다 훨씬 우세하게 나타난다. 게다가 각각의 사건들은 인과관계 속에서 유기적으로 연결되어 繼起的으로 일어나며, 全完性[19]을 갖는다. 이런 측면에서 <계한가>는 완전한 서사물이라 할 수 있다.

　<계한가> 정도로 발전된 서사가사가 나올 수 있었던 것은 가사의 갈래적 개방성 외에 조선후기 소설과의 교섭이 커다란 요인으로 작용했음을 부인할 수 없다. 그러나 조선전기 가사에서부터 이미 부분적으로나마 계기성과 전완성을 가진 최소스토리[20]들이 제시되고 있었다.[21]

---

19) 서사성은 제시된 사건들이 하나의 전완체(처음과 중간과 끝이 있는 하나의 완전한 구조물)를 이루고 있는 정도에 의존한다. 시작과 끝 둘 중에 하나만 있는 것은 서사물이 아니다. 마찬가지로 계속적인 주제가 없거나 처음과 끝 사이에 아무런 관계도 없거나 주어진 상황의 변화에 대한 (설명적)기술이 없는 서사물, 말하자면 중간들로만 되어 있는 서사물에는 사실상 서사성이 없다. 또한 서사물은 사건들의 단순한 시간적 연쇄가 아니라 계층구조적 연쇄를 이루어야 한다. 즉 유사한 사건들이 결합하여 좀더 크고 상이한 사건을 형성한다.[제랄드 프랭스 著(1982), 崔翔圭 譯, 『서사학 - 서사물의 형식과 기능-』(文學과知性社, 1988)].

20) 최소 스토리는 결합된 세 개의 사건으로 구성된다. 첫째 사건과 셋째 사건은 상태적 stative이고, 둘째 사건은 행동적 active이다. 더욱이 셋째 사건은 첫째 사건이 변화된 것이다. 마지막으로 이 세 개의 사건들은 (1) 시간상으로 첫째 사건이 둘째 사건을 앞서고, 둘째 사건은 셋째 사건을 앞서며, (2)

가사는 이미 내재적으로 서사의 가능성을 안고 있었던 것이다. 그러다가 조선후기로 오면서 서사성이 확대된다. 조선전기와 비교해서 조선후기 가사가 서사화될 수 있었던 가장 큰 요인은 담론의 대상과 창작목적의 변화를 들 수 있다. 조선후기에는 자신의 삶(규방가사 ; 신변탄식류, 화전가류, 석별가류), 타인의 삶(교훈가사 ; 인물중심가사, 기행가사 ; <북세곡> 등), 사회문제(현실비판가사) 등으로 관심이 전환·증폭되었고, 거기에 맞는 서술방식을 발전시켜 나갔다. 규방가사에서는 시간의 흐름에 따라 계기적으로 서술함으로서, 교훈가사와 기행가사 등

둘째 사건이 새째 사건의 원인이 되도록, 접속자질 conjunctive peatures에 의하여 결합된다. 즉 최소스토리의 조직원리는 (1) 시간적 연속, (2) 인과관게, (3) 顚倒이다. [제랄드 프랭스 著(1982), 崔翔圭 譯,『서사학 - 서사물의 형식과 기능-』(文學과知性社, 1988). pp.35~36.] 즉 상태적 사건A가 행동적 사건을 계기로 상태적 사건A'로 변화되어야 최소스토리라고 할 수 있다.

21) 和風이 건듯 부러 綠水를 건너오니 / 淸香은 잔에 지고 落紅은 옷새 진다 / 樽中이 뷔엿거든 날ᄃ려 알외여라 / 小童 아히ᄃ려 酒家에 술을 믈어 / 얼운은 막대 집고 아히ᄂᆫ 술을 메고 / 微吟 緩步ᄒ야 시닛ᄀ의 호자 안자 / 明沙 조흔 물에 잔 시어 부어 들고 / 淸流를 굽어 보니 ᄡᅥ오ᄂᆞ니 桃花ㅣ로다 / 武陵이 갓갑도다 져 미이 건거인고 / 松間細路에 杜鵑花를 부치 들고 / 峰頭에 급피 올나 구름 소긔 안자보니 / 千村萬落이 곳곳이 버러잇다 <상춘곡>

위 인용문은 '① 和風이 불었다 → ② 綠水를 건너 술을 먹었다 → ③ 홍취가 고조된다 → ④ 술이 떨어졌다. → ⑤ 술을 사왔다. → ⑥ 시냇가에 앉아 혼자 술을 먹는다. → ⑦ 淸流에 桃花를 보며, 무릉이 가깝다고 생각했다 → ⑧ 무릉을 찾아 산으로 올라갔다. → ⑨ 구름 속에 앉아 마을을 내려다 본다'라는 10 개의 사건으로 나눌 수 있다. 이것들은 다시 ①②③, ④⑤⑥, ⑦⑧⑨의 세 가지의 보다 큰 사건으로 나눌 수 있다. 이중 첫 번째 사건인 ①②③에서 ②는 ①로 인해 생긴 홍취를 고조시키기 위한 행위이고, 결과적으로 ③의 상태로 변화시켰다는 점에서 서사이다. 두 번째 사건인 ④⑤⑥에서도 ⑤는 ④의 상태를 ⑥의 상태로 변화시키며, 시간의 연쇄 속에서 인과적으로 연결되어 있으므로 서사라 할 수 있다. 세 번째 사건인 ⑦⑧⑨에서도 ⑧은 무릉을 찾으려는 욕구(⑦)를 해소(⑨)하는 계기가 된다는 점에서 서사라 할 수 있다. 세 개의 최소스토리는 서로 계기적으로 연관되어 있다.

238

에서는 인물의 행위를 관찰자적 입장에서 서술·보고함으로서, 현실비판가사에서는 사건의 전말을 서술·보고함으로서 각각 일정정도의 서사성을 확보하게 되었다.

그러나 이상의 작품들은 시간의 흐름에 따라 일방적인 방향으로 계기적으로 서술되거나 단편적인 사건들이 무계기적으로 서술됨으로서 완전한 서사물이 될 수는 없었다. 이에 비해 <덴동어미화전가>·<노처녀가>·<신가전> 등은 이보다 한걸음 더 나아가 사건들이 인과관계에 의해 연결되고, <신가전>에서는 부분적이나마 인물간의 갈등이 개입된다. 즉 기초적이나마 plot을 갖게 된 것이다.

그러나 이 작품들도 앞의 작품들과 마찬가지로 주인물시점에 의한 1인칭 화자의 자기 토로방식으로 서술되어 있으며, 사건들이 인물간의 갈등이 없이 시간의 흐름에 따라 계기적으로 병렬되어 있을 뿐이다. 즉 이야기꾼이 갈등을 기본축으로 사건을 전개시키는 수준까지는 나아가지 못했다.

이들과 비교할 때, <계한가>는 완벽한 서사물이라 할 수 있다. 우화는 허구를 전제로 한 것이므로, <계한가>는 이야기꾼이 존재한다. 또한 인물보다는 다양한 인물들 사이에서 일어나는 갈등을 축으로 사건이 전개되어 있다. 그리고 각 사건들은 모두 주제를 향해 유기적으로 연관되어 있다. 그리고 새끼닭 이외에 복수의 전경화*foreground*된 작중인물(장닭과 암탉)22)이 등장한다. 이상의 특징들은 본격 서사로 볼 수 있는 충분한 조건이 된다. 따라서 <계한가>는 가사의 서사화경향의 최극

---

22) 우리가 보통 작중인물 *chariter*이라고 부르는 것는 그것을 단정하는 일련의 명제들에 공통적인 하나의 논제, 또는 논리적 참여자이다. 논리적 참여자가 하나의 작중인물로서 기능을 하자면, 배경으로 밀려날 게 아니라 서사물 내에서 적어도 한 번은 전경화되어야 한다. 제랄드 프랭스 著(1982), 崔翔圭 譯,『서사학 - 서사물의 형식과 기능-』(文學과 知性社, 1988). p.112.

점에 있는 완벽한 서사물이라 할 수 있다.

시점도 1인칭 주인물 시점을 사용하는 여타의 가사들과 다르다. 이 작품에서 작중화자는 물론 새끼닭이다. 전반부는 새끼닭이 등장인물이자 작중화자로, 1인칭 주인공시점에 의해 서술되려 있다. 그런데 후반부는 인간들과 부모의 모습을 바라보는 1인칭 관찰자 시점에서 서술되어 있다. 즉 1인칭 자기토로 형식에서 관찰과 보고의 형식으로 서술되어 있다. 시점의 변화는 궁극적으로 작품의 주제를 효과적으로 형상화하기 위해 시도된 것이다.

하지만 고전소설은 3인칭 시점이며, 가사는 1인칭 주인물 시점이라는 점을 상기할 때, 이 작품은 시점에 있어 가사의 전통을 유지하고 있다. 또한 시간의 역전이 없이 일방적인 방향으로 진행된다는 점에서 고전소설과는 차이가 있다.

4. 結 論

이상에서 살펴본 바, <계한가>는 여성과 여성문제에 대한 인식, 고훈방식, 서사성의 측면에서 많은 변화를 보이고 있다. 여성문제에 대한 관심은 18세기 가문의식이 강화되면서 부각되기 시작한 것으로, 이후 여성에 대한 통제와 압박은 지속적으로 강화되었다. 대부분의 교훈가사들은 여성의 현실적 처지는 도외시한 체 이념과 윤리만을 강조하고, 19세기에는 여성을 본래부터 편벽하고 부정적인 존재로 인식하기까지 하였다.23) 하지만 <계한가>는 여러가지 한계에도 불구하고 여성문제를 여성의 입장에서 객관적으로 바라보고 있다. 또한 여성문제의 근본적

---

23) 졸고, 앞의 논문.

인 원인을 봉건적 가족제도라는 구조적인 측면에 두고 있다는 점에서 여성문제에 대한 인식의 변화를 읽을 수 있다.24)

여성문제에 대한 이와같은 인식의 변화는 교훈방식의 변화를 초래했다. 기존의 교훈가사에서는 여성의 현실적 처지는 무시한 채 여성의 의무를 일방적으로 전달하거나(오륜가사), 부정적인 행위만을 부각(용부가)시키는 방식을 사용했다. 그러나 <계한가>에서는 여성의 처지에 공감하는 태도를 보임으로서 수용자층과의 심리적 거리를 제거하고 있다. 그리고 마지막 부분에서 이러한 희생과 봉사는 가문의 번영이라는 더 큰 대의를 위해 필요한 것임을 역설하고 있다. 이러한 주제를 동물 우화를 통해 제시함으로서 자연스럽게 여성 스스로 자신의 가치를 인식할 수 있도록 하고 있다. 이는 여성문제가 더 이상 이념이나 윤리적인 측면에 대한 강요만으로 해결될 수 없음을 인식한 결과이다.

또한 당대 여성의 처지를 다른 작품에 비해 현실성 있게 그려내고 있다. 이념과 현실의 불일치 속에서 생활의 논리나 본능을 따른 인물이 <복선화음가>의 '괴똥어미'나 <용부가>의 '용부'이며, 이념에 충실한 인물이 <복선화음가>의 '김씨부인'이다. 하지만 이들은 모두 현실에서는 존재하기 힘든 비현실적인 인물형상이다. 이에 비해 <계한가>는 여성의 처지와 갈등을 공감하며, 객관적으로 그려냄으로서 현실성을 획득하고 있다. 이는 여성문제를 남성의 시각이 아닌 여성의 시각에서 본 결과이다.

---

24) 여성의 입장에서 자신들의 현실적 갈등을 토로한 작품들이 신변탄식류 규방가사이다. 이 작품들에서는 갈등의 원인을 시댁식구나 남편의 성격적 결함으로 인식할 뿐, 가부장제의 구조적인 모순은 인식하지 못한다. 이와 비교할 때, <鷄恨歌>는 교훈가사라는 한계에도 불구하고, 가부장제 하에서의 여성의 지위와 처지를 문제삼고 있는 점에서 여성문제에 대한 인식의 발전을 확인할 수 있다.

한편 서사성의 측면에서 <계한가>는 인물중심이 아닌 사건중심으로 서술되어 있으며, 인물간의 갈등을 기본축으로 서사가 진행되고, 복수의 전경화된 작중인물이 등장한다는 점에서 소설을 가사화한 작품이 아닌 순수가사작품 중 가장 발전된 서사양식을 보이고 있다.

〔서남대학교 국어국문학과 교수〕

「癸丑日記」 人物性格 攷
― 內人들의 성격을 중심으로 ―

김정석

1. 序 論

　「癸丑日記」는 1958년 姜漢永에 의해 「校註本 癸丑日記」가 나오면서 부터 學界에서 많은 관심 속에 연구가 꾸준히 진행되어온 작품이다.

　하나의 文學作品을 연구하는데 있어서 그 接近方法은 매우 다양하다. 「癸丑日記」도 예외는 아니어서 類似作品과 관련한 書誌的 研究[1], 作家에 대한 考察[2], 작품 자체의 主題와 내용연구[3], 장르[4], 등이 논의

---

1) 金永敬, '西宮日記와 癸丑日記의 비교', 성대문학 18,19집, 1973, 1976.
　　閔泳大, '癸丑日記 研究', 숭전대 大學院, 1977.
　　崔東安, '癸亥反正錄 研究', 성심여대 大學院, 1982.
　　金信延, '西宮日記 研究', 淑明女大 大學院, 1985, 등
2) 李崇寧·李秉岐, 「姜漢永 校註 癸丑日記」, '序 및 解說', 을유문화사, 1981.
　　李秉岐·白鐵 共著, 「國文學全史」, 신구문화사, 1968, p165.
　　조윤제, 「韓國文學史」, 탐구당, 1970, pp260~261.
　　金起東, 「李朝時代小說論」, 정연사, 1965, p356.
　　金東旭, 「國文學史」, 일신사, 1976, p199.
　　金用淑, 「李朝女流文學 및 宮中風俗의 研究」, 숙대출판부, 1970.
　　金一根, '癸丑日記 新攷', 「國語國文學」 55,57 합병호, 국어국문학회, 1972.

되어 왔고, 이러한 논의들을 綜合的으로 연구하여 하나의 單行本5)으로 그 실적을 남긴 것도 있다.

위 논의들 가운데 見解가 가장 분분한 것은 장르 문제가 아닐까 하는데, 필자는 「癸丑日記」를 궁중에서 일어났던 역사적 사실을 바탕으로 한 소설로 規定6)하고 나름대로의 생각을 전개하고자 한다.

한 문학 작품의 本質的인 연구는 역시 작품 자체에 대한 分析·研究일 것이다. 그런데 어떠한 소설 작품이 연구의 대상이 되든 그 작품 연구에 있어 대체로 一般的 傾向을 띠는 분야는 登場人物에 관한 것이다. 이 分野의 연구는 주로 주요 인물(주인공)들의 성격 분석이나 인간형에 대한 연구가 주종을 이루었다고 본다. 이는 한 작품 내에서 주인공이 차지하는 비중에 비춰볼 때 지극히 당연한 결과라고 보여지기도 한다. 하지만 그들을 둘러싸고 있는 周邊人物들도 작품의 요소요소에서 그 역할이 상당히 중요하다고 생각하는데, 이는 그들의 性格分析이

유인순, ‘癸丑日記考’, 「語文學報」, 강원대사대, 1941, 등.

3) 閔永大, 「癸丑日記 研究」, 영남대 출판부, 1990.

4) 「癸丑日記」의 장르에 대한 論議를 정리하면 대략 다음과 같다.

　① 寫實小說- 李崇寧, 姜漢永, 李秉岐.

　② 小說- 金起東, 朴晟義, 鄭炳昱, 崔東安, 柳仁順, 閔泳大.

　③ 宮庭小說- 蘇在英, 金咸得, 李喜仁.

　④ 實記文學- 金用淑.

　⑤ 手記- 申貞淑, 金一根.

　⑥ 宮庭記事體- 趙潤濟.

　⑦ 교술장르- 金信延.

　⑧ 隨筆- 丁奎福, 李相寶, 金思燁, 張德順, 金俊榮, 崔勝範, 崔康賢, 등.

5) 閔泳大, 「癸丑日記 研究」, 嶺南大 출판부, 1990.

6) 필자는 그의 根據로 다음 몇 가지를 들 수 있다고 본다.

　① 人物과 事件의 虛構性

　② 事件의 역전 기술.

　③ 構成段階

　④ 卷二의 마지막 구절(…녜아기 삼아 보랴…), 등.

나 인물형의 연구를 통해 보다 철저하고 분명한 주인공의 立地를 들어
낼 수도 있다는 생각을 갖고 있기 때문이다. 그런 의미에서 주변 인물
의 성격형을 연구해 보는 것도 나름대로 意義가 있다고 생각한다.

本稿에서는 지금까지 인물 연구의 일정 틀을 다소 벗어나서 주인공
이 아닌 周邊人物들을 대상으로 하여 논의하여 보고자 한다. 곧, 「癸丑
日記」에 등장하는 인물 중 주인공이라 할 수 있는 仁穆大妃나 光海君
을 제외한 內人(나인)들을 대상으로 그 성격을 분석하여 類型化하고,
그것이 주인공의 성격 창조에 어떻게 관여하고 있는지 살피고자 한다.

논의의 순서는 먼저 성격형의 기준을 설정하고, 그에 따라 兩側[7] 內
人들의 성격을 유형화한다. 다음에 좀더 進展된 논의로서 그러한 성격
형들이 주인공의 性格創造에 어떻게 관여하고 있는지 규명하고자 한다.

본 논의를 전개하는데 사용한 텍스트는 姜漢永의 「校註本 癸丑日記」
이며, 本稿에서 인용하는 글은 이해의 容易點을 고려해 편의상 현대문
으로 함을 밝혀둔다.

2. 內人들의 性格分析

1) 基準設定과 性格型[8]

한 인간의 성격을 뭐라고 딱 잘라 말한다는 것은 어찌 보면 불가능
할 지도 모른다. 그때그때 전개되는 상황에 따라, 마주치는 局面에 따

---

7) 여기서 兩側이라 함은, 仁穆大妃를 모시는 內人側과 大殿·內殿을 모시는 內
　人側을 말한다.
8) 성격형에 대하여 Honey. K는 ①柔順型(Compliant type), ② 攻擊型(Aggressive
　type) ③ 超然型(Detached type)으로 나눈 바가 있으나, 여기서는 그 기준을
　援用하는 것이 아니기에 생략한다. (윤태림, 「한국인의 성격」 참조)

246

라 그 모습들이 아주 다양하게 나타날 수 있기 때문이다. 그럼에도 불구하고 「癸丑日記」에 등장하는 수 많은 內人들의 성격을 어떤 類型(틀)에 맞추어 보려면 그에 걸맞는 기준이 있어야 할 것이다. 필자는 「癸丑日記」의 文面에 바탕하여 분석한 결과를 토대로 다음과 같은 기준을 마련하고 그에 따라 7가지로 그 성격을 유형화하였다.

　가. 凶謀型 ···남을 죽게 하거나 곤경에 빠뜨리려고 흉악한 모략이나 음흉한 꾀를 꾸민다.
　나. 讒訴型 ···남을 헐뜯거나 없는 죄를 있는 듯이 꾸며 상전에게 고해 바친다. 誣服을 강요하여 자기의 어떤 목적을 이루려한다.
　다. 猜忌·詛呪型 ···남에게 불행이나 災殃이 닥치기를 빈다. 남을 시샘하고 미워하며 질투한다.
　라. 驕慢型 ···주제를 모르고 잘난 체하며 뽐을 낸다. 상전에 대해 버릇이 없고 예의를 지키지 못한다.
　마. 順直型 ···마음이 순진하고 곧다. 옳지 못한 것에 대해서는 자신을 돌보지 않고 꾸짖는다. 마지못해 뜻을 굽히는 경우가 있더라도 곧 후회하고 자신의 잘못을 토로한다.
　바. 忠心型 ···항상 윗사람에게 충성스러운 마음을 갖고 행동한다. 아무리 어려운 처지를 당해도 一片丹心이며 逆境에 대해 꿋꿋하게 맞선다.
　사. 盲信型 ···사람됨은 악하지 않으나 옳고 그름을 분별함이 없이 덮어놓고 믿는다. 한 번 믿은 사람은 끝까지 같은 마음으로 대한다.

　비록 이렇게 성격 규정에 필요한 기준을 마련한다해도 실제적으로 登場人物(內人들)의 성격을 분석할 때는 몇 가지 限界性을 인정하지 않을 수 없다.
　먼저 「癸丑日記」는 대부분의 내용이 對話體로 기술되어 있기 때문에 주로 그들의 대화를 통하여 성격 분석을 하는 수 밖에 없다. 이런 과정에서 어느 內人의 대화는 그 頻度數가 적고 길이도 짧은데 비해 어

느 內人은 성격을 분석하기에 충분할 정도로 많은 대화가 나오기도 한
다. 문제는 한두 마디 짧은 대화만을 가지고 그 사람의 성격을 완벽하
게 분석하여 유형화할 수 있느냐는 것인데, 물론 그것은 불가능에 가
까울 지도 모른다. 하지만 문면만을 통해 이러한 논의를 전개하고자
하려면 별다른 방도가 없기 때문에 그런 경우에 몇 마디 되지는 않지
만 나타난 그대로를 반영하여 性格類型에 적용시킬 수 밖에 없으며,
이 점은 본 논의가 갖는 가장 큰 한계성이라 생각한다.

　　다음으로 위에서 규정한 7가지 기준에 완벽하게 부합할 수 없는, 다
시 말해서 각 유형의 경계선이나, 둘 이상의 성격형에 공통적으로 해
당하는 성격형이 있을 수 있다는 점이다. 이런 경우는 조금이라도 더
많이 표출된 성격형 쪽으로 그 인물 성격의 초점을 맞춰 규정하였다.
앞서도 잠시 언급한 바와 같이 한 인간의 성격을 두부모 자르듯 분명
하게 규정하기는 사실상 어려운 일이다. 때문에 이점 또한 본 논의가
가질 수 밖에 없는 또 하나의 한계성이라 본다.

　　한편, 「癸丑日記」에 등장하는 수 많은 內人들 중 분명히 이름을 밝
히지 않고, 다만 '늙은 나인', '한 나인' 등으로 기술되어 있는 것은 分
析對象에서 제외하였고 姓이나 이름이 분명히 밝혀져 있는 인물들만을
분석 대상으로 하였음을 밝히어 둔다.

2) 性格分析 및 類型

　　소설의 세계는 사실에 근거를 두고 있지만 결코 실제의 세계가 아니
고, 작가의 주관에 의하여 再構成된 창조의 세계다. 따라서 소설에 설
정되는 인물은 현실에서 보게 되는 실제 인물을 그대로 복사한 것이
아니라 작가의 상상력에 의하여 창조되어진 인물인 것이다[9]. 이점은

---

9) 丘仁煥·丘昌煥, 「文學槪論」, 도서출판 삼영사, 1981, p193.

248

古典, 現代라는 용어에서 느껴지는 시간성을 초월하여 중요하게 인식되어야 할 요소이다. 소설의 중요 구성 요소 중 하나가 인물임을 감안할 때 그의 강조는 당연하다고 생각한다. W. H. Hudson은

> 성격 묘사의 요점은 小說家가 그 인물로 하여금 우리들의 상상의 세계에 있어서 실재하는 인물이라고 생각할 정도로 진실하게 묘사되어 있는가에 있다.[10]

고 하여 소설 속의 인물은 작품 세계에서 살아 움직이는, 피와 살이 生動하는 인물이 되어야 한다는 뜻으로 성격 묘사에 있어 리얼리티를 강조하고 있다.

그러나 이렇게 작품 속의 성격 묘사가 큰 비중을 차지하고 중요하다는 점을 인정하면서도 막상 우리의 古典作品을 보면 대체로 平面的 人物[11]이 主가 되고 성격의 묘사도 주인공에 치우친 느낌을 지울 수 없다.

「癸丑日記」와 같은 작품은 특히도 역사적 사건·사실을 토대로 한 작품이기 때문에 독자들의 史觀에 따라서는 그 인물들이 善·惡으로 단순 묘사될 수 있겠고, 또 다른 측면에서는 다양하게 묘사될 수도 있겠으나 필자는 전자(前者) 쪽의 더 가능성이 크다고 본다. 일반적으로 어느 內人이 지었다고 알려진 「癸丑日記」는 古典作品임에도 宮中內人들의 성격 묘사가 다양하게 나타난 점에 주목하고자 한다[12]. 이제 다음에, 文面에 드러난 內人들의 성격 표출 장면을 바탕으로 하여 그 성격형을 분석해 보기로 한다.

---

10) W. H. Hudson, 「文學硏究序說」, p145.
11) E. M. Forster가 「Aspect of Novel」에서 구분한 이래로 널리 나누는 캐릭터 유형. 그는 인물을 평면적 인물과 원형적 인물로 나누었다.
12) 「癸丑日記」에서는 성격형이 아무리 다양하다고 해도, 크게 보면은 결국 선·악의 대립 양상일 수 밖에 없는데 필자는 그 가운데에도 작가가 內人들의 다양한 성격을 표출했다는데 관심을 두고자 한다.

가. 凶謀型

이 유형에 속하는 內人은 가히[介屎], 정순이 등을 들 수 있다.
다음의 인용은 가히와 늙은 상궁과의 대화이다.

> 「대군의 보모상궁 잘 있는가? 귀밑에 패달날이 있던데 김상궁도 잘 있
> 는가? 언제고 약사발(藥沙鉢)을 받을 날이 있으리」[13]

仁穆大妃와 영창 대군을 모시는 尙宮內人들에 대해 못마땅한 마음을
표출한 대화의 한 대목이다. 언젠가 약사발을 받을 날이 있으리라는
險談은 곧 모종의 흉모가 진행되고 있음을 강하게 시사하는 것으로 가
히의 성격 일단을 잘 보여 주는 말이라고 하겠다.

> 「하루나 곱게 잘 사나보자. 대군의 기물이나 수진궁에 있는 물건이 오
> 지 않을 리가 있나. 모두 우리에게 오리라」 (p34)

이 대목은 대군과 대비를 겨냥하여 험담을 퍼붓는 것으로, 대군을
죽이고 대비를 폐비 시킨 후 그들의 器物은 다 우리 것이 될 것이라는
가히의 미래에 대한 전망(?) 같은 것으로 흉칙한 계획이 大殿 쪽에서
진행되어 가고 있음을 알 수 있는 대목이다.
아래 인용은 가히가 중환이에게 하는 말이다.

> ① 「너도 내가 이르는 말을 들어주면 내도 네 오라비를 살려주마」 (p78)
> ② 「하는 일을 자세히 일러바치면 너를 먼저 나가게 하여주리라」 (p85)

모두 중환이를 꾀는 말로, ①은 중환이 오라비가 인장을 위조한 일
이 발각되어 고문을 당하고 있을 때 중환이가 원망하고 있는 것을 가

---

13) 姜漢永, 「校註本 癸丑日記」, 을유문화사, 1981, p34. 以下 引用文은 모두 같
   은 책을 사용하였으므로 인용문 끝에 그 page만 명시하기로 한다.

히가 알아차리고 은근히 달래며 '器物(수라, 은바리 등)을 훔쳐오면 내가 네 오라비를 살려 주겠다'고 꾀며 모략을 꾸민 대목이고, ②는 고통스러운 서궁에서 일찍 빼내 줄 것이니 대비마마를 참소하라고 꾀는 장면이다. 결국 중환이는 가히의 모략에 넘어가고 마는 결과가 된다.

다음 인용은 가히가 변상궁(대비를 가장 가까이서 모시는 內人)에게 하는 말이다.

「대전이 죽으셔도 세자가 계시니 잠근 문이 썩는다고 한들 열기가 그렇게 쉬운 노릇일까? 지금도 세자께 말하시기를 '내가 죽은 뒤에도 살았을 때와 같이 하라'고 하시나니 행여 좋은 일을 볼까 하는 마음에서 살아있지는 마십시오. 상궁이 내 말을 잘 들으면 이(利)할 일이 있을 것이니 듣소. 자네고 이 말을 곧 소문내면 멸족(滅族)을 당할 화를 보게 될 것이니 자네하고 나하고 굳게 맹세를 하여보세」 (p140)

「대전과 내전이 상궁을 보고 친히 이르시려고 하더니 연고가 있어 못 만나신다고 나를 보고 이르라 하시어서 말하는 것일세. 이제 들어가거든 꼭 죽이셔야지 만일 살려 둔다면 종에게만 서러운 일이 있을따름이요, 유익한 일이 없을 것이니라. 이런 말을 소문만 내면 두고보자. 죽은 어버이에 이르기까지 화를 벗지 못하리라」 (p141)

변상궁이 출궁했다가 다시 대비를 侍衛하러 들어갈 때 한 말인데 '내 말을 잘 들으면 좋은 일이 있을 것이고, 그렇지 않으면 죽은 어버이에게까지 화가 미칠 것이다' 는 내용인데 모두 대비를 죽이려는 음모와 맥을 같이 한다고 하겠다.

다음은 정순이가 서궁 內人에게 하는 말이다.

「너희들이 하는 일을 속이면 모두 잡아 가두실 것이니 바른 대로 이르라」 (p132)
「아니 이르니 가장 괘씸하다. 어머니를 속히 보고자 하거든 대비를 속히 죽이거나, 그렇게 하지 못하겠거든 불을 놓아라. 불을 곧 놓으면 너

희들은 모두 양반이 되고 나가기가 쉬우리라. 너희들이 왔으니 고기하
고 술을 먹이리라」 (p132)

이렇게 서궁에서 대비를 시위하는 자들에게 위협과 공갈을 하고 때
로는 술과 고기로 회유(懷柔)하며 '대비 죽이기'에 血眼이 되어 갖은
계책을 다 꾸미고 있는 것이다.

분석한 바대로 위의 인용들은 가히와 정순이의 흉모적 성격이 표출
되어 있는 관련 對話場面이다. 이는 관련 대화의 전부를 든 것은 아니
나 작품내의 사건 전개상 여러 정황으로 미루어 보아 가히와 정순기
등은 흉모형 성격의 소유자라 할 수 있다.

나. 讒訴型

이 유형에 속하는 內人은 중환이, 경춘이 등을 들 수 있으나 경춘이
의 직접적인 대화는 거의 나오지 않고, 여러 사람들이 수군거리는 말,
즉 「경춘이와 중환이는 한통속이다」 라는 등의 말을 통해 알 수 있을
뿐이다. 때문에 이 유형의 나인은 중환이에게 초점이 맞추어진다.

①「대비마마께서 친히 가서 하늘에 제사 지내고 대전을 죽으라고 비신다
  」 (p85)
②「대전마마를 죽으라고 빌더이다」 (p95)
③「향로(香爐)에 향 피우고 향합(香盒)놓고, 과자·떡·실과 놓고 꽃다발을
  만들어 놓고 목욕하고 정성들여 빌더이다」 (pp95~96)
④「내가 보았습니다」 (p96)

이렇듯 있지도 아니한 일을 마치 제가 눈으로 똑똑히 본 것인 양 꾸
며 참소를 하는 장면이 매우 많이 발견되는데, 중환이가 또 사잇문을
통해 다니며 器物(비단, 은그릇 등)을 훔쳐 내어가고, 온갖 것을 다 고
해 바치러 다니다 들켜 잡혔을 때

252

「누가 우리를 잡으라 하더냐? 너희들이 우리를 금(禁)하다가는 삼족을
멸하는 화를 당하도록 하리라」(p105)

하고 순경(巡警)꾼을 때리며 그냥 가버리는 방자함을 서슴지 않았던
것이다. 또한 세간 지키는 사람을 미워함이 매우 심하여

「그렇게도 살려고 하오시고, 죽은 사람의 세간까지 간수하라고 하시는
건가?」 (p106)

라고 하여 그의 비뚤어진 성격의 단면을 잘 표출하고 있다.
앞에서 분석했던 흉모형 성격의 가히는 대전과 대비를 죽이기 위해,
대군이 죽은 후에는 그 器物들을 훔쳐내기 위해, 대전측 內人들의 비
호를 받으며 갖은 흉칙한 계략을 다 꾸며내고 있으며, 중환이·경춘이
를 교묘히 꾀고 이용하여 참소케 함으로써 여러 옥사를 일으키게 하는
원인 제공자 역할을 했던 것이다. 그 과정에서 중환이는 혼신의 힘을
다하여 참소하는데 열중했던 참소형 성격 소유자로 묘사되고 있음을
알 수 있는 것이다. 중환이는 참소를 하고서도 문책 당할 때에는 시치
미를 떼고 심지어 제 어미까지를 들먹이며

「내가 고하였다면 금방 죽은 어미의 시체를 헤쳐서 회를 해 먹으려
하노라」 (p94)

라고하여 철저하게 자신의 참소를 부정하는 철면피같은 內人으로 묘
사되고 있다.

다. 猜忌·詛呪型
대전·내전측의 內人들은 기본적으로 대비·대군이 죽거나 안 되길

바라는 성격으로 묘사되고 있기는 하다. 그 중에서도 특히 이 유형에
드는 인물은 은덕이와 갑이를 꼽을 수 있겠다. 그런데 이 두 內人은
대화 장면이 나올 때마다 둘이 함께 묶여서 묘사되는 양상을 볼 수 있
는데 그 이유는 자세히 알 수 없다. 간혹 은덕이의 대화가 독립적으로
나오기는 해도 갑이의 대화는 홀로 나오지 않는데 이는 작가의 인물에
대한 비중에서 비롯된 의도인 듯한데 아직 확실히는 알 수 없다.

> 「임진 이후에 선왕마마를 모시고 계실 때에 지니셨던 세간을 우리 전
> 에 주지 않으시니 대군한테 물려주려 하시는가 보다」
> 그런 일을 다 시기 할 일인가?
> 「지니고 사시는가 봅시다」 (p33)

　은덕이와 갑이의 말을 듣고 작가가 직접 개입하여 그들의 시기 · 질
투적 성격을 지적한 대목이다. 대비가 가지고 쓰는 세간들을 저희들이
갖지 못하여 안달하고 시샘하는 은덕이, 갑이의 성격을 잘 나타내 주
고 있는 것이다.
　대군을 강제로 빼앗기고 절통하게 우는 대비를 보고 內人의 아이들
이 슬퍼 울기라도 하면 은덕이, 갑이는 아래와 같이 말하기도 하였다.

> 「요년들! 대군이 죽거나 살거나 너희들이 무슨 아랑곳이냐? 네 어미나
> 네 아비가 죽거든 울지, 대군을 생각해서 울지마라. 우는 눈에 재나 넣
> 자」 (p74)

　자신의 반대측 內人들(아이들 포함)의 슬퍼하는 마음까지도 못마땅
하게 여기고 시샘하는 성격이 잘 표출된 대목이라 하겠다.
　다음은 천복이와 은덕이의 대화다.

254

> 천복이가 이르기를,
> 「대군이 남과 달라 자라면 큰 사람이 되리라」
> 하니, 은덕이가 이르기를,
> 「아무리 재능이 있다고 하지만 어디 오래 사는가 보자」 (p120)

이처럼 은덕이는 대군이 어떤 불행이나 재앙이 닥쳐서 빨리 죽으라고 저주하는 성격의 소유자다.

라. 驕慢型

이 유형에 속하는 內人은 난이와 천복이를 들 수 있다.

상궁 난이의 對話場面은 10여 차례 가깝게 나오지만 그 중 교만한 성격이 잘 나타난 대목을 들면 다음과 같다.

> ① 「대비전께서는 별난 대비전인 체 하여 대군을 낳으시고도 그 자리를 지니지 못하여 이런 서러운 일을 당해도 모두가 당신의 탓이거니와 나는 무슨 일로 이렇게 들볶이며 살고, 동생과 조카는 저희들만 편안히 살고 나를랑 똥구덩이에 빠뜨려두고 내보내 주지도 않는고. 어느 하나 아주머니를 생각해 주어야 말이지」 (p107)
> ② 「너희들은 나라 어른의 은혜를 무겁게 입어서 원망하지 아니하지만, 나는 아무런 은혜 입은 것 없다」(p108)
> ③ 「나는 대비전의 몸종이 아니다」 (p110)

①에서 난이는 자신의 고생이 모두 대비의 탓이라 원망하며, ②에서 內人인 처지에서 상궁이 된 그 자체도 커다란 은혜를 입은 것일 텐데 그토록 배은망덕(背恩忘德)한 말을 하고, ③에서는 부원군 김제남(대비의 부친)의 거상시 소속이 다르다고 일개 內人으로서 예를 모르는 행위(분바르고 치장하고 다님)를 일삼았다. 이 인용들은 모두 난이의 교만한 성격을 보여주는 대목이라 할 수 있겠다. 또한 작가가 직접 개입하여 난이의 성격을 말한 부분도 있다. 그 부분을 인용하면 다음과 같다.

상궁 난이라고 하는 사람이 임진년에 시녀로 들어와 의인왕후 시절에
침실 나인으로 들어와 살더니 제 인품이 똑똑하지 못하여 남들이 하
는 상궁도 못하였으매 항상 선왕마마로부터 원망하더니 무신년 이후에
야 겨우 상궁이 되었던 것이다. 이 사람이 가장 간사하고 교만하여 나
라 어른께서 편안하실 때는 두 아기에게 대하여 남달리 유별나게 정성
을 다하더니, 계축년을 만나서는 대비전을 향하여도 불측한 원망을 하
고…… (p102)

천복이는 변상궁이 병들어 出宮했을 때 그 대신 대비를 시위하기 위
해 서궁에 보내진 內人이다. 천복이의 대화도 10회 이상 나오고는 있
으나 그의 성격을 파악할 수 있는 주요 대목을 보면 아래와 같다.

「나를 대전에서 일부러 보내시어 변상궁이 병들어 나갔으니 네가 들
어가 시위하라 하셔서 왔으니 속히 들어가게 하여라」 (p121)
「내가 즐겨서 왔는지 아시오? 싫으니 마다하니 대전·내전이 네가 들
어가야 시위(侍衛)를 잘 하리라. 아니 들어가면 중죄를 주리라 하오셔
왔지 싫게 여길 줄 알면 올까?」 (p121)

말투부터가 잘난 체하고, 대단한 사람인 체하는 느낌을 갖게 한다.
'나는 싫은데 꼭 네가 가야만 된다'고 위에서 말하니 마지못해 온 것인
양 거드름을 피우는 천복이의 성격을 감지할 수 있을 것이다. 또 동짓
달이 다 되어서 천복이가 입을 것이 없다고 엄살을 떨 때, 대비가 땔
감이며 음식 등을 주었는데, 그 때도 대비가 下賜하면 아래 사람으로
서 공손하게 받는 것이 마땅함에도

「주시오니 상덕(上德)은 그지없거니와 나는 귀하게 여기지 않는다. 이
년조차 대비전의 것 싫어하노라」(p128)

하여 주제를 모르고 거만떠는 장면을 연출한다. 그리고 정명 공주를

256

보고는

> 「어머님 같다마는 서방 맞을 데 없고 옷 입은 모양 더욱 같으니 보기 싫다」 (p128)

라고 하였는데, 한낱 內人의 처지에서 공주를 '보기 싫다', '어떻다' 하고 어떻게 입에 담을 수 있을 것인가. 극히 버릇이 없고 주제넘은 성격의 일단을 볼 수 있는 대목이라 하겠다.

마. 順直型

이 유형에 속하는 인물은 여옥과 꽃향이 등을 들 수 있다.
다음의 인용은 작가가 여옥을 직접 언급한 부분이다.

> 시녀로 있던 최씨 여옥이라는 것이 경술년에 시녀로 들어왔는데, 용모는 곱지 아니하나 순직(順直)하므로 침실에서 살더니 정성도 남의 눈에 띄게 더하고, 본디 용한 아이라… (p99)

또, 궁을 나갈 때를 당해서도

> 「나를랑 조금도 의심하지 마십시오. 몸이 가루가 되어도 나라 어른께서 애매하오심을 아오니 무복은 아니 하오리다」 (p100)

라고 말하였고, 推鞫聽에서 조사를 받을 때에도

> 「나라 어른께서 애매한 일을 당하고 계오셔 어린 대군과 본가 댁 식구들의 생사를 알지 못하오셔 밤낮으로 서러워 하오신 일은 사실이오나 방정하였다함은 애매하다는 것을 알았삽거니와, 아무일이나 듣고 본 일이 있으면 무서운 땅에 와서 죽고자 하리이까? 살고자 할 일이오나 보며 들은 일은 털끝만치도 없사옵니다. 중한 형벌을 받을까 두려워한다고 어찌 터무니없는 말을 하리이까?」 (p100)

라고 하여 곧은 그의 성격을 잘 드러내고 있다. 그렇지만 그도 연약한 인간인지라 부모를 죽이겠다고 한 공갈·협박에는 결국 무복을 하게 된다. 그런데 그 후 여옥은 자기의 잘못을 변상궁에게 告하고 용서를 비는 순박함을 보이고 있다.

꽃향이의 직접적인 대화는 단 한 번 나온다. 그녀의 형인 난이가 종들과 짜고 대군과 대비전 기물들을 밤에 훔쳐다 꽃향이에게로 가져 왔을 때 이렇게 말한다.

> 「나라 어른께서 서로 사이가 좋지 못하시기로서니 종의 도리로 항거
> 하고 배반하는 것이 내 소견으로는 못할 일이요, 남이라 할지라도 그
> 내통하는 일이 없을 것이로되 하물며 대비전의 세간을 훔쳐서 나에게
> 보내니 옳지 못하도다. 이후로는 나에게 보내지 말라」 (p104)

이 한마디로 꽃향이의 성격을 완전히 파악한다는 것은 무리일 것이고 이는 이미 앞서 한계성으로 지적한 바 있다. 그렇지만, 논의의 방법상 순직형에 속한다고 본다. 제 분수를 알고, 옳지 못한 것은 옳지 못하다고 말할 수 있는 용기가 가상하다고 할 것이다.

바. 忠心型

대전·내전측에서 일부러 보낸 內人들을 제외한 대비전 측의 內人들은 기본적으로 善人型으로 설정하고 있다. 대비전 측의 대표격 內人은 변상궁인데 다음 인용에서 그의 성격을 살펴본다. 대비가 대군을 강제로 빼앗기고 애통하여 기절하고, 칼로 자결하려고 사람들을 모두 물리쳤을 때도 변상궁은 끝까지 곁에 남아 다음과 같이 말한다.

> 「친정에서나 대비전께서나 본래 한결같이 적선(積善)의 뜻을 먹으셔
> 사람하나도 해하심이 없사온데 하늘이 무슨 허물을 보시고……어느

258

날에고 반드시 이 서러움을 벗게 되실 것으로 아옵니다……대비전께
서 살아계오셔야 본가댁 제사며……아드님을 위하여 곱게 죽고자 하
오시나 부모님께 크게 불효가 되오니……지금 처지가 사람으로서 견
디기 어려운 기구한 서러운 일이 다시 없사오나 후세에 대비전의 이름
이 더럽혀 전해 질 것을 깊이 생각하셔야……. 이 어리석고 미혹한
짐승 같은 소견에도 이러하오니 애통하심을 참으셔서 적이 깊이 살펴
생각하옵소서.」 (p70)

자식을 잃고 애통 절통한 이 현실을 왜 참아내야 하고 왜 끝까지 살
아야 하는 지를 조목조목 지적하며 위로하고 진정시키려는 변상궁의
언변을 통해 충성스런 그의 성격을 알 수 있으리라 생각한다.

　① 「목마름이나 적시우시고 우소서」 (p73)
　② 「믿을 수 없는 사람이로소이다. 중환이가 흉측한 마음을 먹고, 죽은
　　　나인이며 대비전을 원망하고 아무일이나 얻어서 아뢰려고 설심(設
　　　心)14)을 먹었고, 제 누이 늦여름에 밤낮으로 한데(바깥)서 발을 고쳐
　　　디뎌 조그만 허물이라도 얻고자 하거늘, 큰 화를 얻어 무릅쓰이려고
　　　권하는가 하옵나니 대비께서는 지그시 참으셔서 아기씨의 기별을 아
　　　시려고 하시지 마옵소서」 (p91)
　③ 「이 일은 종이 차마 못할 일이니 들어가지 말게 하여 주소서」
　　　(p141)

①은 대비가 곡기를 끊고 밤낮으로 애곡(哀哭)할 때 곁에서 울면서
간절히 아뢴 말이고, ②는 중환이의 사람됨을 두고 문상궁과 대화 끝
에 아뢴 말이며, ③은 변상궁의 아픈 몸이 회복되어 다시 대비를 시위
하고자 입궁할 때, 가히가 손목을 쥐고 '이번에는 꼭 대비를 죽여야 한
다'고 회유와 협박을 할 때 한 말이다. 모두 대비를 향한 충정에서 비
롯한 말로 변상궁의 인품과 성격을 알 수 있는 대목으로 보인다.

---

14) 設心 : '간사한 꾀로 남을 속이려고 먹는 마음'의 뜻.

충심형에는 변상궁외에 김상궁도 해당 될 수 있겠으나 김상궁의 직접 대화로는 찾기 어렵고 이야기 전개 상황을 통해 간접적으로 알 수 있을 뿐이다.

사. 盲信型

이 유형에 속하는 內人은 문상궁을 들 수 있다. 성격 분석에 관련된 대화는 6회에 걸쳐 나오지만 몇 개만 인용하도록 한다.

문상궁은 원래 남을 잘 믿는 성격이었다. 중환이를 평소에 가엾게 여기고, 또 그 오라비가 옥에 있을 때 먹을 것을 좀 주었더니 그로 인해 중환이는 문상궁을 하늘처럼 떠받들고 문상궁도 그를 무조건 믿었다. 남들이 중환이를 '하늘 무서운 줄 모르고 배반할 뜻을 품고 있다'고 말하면

> 「그 사람이 그런 뜻을 먹을 리가 없는데 남들이 미워해서 저렇게 말한다」 (p87)

라고 하여 분별없이 믿어 버리고 오히려 말한 사람을 탓하는 성격이다. 대비가 대군을 여의고 기별 몰라 애태울 때 그 안부를 알고자 글월을 써 보낼 심부름 內人을 결정할 때 변상궁과 문상궁 사이에 말다툼이 있었다. 문상궁은 중환이를 통하면 안전하다고 하고 변상궁은 그의 사람됨을 잘 알기 때문에 믿지 않고 글월 전하는 것을 반대하였다. 그 때 문상궁은 변상궁의 반대에 대해 화를 내면서

> 「남이 미워서 그렇게 말하거니와 그럴 리가 없나니라」 (p93)

하였다. 이렇듯 남을 믿는 것이 거의 분별이 없고 무조건 믿는 맹신형의 소유자다. 물론 그 일로 중환이에게 이용만 당하는 꼴이 되었으

나, 중환은 그마저 극구 부인하였다.

이상에서, 설정된 기준에 따라 內人들의 성격 표출 장면을 바탕으로 그들의 성격 유형을 7가지로 분석, 규정하여 보았다. 이제 이렇게 유형화된 성격형들이 작품 속에서 주인공의 性格創造에 어떻게 관여하는지 장을 달리하여 고찰하고자 한다.

3. 主人公 性格創造와의 관련성

「癸丑日記」를 짓게 된 동기는 아무래도 계축년의 獄事를 비롯하여 그 후에 계속된 대비의 수모와 억울했던 지난 날을 기술함에 있는 것으로 보인다. 卷二 末尾의 기록 "녜아기 삼아보랴…"를 생각해보면, 작가 자신의 사건이나 이야기로서만이 아닌, 분명히 누군가에게 들려주려고 썼던 의도가 잘 나타나 있다고 본다. 곧, 독자를 의식하고 읽혀지기를 바라면서 기술했다고 생각할 수 있는 것이다.

역사적 사실에 근거를 두고 서술하면서도 작가가 의도적으로 인물을 새롭게 창조해 등장시키고 있는데, 이제 작중의 주요한 역할을 담당했던 光海君과 仁穆大妃의 묘사가 사실과 얼마만큼 부합되는지 여부를 간략히 알아볼 필요가 있다. 이는 필자가 앞서 이 작품을 소설로 규정하는 입장을 취한 것과도 관련이 있는데, 소설이라면 사건이나 인물 등이 허구성을 갖게 마련이고, 그런 허구성을 창조하는데 앞서 분석, 유형화한 內人들의 성격형이 적잖이 관련을 맺고 있으리라 보기 때문이다.

광해군의 이름은 琿이며 선조(宣祖) 8년(1575) 後宮 恭嬪 金氏에게서 둘째 아들로 태어났으며, 형인 臨海君이 있었지만 선조 25년 임진 왜

란을 당해 세자 책봉이 다급하게 되었을 때 임시로 17세였던 광해군이 세자로 책봉되었고 이어 선조 41년에는 왕위를 계승하게 된다. 재위 15년 만인 인조 원년(1623) 癸亥反正으로 폐위되어 인조 19년(1641) 유배지였던 제주에서 67세로 일생을 마쳤던 인물이다.[15]

　이러한 사실적 인물인 광해군의 성격이 「癸丑日記」에는 어떻게 묘사되고 있는지 개략적으로 알아보면 다음과 같다.[16]

　　　가) 패륜적(悖倫的) 행위
　　　　　① 형인 임해군을 죽게 함 (pp.18～ 19))
　　　　　② 대군을 죽게 함(pp.111～112)
　　　　　③ 대비 폐모, 서궁에 유폐함(pp.66～69)
　　　　　④ 후궁의 조카를 강제로 빼앗아 첩으로 삼음 (p17), 등.
　　　나) 不道, 暴惡-선조의 말에 복종치 않고, 원수처럼 여김(p16)
　　　다) 無能함-公事 처리도 제대로 못하고 柳哥에게 의존 (pp.25～26)
　　　라) 기타.

　위의 사항을 종합하면 결국 광해군은 형편없는 인물로서, 無知·不道하고 불효했던 가장 악질적 인간으로 밖에 이해되지 않을 것이다. 실제로도 「癸丑日記」에서는 광해군의 선한 모습을 그린 곳은 거의 찾아볼 수 없다.

　그러나 光海君은 다른 기록을 통해서 볼 때 많은 부분이 사실과 다르게 묘사되고 있음을 알 수 있다. 몇 가지 중요 사실들 들어보기로 한다.

　먼저 왕위 계승에 대하여 생각해 보면, 「癸丑日記」에 보이는 대로 형을 죽이고 嫡子인 대군을 죽게한 후 강탈하다시피 왕위에 오른 것은

---

15) 閔泳大, 「癸丑日記 硏究」, 韓南大 출판부, 1990, P53.
16) 근거가 되는 부분을 인용, 제시해야겠으나 논의의 편의상 인용문은 싣지 않고 강한영 「校註本 癸丑日記」의 page만 밝히기로 한다.

아닌 듯 싶다.

　선조는 본래부터 임해군에게는 뜻을 두지 않은 것 같다. 그 까닭은 임해군의 사람됨이 광해군만 못했기 때문일 것이다. 임해군은 교만했고 횡포가 심했던 인물이었기 때문에,[17] 임진년 세자 책봉시에 長子인 임해군이 광포하여 인심이 따르지 않기 때문에 인심이 따르고 사람들이 바라는 바가 있었던 광해군으로 세자를 삼게 되었다 한다.[18]

　丙申年(선조 29, 1596)에 선조가 몸이 불편하였기 때문에 세자인 광해군에게 선위(禪位)할 것을 명했을 때, 어리석고, 무식하여 德도 功績도 없으니 傳位를 감당할 수 없다고 하여 극구 사양했으며, 이어 계속되는 선조의 하교가 지엄했음에도 불구하고 끝까지 자신의 불민함을 들어 전위를 사양했던 인물이다.[19]

　선조는 계속하여 다음과 같은 명(命)을 내렸다.

> …대개 국가의 일이 중하므로 한 집의 부자간 사정은 돌아볼 겨를이 없느니라, 오늘날 종사는 중하고 나는 병이 고질이 되어 번거로운 萬機를 감당할 길이 없으니 세자는 깊이 생각하여 사양하지 말라.[20]

　그렇지만 광해군은 일곱 번이나 禪位를 사양하는 상소를 올렸고 이에 대신들이 광해군의 지극한 효심을 보고 대신하여 선조에게 아홉 차례나 선위의 명을 거두어 달라는 상소를 하여 선조의 허락을 받았다

---

17) 「燃藜室記述」, 卷 18, “臨海君驕甚　其奴爲暴…時王子　臨海君珒橫恣特甚　上下敎丁學津狂悖之至　仍令有司　共幷還所奪奴婢於其主　所畜官妓於本州　官奴之依憑作挐者　令法府治之爲諸王子戒.”
18) 위의 책, 卷 18, “初　上以第一子　臨海君　珒狂悖　人心所不屬　故拾而立琿從人望也.”
19) 위의 책, 卷 18, “臣本庸愚少無學識　年雖長成　德業蔑如忝居之良目知不堪…微臣悶迫賀情天地神明　莫不照臨云云.”
20) 위의 책, 卷 18, “蓋國家事重　區區家人之情有不暇顧　此時宗社爲重　予實病痼萬機煩莫能堪　惟世子深思其無辭.”

한다.21)

  이러한 기록들을 통해서 본다면, 광해군은 효심이 지극했던, 사람됨
이 대단히 겸손했던 그리고 사리가 밝았던 인물임을 알 수 있는데, 단
순히 「癸丑日記」만을 통해 본다면 전혀 그렇지 않은 인물로 그려지고
있는 것이다. 곧 실제 인물과 다른, 虛構化된 인물(성격)로 再創造되었
음을 알 수 있는 것이다.

  다음, 영창 대군에 대한 태도에 대해서 한 가지 사실을 더 살펴보자.
다음의 인용은 「癸丑日記」에 나오는, 광해군의 대군에 대한 태도 중
결정적 端緒가 될 수 있는 대화다.

> 대전이 늘 이르되,
> 「내가 있는 동안은 열 명의 대군이 있어도 두렵지 않거니와, 세자는
> 대군과 조카가 되니 조종조(端宗祖) 때에도 조카를 죽이고 세조(世祖)가
> 섰으니 이런 일이 생길까 두려워하노라. 내 부디 대군을 없애고 세자를
> 편히 살게 하렸노라」 (p23)

  과거 세조와 단종의 비사를 언급하며 광해군이 대군을 의도적으로
죽이려 한 것으로 그려져 있음을 알 수 있겠으나 이는 사실과 큰 차이
가 있다.

  광해군과 영창 대군 사이는 상식적으로 보았을 때 결코 좋을 수가
없다. 세자의 위치에 있으면서, 또 선조와 조정에서 신임을 받고 있던
광해군이었지만 영창 대군이 태어나면서부터 세자의 위치에 불안을 느
꼈을 것임은 사실이다. 그러나 선조 25년에 세자로 책봉된 뒤, 선조 41
년 즉위할 때까지 약 16년 동안 동궁의 세력은 탄탄하게 구축되었으며
이런 세력의 주축은 李爾瞻, 鄭仁弘, 柳自新을 위시한 大北派 중심 인

---

21) 위와 같음, "東宮誠者天至 每聞此教 遑遑悶屢日廢膳 因致未寧臣等亦以愛悶
    焉 伏閤二十餘日 九啓得請."

물이다. 영창 대군의 출생으로 말미암아 자신의 위치가 흔들리게 되는 듯도 했지만, 선조의 갑작스런 승하와 광해군 자신의 즉위로 이런 불안감은 다소 씻을 수 있었으리라 본다.

선조 승하시 인목 대비의 나이 25세, 영창 대군은 겨우 강보에 있던 세 살이었으니 불안은 있었겠지만 그 어린 영창 대군을 죽여야 할 만큼 광해군의 위치가 흔들렸던 것은 아니다(즉위하던 때는 대북파의 세력이 정권을 장악하고 있었고, 선조가 영창 대군을 부탁했던 七臣은 모두 유배당했기 때문이다). 이런 사실은, 癸丑獄事가 일어났을 때 조정에서의 대부분 논의가 '禍根인 永昌大君을 하루 속히 처단할 것'이었음에도 이런 조정의 주장에 대해 광해군의 태도는 시종 일관 대단히 강경하게 반대했던 입장에 있었던 것을 보아서도 잘 알 수 있다. 여러 날 계속되는 끊임없는 상소에서 광해군은 한 달만에 '죄는 없지만 조정의 의논이 또한 엄하니 다만 그 봉직을 삭탈한다'고 했으며, 이어 庶人으로 폐했다가, 성 밖의 여가에 가 있도록 했고, 강화로 유배를 보냈던 것이다. 이렇게 했음에도 조정에서의 대신들의 상소―화근인 영창대군을 없애야 한다―는 빗발치듯했던 것이다. 광해군은 일일이, '대의가 비록 지엄하다 하나 私情 또한 안타깝다', '이미 관외로 대군을 내어 보냈고 또 불과 한 庶人 아이일 뿐인데 걱정할 일이 무엇이 있겠는가?' 라고 대답하여 영창 대군을 끝까지 잘 보호하려 했던 모습을 볼 수 있다. 다시 말해 天倫을 버리지 않으려는 형제의 정이 잘 나타나고 있다.22) 그런데도 앞에서 언급한 대로 「癸丑日記」에는 그렇지 않은 것이다. 이것은 작가가 처음부터 광해군을 나쁜 쪽으로 그리려고 의도한 때문으로 보이며, 이와 관련하여 앞장에서 분석한 內人들의 성격형도 관련이 있다고 생각된다.

---

22) 민영대, 앞의책, pp. 61~62.

「癸丑日記」의 작가는 텍스트의 내용으로 미루어 보아 분명 갖은 고초를 당한 인목 대비 쪽의 인물이다. 때문에 상대적으로 반대 급부인 광해군 측을 좋게 볼 수가 없는 일이고 이는 하나의 소설적 장치라고 생각한다. 광해군의 비인간적이고 悖倫的인 면을 浮刻시키기 위해서 다양한 성격형의 內人들을 다수 등장시켜 그들로 하여금 일정 역할을 담당케하여 그 上昇效果를 기대한 것으로 보는 것이다. 곧, 임해군과 영창 대군을 죽게 한 광해군의 성격을 사실과는 달리 허구적으로 재창조하여 독자들로 하여금 不道하고 禽獸같은 인물로 느끼게 하는 동시에, 凶謀型의 성격인 가히와 정순이를 등장시켜 긴장과 홍미를 倍加시키는 방법을 썼다고 본다. 그래서 흉모형의 인물이 그들의 역할을 충실히 해내면 해낼수록 광해군을 통하여 드러내지 못했던 그의 성격은 그만큼 잘 드러나도록 했던 것으로 보여진다.

한편, 대비의 폐모, 서궁 유폐도 그와 방법적 맥을 같이 한다고 생각할 수 있다.

대전·내전측의 부도·불효함을 더욱 드러내고자 하는 방편으로, 교만형 성격의 內人 난이와 천복이, 猜忌·詛呪型 성격의 內人 은덕이와 갑이를 등장시킨 것이다. 이렇게 함으로써 독자들은 더욱 홍미와 긴장감을 느낄 수 있으며 작가의 입장에서 보면 폭로하고자 하는 의도를 십분 담아낼 수 있다고 생각되며, 주인공의 성격 창조에 따른 주변 인물(內人)들의 구실이 결코 과소 평가되어서는 안되리라고 본다. 곧 상호 밀접한 관계 속에서 각각의 역할이 있다고 해야 할 것이다.

다음은 인목 대비에 관해 고찰해 보고자 한다.

인목 대비는 선조 17년(1584) 정홍대부군 김제남(명종 17, 1562-광해군 5, 1613)의 삼남 이녀 중 장녀로 태어난다.

선조 35년 19세의 나이로 懿仁王后의 뒤를 이어 선조의 繼妃로 간택되었고 이어 정명 공주와 영창 대군을 출산한다. 어린 나이에 선조의 계비로서 대비 개인뿐 아니라 김제남 일가가 한 때 영광을 누리기도 했으나 광해군 5년에 일어났던 계축 옥사로 인해 부친과 두 동생이 죽임을 당했고, 노모가 유배되어 생사를 모르기도 했고, 영창 대군이 配所에서 죽임을 당했던 지극한 슬픔을 당하게 된다. 또 인목 대비 자신도 폐모된 채 서궁에 유폐되어 죽지 못해 살면서 갖은 모멸과 고난을 당하다가 계해 반정 후 복위되어, 광해군을 폐위시키고 인조를 왕위에 계승시키고, 인조 10년에 파란 많았던 생애를 마쳤던 인물이다.

명문의 집안에서 자라나 누구 못지 않게 교육도 받았을 것이고, 왕비로 간택이 될 수 있을 만큼 인물이 출중했으리라고 믿어지는 인목 대비는 성격 또한 婦德을 지녔던 아름다운 여인이었을 것임은 추측이 어렵지 않을 것이다.

이런 대비는 「癸丑日記」에서 始終 선인형으로 그려지고 있다. 그에 대한 구체적인 인용은 하지 않겠으나, 작가가 대비측 內人으로 되어 있는 것만으로도 그 점은 충분히 이해할 수 있다 하겠다. 그러나 광해군의 경우도 그러했듯이, 대비의 경우도 사실과 다른 성격 묘사 측면이 있다는 점인데 이에 대해 몇 가지 살펴보기로 한다.

선조 승하시 인목대비의 지나쳤으리 만큼 심했던 哭泣은 물론 억제할 수 없었던 대비의 슬픔을 잘 말해 주기는 하지만, 한편으로는 지존 (至尊)의 위치를 망각하고 무분별했던 행동이었다고 보여진다. 「朝鮮王朝實錄」에서도 우는 소리가 대궐을 진동했다는[23], 또는 미친 듯이 우는 소리에 전각이 무너질 듯 하다는 다소 과장된 기록도 볼 수 있는데[24], 禮가 중시되었던 조선 사회에서 그것도 일반인이나 사대부의 집안이 아닌 궁중에서 그토록 쉴 사이 없이 소리내어 울었던 것은 분명 지나친 행동이다. 이런 점은 대비의 본능에서, 인간 본연의 마음에서

---

23) "繼之以哭聲震闕"(金用淑, 「李朝女流文學 및 宮中風俗의 硏究」에서 再引用)
24) "小佛意狂叫發聲殿閣如崩", (金用淑, 위와 같음)

우러난 자연스런 감정의 발로로서 순진하고 착했던 성격을 그대로 묘사했다고도 할 수 있겠지만 — 또 보다 독자들에게 감동적인 느낌을 주기 위해 대비의 이런 묘사는 성공했다고 볼 수 있다.—宮中에서 哭泣를 금하는 것이 예로 되어 있던 당시이고 보면 대비의 무분별했던 哭泣은 확실히 지나쳤던 것이다. 또 이런 묘사는 대비의 착한 성격도 보여주지만 한편으로는 침착하지 못했던, 사리가 분명하지 못했던 성격의 일면도 보여주고 있다.[25]

또한, 인목 대비가 陵行을 고집했을 때에도 결국 가지는 못했지만 사실은 광해군이 어떻게 해서든 실행할 수 있게 하려 노력했었다. 그러나 조정의 강력한 반대로 여의치 못해 갈 수 없었던 것이다. 또 조정에서 가지 못하게 하는 이유를 들어서 불가함을 극진히 말했지만 그때마다 대비는 자신의 고집만을 굽히지 않고 주장했던 것이다.[26]

이렇듯 대비에게는 「癸丑日記」에서는 분명히 발견할 수 없는 다른 측면이 있었던 것이다. 곧, 결코 유순한 미덕만을 지녔던 인물만은 아닌, 침착하지 못하고 사리 판단이 분명하지 못한, 그리고 國母로서 복잡했던 당시의 정치적 상황을 제대로 분별하지 못하고 고집만 부린 성격의 소유자이기도 한 것이다.

작가는 처음부터 자신들이 당했던 억울함과 대비가 겪어야 했던 수모를 풀기 위해서 쓰려고 했던 의도를 가지고 있었기 때문에 선과 악의 두 대립된 인물을 등장시킬 수 밖에 없었던 것이다. 그 결과 자신의 편이라 생각했고 피해자였던 인목 대비를 선한 인물로, 그와 대립

---

25) 민영대, 앞의 책, p68.

26) 「光海君 日記」, 卷 20, 元年 己酉 9月 甲申條, 卷 24, 二年 庚戌 正月 癸未條, 광해군 원년 9월 甲申日에 拜陵할 수 있는 날을 정하라는 명을 내렸으나, 甲午日 조정의 반대에 부딪혀 明春 大祥에 가도록 보류했다가 이년 정월에 다시 논의가 되었지만 조정의 거센 반대 여론에 의해 결국은 못 가게 된 것이다.

되는 광해군을 악인으로 묘사하였던 것이라 본다. 역사상 실재했던 인물 광해군과 인목 대비를 등장시켰으면서도 사실과 다르게 묘사했던 것은 자신들이 당했던 실제적인 사건을 보다 극적, 효과적으로 전달하려 했던 작가의 처음부터의 意圖라고 본다. 이렇게 작가의 의도가 분명했기 때문에 광해군의 경우와 마찬가지로 여러 성격형의 내인들을 등장시켜 대비의 성격을 부각시킴은 물론, 독자에게 흥미와 긴장감을 불러일으키도록 한 것이라고 보는 것이다.

서궁에서 대비를 시위한 대표적 內人들은 변상궁, 김상궁, 그리고 문상궁을 들 수 있다. 변상궁과 김상궁은 대비를 위하여 끝까지 충성스런 마음을 가지고 모셨던 충심형의 성격형이다. 작품 속에서 이들 성격형의 구실은 시종 선인형 인물로 재창조된 대비의 인격을 간접적으로 강화시키고 돋보이게 하는 것이라 본다. 선한 인간성의 표출을 대비 단역에만 의존하는 것보다 또 다른 인물의 성격을 통하여 나타나도록 하는 것은 곧 성격 표현의 二重裝置로 생각할 수 있으며, 이를 통해 보다 소설적 흥미와 긴장감을 증폭시키는 효과를 기대했다고 생각된다. 이런 점은 순직형도 마찬가지일 것이다. 그리고 맹신형의 김상궁은 독자들로 하여금 심적 갈등을 스스로 느끼게 하려는 의도로 설정된 것인 듯 싶다. 참소만을 일삼는 중환이를 무작정 믿고 반대 의견을 계속 주장하는 맹신형 문상궁을 통해 독자는 어떤 측은함이나 답답함을 느낄 수 있을 것이며 이는 소설을 좀더 흥미있게 읽도록 하고자 하는 작가의 의도라고 생각한다.

한편, 대전측에서 대비를 시위토록 보낸 內人들의 성격형과 대비와는 어떤 관련성이 있을까. 이 또한 대비의 선하고 유덕한 성격을 직접적으로 부각시키는 효과를 나타낸 방법이라 생각된다. 이를테면, 나의 키가 크게 보이도록 하려면 옆에다 아주 작은 사람을 세우면 된다. 작으면 작을수록 그 상대성은 더 크게 마련이다. 또한 검은 색이 잘 보이도록 하려면 주변의 색을 그와 반대인 색, 곧 흰색으로 배경을 만들면 된다. 완전 선인형으로 재창조된 대비를 부각시켜 작자의 의도를 나타내려면 그와는 반대 급부인 흉모형, 참소형, 시기·저주형의 內人들을 등장시키는 것이 보다 효과적이라고 생각한다. 이들 內人의 속성들이 보다 강도있게 表出되면 될수록 대비측의 선성(善性)은 그만큼 강하게 부각될 것이고, 독자들은 더욱 그들을 미워하는 마음이 생길 것이다. (이는 물론 독자에 따라 다를 수도 있다.)

따라서 이 작품의 주제를 勸善懲惡的 측면으로 볼 때 그러한 主題性도 보다 확실해지고 작가의 의도도 더 잘 전달될 수 있을 것으로 보여진다.

3. 結 論

「癸丑日記」에 등장하는 內人들의 數는 근 30여명에 이른다. 이들 중 성격 분석이 비교적 가능한 약 1/2가량의 內人들을 대상으로 그 성격형을 분석하여 보았다. 그 결과 7가지 성격형으로 나눌 수 있었으며, 이와 같은 다양한 성격형의 나인들이 주인공인 光海君과 仁穆大妃의 성격 창조에 어떤 관련성이 있는지를 고찰하여 보았다. 원래 인간의 성격을 분석한다는 것은 그 자체로 모순을 안고 있다고 생각한다. 그 분석 기준이 아무리 완벽하게 설정된다고 해도 그 역시 성격형을 구분지을 때는 어떤 한계에 直面할 수 밖에 없기 때문이다.

본고에서는 그러한 限界性을 인정하면서도 필자 나름대로의 생각을 전개하여 보았다.

필자의 느낌은 內人들의 7가지 성격형과, 그것들이 주인공의 성격 창조에 관련을 맺는 소위(所謂) 양자의 연결 고리가 다소 느슨한 느낌이 들기는 한다. 그렇지만 內人들의 다양한 성격형은 작품 속에서 그 나름대로 독립적인 구실이 있고, 또한 그것들은 일정한 방향을 향해 일관되고 있다는 사실을 알 수 있었다.

곧, 內人 개개인의 성격형은 그 자체로 작품의 흥미와 긴장성 등을 고조시켜 독자들을 작품 속으로 끌어들이는 구실을 한다는 점에서 그 독립적 의미를 찾을 수 있으며, 주인공과의 관련성 측면에서는 긴밀한 연관성을 유기적으로 맺고 있어 주인공 성격 창조 또는 묘사에 그 上昇效果를 가져오게 하는 기능을 담당하고 있다고 생각된다.

이와 같은 논의는 종전 인물 연구의 일정틀을 벗어난 하나의 방법론적 접근으로서, 앞으로도 계속하여 논의가 진행된다면 인물 연구의 한 方法的 領域이 마련될 것으로 전망된다.

〔과천고등학교 교사〕

가정소설로 본 〈이춘풍전〉

이성권

<목차>

1. 〈이춘풍전〉의 갈래 검토와 문제점

    <이춘풍전>은 이제까지 세태소설 또는 풍자소설로서 거의 다뤄져 왔다. 이 작품을 '배비장전 유형의 소설'로 보는 것은 그 대표적인 것이 될 것이다.[1] 이 작품이 조선후기 서울과 평양을 중심으로 한 浮華한 시정의 세태를 이춘풍이라는 허랑한 인물을 풍자적으로 다루고 있다는 점에서 이러한 시각을 수긍하는 것은 어렵지 않다. 그러나 <이춘풍전>에 나타나는 市井 世態에 대한 풍자가 이 작품과 관련한 여타의 사회 풍자적 소설들과 동일한 수준에서 이루어지고 있는 것은 아니어

---

1) 김종철, 「배비장전 유형의 소설 연구」, 『관악어문연구 10집』 1985. 서울대 국문과.

서 그 풍자적 성격을 변별적으로 살펴볼 필요가 있다. 그리고 이 작품의 세태 풍자적 성격 이외에 <이춘풍전>에 더욱 걸맞는 갈래적 성격이 있다면 그러한 점을 더욱 부각시키는 차원에서 재론하는 것은 당연한 일이 될 것이다. 한 작품에 내재된 여러 성격들을 인정하되 이들을 곧 동등한 차원에서 다룰 수는 없을 것이다. 이러한 갈래적 성격에 대한 논의는 사실상 고소설 전반에 걸쳐져 있는 문제로서 일관된 기준 아래 고소설의 유형이 분류되지 못하고 임의적으로 그 명칭을 부여하고 있는 실정이다.2) 따라서 이 때 부여된 명칭은 작품의 일정한 특징을 드러내는 데에서만 유용성을 지닌다. 예를 들어 "영웅소설 몽유소설 같은 것은 작품의 구조적 특징에 입각해 설정된 유형이고 애정소설, 가정소설, 가문소설 같은 것은 제재에 입각해 설정된 유형"3)일 뿐이다. 그런데 무엇보다도 이러한 고소설의 갈래 명칭들이 갖는 가장 큰 문제점은 각 작품의 특성을 제대로 부각시키지 못한 채 부분적인 성격만을 지나치게 강조하여 드러낸 경우에 있다. <이춘풍전>도 일반적 의미에서 논하는 세태 풍자적 소설로서 다룰 경우에 이 작품의 본질적 속성을 상대적으로 간과하게 되는 점이 있다. 따라서 이 글에서는, <이춘풍전>이 세태 풍자적 성격을 지니고 있으면서도 근본적으로는 가정소설사적 맥락에서 볼 때, 이 작품의 성격이 보다 명료하게 드러나는 점을 인물

---

2) 이제까지의 고소설의 유형분류에 문제점이 많음은 다음과 같은 황패강의 지적으로 대신할 수 있을 것이다.
　　"소설 유형의 여러 가지 사례가 더 있으나, 요컨대 十人十色이다. 위에서 보듯 몇 개의 사례를 제외하고 대부분이 주제·내용에 의한 분류이며 그럼에도 불구하고 유형설정에서 합의가 이루어져 있다고는 볼 수 없다. 전반적으로 편의상의 유형분류에 치우쳐 본격적인 유형론은 결여되어 있다. 그 당연한 결과로서 유형분류의 기준이 동용하고 있고,따라서 분류의 논리적 타당성이 의심스러운 것이 없지 않다." 김동욱. 황패강 공저. 『한국고소설입문』, 개문사. 1985. p54
3) 김일렬, 『고전소설신론』, 새문사. 1991 p41

형상 및 관련성이 있는 작품들과의 연계성을 다루면서 검증해 나가고
자 한다. 결론부터 말하자면, <이춘풍전>은 17세기에 나타나는 '초기
가정소설'4)과 18세기의 '통속적 가정소설'5)의 전통을 거쳐 19세기에
나타나는 '세태적 가정소설'의 현실적 면모를 드러내고 있다. 이 작품
은 전통적 가정소설의 연속선상에 놓여 있으면서 19세기에 이르러 浮
華한 시정 세태를 살아가는 부부 중심의 가정 세계를 보여주고 있다.
특히 '治産'의 문제를 중심으로 가정 생활의 문제점을 지극한 '婦德'으
로 해결해 나갈 수 있다는 점을 보여주는 '규수서'요 '가정소설'로서의
성격을 지니고 있다는 점에서 주목의 대상이 된다. 이 때 '춘풍'과 그
의 '처'는 가정소설의 전통 아래 19세기의 市井 世態와 관련하여 추락
한 가장상과 규범적 열행의 여성상을 보여주고 있어서 가정소설의 현
실 세태적 변용의 모습을 드러내고 있다. 이 때 거쳐야 할 문제는 다
음 두 가지이다. 하나는 <이춘풍전>이 가정소설로서의 성격을 갖고 있
는가 하는 문제이며, 또 하나는 '세태적 가정소설'이 기존의 가정소설
적 개념 아래 어떻게 수용될 수 있는가 하는 점이다. 이것은 기존에
언급되던 가정소설의 범위 및 개념적 정의에 수정을 불가피하게 요구
하는 것이어서 가정소설에 대한 전반적인 재검토를 요구하고 있다. 본
고의 논의는 <이춘풍전>을 중심으로 한 이러한 논의의 예비적 시도로
볼 수 있다. 이 장에서 먼저 <이춘풍전>의 갈래 문제를 검토하고 그

---

4) 17세기 말에 나타나는 '초기 가정소설의 세계와 그 핵심적 갈등상'에 대해서
   는 졸고 참조. 이성권. 「창선감의록과 사씨남정기를 통해서 본 초기 가정소
   설의 세계」, 『한국어문학의 이해』(우리어문연구 11집. 우리어문학회편.) 국학
   자료원. 1997.
5) 18세기에 등장하는 '통속적 가정소설의 작품 세계와 그 합성적 성격'에 대해
   서는 졸고 참조.
   이성권. 「통속적 가정소설의 작품세계와 합성적 성격」 『한국고전문학논
   총』(수월 김인구 교수 정년 기념논총) 안암어문학회 편. 한국문학사. 1998.

문제점을 지적하기로 한다.

먼저 <이춘풍전>의 갈래 문제와 관련하여 볼 때, 이 작품을 '가정소설'로 본 것은 이 작품 연구의 선편을 잡았던 장덕순이었다.6) 그는 이 작품의 핵심을 '가정 중심의 부부 사이에서 일어나는 사건'으로 파악했으며, 계모형, 쟁총형 등과 같은 가정소설의 형태에 포괄되지 않는다고 하여 가정소설의 개념과 범주에 따른 문제점을 지적했다. 한편 이 작품은 연애소설로 분류되기도 하고 동일 논자 자신에 의해 풍자소설로 다시 수정되기도 했지만7) 이후 대부분의 논의들은 <이춘풍전>을 모두 세태소설, 풍자소설 또는 판소리계 소설의 관점에서 다루고 있다. 이렇게 볼 때 <이춘풍전>의 갈래는 '가정소설', '세태 및 풍자소설', 그리고 '판소리계 소설'로 서로 다른 기준 아래 설정되고 있음을 알 수 있다. 이 작품에 관련된 이들 갈래 명칭은 서로 배타적 관계에 있는 것이라기보다는 그 강조되는 측면이 다른 데에서 설정되었다고 볼 수 있다. 이 중에서 이 작품의 이해에서 가장 집중적으로 접근되어 온 세태 풍자적 관점을 이른바 '배비장전 소설 유형'과 관련하여 검토하고 그 문제점을 드러내면서 이 작품의 가정소설적 면모를 밝히는 데에 주력하고자 한다.8)

---

6) "이는 물론 내용으로 보아 가정소설에 속할 것이다. 그러나 이 소설은 고대소설의 말기적 생산인 까닭에 상대까지 나려온 여러 소설의 특수성을 綜合한 것이라 하겠으니 즉 가정중심으로 夫婦 사이에 일어나는 사건을 취급했다는 점에서 가정의 범위를 벗어날 수 없으나 이는 가정소설의 通有한 계모형 쟁총형 축출형....에 그 어느 형에도 속하지 않는 특색이 있고 ...." 장덕순, 「이춘풍전 연구」, 『'국어국문학』 5호, 국어국문학회, p67.

7) "김기동씨 저 한국고대소설개론에서는 이 작품을 연애소설로서 다루면서......" 장덕순, 「이춘풍전 해설」, 『현대문학 10호』. 1958 『한국고전소설연구』(교학연구사)에서 김기동은 이 작품을 다시 풍자소설에 넣고 연암소설과 <종옥전>, <오유란전>, <삼선기> 등과 함께 다뤘다.

8) <이춘풍전>과 판소리와의 관계에 대해서는 그 영향관계가 비교적 소상히 검

　<이춘풍전>을 세태 풍자소설로 보는 견해 중 가장 포괄적이고 집약된 논의는 김종철에 의해 이루어졌다. 그는 이 작품을 '배비장전 유형의 소설' 속에다 넣고서 19세기 이후 진행되는 시정세태의 전환기적 모습이 드러나 있음을 밝혔다. '배비장전 유형의 소설'이란 "여색(女色)에 초연하다고 자처하는 주인공이 주변 인물들의 공모에 의해 오히려 호색적 성격을 폭로당하는 것을 주지로 하는 일군의 작품들"9)이다. 그는 이 소설 부류에 <정향전>, <지봉전>, <종옥전>, <오유란전>, <배비장전>, <삼선기>를 넣고 여기에 <이춘풍전>을 아울러 다루고 있다. 그런데 이들이 모두 앞서 든 '배비장전 유형의 소설' 개념과 일치하는 것은 아니다. 배비장전 유형 소설의 속성 중 핵심사항으로 내세울 수 있는 것은, 여색에 초연하다거나 거기에 말려들지 않겠다고 맹세한 인물을 주변 인물들이 허랑하게 여기고 기생들과 공모하여 여색에 빠지게 함으로써 채신을 잃게 하고 그 위선적 면모를 드러내게 함으로써 그 계층의 인물을 풍자한다는 것이다. 이것은 적어도 <이춘풍전>과 <삼선기>를 제외한 앞에서 든 모든 소설들에는 어느 정도 해당이 된다. 위

토되었다.
　<이춘풍전>과 판소리와의 상관성을 집중적으로 검토한 논의로는 「이춘풍전과 판소리의 연관 연구」. (여운필. 『논문집 .24집』. 부산여자대학. 1987) 를 들 수 있다. 그는 여기에서 송만재의 관우희 내용과 비교하면서 '춘풍의 처가 비장이 되어 남편과 돈을 찾아오는 삽화를 뺀다면 (이춘풍전은)'왈자타령'과 대체로 부합된다고 했다. 그래서 이춘풍이 방탕으로 인해 전락하게 되는 전반부의 내용까지가 창으로 불리웠고 그 이후 춘풍처의 활약으로 회복되는 후반부의 내용이 첨가되었을 것이라고 추정을 했다.
　또 정병헌이 이 작품을 춘향전 등의 판소리계 소설과 함께 다루었다. 정병헌, 「이춘풍전」. 김진세 편, 『한국고전소설 작품론』, 집문당. 1990.
　그리고 김종철이 '게우사'로 불리는 무숙이타령이 이춘풍전의 창작적 원천으로 작용했다고 했다. 김종철, 『판소리의 정서와 미학』, 역사비평사. 1996. p175-176.
9) 김종철. 앞의 글 p201

276

의 배비장전 유형의 소설들은 정도의 차이는 있지만 모두 관인사회를 배경으로 하면서 양반지배 계층의 허위를 중심으로 지배 계층사회에 대한 풍자성을 드러내는 데에서 공통성을 지닌다고 볼 수 있다.10) 그러나 <이춘풍전>은 '배비장전 유형의 소설'들과는 차별성을 지닌다. 이춘풍은 도덕군자연하는 위선자도 아니며 관인사회의 풍류 생활에서 어울리지 못하는 경직된 인간도 아니다. 따라서 관료 주변인물들에 의해 골탕을 먹여야겠다는 생각을 유발시키지도 않는다. 따라서 <이춘풍전>은 이들 소설 부류에서 보이는 경직되고 허위적인 인간상을 '내기와 공모'로써 훼절시키고자 하는 이야기의 구조틀과는 차별성을 갖는다. <이춘풍전>이 배비장전 유형의 소설들과 갖는 이러한 차이점을 감안하여 김종철은 동일 유형으로 볼 수 없다고 하면서 기존의 견해를 수정하였다.11) 이렇게 볼 때, <이춘풍전>은 이중적이고 허위적인 양반계층 인물에 대한 풍자와는 거리가 멀다고 볼 수 있다. <이춘풍전>의 내용을 가장 간단하게 정리하자면, '이춘풍으로 대표되는 당대의 경박하고

---

10) 김종철은 이들 배비장전 유형의 소설들을 풍자와 세태 반영의 수준에서 구분하고 있다. 정향전, 지봉전, 오유란전, 종옥전 네 작품은 A형으로 양반층이 창작하고 수용한 작품으로 관아라는 제한된 특수 공간 내에서 유발되는 웃음으로 풍자성이 엿보이고 있지만 B형으로 분류된 <배비장전>, <이춘풍전>, <삼선기>에서는 관인사회의 경직된 인물을 풍자하는 데에 그치지 않고 시정의 세태를 하층민의 입장에서 함께 드러내고 있다고 보고 있다. 이것은 B형 소설의 창작 담당층이 광대나 평민층인 것과 밀접한 관계를 지닌다고 보았다. 김종철, 앞의 글

11) "이춘풍:추월:감사의 구조가 되어야 A형과 같은 것이 될 것이나 이춘풍과 감사의 관계가 성립될 여지가 없다. 또한 추월과 감사의 관계도 설정되지 않으며 추월과 춘풍처의 관계는 대립적 관계이다. 이춘풍전에 와서 내기와 공모의 형식은 파괴되고 만다." 김종철, 앞의 책. 1996. p136

  그리고 김종철은 <이춘풍전>의 창작적 원천이 '무숙이 타령'에 기반을 두고 있다고 보았는데 양 작품과의 관계에 대해서는 보다 상세한 고찰이 필요하다.

허랑한 인물의 거듭되는 가산탕진의 치패 행위를 그 현숙한 妻의 도움과 헌신적 노력으로 가산을 일으켜 세워나가는 가정의 이야기'로서 이러한 治産의 기본 구도 아래 당대 사회의 유홍적 풍조에 대한 풍자가 내재해 있다고 볼 수 있다. 따라서 이는 어디까지나 가정소설적 관점에서 다룰 필요가 있고, 이 때 이춘풍은 전대의 가정소설사에서 보이는 허랑한 家長의 모습으로, 그리고 춘풍처는 규범적인 태도에 입각하여 거듭되는 희생을 치름으로써 치산에 성공하는 열행적 婦로서의 성격으로 바로 연계되고 있음을 알 수 있다.

2. 가정소설 개념의 문제점과 〈이춘풍전〉

<이춘풍전>을 가정소설로 다루고자 할 때, 기존의 가정소설 개념을 재론하는 것은 불가피하다. 전술한 바와 같이 장덕순은 <이춘풍전>을 가정소설로 다루면서 이 작품이 기존에 언급되던 가정소설 유형의 '그 어느 형에도 속하지 않는 특색이 있'다고 했다.[12] 장덕순의 지적대로 <이춘풍전>이 가정소설적 성격에 충분히 들어맞는 측면을 충분히 갖고 있으면서도 기존의 가정소설적 개념과 범위에 포괄될 수 없다면 기존의 가정소설적 개념과 범위에 대해서는 재론할 여지가 있음은 물론이다. 이 문제를 논의하기 위해 먼저 기존의 가정소설 개념과 범위에 대한 문제점을 검토하면서 <이춘풍전>을 가정소설로 볼 수 있는 가능성과 그 가정소설사적 위상에 대해서 논의하도록 한다.

가정소설의 개념을 정리하고 그 유형을 종합적으로 검토한 것은 우쾌제이다.[13] 그는 가정소설을 '윤리적 가정소설'과 '신분적 갈등소설'로

---

12) 장덕순. 앞의 글. p.67.
13) 우쾌제. 앞의 책. 1988. p11-43.

크게 나누었고, 전자를 광의적 가정소설, 후자를 협의적 가정소설이라
고 했다. 그리고 전자의 아래에 '효행형 가정소설'과 '정절형 가정소설'
그리고 '우애형 가정소설'을 넣어 분류했고, 후자의 아래에는 '계모형
가정소설' '쟁총형 가정소설' 그리고 '축출형' '특수형'을 소속시켰다.
여기에서 분류의 기준이 착종되어 있는 것을 비롯하여, 가정소설이 곧
고소설로 등가시될 정도의 넓은 범위를 가정소설의 영역으로 설정하고
있는 것을 볼 수 있다. 외연이 넓은 만큼 가정소설의 변별성을 잃고
있는데, 이를테면 <구운몽>이나 <춘향전>, <흥부전>은 물론이고 <소대
성전>과 같은 군담소설까지 모두 가정소설로 취급하고 있다. 이러한
모든 작품들은 분석의 대상이 되지 못하고 <장화홍련전>과 <사씨남정
기>와 같은 이른바 '계모형' 또는 '처첩형'에 국한하여 논의하고 있는
것도 모순이다.14) 이것은 각 시대에 따라 출현하는 가정소설들의 특성
을 충분히 검토하여 그 개념과 범위를 규정하려는 노력 대신 가정을
배경으로 한 모든 소설들을 소재주의적 관점에서 처리하고자 하는 정
태적 분류법에서 오는 것이다. 가정소설의 기존의 유형 분류가 갖는
이러한 문제점을 다른 말로 바꾸면, <사씨남정기>나 <창선감의록>이
등장하는 17세기 말엽의 초기적 형태의 가정소설과 그 이후 전개되는
가정소설사의 사회 역사적 변모의 실상을 심각히 고려하지 않은 것이
라고 볼 수 있다. 가정소설의 개념 및 범위는 그 역사적 전개에 따른
변모의 실상을 충분히 포괄할 수 있는 것이어야 하며, 그것은 고정되
어 있는 것이라기보다는 시대적인 의미를 가지고 변모되면서 끊임없이

---

14) 이와 같은 점은 박태상에 의해서도 지적된 바 있다.
　　"가정소설의 유형분류에서 가정소설의 범주를 너무 넓게 잡고 있다는 점이
　　다. 따라서 '홍길동전' '춘향전' '소대성전' '숙영낭자전' 등 사회소설,영웅소
　　설,애정소설의 범주에 들어갈 작품들도 모두 가정소설로 포함되는 양상을
　　보이고 있다". 박태상, 「조선조 가정소설 연구」, 연세대 박사 학위 논문.
　　1988. p15

재규정되어 가는 것이라고 보아야 한다. 그러나 이것은 가정소설의 본
질적인 성격이나 개념 자체를 無化시키려는 의도와는 전혀 무관하다.
오히려 각 역사적 시기의 가정소설적 작품 세계에 따라 그 시기의 가
정소설적 특징을 추려내고 이의 공통적 속성으로서의 가정소설의 개념
이 온당히 설정될 수 있다고 본다. 가정소설의 개념과 범위가 역사적
전개과정에 따른 그 변모의 실상까지 충분히 염두에 둘 때, '계모형'이
니 '쟁총형'15)(처첩형)이니 하는 각 유형의 가정소설들의 특성도 역사
적 전개 과정에 따라 그 문학사적 위상을 자리매김 할 수 있다고 본
다.16) 가정소설에 나타나는 '인물'이나 '사건', 그리고 '선악'에 관한 브
편적 이념에 대한 성격도 이들 작품이 기반하고 있는 사회 역사적 트
대 위에서 설정될 때 구체성을 획득할 것임은 물론이다.17) 이러한 사

---

15) 이는 마땅히 '처첩형'이라는 용어로 대체되어야 할 것이다. '쟁총'이 갖는 의
미는 임금에 대한 신하들간의 다툼이라는 의미로도 널리 사용되고 있으며, '
계모형'이라는 가정소설의 하위 유형의 용어가 그 소재적 관점에서 설정된
것이라면 여기에 대응되는 개념으로는 당연히 '처첩형'이라야 맞을 것이기
때문이다.

16) 예컨대 이른바 '계모형'은 17세기 초기적 가정소설에서는 드러나지 않고 18
세기 이후에야 집중적으로 드러난다. 그리고 이른바 '쟁총형'(처첩형)이라 불
리우는 한 가문 및 가정내의 처첩간에 개재되는 갈등사는 가정소설사에서는
점차 자취를 감추고 대신 서민적 가정의 비극으로서 계모 박대담이 더욱 적
극적으로 부각되고 있는 것이다. 이러한 것은 이들 계모형 및 처첩형이라는
하위 유형들은 가정소설사적인 입장에서 보다 더욱 명확히 규정될 수 있다
고 본다.

17) 이러한 사회 역사적 관점에서 파악할 때, 위의 우쾌제가 열행적 가정소설에
넣었던 <춘향전>이나 <심청전>에 나타나는 열의식이나 효의식은 가정소설
에 나타나는 그것과는 변별적인 층차를 지닌다고 보아야 한다. 춘향의 烈을
예로 들자면 그것은 춘향의 신분 상승의욕과 서민층의 상층문화에 편입되려
고 하는 열망의식이 투영된 것이라고 보아야 할 것이다. 이것은 가정소설에
서 나타나는 烈이 열행적 여성 인물의 시댁의 가문 및 가정의 존속을 위한
희생과 그 보답에 대한 의미로 구성되는 것과 근본적인 차이점을 보여주는
것이다.

회 역사적 관점에 볼 때, 가정소설은 17세기 이후 잦은 환국과 신분제적 변동 앞에서 가부장제 중심으로 동족 조직을 강화함으로써 문벌가의 존속적 위기를 최대한으로 막으면서 기존의 세력과 영화를 누리려는 의도에서 비롯된 작품들이다. 17세기에 출현한 <사씨남정기>나 <창선감의록>에는 이러한 문벌가의 존속적 의식을 중심으로 문벌가에 위협을 가하는 외부 세력에 대한 가차없는 징계와 문벌가인들에 대한 단속이 이루어지고 있음을 확인할 수 있다.[18] 그리고 이러한 사회 역사적 현실을 토대로 한 주제적 의식은 다음 시기인 18세기에 와서는 다소 약화되고 있기는 하지만 역시 이러한 관점을 유지하고 있는 형편이다. 이것을 18세기에 나타난 다수의 '통속적 가정소설'들을 통해 확인해 볼 수 있다.[19] 그리고 여기에 거론하는 <이춘풍전>은 바로 19세기 부화한 시정세태와 관련하여 등장하는 가정소설로서 뒤에서 언급할 <양긔손전>이나 <필사본 조생원전>과 같은 여타의 가정소설들과 그 시대적 성격을 공유하고 있는 측면이 강하다.[20]

여기서 이들 가정소설에 내재한 공통적 속성을 그 '인물 구도'적 차원에서 정리할 때, 가정소설은 문벌가를 지탱해 나가는 주요한 인물들로서 父와 夫와 婦 인물을 중심으로 그 가정 및 가문의 운명을 형성해 나가고 있음을 볼 수 있다. 이 때 父 또는 夫는 가장 또는 차세대 가장으로서 한 가문 및 가정을 주도해 나가야 지도적 위치에 있음에도 불구하고 혼미한 처지에 빠짐으로써 가정에 일대 위기를 가져오게 되는데, 이를 규범적이고 열행적 여성인물인 婦가 그 무한한 희생과 고

---

18) '초기 가정소설'의 작품세계와 그 핵심적 갈등상 그리고 주제적 의식에 대한 논의는 앞의 졸고 참조.

19) '통속적 가정소설'에 대해서는 앞의 졸고 참조.

20) <이춘풍전>과 이들 작품들이 세태적 가정소설로서 갖는 성격에 대해서는 본고의 6장에서 다루기로 한다.

난으로써 극복하게 되는 일련의 과정을 거치게 되는 도식을 취하고 있다. 婦는 바로 이러한 시댁의 가운을 회복시키는 데 절대적 역할을 하는 인물로서 당대의 규범적 지배 이념을 그대로 실천하면서 헌신적 희생을 감수하는 이념형 인물로 등장하고 있다. 가정소설에서는 妾보다는 妻를, 그리고 둘 이상의 처가 공존하는 경우에는 첫째 妻를 善性의 인물로 부각시키고 있는데, 이는 종통적 질서를 강조하여 시댁의 운명을 책임질 수 있도록 하는 역할을 부여하고자 한 것이면서 동시에 처첩간의 존재를 이상적 질서 상태로 병존시키려는 의도 때문이다.21) 따라서 가정소설은 17세기 후반 이래 사회 정치적 그리고 신분제적 차원에서 변화를 거듭하던 시기에 문벌가의 존속 의식을 위주로 하면서 다수의 처첩이 존재하는 가정내에서 발생할 수 있는 문제들을 기존의 가정질서를 유지시키면서 원만하고도 조화롭게 이끌어나가려는 의도를 지니고 있는 고소설 갈래라고 볼 수 있다. 물론 이것은 일반적인 차원에서 본 가정소설의 특성이기 때문에 역사적으로 전개되는 가정소설의 실상에 따라 나타나는 그 변모의 폭과 깊이를 결코 간과해서는 안될 것이다. 가정소설사적으로 보아 17세기 '초기 가정소설'에서 18세기

---

21) 이런 점에서 가정소설이 축첩제의 불합리와 같은 가정 제도에 따른 구조적 모순을 다루고자 했다는 것은 작품 자체의 실상과는 맞지 않는다. 이들 작품들에서는 축첩제를 전적으로 부정하는 의식을 볼 수 없고, 축첩제가 원만히 유지되지 못하게 하는 요인들을 중심으로 경계의 뜻을 담고 있기 때문이다. 따라서 오히려 둘 이상의 처첩이 병존하는 문벌가의 가정내의 질서를 존중하면서 그러한 가족 구성원간의 원만한 존속을 가부장제 중심으로 유지시켜 나가려는 의도가 이들 가정소설에 다분히 짙게 배어 있다고 볼 수 있다. 다음의 김대현의 논의에서도 이러한 점을 지적한 바 있다.
  "이를 봉건 가부장적인 가족제도와 축첩제의 불합리성과 그 사회적인 폐해,양반 귀족사회의 부패상을 폭넓게 폭로비판한 작품으로 평가하기도 한다. 그러나 귀족사회를 비판하는 것이 아니라 오히려 그러한 귀족사회의 유지를 위하여 작품이 쓰여졌다고 할 수 있다." 김대현, 『조선시대 소설사 연구』. 국학자료원. 1996. p259-260

‘통속적 가정소설’ 그리고 19세기 ‘세태적 가정소설’로 이동되면서 가장 주목되는 변모의 모습은, 첫째 그 배경적 측면에서 볼 때, 문벌가 중심에서 서민적 가정 공간으로의 이동, 또는 대가족 중심에서 부부중심의 가정으로 이동되는 모습을 주목할 수 있다. 둘째는 인물 형상으로 볼 때, 규범적 가장이 갈수록 추락 되어가는 과정이다. 셋째는 주제적 차원에서 볼 때 문벌가의 존속적 의식이 강조되는 것에서 현실 경제적 치산 또는 서민적 삶의 존속의 문제로 이동되고 있다. 18세기 이후에 등장하는 계모형 가정소설이 서민적 가정 삶의 내력을 드러내면서 무기력하거나 방황하는 가장 형상이 현실적 차원에서 그 뚜렷한 모습으로 등장하고 있는 것은 이러한 시대적 변모에 따를 때 흥미롭게 관찰할 수 있다. 이러한 가정소설이 시대적 변모를 겪는 과정에서 그 성격을 비교적 일관되게 유지하고있는 인물이 바로 열행적 여성인물이다. 이들 열행적 여성인물은 규범적 이념형의 인물로서 초기 가정소설에서부터 후대의 가정소설에 이르기까지 줄곧 시댁 또는 한 가정의 존속을 위해 눈물겨운 고난을 거듭 경험함으로써 가문 및 가정의 위기와 혼란을 수습해내고 있다. <이춘풍전> 역시 허랑한 夫의 유흥적 행태로 인해 가산이 탕진되는 모습을 보여주면서 이를 춘풍처라는 규범적이고 열행적인 여성의 활약과 인내로 인해 해결되어 나가는 과정을 보여주고 있다. 더 나아가 <이춘풍전>은 家長을 희화적 대상으로 적극 부각시키고 있다는 점에서 뒤에서 언급할 <양긔손전>과 <필사본 조생원전>과 함께 논의할 수 있으며 당대의 시정 현실과 관련하여 그 세태적 측면을 잘 드러내고 있어서 ‘세태적 가정소설’로 함께 묶일 수 있을 것이다. 17세기에 출발한 가정소설의 현실 세태적 모습을 여기의 <이춘풍전>을 비롯한 ‘세태적 가정소설’들을 통해 그 19세기적 변모의 모습을 살필 수 있게 되는 것이다. 따라서 <이춘풍전>과 관련한 이들 소설들을 기존의 가정소설적 개념으로 볼 때는 다소 이질적으로 보일 수 있으나 역사적 변모의 실체로서 갖는 이러한 세태적 가정소설로서 포괄하지 않을 수 없다. 만약 이러한 세태적 가정소설류를 가정소설사에서 빼버린다면 19세기에 와서 드러나는 가정소설의 행방을 찾기가 어려워질 뿐만 아니라 생동감 넘치는 가정소설의 현실세계를 도외시하게 되는 결과를 낳게 된다. 夫와 婦를 중심 인물로 구도하고 있는 <이춘풍전>을 가정소설적 관점에서 다루는 것은 전혀 이채로운 일이 아니며, 이들 두 인물의 형상을 중심으로 가정소설과의 연계를 다룸으로써 그 가정소설적 속성을 잘 드러낼 수가 있다. 이춘풍은 전통적 가정소설로 볼 때, 愚行을 저지르는 문벌가의 '개과적 인물'에 해당되며, 춘풍처는 賢妻요 규수로서의 열행적 여성인물의 연속선상에 놓여 있다. 특히 <이춘풍전>은 허랑한 가장을 賢婦가 교정해 나가는 과정에 초점을 맞추고 있다는 점을 감안할 때, <이춘풍전>의 말미에 기록된 다음의 말은 이 작품이 '규수서'요 '가정소설'임을 그대로 보여준다.

> 호조돈을 여슈히 다밧치고 상덕ᄒ니 슈만양 지순으로 노비젼답 다시 장만ᄒ여 의식이 풍족ᄒ고 뉴즈싱여ᄒ여 화연 평싱 조흘시고 그린 굿 읍시 지니스니 더져 일기 여즈로셔 손슈 남복ᄒ고 호계비장 나려가셔 츄월도 다스리고 츈풍갓튼 낭군도 다려오고 호조돈도 슈쇄ᄒ고 부부두리 종신토록 사라스니 만고의 희로ᄒ이린고로 더강 긔록ᄒ여 후셰 스람의계 젼ᄒᄂ니 만일 여즈 되거든 이른 일 효측하압소셔"22)

요컨대 <이춘풍전>은 허랑하고 주색에 방탕한 가장 인물을 둔 아내가 특유의 지혜와 담력으로 허랑한 가장을 선도하여 가정을 올바로 이끌어나가는 데 성공하는 과정을 그려낸 작품이다. 이런 점에서 춘풍처는 처첩형 가정소설에서 줄곧 발견되는 열장부적 여성인물의 19세기적

---

22) <이춘풍전>『필사본 고전소설 전집 6』. 아세아문화사 1980. p549. 이하에 거론하는 <이춘풍전>은 여기에 따른다.

모습으로 주목할 수 있을 것이다.

3. 열장부형 여성 인물 : 춘풍 처

<이춘풍전>은 허랑한 가장의 부화한 욕망을 그 처가 교정하여 治産에 어떻게 성공하고 있는가를 보여주는 감계적 행위에 얽힌 이야기이다.23)

<이춘풍전>의 가정소설적 성격을 가장 잘 드러내는 인물로는 단연 '춘풍의 妻'를 들어야 한다. 춘풍의 妻는 가정소설의 초기에서부터 이후 가정소설사에 지속적으로 등장하는 인물로서 '烈丈夫형 여성 인물'24)의 19세기 세태적 가정소설의 변용태로 나타나 있다. 다시 말해

---

23) 이 작품에는 유흥적 행위와 그것을 가능하게 했던 19세기 무렵의 市井 世態에 얽힌 부화한 풍속이 드러나고 있다. 특히 춘풍처가 평양감사와 결탁하여 기생에게 돈을 후려내고 그녀를 懲治하는 모습을 통해 관리의 불합리한 작태도 드러냈다고 볼 수도 있다. 그러나 이러한 것들은 이 작품이 가장의 자질 문제와 그의 처가 보여주는 규범적 역할을 보여주는 데 사회적 배경으로서만 작용하고 있다. 이러한 사회적 모순상은 이춘풍이라는 허랑한 가장의 행태를 드러내고 교정해 나가는 과정에서 나타나는 이른바 '주제론적인 틈새'로 볼 수 있을 것이다. 하순철은 춘풍처의 행위를 관권의 남용으로 보았고, 정병헌은 춘풍처가 부정적인 방법으로 자신의 입지를 강화했다고 했다.
   하순철, 「이춘풍전의 일고찰」, 『국제어문』 1, 국제대 국문과. 1979
   정병헌, 앞의 글, p595
24) '열장부형 여성인물'이란 경개방준(耿介方埈)한 성품으로 비분강개의 기상이 있어서 규범적인 기준에 어긋나는 일에 절대로 뜻을 굽히지 않고 자신의 의지를 관철시켜 나가는 여성인물형을 말한다. 여기에 덧붙일 것은 절개가 굳은 남자에 비견될 만한 여성인물이라는 이러한 뜻 외에도 '가부장적 가족 사회' 아래서 그러한 이념형식을 목숨처럼 준수하고자 하는 여성형을 의미한다. <사씨남정기>의 사씨, <창선감의록>의 화춘의 아내 임씨, 그리고 남소저 등이 여기에 해당된다. 이들은 규범적 이념형의 인물로서 시댁의 가운을

그녀는 17세기 이래로 가정소설에 등장하는 규범적 여성의 전통적인 모습에 뚜렷이 연결되고 있는 것이다. 열장부형 여성인물은 '문벌가의 존속적 의식'을 중심으로 삼는 전통적 가정소설들에서 문벌가의 존속을 위협하는 세력에 맞서 가장 두드러진 활약을 보여주고 있으며 가정소설은 이러한 여성 인물들의 至難한 고난과 희생에 힘입어 문벌가가 어떻게 존속되어 나가는가 하는 것을 집중적으로 보여주고 있다. <사씨남정기>의 사씨, <창선감의록>의 화춘의 아내 임씨, 그리고 남소저와 같은 인물들은 열장부형 여성인물로서, '초기 가정소설'에서 昬達한 夫가 빠질 수 있는 미혹함 그리고 기질적으로 暗昧한 夫의 침혹을 그 특유의 희생적 태도와 인고로 극복해 넘으로써 결국 한 가문 및 가정을 중흥시켜 내는데 성공하고 있다. 사씨는 昬達하여 벼슬권에 일찍 진출했지만 아직은 미숙한 차세대의 家長인 유연수가 교씨의 유혹에 넘어가 벼슬권에서도 추방되고 마침내 악인25)들에 의해 죽을 지경에 이르렀을 때 극적으로 구출해 내고 그를 改過시킴으로서 이후 유씨 가문을 창성하게 했다. 사씨의 존재적 의미는 오로지 그 오랜 고난과 희생을 통하여 夫를 회개시킴으로써 유씨 문벌가를 지탱시켜 나가는 데에 있으며 이것은 天道로써 그 정당성을 부여받고 있다.26) 그리고 <창선감

지키는데 무한한 희생을 다하지만 그것으로써 자신의 뜻을 실현하고 자존심을 지켜나가는 인물이기도 하다. 이들은 암매한 父와 夫들을 향해 예법에 따라 자신을 대접하고 맞이해 갈 것을 당당히 요구하는 모습을 보여주기도 한다.

25) 초기 가정소설에 등장하는 '악인'들의 현실적 성격에 대해서는 앞의 졸고 참조.

26) 사씨는 거듭되는 고난 속에서 天義를 듣게 된다.
"뉴가난 본디 귀젹션흔 스룸이라 오즉 불힝하여 너모 조달(昬達)ᄒ니 쳔ᄒᄉ를 모롤것이 업스나 술피지 못ᄒ난 일이 만흔고로 ᄒ늘이 일시 지화를 ᄂ리와 경계ᄒ랴 ᄒ시무로 부인이 가즁의 잇스면 못홀 것시미 잠간 ᄂ7-게 ᄒ시미라 긔과ᄒ물 기다려 부인으로 돕게 ᄒ미니 상쳔이 뉴가를 도으시미여

286

의록>의 임씨와 남소저 또한 이러한 비상한 烈의식으로 희생을 감수하여 마침내 花府를 일으켜 세우는 규범적 인물들이다. 그러나 이들은 희생양적 존재로서만 나타나는 것은 아니다. 이들은 '문벌가의 존속과 관련된 예법과 규범에 어긋날 때에는 누구에게라도 물러섬이 없으며 자신의 의지를 관철하고자 하는 강렬한 모습을 보여주고 있어서 규범에 벗어나는 인물들에게는 매우 두렵고 어려운 인물이기도 하다. 사씨는 처음에 유연수의 청혼을 받을 때부터 부귀를 빙자하여 색을 취하려 하는 뜻을 경계하여 제의를 거절한 바 있고, 유연수를 구출한 뒤에는 육례로써 자신을 모셔가라고 유연수에게 명하고 있다. 또 교씨와 유연수에게도 경계의 말을 잊지 않는다. <창선감의록>에 나타나는 임씨도 기질적으로 혼암하고 윤상에 어긋나는 夫, 화춘을 보고서 충고했으나 듣지 않자 한심한 사람으로 보고서 아예 상대도 하지 않았다. 그러나 임씨는 가문을 지탱할 수 있는 화진을 구호하는 등 화씨 가문의 존속에 관한 임무를 다하고 있다. 초기 가정소설에 나타나는 이러한 열장부형 여성인물들은 결국 문벌가의 존속을 위한 희생적 존재이며, 동시에 17세기 이후 강화되는 가부장제 사회제도를 떠맡아 나가는 대리인으로서 이념형적인 인물이다. 이들은 문벌가의 가부장과 아울러 규범적 존재의 嚴存을 상징적으로 보여주고 있다. 그리고 초기 가정소설 이후에 등장하는 통속적 가정소설류에서도 여러 가지 변모의 과정을

늘 부인이 엇지 이터도록 조급ᄒ뇨 부인을 참소ᄒ 진 비록 득지ᄒ여 음난ᄒ고 스치ᄒ나 져로 더부러 곡죽(曲直)을 닷톨비 아니요 말을 ᄒ량이면 입이 욕될지라 엇지 져갓튼 무리를 긔회ᄒ리오....... <사씨남정기> 『고소설 판각본 전집』. 나손서옥 간. p293

  이로써 볼 때 사씨는 미혹한 夫(유연수)를 개과시키고 유씨가문을 존속시키는 역할에 집중된 존재임을 알 수 있다. 그리고 사씨가 조령의 예시를 받고서 움직여나가는 것도 이러한 유씨 가문을 사씨를 통하여 존속시켜 나가려는 의도와 일치한다.

겨지만 이러한 '열장부형 여성인물'이 공통분모로 자리잡고 있다는 점에 대해서는 이견이 있을 수 없다. <조생원전>[27)]의 김씨, <월영낭자전>의 호월영, <정을선전>의 츄련 등도 앞의 초기 가정소설의 여성인물들에 비해서는 그 활약상이 상대적으로 소극적인 것으로 나타나고 있지만, 넓게 보아 이러한 열장부형 여성인물의 유형에 속한다고 볼 수 있다. 이들은 모두 닥쳐오는 고난을 희생적으로 감내하면서 동시에 의연한 태도로 가정사의 갈등을 가정의 창달로 연결시켜 내고 있다.

춘풍의 처는 이러한 초기 가정소설로부터 이어 내려오는 '열장부적 여성 인물'의 전통을 계승한 19세기적 가정소설의 열행적 인물이다. 그녀는 앞서 지적한 바대로 열장부형 여성인물이 지닌 두 가지의 성격, 다시 말해 가정의 존속을 위한 희생적 모습과 가부장제의 규범적 이념을 실현해 나가는 강렬한 의지적 측면을 모두 구비하고 있다. 그녀는 춘풍이 먼저 주색잡기로 가산을 완전히 탕진하자 먼저 충고의 말로써 치산에 힘쓸 것을 당부한다. 그리고 이내 그 자신이 나서서 특유의 생활력으로 가세를 일으켜 세웠다.

춘풍 안히 그동보쇼 우스면서 슈기 바다 함농 속의 넌짓너코 이날 부텀 치산할 제 침주 길삼 다ㅎ기다 오푼밧고 시버션 짓기 흔 돈밧고 쓰기 버션 두돈밧고 훈삼 ㅎ기 스돈밧고 흔옷기기 네돈 밧고 창옷지여 닷돈 밧고 도포ㅎ기 엿돈밧고 쳘늌ㅎ기 일곱돈 밧고 금침ㅎ기 흔 양 밧고 볼긔 누비기 양반 밧고 쳘늌ㅎ기 두양밧고 접옷 누비기 승양 밧고 관듸ㅎ기 봄이면 삼베ㄴ코 하졀이면 모시 누비 츄졀이면 염식ㅎ기 동졀이면 무명ㄴ코 일렁졀령 사시졀 밤낫읍시 함쎠 ㅎ니 사오연 너의 의식이 풍죡ㅎ고 가셰가 눈여ㅎ여 츈풍이 안히 덕으로 관망 의복 칠례

---

27) <조생원전>은 동일한 이름의 두 계열이 있는데 하나는 활자본이요 하나는 필사본이다. 전자는 남녀 결연담과 문벌가 내부에 존재하는 두 처의 존재간에 얽힌 갈등사를 합성한 구성법으로 되어 있고 후자는 계모가 전처자식을 살해하는 사건을 다루었다. 여기서 논의하는 <조생원전>은 활자본을 말한다.

ㅎ고 고양진미의 츰복ㅎ고....28)

춘풍으로부터 각서를 받고서 곧장 생활 전선에 뛰어드는 이러한 춘풍 처의 모습은 흥부와 흥부처의 치산을 위한 뼈를 깎는 노력을 연상케 한다.29) 위의 예문에서, 이것은 곧 그 자신이 희생적 존재이면서 동시에 의지적 존재임을 보여준다. 그러나 각서와는 달리 남편이 다시 허랑한 마음을 품고 평양에 들어가 추월에게 대혹하여 돈을 다뺏기고 그 사환으로 전락함으로써 철저히 치패했다는 소식을 듣게 된 춘풍처는 또 한번 절망하게 된다.30) 그러나 춘풍처는 이내 '우리 가쟝 경성으로 다려다가 호조돈 이천양을 한푼 읍시 다 가푼 후의.....부부두리 화락ㅎ여 빅연동낙ㅎ여 볼가'하는 의지적인 태도로 전환하여 가세를 다

---

28) <이춘풍전> p501-503

29) "흥보 안히 품을 판다. 오뉴월 밧미기와 구시월 짐장ㅎ기 흔말밧고 베홀기와 입만 먹고 방이찍키 삼기질 비미기와 물네질 뵈싸기와 머슴의 헌옷짓기 승고의 쌀너ㅎ기 혼중가의 진일ㅎ기 치쇼밧틔 오좀쥬기 효쥬곱고 장다리기 물방아의 쌀싸불기 밀미갈졔 집어너키 보리갈 졔 망웃눗키 못즈리씨 망풀뜻기 아기나코 첫국밥을 졔손으로 ㅎ여먹고 운기를 방통ㅎ되 결구질노 쌈을 니니 흔 씨도 쉬지 안코 밤낫스로 버을어도 장 굼난구나" <박타령> 『신재효 판소리사설집』. 강한영 교주. 교문사. p352

30) 잇씨 츈풍 안히 가군을 니별ㅎ고 빅가지로 싱각ㅎ며 밤낫즈로 하는 마리 쟝스의 ....평안히 도라옴을 천만 축슈바리면서 쥬야로 기다리되 츈풍이는 안니오고 풍편의 오는 마리 셔울사람 니 츈풍이는 형양 쟝스가셔 츄월이 구박ㅎ여 가도오도 못ㅎ여 상거린 홀노되여 츄월의 집 다시 잇셔 불사환흔단 말으르 견전히 으더 듯고 가슴을 두다리며 디셩통곡하는 마리 이고 이거시 웬말인고 슬푸다 이 니 가장 남과 갓치 낫건만는 어이 그리 헐량ㅎ고 쳥누 화방 잠연의계 흔 번 퓌가도 어렵거든 타도 타관 먼먼 길의 막즁 공젼 디여 씨고 외로히 느려가셔 허량히 치퓌 ㅎ단 말가 이고 이고 스름지고 뉘을 밋고 사쟌말고 젼싱의 무삼 죄로 인싱의 이갓치 되여 가쟝 ㅎ느 못만느셔 평싱의 이 고싱ㅎ여 인니 팔즈 일러한가 이고 이고 스름지고 ...." <이춘풍전> p524-523

시 일으켜 세울 준비를 갖추게 된다. 평양감사를 호위하는 호계비장으로 변복하여 추월과 춘풍을 함께 혼내주고 돈을 다시 빼앗아 춘풍을 改過시키는 과정에서 춘풍 처의 그 준엄한 열장부적 성격을 볼 수 있으며 가정을 회복시켜 나가는 그 啓導的 모습을 확인할 수 있다. 다음은 춘풍을 추월과 함께 꾸짖고 다스리는 춘풍 처의 모습이다.

> "이놈 네 드려라 네가 츈풍이야 너는 웬놈으로 박즁 국젼 호됴돈을 시변으로 너여씨고 평양장스 느려와셔 사오연히 지녀가되 일푼 상납 아니ᄒ기로 호조의셔 관ᄌ하여 너을 잡아 쥬기라 ᄒ여스니 너는 죽기을 사양치 말ᄂᄒ고 사령의게 호령ᄒ여 각별 미우치라 ᄒ니 사령이 미을 들고 십여두을 즁장ᄒ니......유혈이 낭ᄌ한지라.....네 듯거라 그 돈을 다 웃지ᄒ엿느야 튀젼을 ᄒ엿느야 쥬식의 쎳느야 돈쓴 곳을 바로 알오여라 춘풍이 셩틀우의셔 울면셔 엿ᄌ오리다. 소인히 호조돈을 너여씨고 평양의 나려와셔 너 집 쥬인 츄월이와 일연 함계 놀고느니 일푼 돈도 읍셔지고 이 지경이 되어스니 나리님 분부더로 죽기거느 살이거느 ᄒ옵소셔 비쟝이 근본 츄월이라 ᄒ면 원슈갓치 아는 즁의 이 말 듯고 일얼 갈고 호령ᄒ여 ....네가셔 그연 잡아오라 밧비 ....."31)

가정소설에서 婦는 허랑한 가장을 개과시켜 가정의 운명을 단속하는 역할을 맡고 있음은 더 말할 필요가 없다. 위에 나타나듯이 춘풍을 '이놈 춘풍아'하면서 가혹할 정도의 준엄한 모습으로 꾸짖고 다스리는 춘풍 처는 바로 17세기 이후 문벌가의 규범을 더욱 철저히 단속하고 강화시켜 나가는 열장부형 여성인물의 19세기 세태적 실현상을 보여준다. 이러한 춘풍 처의 계도적인 모습은 <활자본 조생원전>의 婦 김씨와 매우 닮았다. 김씨는 자신과 결혼한 혜성이 부모의 허락없이 성친한 것을 알고서 시아버지 조생원의 명에도 불구하고 노복을 따라 나서지 않았다. 그리고 자신을 예법으로써 맞아들이지 못하고 병들어 누우버

---

31) <이춘풍전> p539-540

린 혜성을 시아버지 편에 부치는 편지에다가 '졸장부'라고 표현해 내고 있다. 그리고 예의로써 자신을 불러들이자 김씨는 병든 혜성 앞에 나아가 "대장뷔 입신양명하야 문호를 빗내미 올커늘 일개 녀자을 사렴하다가 병이 되여 이 지경에 이르러 남의 우음을 취하니 첩인들 무삼 면목으로 구고와 제인을 대할 낫치 잇스리요" 하면서 맹렬히 비난하는 것을 서슴지 않는다. 이러한 열장부형 여성인물은 미혹한 夫가 존재하는 문벌가에서 필수적인 존재였음은 물론이다. 위에서 보듯 남편을 다스려 개과시켜 나가는 춘풍처는 이러한 열장부형 인물의 충실한 계승자임을 알 수 있고 이는 이 작품의 마지막 대목에서 춘풍이 끝까지 정신을 차리지 못하고 춘풍처 앞에서 다시 한 번 교만을 부리자 '이 멍청아 안목이 그다지 무도흔가' 하고 그만 욕설을 퍼붓고 마는 데에도 재확인할 수 있다. 이는 <활자본 조생원전>의 김씨가 보여주는 준엄한 계도적 모습에서 그 유사성을 찾을 수 있는 것이다. 물론 여기의 춘풍처가 보여주는 욕설에는 문벌가의 규범을 철저하게 단속시켜 나가려는 상충적 관점에서보다 남편에 대한 서민적 애정의 어조가 배어 있음을 놓칠 수는 없다. <이춘풍전>에서 춘풍 妻를 통해 드러나는 이러한 婦德에 대한 강조는, 17세기 이후 강화되었던 가부장제 중심의 문벌조직과 가문내 가정의 존속의식이 세태적 관점에서 수용된 것으로 "그녀의 눈부신 활약은 영웅소설 속의 여걸들과는 다른 의미의 여걸적 모습이라 할 수 있다"32)는 평가를 받기에 부족함이 없는데 여기에서 '영웅소설 속의 여걸과는 다른 의미의 여걸적 모습'이란 다름 아닌 가정소설의 전통 속에 확고하게 자리잡은 열장부형 여성 인물을 말하는 것으로 해석되어야 할 것이다.

　이렇게 볼 때 <이춘풍전>은 가정소설의 전통적 맥락에서 다뤄질 수

---

32) 여운필, 「이춘풍전」. 『고전소설연구』. 화경고전문학연구회편. 일지사. 1993. p1012.

있다는 점을 그 여성인물의 형상화 측면에서 확인할 수 있는데, 물론 여기에는 초기 가정소설에서부터 내려오는 열장부형 인물의 모습과 그대로 일치하는 것만은 아니다. 소설의 첫 대목에서 춘풍 처가 춘풍을 향하여 '치산을 늣치 말고 부부 두리 죵신토록' 열심히 일을 하자는 말을 통해 볼 때, 이미 문벌가 중심의 존속의식에서 탈각되어 부부 중심의 서민의 가정 세계로 작품이 이동되고 있음을 알 수 있다. 다수의 처첩이 병존한 문벌가의 가정에서 제기될 수 있는 처첩 사이의 갈등사가 서민적 가정의 경제 문제를 중심으로 전환된 것이다. 그리고 열장부형 여성인물들이 대부분 祖靈과 같은 신이적 도움으로 그 도저한 고난을 이겨나가고 있는 데 비해 춘풍의 처가 그의 현실적 생활력 하나로 해결해 나가는 수법적 측면에서의 차이도 엿볼 수 있다. 그러나 허랑하고 혼미한 가장의 행태를 문제삼고 이를 열장부형 여성인물이 개과시켜 나가는 가정소설 일반의 도식에는 변함이 없다. 단지 처:첩의 관계가 처:기생의 관계로 나타났고 이러한 갈등 관계가 실현되는 곳이 문벌가의 가정에서 서민적 가정으로 그리고 서울과 평양과 같은 사회적 市井 공간으로 이동되었을 뿐이다. 이러한 차별상에 대한 의미 부여의 태도 여하에 따라서 갈래의 소속문제는 달라질 수 있다고 보는데, 가정소설과의 연계적 관점은 의심할 바 없다고 본다. 또 <이춘풍전>이 시정 세태적 성격을 더욱 많이 함유하고 있기는 하지만 역시 '가정'의 문제로 수렴되고 있다는 것을 부인할 수 없다. 그리고 초기 가정소설에서 보여지는 강력한 가장권은 이후의 가정소설사적 전개에서 볼 때 약화되고 있으며 이는 곧바로 妻의 비판적 성격이 더욱 강화되는 현상과 맞물려 있다. <이춘풍전>은 바로 허랑한 가장 형상과 처의 비판적 성격이 극대화된 지점에서 생성된 작품이라고 볼 수 있다. 이런 점에서 앞서 든 이춘풍전의 말미에 있는 '만일 여즈 되거든 이른 일 효측하압소셔'하는 말은 그저 형식적인 말이 아니라 이 작품의 여성 독자를 더욱 염두에 둔 것으로서 이 작품의 갈래적 속성을 선명히 드러냈다고 볼 수 있는 바, 규수서로서의 <이춘풍전>의 가정소설적 성격을 뚜렷이 드러내고 있다.33)

4. 가장 형상의 추락상 : 춘풍

가정소설에서 가장 중요하게 다루는 것 중의 하나는 가정의 존속에서 중핵적 위치에 있는 가장의 자질 문제이다. 가부장제 사회 구조 아래서 가장은 절대적 권한을 지닌 존재이며 동시에 한 가문 및 가정의 운명을 책임지고 있기 때문이다. 열장부적 여성인물의 존재 의의는 사실 혼암에 빠진 가장을 개과시켜 시댁의 운명을 단속시켜 나가는 데에 있다고 볼 수 있다. 그만큼 초기 가정소설 이후 전개되는 가정소설에서 나타나는 가장들(현재의 가장 또는 차세대 가장)은 혼암에 빠진 '문제적 인물'들로 나타나고 있다.34) <이춘풍전>에서 '문제적 인물'은 당연히 家長인 이춘풍이다. 그가 문제시 되는 것은 '배비장전 유형의 소설'들에서처럼 그가 위선적인 양반이거나 관인사회에서의 경직된 인물로서가 아니라 그가 가정의 존속에 위협을 가하고 거듭 파탄시켰기 때문이다. 때문에 춘풍 처는 가장인 이춘풍의 사회적 수완이 모자라거나

---

33) 이런 점에서 하순철이 "이춘풍전의 김씨의 행동을 통해서 .....현실을 직시하고 자기 자신의 운명을 스스로 개척해 나가는 평민으로서의 자각과 적극적으로 남편을 구하고 가정을 지키는 烈女로서의 면모를 볼 수 있다"고 한 지적은 적절한 것이다. 하순철. 앞의 글 p94.

34) 이 때 '문제적'이라 함은 개인의 심성을 포함하여 그가 저지르게 되는 일체의 과오를 말하는 것이지만 종국적으로는 가문 및 가정의 존속과 관련되어 있음은 물론이다.

위선적인 성격을 문제삼는 것이 아니라 家長이 야기하는 경제적 치폐에 따른 가정의 운명을 문제삼는 것이다. 이런 점에서 볼 때, 이춘풍은 가정소설사에서 전개되는 가장 형상의 연속선상에 있으면서 그 변모의 모습을 보여준다.

초기 가정소설에서부터 이후 전개되는 가정소설에서 혼암한 가장으로서의 '문제적인 가장'이 등장하지 않는 경우는 거의 없다. 그런데 이러한 家長 형상의 전통적 관점에서 볼 때 '가장'의 개념에는 두 인물이 포함 되는데 하나는 父요 또 하나는 夫이다. 家長이라 함은 '가족에 대한 지휘통솔자'요 '가족의 대외대표자로서 집의 어른을 뜻하는 것으로 일반적으로 父를 의미한다. 그러나 부모와 함께 살지 않는 부부 중심 가족에서는 夫가 곧 家長이 된다. 전통적 가족 제도에서 父權은 자녀 관계에서, 夫權은 처첩의 관계에서 보다 더 인정될 수 있는 개념으로 보아야 할 것이다.35) 이 때, 이춘풍의 가정은 직계가족이 아니라 부부 중심으로 이루어졌기 때문에 이춘풍은 夫이자 가장이 되고 가정소설사의 맥락에서 볼 때 혼암한 夫의 연속선상에서 다룰 수 있다.36) '문제적

---

35) 이상의 家長에 대한 개념의 이해는 박병호,「한국의 전통가족과 가장권」, 『한국학보』 2집. 봄호. 일지사. 1976 참조.

36) 17세기 이후 전개되는 가정소설 속의 가정형태는 모두 부모와 자식이 동거하는 직계가족으로 이 때의 父가 곧 家長으로 나타난다. 특히 <창선감의록>과 같은 작품에서는 문벌가들끼리의 연합이 이루어져 함께 사는 형태를 드러내기도 한다. 그리고 이 때의 父는 그 자신의 부부관계를 중심으로 하여 펼쳐지는 가정 생활에서의 면모를 드러내는 존재로서가 아니라, 차세대 가장으로서의 아들이 가정을 이끌어나가는 과정을 지켜보며 家道를 주관해 나가는 모습으로서의 모습이 더욱 부각되어 있다. 이러한 가부장은 앞서 말한 열장부형 여성인물과 함께 그 규범적이고 계도적인 역할을 함께 공유하고 있다. 또 가정소설에 등장하는 가장들은 정치세계에 관심이 없거나 간신이 발호하는 등 자신의 뜻과 맞지 않아서 귀향하는 모습을 대부분 드러낸다. 그리고 가정의 세계에서 자식을 교육시키고 성친하는 일을 중심으로 그의 가장으로서의 권한과 의무를 다하는 모습을 보여주고 있다. <사씨남정기>의

가장'으로서 夫의 형상은 앞장에서 열장부 여성인물이 개과시키고자 하는 인물로서 주목한 바가 있다. 夫로서 그들이 저지르는 대부분의 과오는 본처의 뒤에 영입된 첩이나 후처에게 미혹되는 것이 대부분으로, 초기 가정소설의 경우 교씨에게 미혹된 유연수, <창선감의록>에서 그 혼탁한 기질 때문에 본처 임씨에게 외면당하고 조녀에게 침혹되는 화춘의 모습을 통해 특히 두드러지게 나타난다. '통속적 가정소설'의 경우에는 <활자본 조생원전>에서 夫 조혜성이 후주에게 침혹되어 열장 부형 여성인 김씨를 축출하는 모습에서도 드러나고 있다. 또 <양풍전> 의 家長 양티빅 역시 과오를 거듭 행하는 문제적 인물이라는 점에서 이춘풍의 형상과 근접되는 모습을 볼 수 있다. 그는 1남 2녀를 둔 가 장으로서 첩 송녀를 얻으면서 단박에 미혹되어 본처와 자식들을 한꺼 번에 내쫓았다. 본처가 죽자 그 치상도 외면하고 전처자식들이 돌아와 의탁하기를 간청하자 다시 내쫓으려다가 송녀의 명령에 따라 자식들을 노복처럼 부리는 한편 자신의 딸을 송녀의 사촌 오라비와 혼인시키려 하는 혼암의 극치를 보여 주었다. 이래서 그는 父와 夫로서 결함을 집 중적으로 드러내고 있는 만큼 자식과 아내로부터 호된 비판과 저항을 받게 된다.37) 요컨대 그는 女色에 침혹된 허랑한 가장으로서 희화적

유희와 <창선감의록>의 화욱은 모두 그 자식들의 교육과 결혼문제에 각별한 관심을 기울이는 모습을 드러내며 규범적 형상으로 자리잡고 있다. 그런데 이들 가부장의 규범적 형상은 후대로 올수록 무력화되는 경향을 보이면서 감계의 대상으로 부각되었던 아들의 미혹함을 그 스스로가 저지르는 등 성 격 형상에서 부자관계가 역전되는 현상을 보여 주기도 한다. 여기에서 차세 대 가장으로서 아들(夫)와 더불어 가정소설사에서 나타나는 가장 父 형상의 하락 과정을 확인해 볼 수 있다.

37) 다음은 양티빅의 아내가 항변하는 내용이다.
  "(최씨부인이)고셔의 ㅎ엿스되 조강치쳐는 불하당이라 ㅎ엿고 쏘흔 첩이 칠거지악이 업거늘 무고히 너치고져 ㅎ시니 이는 천고의 업슨일이오 쏘 고 언의 ㅎ엿시되 쳐지 죄악이 이셔도 도라갈 곳이 업거든 너치지 말나 ㅎ엿스

대상으로서 부각되고 있고, 이 점에서 이춘풍과 연결되고 있는 것이다. 이어 양티빅은 처와 자식들을 내쫓은 뒤 거듭 몰락의 길을 밟게 된다. 가산을 모두 첩 송녀에게 뺏기고 돌보아주는 사람이 없는 그는 눈까지 멀게 된다. 그는 송녀가 이웃 소년과 통간하며 무수히 농락하는 것을 보면서 후회의 나날을 보내게 된다. 이러한 양티빅의 미혹과 몰락과정은 이춘풍이 기생 추월에게 가산을 탕진하고 그의 사환이 되어 고생하는 모습과 흡사하다. 요컨대 이춘풍과 양티빅은 모두 여색에 몰두하다 치패한 경우이고, 이러한 것은 차세대 가장들이 처,첩에 미혹되어 문벌가의 존속을 위태롭게 하는 전대의 가정소설에서 쉽게 찾아볼 수 있는 것이다. 단 <양풍전>은 첩에 미혹되어 자식과 처를 모두 내쫓는 행태로써 父와 夫 양 측면에서 모두 비판의 대상이 됨으로써 여색에 몰두한 가장의 몰락을 심하게 보여주고 있다는 점에서 그 차이점을 드러내고 있다.[38] 이춘풍은 이러한 가장의 추락상이 보다 극단화된 형태로 나타나고 있는데 작품 전편을 통하여 이러한 추락상에 따른 생생한 고습을 볼 수 있다. 춘풍처가 호계 비장으로 변장하여 관정하에 이춘풍

오니 첩이 부모 형졔 업거늘 어디로 가라ㅎ시고 이가치 구축ㅎ시니 이 엇진 연괸지 아지못ㅎㄴ이다 ” <양풍뎐>(한성서관본 양풍운전 1915. 『구활자본 고소설 전집 9』. 인천대 민족문화연구소. p4-7)

　다음은 양티빅의 딸 치옥이 송녀의 사촌 오라비에게 시집갈 수 없다고 항변하는 내용이다.

　“부친계옵셔 모친을 무죄히 닉치시미 모친이 한을 먹음고 병이 되여 셰상을 니별ㅎ시미 다 숑녀의 빌믜로 된 비니 송녀는 소녀의 원쉬라 자식이 되여 엇지 원슈의 친족인들 셤길 도리가 잇스오리잇가 부친 명녕을 거역ㅎ오미 인ㅈ의 되 아니오ㄴ 이 일은 당ㅎ와는 죽어도 봉승치 못ㅎ리로소이다” <양풍뎐> p15-16.

38) 이 외에도 <이춘풍전>과 <양풍전>은 <양풍전>의 주인공 양풍의 군담적 활약 아래 가정이 회복되고 양티빅이 불명을 회과하는 데 비해, <이춘풍전>에서는 아내의 현실적인 치산의 노력 아래 가정사가 해결되고 있는 점에서도 차이점을 주목할 수 있다.

을 꿇어 앉히고 '이놈 네 드러라'하면서 '유혈이 낭자하게' 곤장으로 치면서 그 허랑함을 징치하고 있고, 결말 부분에서 이춘풍이 다시 허세를 부리려 하자 춘풍처가 '등을 밀치면셔' '이 멍청아'하고 그 위신을 노골적으로 떨어뜨리는 모습을 볼 수 있다. 이렇게 볼 때, 이춘풍은 초기 가정소설 이후 전개되는 작품들에 나타나는 첩에 미혹되어 문벌가의 존속을 위태롭게 하는 혼암한 夫 형상과 연속선상에 놓여 있으면서, 동시에 가정소설사의 전개에서 나타나는 허랑한 夫의 추락상을 세태적 현실상의 노출과 함께 가장 극단적으로 실현하고 있는 인물이라고 볼 수 있다.

5. 〈이춘풍전〉과 세태적 가정소설

앞에서 살핀 바와 같이 〈이춘풍전〉은 父, 夫와 婦로 구성되는 가정소설적 인물 구도와, 가문 및 가정을 존속시켜 나가는 주제의식의 차원으로 볼 때 가정소설로서의 성격을 뚜렷이 지니고 있음을 알 수 있다. 그러나 이로써 〈이춘풍전〉이 지니는 가정소설적 성격을 충분히 밝혔냈다고 보기는 어렵다. '계모형'이나 '처첩형'으로 분류되는 가정소설의 유형 속에 그대로 유형화시킬 수 없는 〈이춘풍전〉과 같은 일군의 소설들을 가정소설 속에 편입시켜 다룰 수 있는 개념틀이 필요하다. 이 점은 특히 17세기에 출현한 가정소설이 18,9세기를 거쳐 나타나는 그 후대적 형태에 대한 행방을 뚜렷히 지적할 수 있어야 한다는 소설사적 관점에서 보더라도 필요한 일이 될 것이다. 따라서 여기에서는 〈이춘풍전〉과 더불어 19세기의 가정소설적 행방을 보여줄 수 있는 소설들을 살피기로 하는데, 이러한 당대의 현실 세태적 측면을 생동감있게

드러내면서 판소리적 요소를 다량 함유하고 있는 가정소설류를 '세태
적 가정소설'이라 명명하기로 한다.39) 이들 가정소설이 '현실 세태적
측면을 생동감있게 드러냈다'는 뜻은 초기 가정소설 이후 통속적 가정
소설에 이르기까지 문벌가 중심의 존속적 의식을 드러내기 위해 설정
던 규범적인 가문 및 가정생활에 얽힌 인물구도 및 주제적 의식에서
벗어나 서민 현실적 차원에서 벌어지는 가정생활의 세태를 보여준다는
뜻이다. 따라서 세태적 가정소설에서는 규범적인 상층세계의 삶보다는
서민적 가정 삶의 실상을 보이는 데 주력하고, 양반가의 가정세계를
다룰 경우에도 현실적 차원에서 전개되는 다양하고 탈규범적인 모습을
그대로 드러내고 있다. 이런 점에서 볼 때, 이미 통속적 가정소설에서
부터 등장하는 이른바 계모형 가정소설들은 서민 현실적 가정세계의
실상에 근접해 있다고 보여진다. 여기에서는 전처 자식이 죽은 뒤에
후처의 횡포로 인해 고뇌하고 무기력한 모습을 보여주는 가장이 등장
하고 있는데40), 집을 떠나 방황하는 家長이 동정적인 시각에서 그려지
고 있는가 하면, 첩이나 기녀에게 침혹되어 가산을 탕진하는 허랑한

---

39) 가장의 추락상과 관련지어 볼 때 통속적 가정소설 중에서 <양풍전>이 <이
    춘풍전>에 거의 근접되어 있다는 점은 전술한 바와 같다. 서술의 문맥에서
    도 양터빅은 첩에 미혹되어 가산을 탕진하고 눈까지 머는 전락을 거듭함으
    로써 희화적 대상으로 드러나 있다. 그러나 양풍전은 이러한 세태적 측면을
    드러내면서 동시에 아들 양풍의 군담적 활약과 합성화됨으로써 통속적 흥미
    를 위주로 재편되는 경향을 강하게 보여 주었다.
40) <어룡전>을 대표적으로 들 수 있다. <어룡전>의 가장 어이관은 후처의 영입
    에 따라 전처자식이 박대를 받음에 따라 관직을 포기하고 돌아와 축출된 자
    식들을 찾으러 집을 떠나가고 있다. 이는 본처가 죽은 뒤에 맞이하는 후처
    의 횡포와 전처 자식들에 대한 사랑 사이에서 흔들리고 갈등하는 현실적 범
    부의 모습을 드러내고 있으며 이는 문벌가의 문제에 한정된다기보다는 오히
    려 서민 현실적인 문제로서 그 비극적 성격을 지닌다고 본다. 이른바 계모
    형 가정소설들은 이러한 서민 현실적 성격을 띠고 있는 것으로 파악할 수
    있다.

가장상이 등장하는 것은 바로 초기 가정소설의 규범적 세계에서 현실 세태적 가정소설로 이동되는 과정을 보여준다 하겠다.[41)

이렇게 볼 때, <이춘풍전>과 동궤선상에서 그 세태적 모습을 드러내는 작품으로 <양괴손전>과 <필사본 조생원전>[42)을 들 수 있다. 이 중에서 <이춘풍전>은 그 세태 풍자적 측면에서 널리 검토된 바가 있고, <양괴손전> 역시 '세태소설'로서 다뤄진 적이 있다.[43) 그리고 <필,조>는 계모 박대담 가정소설로서 그 서민 세태적 현실상이 강하게 드러나 있음을 볼 수 있다.[44) 단순히 그 소재적 차원으로만 본다면, <이춘풍전>은 처첩관계에 얽힌 가정소설의 19세기 세태적 정착으로 볼 수 있고, <필,조>는 계모 박해담 가정소설의 19세기 세태적 정착으로 꼽을 수 있을 것이다. <필,조>는 계모의 재산욕으로 전처자식을 신행 첫날밤에 죽이는 계모 모략형의 이야기에 이어 열장부형 여성인물 배씨의 집요하고도 눈물겨운 가문 및 가정에 대한 수호의지로 후손을 잇고 해체된 가정을 번영시켜 나간다는 줄거리를 지니고 있다. 따라서 열장부형 여성인물이 겪는 지난한 고난과 그 규범적 역할이 강하게 강조되고 있기 때문에 책에서도 표시되어 있듯이 '이생원댁 규수서'로서의 성격을 뚜렷이 드러내고 있고[45) 이는 婦德을 드러내고자 하는 <이춘풍전>과 동

---

41) 또한 세태적 가정소설의 현실적 성격을 뚜렷이 규정짓고 있는 것으로서 이들 소설들에 내재된 판소리적 요소를 들 수 있는데 '세태적 가정소설'과 판소리의 교섭 관계에 대해서는 별고의 논의를 필요로 한다.

42) <필,조>로 약칭한다

43) 조동일은 양괴손전을 '세태소설의 등장' 편 속에서 다루고 있다. 『한국문통사 3』 지식산업사. 1984 p513

44) 조동일은 계모 박대담 유형의 가정소설인 <장화홍련전>을 세태소설의 항목에서 다루었다. 앞의 책. p511

45) 『한글 필사본 고소설 자료총서 58권』(박순호 교수 소장본·월촌문헌연구소 편·오성사 1986)의 시작은 '이싱원딕 규수셔라'고 표시되어 있다. 이는 <필,조>가 婦德을 강조한 가정소설임을 보여준다.

일하다. 그러나 세태적 가정소설로서 <이춘풍전>과 동일선상에서 논의
되어야 할 사항은 아무래도 그 세태적 측면에서이다. 이 작품에는 19
세기 무렵의 세태를 생생하게 묘사하는 대목이 등장하고 있음을 주목
할 수 있다. <이춘풍전>이 19세기 세태로서 부화한 유흥적 풍속을 이
춘풍이라는 허랑한 가장을 조명하는 과정에서 드러내듯이 <필,조>에서
도 서민적 가정의 삶과 하층민의 생활상이 再娶한 가정의 비극상을 중
심으로 전개되어 나가는 도중에서 드러나고 있는 것이다. 조영과 신부
장씨가 첫날밤에 나누는 정담의 내용은 서민적 가정의 행복관을 드러
내고 있고,46) 조영이 죽은 뒤 유복자인 '천힝'이 장씨의 명에 따라 가
출한 조부를 찾아나서는 대목에서 이러한 당대의 세태적 분위기를 확
인해 볼 수 있다. 이는 "천향(천힝)이 걸식하며 돌아 다닐 때 부자집
부엌에서 자고 주막집 술지갱이를 먹기도 했다든가, 절간에 들어가면
모군들이 끌어내고 여막에 들어가면 등짐 장수가 구박한다는 것은, 비
록 간단한 서술이나마 당시 가난한 유랑민의 삶이 반영된 것이다."47)

46) 다음의 대화를 통해서 이들의 의식이 일반 서민 생활적인 감각에 밀착되어
　　있음을 알 수 있다. 따라서　이 작품으로서 초기 가정소설에서부터 내려오
　　는 문벌가중심의 의식으로부터 벗어나 현실세계로 이동된 모습을 살필 수
　　있다.
　　　"신부다려 ᄒ난 말리 니 신셰 들러보소 십세젼의 모친일코 게모의계 구박
　　만ᄂ 금강산 수월안에 수연공부ᄒ여더이 부친의 명영으로 임지의계 연분민
　　즈 모친형졔 가진 문에 호스로 셩취ᄒ이 그 안이 조홀손가 아달낫코 딸낫코
　　빅연해로 하여보새 신부ᄒ난 마리 니 아모리 여자라도 칠건지악 아직 업고
　　삼족지병디강 알고 아달낫고 딸낫키은 그 집 가운이라 미리 알비 안이로되
　　반느질과 질삼등졀 어렵지 안이하고 춘경츄학가간스은 임으휘지할거시오 부
　　모으계 회도 형졔간에 우익하며 일가친척화목ᄒ고 남노여비 교운하니 난 치
　　날연이와 드리이 계모임이 셩졍이 괴왁하야 죠셕변덕하다 하이 시부임 ᄆᆞ세
　　후예 화근이 될적시이 순님군 쏜을 바다 불격간 ᄒ거ᄒ오 온갓 졍담 셔로
　　하고 자미 잠간 드려더이....." <필,조> 『필사본 고소설 총서 57권』. (박순호
　　교수 소장본) p779-780
47) 서인석, 「조생원전 필사본의 문학사적 성격」.『국어국문학연구 19』. 영남대

는 언급에서도 확인해 볼 수 있다. 이 외에도 여러 세태적 측면을 가장 포괄적으로 규정지을 수 있는 요소로 들어야 할 것은 역시 이 작품의 판소리적 요소이다.[48] 우리는 이 작품을 통해 가정소설의 구어적 정착 그리고 현실 세태적 측면에서 언급되는 서민 가정의 비극적 실상에 접할 수 있다. 본처가 죽은 후 전처 자식과 후처간에 발생할 수 있는 가정사의 비극은 서민 가정의 현실세계에 근접되어 있다. 이 점에서 이른바 계모형 소설에 나타난 비극성은 그 세태적 측면에서 다룰 수 있다고 본다.[49] 한편 이 외에도 <필,조>는 家長 위상의 추락상과 관련지어서도 세태적 현실성을 파악해 낼 수 있다.[50] 또 재취하는 과정에서 겪을 수 있는 서민 가장의 심리적 고통이 이 작품에 잘 드러나 있다.[51]

국어국문학과. 1991. p107

48) <필,조>의 판소리적 요소에 관한 논의는 권영철,「조생원전(권본)에 대하여」,『최정석 박사 회갑 기념논총』 그리고 서인석의 앞의 글에서 자세히 다루어 검증한 바 있다.

49) 계모 박대형 가정소설을 그 서민적 비극성과 관련지어 세태적 가정소설로 편입시켜 논의할 수 있는 가능성에 대해서는 후고를 기약한다.

50) 조생원의 출신 성분이나 그의 성격 그리고 이와 관련된 <필,조>의 여러 세태적 성격에 대해서는 별고를 통해 상론하기로 한다.

51) "죠싱원이 영을 불려 누누이 당부하난 마리 예날 밍즈 모친 삼천지고 ㅎ여 닉여 셩헌 아달두어잇고……너도 공부 심쓰하야 문장 되여셔라 불젼의 지비ㅎ고 산신젼의 츄원ㅎ고 셜암당계 하직ㅎ고 즈식 영의 손을 잡고 무수이 계계ㅎ며 암당박계 썩나시이 눈물리 소사나고 갈길리 아덕ㅎ야 여실좌우 하거구나 영아 영아 우지말고 어여비피 드려가셔 아부 싱각부터 말고 공부나 심셔하라 영의 거동 볼짝쓰면 낙낙장송 비쪄셔셔 두 긔미터 허려나니 눈물리라 이리 싹고 져리 싹고 아부아부 우리말고 평안이 힝차ㅎ오 언제나 오실나요 멋밤이나 지닉거던 오실나요 죠싱원 ㅎ난말리 후달의 올거씨이 부디부디 잘 잇써라 청암절벽 빅긴질의 완완이 나려오며 거음거음 도라보니 가삼이 칵믹키고 셔음이 칭양업다 혼즈 자탄ㅎ난마리 숭쳐ㅎ난 셰상 쓰남아 본쳐으 작식두고 지취을 조심ㅎ오 오날날 니 경상이 아비 허물 그 안인가 그령져령 도라와셔 나리가고 다리가니 가삼에 씻인 회포 겸겸이 더려가되 영의 얼골

가정소설에 수용되고 있는 판소리적 요소 그리고 그 세태 현실적 성격은 비단 <이춘풍전>과 <필,조>에 한정될 것은 아니다. <장화홍련전>의 이본 중에서도 그 판소리적 요소를 드러낸 것이 있다.52) 그리고 판소리와의 연계성을 문헌적 기록으로 따질 수는 없지만 구어적 일상어의 자유스런 표현법을 구사하면서 판소리적 회화와 냉소 그리고 해학적 분위기를 일관되게 형성함으로써 세태적 묘사에 성공하고 있는 작품으로서 <양긔손전>을 들 수 있다. <양긔손전>은 부분 묘사에 중점을 두고서 판소리 특유의 장면화 기법을 훌륭히 수용하고 있다. 그리고 인물들간의 대구를 이루는 해학적인 대화가 길게 계속되고 있으며 사물들의 열거로 인한 경쾌한 언어 유희적 모습을 실감나게 보여주고 있다. 이로써 우리는 이 작품을 통해 허랑한 가장 인물을 풍자하는 한편 회화적 웃음을 제공하는 판소리적 서술의 묘미를 느낄 수 있다. 내용상으로 보아 <양긔손전>은 기존의 가정소설적 개념으로는 다소 예외적이라고 볼 수 있는데 '기특한 첩'으로 인해 허랑한 가장 아래서도 가정이 창성해 나가는 과정을 흥미롭게 보여주고 있다. 양긔손은 못생긴 본처를 버려두고 미색의 첩에게 미혹되어 그 가정을 참담할 정도로 궁색하게 만들었다. 처참한 가난 속에 빠진 본가의 모습은 첩과 호사스럽게 놀아나는 양긔손의 부화한 삶과 뚜렷이 대조되어 드러나는데 이러한 양긔손의 허랑한 모습은 이춘풍과 많이 닮아 있음을 확인할 수 있다. 세태적 측면에서 볼 때 <양긔손전>은 방탕한 가장이 방치한 가

눈의 삼삼 말소리 귀예 징징 이질 마음 견이 업다……" <필,조> p766-767
　이 대목에서 조생원이 그 아들 영이 계모 아래 심적 고통을 받고 있는 것을 알고서 절에 맡겨 공부를 시키려고 영을 홀로 남기고 돌아서는 부븐이다. 여기에서 再娶한 조생원의 한탄과 설움이 생동감 있게 잘 부각 되었다.
52) <장화홍연가>가 판소리적 요소를 지니고 있다는 논의는 김동기, 「판소리계 장화홍연가에 대하여」, 『한국언어문학』 19집. (한국언어문학회. 1980)에서 다뤘다.

302

정의 궁색한 실상과 왈자패들의 유흥적 삶의 분위기를 생생하게 전해
주고 있다. 이 작품의 판소리와의 연관성은 아직까지 구체적으로 언급
된 적은 없지만 치란과 양긔손이 풍류를 즐기는 과정에서 드러나는 그
구어적 일상어의 풍부한 표현법과 해학적 분위기는 가히 가정소설이
도달한 세태 현실적 표현의 정점을 이루고 있는 것으로 평가할 수 있
을 것이다. 이러한 세태 현실적 성격은 가장인 양긔손의 허랑한 모습
뿐만 아니라 그의 처 이씨부인의 모습에서도 확인된다. 이씨부인은 방
탕한 생활로 일관하는 양긔손을 향하여 꾸짖고 비판을 하지만 그녀는
전통적 가정소설에서 보이는 열장부형 여성인물이 결코 아니다. 이씨
부인은 못생기고 용렬한 처의 모습으로 나타나 희화의 대상으로 부각
되어 있다. 이것은 물론 이 작품이 첩 치란의 기특한 행위에 서술의
초점을 맞추고 있기 때문이다. 치란은 양긔손의 본처와 자식들이 자신
때문에 험한 생활을 하고 있다는 것을 알고서 자신이 사는 호사스런
집을 대신 빌려주어 자식의 혼사를 치르게 했고 마침내는 이씨부인의
요구대로 그 집을 순순히 내줌으로써 처첩간에 일어날 수 있는 갈등을
미리 제거했을 뿐만 아니라 그 자신은 한미한 처지로 전락했으면서도
양긔손의 次子를 데려다 정성으로 길러내어 이조판서에 이르게 했다.
이런 점에서 치란은 양긔손 가정을 창성하게 한 절대적 공헌자이고 작
품내에서 서술의 시각은 이러한 첩 치란의 덕성을 예찬적으로 그려내
는 데에 집중하고 있다. 치란은 미모을 갖춘 첩이요 슬기롭고 민첩한
여성으로 양반가의 가정을 창성하게 하는 규범적 여성으로서 드러나
있는 것이다. 이로써 치란은 열장부형 여성인물의 역할을 대신 맡고
있다고 볼 수 있다. 이런 점에서 이 작품을 '치란전'으로도 볼 수 있을
것이고 첩의 덕성과 슬기로운 행위로 처첩이 얼마든지 공존할 수 있는
모습을 이 작품에서 그려냈다고 볼 수 있다. 그런 만큼 이 작품은 양
반가의 시각 중심으로 꾸며졌으며, <양긔손전>은 처첩이 존재하는 양

반가에서 첩의 존재 양태를 문제삼고 '妾이 걸어가야 할 길'을 제시하
면서, 특히 그 첩의 희생적 자세를 강조하고 있는 것이다. 허랑한 양긔
손을 중심으로 한 유홍적인 세태 묘사는 이러한 妾德을 강조하는 과정
에서 이루어지고 있는 셈이다.53)

　　이상과 같이 살펴볼 때 <필,조>와 <양긔손전>은 <이춘풍전>과 함
께 19세기 무렵의 시정세태를 드러내는 세태적 가정소설류로 다룰 수
있는 가능성을 엿볼 수 있다. 물론 이들 작품들은 각각 그 내용에서
서로 다른 점이 있다. 하지만 초기 가정소설과 통속적 가정소설에 이
어 세태적 가정소설의 세계를 이루는 공통 속성으로서 위에서 언급한
바와 같이 서민적 가정사를 배경으로 허랑하거나 무력한 가장의 모습
을 그려내고 있으며, 판소리적 문체를 십분 활용하여 19세기 시정세태
를 구어적 일상어로서, 또한 풍자적 관점에서 충실히 그려내고 있다는
점에서 공통성을 지닌다. 여기에서는 <이춘풍전>의 가정소설적 성격을
그 세태적 관점에서 부각시키는 차원에서 이들 작품을 개략적으로 거
론했으므로 이들 작품에 대한 각론을 후고에서 다루기로 한다.

6. 결론

　　<이춘풍전>은 이제까지 그 세태 풍자적 갈래의 속성을 지닌 작품
또는 판소리적 문체를 지닌 작품으로서만 다루어져 왔다. 그러나 본
고에서 검토한 바대로, <이춘풍전>은 17세기 이래 전개되는 가정소설
사의 전통적인 문학적 구도, 특히 그 가정의 존속적 의식과 父와 夫

---

53) 이러한 첩의 긍정적 역할에 비춰볼 때 무숙이타령과 유사한 점을 발견할 수
　　있다.「무숙이타령과 19세기 서울 시정」. 김종철. 앞의 책 참조.

304

그리고 婦로 대표되는 가정의 인물 구도적 차원 아래 살펴 볼 때 가정소설로서의 성격을 뚜렷이 드러내고 있음을 볼 수 있다. '춘풍'은 초기 가정소설 이후 전개되는 가정소설 속의 혼암하고 허랑한 家長 형상의 추락상을 가장 극단적으로 실현해 내고 있고, '춘풍처'는 가정의 존속을 위해 희생을 감수하는 가정소설 내의 열행적 여성인물이면서 가장을 개과시킴으로써 가산을 일으켜 세우는데 성공하는 담대한 열장부적 모습을 보여주고 있다. 특히 춘풍처는 초기 가정소설 이후 전개되어 온 여러 열행적 인물 형상의 전통적 계승의 흔적을 뚜렷이 보여주고 있으면서 여성의 역할에 대한 감계를 위주로 하는 가정소설의 기본적인 구도에 그대로 부합되고 있는 것이다. 이러한 가정소설사의 맥락에서 볼 때, 이춘풍의 암매하고 천박한 행태, 그리고 춘풍처의 계도적 모습이 우연히 등장한 것이 아님을 알 수 있다. 주제적 차원에서 보더라도 <이춘풍전>은 결국 허랑하고 부화한 夫의 거듭되는 치패를 婦의 헌신적인 노력으로 치산에 성공해 나가는 과정을 보여주고 있어 가정의 존속적 의식을 기본적인 주제로 삼고 있는 가정소설의 세계에 그대로 부합되고 있음을 볼 수 있다. 또 <이춘풍전>은 여색에 초연하다고 하여 도덕군자연하는 부류의 관인사회의 인물들을 주변인물들의 '내기와 공모'로 인해 추락시킴으로써 그 계층의 인물을 사회적으로 풍자하고 즐기는 이른바 '배비장전 유형의 소설'과는 그 성격과는 차원이 다르다는 것을 알 수 있다. 이춘풍은 자신이 여색에 초연하다고 공언하지도 않았으며 그를 시험하는 부류도 없다. 그는 또한 양반계층도 아니요 서민 출신으로 부호가 된 자손으로서 그 자신이 상업에 종사하는 부류로서 주색잡기로 가산을 탕진하는 허랑한 가장일 뿐이다. 치산에는 관심과 능력이 없는 그는 규범적 열장부형 여성인물인 아내의 지난한 노력으로 가정으로 복귀할 수 있게 되었다. 규수들에게 경계하는 뜻을 보임으로써 끝맺는 <이춘풍전>은 19세기 부화한 시정세태를 배경으로

한 규수서이자 가정소설로 볼 수 있는 것이다.

　<이춘풍전>을 17세기 이래 전개되어 오는 이러한 가정소설사적 댁락에서 볼 때, 그 성격도 보다 명확해 질 수 있다 하겠는데, 이를 '세태적 가정소설'의 관점에서 다룰 수 있다. 기존의 가정소설의 개념 및 범주가 너무 정태적인 관점에서 다뤄졌다는 점을 볼 때, 18세기 통속적 가정소설 이후의 가정소설사의 방향은 이러한 세태적 가정소설의 세계를 설정함으로써 그 역사적 변모의 실태를 잘 드러낼 수 있다고 본다. '세태적 가정소설'이란 판소리와의 깊은 연계를 맺으면서 당대 시정 세태 및 서민적 가정 현실세계를 잘 드러내는 작품군으로서 여기에는 <이춘풍전>을 비롯하여 <양긔손전>, <필,조> 그리고 <장화홍련전>과 같은 일련의 계모형 소설들도 포함된다. 다만 본고에서는 <장화홍련전> 계열의 계모형 소설들이 가지는 세태적 측면을 충분히 살피지 못했다. 후고를 통해 이를 보완할 것이다. 이러한 '세태적 가정소설'을 통해 가정소설이 당대 문화계의 조류를 대표하는 판소리와 연관을 괫으면서 풍부한 현실성을 확보해 나가는 문학사적 전개의 모습을 확인해 나갈 수 있다. 본고는 가정소설의 역사적 변모에 따른 하위 유형과 그 문학 세계를 규정해 나가기 위한 작업을 <이춘풍전>을 통해 시도한 것이다.

〔고려대학교 국어국문학과 강사〕

*참고문헌은 각주로 대신함.

고등학교 한문 교과서 한시
단원의 고찰(Ⅰ)
― 용어와 형식을 중심으로 ―

이창희

1. 머리말

　본고는 보다 나은 한문 교육을 위한 방법을 모색하는 과정의 하나로 한시 단원을 중심으로 고찰되었다. 한문 교과서는 모두가 교과서 편찬 지침에 맞추어 만들어졌기 때문에 교육 목표에 미달하는 내용은 있을 수 없는 것이 당연하다. 하지만 교과서의 수가 15종이나 될 정도로 많다보니 일률적인 내용으로 편찬될 수 없어서 각 교과서마다 동일한 학습 내용이라도 정도의 차이는 생기게 마련이다. 실제로도 고등학교에서 한문을 학습하고 대학에 입학한 대학생들이 갖고 있는 한시의 형식에 관한 지식은 개인적인 차이라고 돌리기에는 어려울 정도로 그 편차가 크다는 것을 여러 번 확인할 수 있었다.

논의의 진행은 한시 단원의 교육 목표에 맞추어 편의상 2부로 나누어 1부에서는 한시의 형식과 특징을 중심으로 고찰하고, 2부에서는 작품의 감상을 중심으로 고찰하는데 본고는 이 작업의 1부에 해당한다. 이를 위해서 11종의 한문 교과서[1]를 검토 대상으로 삼았으며, 구체적으로는 먼저 한시 단원의 교육 목표를 알아보고 다음으로는 실제로 각 교과서에 성공적인 한시 학습을 위한 합당한 자료 제시가 이루어지고 있는가를 알아보자 한다.

2. 한시 단원의 교육 목표

고등학교 한문 교과는 일반 선택 과목인 <한문 Ⅰ>과 심화 선택 과목인 <한문 Ⅱ>(한문 고전)의 두 과목으로 구성되어있다. 먼저 한문과의 교육 목표를 살펴보면 다음과 같다.

---

1) 필자가 고찰하였던 한문 교과서는 다음과 같다.
   <한문 Ⅰ>·<한문 Ⅱ>, 지학사, 박갑수 김진영 송진섭. 1996. 7. 10.
   <한문 Ⅰ>·<한문 Ⅱ>, (주)교학사, 김용걸 안재철 김이곤. 1996. 7. 10.
   <한문 Ⅰ>·<한문 Ⅱ>, 교학연구사, 김도련 이현식 김영봉. 1995. 10. 20.
   <한문 Ⅰ>·<한문 Ⅱ>, 을유문화사, 이명학 박희병 장호성. 1995. 10. 20
   <한문 Ⅰ>·<한문 Ⅱ>, 동아출판사, 정우상 정달영 배원룡. 1995. 10. 20.
   <한문 Ⅰ>·<한문 Ⅱ>, 재능교육, 정요일 박성규, 1995. 10. 10.
   <한문 Ⅰ>·<한문 Ⅱ>, (주)천재교육, 이희목 김시업 박준원. 1998. 3. 1.
   <한문 Ⅰ>·<한문 Ⅱ>, (주)보진재, 류풍연 이종복. 1995. 10. 20.
   <한문 Ⅰ>·<한문 Ⅱ>, 한샘출판사(주), 이지형 송재소 이상진 최상근. 1995. 10. 20.
   <한문 Ⅰ>·<한문 Ⅱ>, 금성교과서, 최상익 이병혁 허남욱 김형룡. 1996. 7. 10.
   <한문 Ⅰ>·<한문 Ⅱ>, 중앙교육진흥연구소, 김상홍 최창구 이강렬. 1995. 10. 20.

　<한문 Ⅰ>은 중학교 한문 교육의 성과를 바탕으로 하고 있으며, 전체 학생들이 기초적으로 필요한 한자 및 한문에 대한 학습을 하는 데에 있다. <한문 Ⅱ>는 <한문 Ⅰ>의 학습 성과를 바탕으로 하고 있으며, 앞으로 사회나 연구기관에 진출하여 국학이나 동양학 분야에 종사하는 사람들을 대상으로 하여 이들에게 독해 능력을 체계적으로 기르게 하는 데에 있다. 또한 <한문 Ⅰ>과 <한문 Ⅱ>에서 공통적으로 선인들의 생활과 사상을 바르게 이해하여 건전한 가치관을 확립하며 전통 문화를 창조적으로 발전시키는 것을 그 목표로 삼고 있음을 알 수 있다.

　교과서에서 제시하고 있는 교육 목표는 교사의 敎授活動과 학생들의 學習活動을 통해서 도달해야 하는 궁극적인 지향점인 만큼 고등 학교에서 교과서가 갖는 비중은 절대적이라고 할 수 있을 만큼 중요하다. 다음은 <한문 Ⅰ>에서의 한시에 관련한 교육 목표이다.

<한문 Ⅰ>
한시를 풀이하고 감상하기
한시의 기초적인 형식과 특징 이해하기

　위에 제시된 교육 목표를 보면 먼저 한시를 풀이하고 감상하는 것을 우선으로 설정하고 형식과 특정에 대한 이해는 그 다음이라고 이해된다.

　한시는 매우 엄격하게 정형화된 틀을 유지하면서 그 틀 속에 시인의 사상과 감정을 담아내는 문학 형식이다. 따라서 한시에 대한 올바른 이해는 여러 시 형식들이 독자적으로 가지고 있는 형식적 차별성을 확실하게 학습하는 데에서부터 출발해야 한다. 또한 우리가 한시라고 부를 수 있는 것도 그런 정형화된 틀을 기준으로 분류한 문학 형식이기

310

때문에 한시에 대한 교육 목표는 내용의 풀이와 감상보다는 형식과 특징에 대한 이해가 선행되어야 한다고 생각한다. 아울러 이점은 현행 교과서들이 한시 단원의 맨 처음에 제시한 학습 목표를 보면 알 수 있다.[2] 따라서 본 고에서는 논의의 편의상 풀이와 감상에 앞서 형식과 특징의 이해에 대한 논의를 먼저 진행하고자 한다.

3. 용어의 이해

혼히 한시의 종류를 부를 때 五言 絶句라든가 七言 絶句, 五言 律詩, 七言 律詩와 같은 용어를 사용하고, 한시의 특징을 말할 때는 압운이나 평측이라는 용어를 사용하고 있다. 따라서 학생들이 한시 학습을 시작하기에 앞서 이 용어들에 대한 설명이 제시되어야 할 것이다.

먼저 한시의 명칭에 대한 것으로 言과 句가 있다. 이에 대한 다음 예문을 보도록 하자.

한시의 용어(I)[3]

---

2) 각 교과서들도 한시의 형식에 대한 학습목표를 한시 단원의 맨 앞에 위치시 킴으로써 이 점을 중요하게 여기고 있음을 알 수 있다.
  한시의 형식. 시구의 짜임.(교학연구사)
  한시의 형식. 한시의 수사.(지학사)
  한시의 종류와 형식(동아출판사)
  한시의 형식을 안다. 한시의 표현과 구성법을 이해한다.(을유문화사)
  한시의 형식과 특징을 안다.(금성교과서)
  한시의 형식에 대해서 안다. 한시의 구성법에 대해서 안다.(천재교육)
  近體詩의 다양한 형식과 특징을 이해한다.(한샘출판)
3) <한문 I >, 금성교과서. p.117.

언(言) : 漢詩를 구성하는 하나하나의 글자를 말한다.
구(句) : 言이 모인 의미의 기본 단위를 말한다. 五言 또는 七言이 한 句가 되며 起句·承句·轉句·結句로 나누어진다.
연(聯) : 律詩(律詩)에서 두 개의 句가 순서대로 묶인 것을 말한다.

글자라는 의미인 '字'를 사용하지 않고 '言'을 사용하는 것은 한자가 갖는 표의문자적 기능을 따른 것이다. 한시 명칭을 이해하기 위해 먼저 설명을 해주어야 할 필요가 있는 것임에도 불구하고 대부분의 한문 교과서들은 이 명칭에 대한 설명을 생략한 채 넘어가고 있어 학생들에게 기초적인 용어를 이해시키기 위한 배려가 소홀하다고 할 수 있다.

둘째로는 絶句와 律詩에 대한 의미이다. 絶句는 4구로 이루어진 짧은 형태이고 律詩는 8구로 이루어진 긴 형태이기 때문에 일반적으로 絶句를 먼저 일컫고 律詩를 나중에 일컫는다. 그러나 絶句는 '絶句'라는 말이 갖는 의미대로 律詩를 잘라서 만든 형태라고 이해되고 있으며 이에 대해서는 다음 인용문을 보도록 하자.

律詩의 首尾 兩聯을 끊어서 취한 것
律詩의 後半首를 끊어서 취한 것
律詩의 前半首를 끊어서 취한 것
律詩의 가운데 兩聯을 끊어서 취한 것4)

律詩의 8구 중에서 일부를 끊어내어 絶句의 4구를 만드는 방법에 관한 예문이다. 絶句가 律詩보다 앞선 시형식인가 아니면 律詩가 絶句에 앞선 시형식인가에 대한 논의는 아직 완결된 것은 아니지만 絶句라는 말의 의미를 미루어 후자의 견해를 따르고 있다.

---

4) 홍우흠, 한시운율론(영남대 출판부, 1987. 3). p.29.

312

셋째로는 시상의 전개와 관련하여 이해해야 할 용어들 중에 '起承轉結'이나 '首頷頸尾'같은 것들이 있다. 그러면 교과서에서는 이들 용어에 대해서는 어떻게 소개하고 있는가를 알아보기로 하자. 아래의 인용문들은 絶句의 시상 전개에 대한 자료들이다.

> **기승전결법**[5] - 한 수의 시상을 기승전결의 4단계로 구성하는 방법으로 絶句는 1구씩, 律詩는 2구씩 구성한다.
> 起 - 발상 - 시상을 일으킴(발상 단계)
> 承 - 전개 - 기구를 이어받아 시상을 확대·발전시킴(전개 단계)
> 轉 - 전환 - 시상의 변화를 주어 비약 또는 전화시킴(전환·비약 단계)
> 結 - 결말 - 전체의 시상을 주제 속에 담아 마무리 지음(총괄 단계)
>
> **한시의 구성**[6]
> 起句 : 정경이나 정황을 묘사함으로써 시상을 일으킨다.
> 承句 : 시상을 이어받아 전개시킨다.
> 轉句 : 시상을 변화시켜 전환한다.
> 結句 : 전체의 시상을 하나의 주제로 묶는다.

絶句의 시상 전개에 대한 이해를 도모하는 방법으로 '起承轉結'을 설정하고 있다. 즉 起句는 시상을 일으키는 것으로, 承句는 기구에서 일으킨 시상을 이어받아 확대하는 것으로, 轉句는 시상을 변환하여 분위기를 바꾸는 것으로, 結句는 지금까지 진행되어온 시상을 마무리하여 시인의 속마음을 드러내는 것으로 이해할 수 있다.

그런데 絶句의 시상 전개에 대하여는 위와 같이 '起承轉結'의 구성을 보인다고 설명하면서도 律詩의 시상 전개에 대해서는 별다른 설명을 보여주지 못하고 있다. 대부분의 교과서에서 8句를 2句씩 묶은 다음 각각 '首頷頸尾'라는 명칭을 사용하여 부르기는 하지만 絶句의 '起

---

5) <한문 Ⅰ>, 지학사. p.139.
6) <한문 1>, 을유문화사. p.90.

承轉結'에서 보여준 바와 같이 시상 변화에 대한 구체적인 설명을 해 주는 곳은 찾아볼 수 없었다. 이는 '首頷頸尾'의 글자의 의미가 '起承轉結'의 글자의 의미가 주는 분명함에 크게 미치지 못하기 때문으로 생각할 수 있다. 하지만 한시가 짧은 형태임에도 불구하고 분명한 논리적 완결성을 갖는 문학 형태임을 생각한다면 시상의 전개 방식에 대한 적극적인 태도가 요망된다. 이와 관련하여 '地景情志'라는 용어를 그 대안으로 생각해 볼 수 있다. 이 '地景情志'라는 용어는 '首頷頸尾'라는 용어에 비하여 많이 사용하는 명칭은 아니지만 시상의 전개를 설명해주는 데에 있어서는 상대적으로 유리하기 때문이다. 이말에 대한 구체적인 설명을 보기로 하자.

> 地 - 앞으로 전개될 시상의 출발점.
> 景 - 객관적 사실이나 정경을 묘사.
> 情 - 시인의 주관적 감상이나 정서를 묘사.
> 志 - 전체의 시상을 마무리하여 시인의 뜻을 밝힘.
> (둘째 景과 셋째 情은 서로 바꾸어 표현하기도 함)

絶句의 시상 전개를 설명하는 '起承轉結'이 논리적 측면이 강조된 용어라면 律詩의 시상 전개를 설명하는 위 '地景情志'는 의미적 측면이 강조된 용어라고 할 수 있다. 이와 같은 기준을 가지고 律詩의 시상 전개를 설명하게 되면 각 글자들이 갖는 의미를 따라서 쉽게 이해할 수 있게 될 것이다.

넷째로 押韻과 平仄이 있다. 압운과 평측은 한시가 갖는 가장 큰 특징들이다. 먼저 압운에 대하여 교과서에서 어떻게 서술하고 있는가를 살펴보기로 하자.

한시의 이해[7]

 한시의 이해 - 압운법

　　한시에서 일정한 행의 마지막 글자에 동일한 운모(韻母 - 우리말의 중성과 종성이 합쳐진 것에 해당)가 오도록 정해 놓은 규칙을 압운이라 한다. 예를 들면, '遊·流·丘·洲·愁'를 일정한 위치에 배열하여 그 소리를 낼 때, '우'라는 비음이 일전한 간격으로 공통되게 나므로 리듬이 생기게 된다.

이 글은 교과서 한시 단원의 끝부분인 총정리 난에 실려있는 있는 내용이다.

압운은 古體詩와 近體詩를 떠나 운문으로서 지켜야 할 운율이기 때문에 한시의 이해에 있어서 제일 먼저 다루어져야 할 내용이다. 그러나 이처럼 한시 단원의 맨 뒤에서야 압운에 대한 설명을 하게 되면 앞에 있는 한시 학습에서는 교과서의 학습 순서에 따르지 않고 한문 교사가 교수하거나 아니면 한문 교과서의 앞뒤를 오가며 번잡하게 학습해야 하는 상황이라고 볼 수 있다. 즉 학습활동이 체계적으로 진행되지 못하게 되는 상황을 보게 된다고 할 수 있다. 실제로 한시 단원의 총정리 부분에 위치한 내용들은 학습 시간에 다루지 않고 지나가는 경우가 많다. 또한 한시 단원의 학습에 들어가기 전에 교사가 준비한 자료를 이용하여 한시의 형식에 대한 전반적인 학습을 행하기도 하는데, 이 경우 교과서에 제시된 학습 자료만으로는 충분한 학습 효과를 얻을 수 없어 다른 자료를 이용해야 하는 불편함이 많다는 점도 지적할 수 있겠다.

심지어는 <한문 I>에서 해설을 해주지 않고 지나가는 경우도 있다. 다음 인용문을 더 보도록 하자.

---

7) <한문 I>, 지학사. p.147.

압운의 이해[8]

일정한 구의 마지막 글자에 초성을 제외한 중성과 종성의 발음이 같은 계열의 글자로 맞추는 것을 압운이라 하고, 그 글자들을 韻字라고 한다. 韻은 한자의 옛 음을 기준으로 하기 때문에 현실음과는 차이가 있을 수 있다.

압운 : 짝수 句(七言시는 첫 구도 포함)의 마지막 글자에 중성과 종성의 발음이 같은 글자로 배열한다. 그런 글자를 韻字라고 하는데 옛음을 기준으로 하기 때문에 현실음과는 약간씩 차이가 있기도 하다.[9]

이 인용문은 둘 다 교학연구사 <한문 Ⅱ>에 실려있는 내용인데, <한문 Ⅰ>의 과정에서는 압운에 대한 서술이 없었다. <한문 Ⅱ>에 와서야 압운에 대하여 전후 두 번에 걸쳐서 설명을 해주고 있지만 서술된 내용을 볼 때 <한문 Ⅱ>에서 소개되어야 할 정도의 심화된 학습 내용이라고도 생각되지 않는다. 또한 두 곳에서 제시해 준 설명도 '일정한 구'가 '짝수 구'로 약간 구체화되었을 뿐 두 설명의 내용이 같으니 두 군데에서 이렇게 설명해줄 필요가 없을 것 같다.

압운의 정의를 정해진 구의 마지막 글자의 발음을 맞추는 것이라고 한다면 평측은 같은 句 내에서 일정한 위치의 글자의 높낮이에 대한 조화를 이룬다거나 上句와 下句간에 같은 위치에 있는 글자끼리의 높낮이에 대한 조화를 이루는 것을 뜻한다. 평측을 이해하기 위해서는 먼저 한자의 4성과 105운자를 선행하여 이해해야 할 뿐만 아니라 평측에도 수많은 변형이 있기때문에 고등학교 한문 학습을 통해 이를 모두 이해할 수는 없다. 하지만 평측은 古體詩와 近體詩를 구별하는 매우 중요한 기준 중의 하나이기 때문에 기본적인 수준의 이해를 할 수 있도록 해야 한다. 그럼 평측에 대하여 실제 교과서에서는 다루지 않은

---

8) <한문 Ⅱ>, 교학연구사. p.74.
9) <한문 Ⅱ>, 교학연구사. p.85.

316

경우가 많아 필자가 참고한 11종의 한문 교과서 중에 3곳에서만 서술해주고 있었다. 다음을 살펴보도록 하자.

평측법[10]
漢字에는 성조(聲調)라 하여 平聲·上聲·去聲·入聲이 있는데 크게 平聲과 仄聲으로 양분된다. 이 평성과 측성의 글자를 적절히 배열해 聲律의 미를 살린 것이 平仄法이다.

평측에 대한 서술은 하였지만 서술된 내용이 상당히 막연한 것임을 알 수 있다. 먼저 平聲·上聲·去聲·入聲의 네 성조가 어떻게 나뉘어 평성과 측성으로 양분되는가에 대한 지침도 없을 뿐만아니라 적절하게 배열한다는 의미도 이해할 수 없을 것이다. 그런 의미에서 다음에 인용된 서술 내용은 주목할 만하다.

한시의 특징(1) - 평측법[11]
한자 음은 聲調에 따라 平聲·上聲·去聲·入聲으로 나뉘는데 이중 平聲을 평탄한 소리라 하여 平聲이라 하고 그 나머지인 上聲 去聲 入聲을 합하여 기울어진 소리라 하여 仄聲이라 한다.
近體詩에서는 평성과 측성을 일정한 규칙에 따라 배치하여, 이 평측이 지닌 가락(리듬)을 이용한 운율적 효과를 나타내는데, 이것을 '平仄法'이라 한다.

㉠ 送人   雨歇長堤草色多   送君南浦動悲歌
                ●●○○●●◎   ●○○●●○◎

                大洞江水何時盡   別淚年年添綠波
                ●●○●○○●   ●●○○○●◎

            * ○ 평성자   ● 측성자   ◎ 운자

---

10) <한문 Ⅰ>, 한샘출판(주). p.116.
11) <한문 Ⅰ>, 중앙교육진흥연구소, p.143.

古體詩와 近體詩의 구별은 평측의 있고 없음에 달려있다고 할 만큼 평측은 近體詩가 갖는 가장 큰 특징이다. 五言詩와 七言詩 간에 平仄을 달리하는 平起式과 仄起式이 있어서 첫 구의 두 번째 글자가 평성이면 平起式이라하고 측성이면 仄起式이라 한다. 五言詩는 측기식이 정격이고 평기식은 편격이라하며, 七言詩는 이와 반대로 평기식이 정격이고 측기식은 편격이라고 한다.

또 평측에 있어서 주의해야 할 글자는 각 詩句의 두 번째와 네 번째 글자로서 이들 글자들의 평측은 반드시 다르게 배치하는 것이 근체시의 엄격한 규칙이다.

한문 학습 시간에 학생들로 하여금 직접 字典을 찾아보면서 압운과 평측의 확인 작업을 하게 하고 또 그런 작업들을 통해 한문 학습의 재미를 증가시키면서 한시를 감상하도록 한다면 보다 나은 한시 학습 효과를 얻을 것으로 생각한다.

4. 형식적 특징

한시를 제대로 이해하기 위해서는 그 작품이 갖는 형식과 그 형식이 갖는 변별적 특징을 이해하여야 한다. 단원 교육 목표에 제시된 한시의 형식에 대한 이해를 위해 세부적인 학습 내용에서는 어떤 자료를 제시해주고 있는가에 대하여 살펴보기로 하자. 다음의 인용문을 보자.

한시의 이해 -- 한시의 갈래
한시 - 古體詩(古體詩)   -   五言 古詩, 七言 古詩
　　　近體詩(近體詩)   -   絶句(絶句) - 五言 絶句, 七言 絶句
　　　　　　　　　　　　律詩(律詩) - 五言 律詩, 七言 律詩

318

· 古體詩(古體詩) : 중국 당나라 이전에 성행한, 작법이 비교적 자유로운 시
  형이다.
· 近體詩(近體詩) : 古體詩에 비해 평측(平仄), 대우(對偶), 자수(字數), 구수
  (句數) 등의 형식적 제약이 엄격한 시형이다.12)

古體詩와 近體詩13)

명 칭	古 體 詩	近 體 詩	
	古詩	絶句	律詩
구의 수	제한 없음.	4구	8구
압 운	일정한 원칙이 없으나 짝수 구 끝에 다는 것이 일반적. 도중에 운을 바꿀 수도 있음.	짝수 구의 마지막 글자에 같은 운의 글자로 압운해야 함. 七言시는 첫 구도 압운함.	

위 자료는 지학사의 <한문 Ⅰ>의 한시 단원 첫 과에 소개되어 있는
내용이고, 아래 자료는 교학연구사의 <한문 Ⅱ>의 단원 종합 정리에
소개된 도표로서, 단원 학습 목표에서 제시된 '한시의 형식'에 대한 구
체적인 학습 항목들이다.

먼저 위 자료에서는 한시는 古體詩와 近體詩로 나뉘어진다고 하였
다. 古體詩는 다시 五言 古詩와 七言 古詩가 있으며, 近體詩는 絶句와
律詩가 있는데 絶句는 다시 五言 絶句와 七言 絶句로, 律詩도 역시 五
言 律詩와 七言 律詩가 있음을 알 수 있다. 아울러 古體詩와 近體詩의
이해를 돕기 위해서 古體詩와 近體詩에 대한 특징을 제시해주고 있다.

아래 자료에서도 역시 한시는 古體詩와 近體詩로 나뉘어진다고 하였
는데, 古體詩는 하위 시분류가 되어있지 않는 점으로 보아 모두를 古
體詩라고 부른다고 하였고, 近體詩는 글자 수에 관계없이 絶句와 律詩

---

12) <한문 Ⅰ>, 지학사. p.135.
13) <한문 Ⅱ>, 교학연구사. p.85.

가 있다고 하였다. 또한 위 자료를 통해서는 글자 수를 기준으로 五言
과 七言詩로 나눈다는 점을, 아래 자료를 통해서는 글자수는 관계없이
4구와 8구라는 句數를 기준으로 해서 絶句와 律詩로 나눈다는 점을 알
수 있다.

그러나 두 개의 자료에서 모두다 글자 수를 기준으로 나누어야 하는
지 구 수를 기준으로 나누어야 하는지에 대한 기준을 제시해주지 못하
고 분류된 사실만 암기하도록 하고 있음을 알 수 있다. 이러한 서술은
한시를 비로소 배우기 시작하는 학생들의 입장에서 본다면 당혹스러운
사항들이다. 또한 위 서술 내용을 학습하는 학생들은 古體詩의 종류에
대해서는 五言 古詩와 七言 古詩라는 두 종류의 형태만 있는 것으로
학습할 뿐 四言 古詩나 長短句도 있다는 사실은 알지 못하게 될 뿐만
아니라 近體詩의 종류에 대해서도 絶句나 律詩만 있는 것으로 학습할
뿐 排律이란 형식에 대해서는 역시 알지 못하게 된다.

古體詩의 경우에 四言 古詩 보다 五言 古詩나 七言 古詩가 압도적으
로 많은 양이 전해지고 있어서 주요한 두 형식인 五言 古詩나 七言 古
詩만을 소개하고 四言 古詩나 長短句같은 형식들에 대해서는 소개하지
않았던 것이고, 近體詩의 경우에 있어서도 배율보다는 絶句나 律詩가
주요한 형식으로 여겨지고 창작되어져 왔기 때문에 배율은 소개하지
않았기 때문이다. 그러나 古體詩에 있어서 四言 古詩는 가장 오래된
한시 형식일 뿐만아니라 과거 한시인들이 한시를 창작하는 데에 있어
서 전범으로 삼았던 詩經의 주요 시형식이다. 그리고 국문학에서도 중
고등학교의 국어와 문학 교과서에 실려있는 <黃鳥歌>나 <箜篌引>같은
작품들의 형식이 四言 古詩인 점을 상기할 때 한시의 형식에서 꼭 소
개되어야 한다고 본다. 아울러 近體詩에 있어서 排律도 近體詩의 주요
한 형식이라는 점을 생각한다면 학생들로 하여금 학습하도록 학습 내
용이 제시되어야 할 것이다. 이점에 대하여 다음 인용문이 古體詩에

320

관하여 보여준 설명은 주목할 만하다.

한시의 용어[14)

구 분	종 류	言 數	句 數	특 징
古體詩	古詩	五言 七言	句數의 제한이 없음.	압운(押韻)과 평측(平仄)의 운용이 비교적 자유로움.
	樂府	言數의 제한이 없음.		
近體詩	絶句	五言 七言	四句	압운과 평측의 운용에 일정한 격식이 있음.
	律詩	五言 七言	八句	

近體詩를 분류할 때에 한 句의 글자수를 기준으로 하면 5글자로 이루어진 五言詩와 7글자로 이루어진 七言詩가 있으며, 전체 句 數를 기준으로 나누면 4句로 이루어진 絶句와 8句로 이루어진 律詩, 그리고 10句 이상으로 이루어진 배율이 있다. 즉 近體詩는 한 句의 글자수는 5자 또는 7자로 고정되어있고 전체 句의 수는 짝수 句로 이루어져 있으며, 10句 이상으로 이루어진 배율이 絶句나 律詩에 비하여 현저하게 수가 적기 때문에 일반적으로 近體詩라고 하면 絶句와 律詩를 지칭하게 된다.

이에 비하여 古體詩는 전체 행수를 기준으로 명칭을 붙인 경우는 없어서 홀수 행으로 이루어진 작품들도 상당히 발견되고 있으며, 한 행의 글자수에 따라 四言시, 五言시, 六言詩, 七言詩, 長短句 등으로 불리우고 있다. 古體詩도 역시 五言 古詩와 七言 古詩가 많이 지어짓기는 하였지만 경우에 따라 四言시도 상당히 지어지고 있다. 이 四言詩는 詩經에 실려있는 작품들의 대표적인 형식으로서 古體詩와 近體詩를 떠

---

14) <한문 Ⅰ>, 금성교과서. p.117.

나서 한시의 원시적 시형식이라고 할 수 있다.

다음 자료를 더 보도록 하자.

한시의 이해

(1) 古體詩 : 당나라 이전의 시 형식. 형식이 비교적 자유로움.
　　近體詩 : 당나라 이후의 시 형식. 압운법, 평측법 등이 엄격.
　　　　絶句, 律詩, 배율 등
(2) 五言시 : 1구가 5자로 이루어지며, 絶句의 경우 운자가 대체로 2, 4
　　구의 끝에 놓임.
　　七言시 : 1구가 7자로 이루어지며, 絶句의 경우 운자가 대체로 1, 2,
　　4구의 끝에 놓임.
(3) 絶句 : 起承轉結句로 이루어짐.
　　律詩 : 首(頭)頷頸尾聯으로 이루어짐.15)

이 자료는 지학사의 <한문 Ⅱ>의 한시 단원에서 가장 끝 부분에 실려있는 내용이다. 인용문에 의하면 앞서 살펴보았던 <한문 Ⅰ>의 내용에 비하여 크게 달라진 점을 발견할 수가 없다. <한문 Ⅱ>는 <한문 Ⅰ>의 성공적인 학습 성과를 바탕으로 하고 있는 심화 과정이라고 하였다. 그러나 내용을 보면 한시의 종류에 대해서는 <한문 Ⅰ>에서처럼 똑같이 古體詩와 近體詩 만으로 분류하였고, 다른 점은 近體詩의 종류에 排律이 추가되어 있을 뿐이다. 그리고 五言詩와 七言詩의 두 종류만으로 분류하여 소개한 점도 <한문 Ⅰ>에 비하여 달라지지 않았다. '絶句'와 '律詩'라는 소항목에 '起承轉結'과 '首(頭)頷頸尾'이라는 句와 聯의 명칭이 각기 제시되어 있는 점이 <한문 Ⅰ>에 비하여 심화된 부분이라 할 수 있다. 하지만 이 부분도 絶句의 起承轉結은 각각 1구씩을 일컫는 명칭이고, 律詩의 首頷頸尾는 각각 2구씩 묶어서 일컫는 명칭이라는 것을 추측해서야 알 수 있을 정도로 간단하게 언급하는 것으

---

15) <한문 Ⅱ>, 지학사. p.72.

322

로 그쳤다.

絶句는 모두 '起承轉結'로 구성되어 1행은 起句라 하고, 2행은 承句, 3행은 轉句, 4행은 結句라고 부른다. 律詩는 2개의 句를 하나의 단위로 묶어서 이를 聯이라 하며, 8개의 句를 4개의 聯으로 묶어 차례로 首聯(起聯), 頷聯, 頸聯, 尾聯(結聯)으로 부르는 것이 일반적이다.

다음 예문을 더 보도록 하자.

한시의 종류
(1) 絶句 : 중국 당대에 완성된 近體詩로. 한 수가 4구로 구성되어 있다. 이중 한 구가 5자로 이루어진 것을 五言 絶句라 하며, 2·4구 끝에 운자가 놓인다. 또 한 구가 7자로 된 것을 七言 絶句라고 한다. 운자는 1·2·4구의 끝에 놓인다.
(2) 律詩 : 律詩는 8구로 이루어진 近體詩이다. 한 구가 5자로 된 것을 五言 律詩라고 하고, 한 구가 7자로 되어 있는 것을 七言 律詩라고 하는데, 1·2·4·6·8 구 끝에 운자가 놓인다. 함련·경련은 서로 대구를 이룬다.[16)]

위 자료는 교학연구사의 <한문 Ⅰ>에 실려있는 내용으로서 제일 먼저 이해되어야 할 '한시의 종류'가 오히려 한시 단원의 맨 뒷부분에 있는 '단원 종합 정리'에 소개되어 있어서 앞뒤가 바뀌었다는 생각이 든다. 古體詩에 대한 소개는 위에서 살펴보았던 것처럼 <한문 Ⅱ>에 가서야 자료를 제시해 놓음으로써 <한문 Ⅰ>만 학습하는 학생들로서는 古體詩에 대해서는 전혀 학습할 수 없도록 구성되어 있다.

또한 을유문화사의 <한문 Ⅰ>에는 한시의 형식에 대한 어떤 보충 설명도 되어있지 않아 한시의 형식에 대한 전반적인 이해는 오로지 교사의 教授活動에 맡겨두고 있다는 점도 아울러 지적할 수 있다.

<한문 Ⅰ>은 고등학교 학생들이 공통적으로 학습할 내용을 담고 있

---

16) <한문 Ⅰ>, 교학연구사. p. 131.

으며 <한문 Ⅱ>는 학생들의 선택에 따라 학습하지 않는 경우도 많다. 그렇다면 <한문 Ⅰ>에서 학습된 내용은 학생들의 경우에 따라서 한문 또는 한시 학습의 전부일 가능성을 배제할 수 없으므로 위의 인용문과 같은 내용만으로 그친다면 한시의 형식에 대한 이해의 부족함을 면하지 못할 것이다.

끝으로 한시의 각 형식들이 갖는 독특한 미적 특징 또한 학습하도록 자료를 제시해주어야 함에도 불구하고 이 점에 대한 서술은 거의 없다.

近體詩와 古體詩의 미적 특징을 보면 먼저 近體詩는 그 형식이 갖는 정형성과 엄격함으로 인하여 자연히 규율성과 정제미를 갖게 되고 귀족적인 미적 질감을 보여주며, 古體詩는 형식적 구속이 적은 관계로 시인의 정서가 자유스럽게 표출될 수 있고 따라서 소박미와 서민적인 정서를 갖게 되고 민요적 미적 질감을 보여준다.

絶句는 20자 또는 28자로 완결되는 매우 짧은 작품이다. 그만큼 짧은 외형안에 엄정한 법칙을 지키면서 시인이 나타내고자 하는 감정을 함축적으로 온전하게 담아내는 데에 그 묘미가 있다. 나아가 絶句를 제대로 감상하기 위해서는 먼저 형식적으로 기승전결의 구성을 이루고 있다는 점을 시의 해석을 통해 직접 확인하면서 감상하고, 아울러 한 작품내에서 핵심이 되는 글자인 詩眼을 찾아보면서 이해하는 것도 바람직할 것이다. 이 시안은 각 시행의 3자와 5자에 주로 놓이는데 전체적인 의미속에서 그런 글자들이 갖는 역할 등을 밝혀 제시해 준다거나 학생들이 스스로 찾아보도록 하는 것도 한시의 이해에 많은 흥미와 학습 효과를 줄 것이라고 생각한다.

律詩는 40자 또는 56자로 완결되는 비교적 유장한 작품이다. 길이가 긴 만큼 시인의 사상과 감정을 많이 담아낼 수 있으며, 그런 가운데 絶句에 못지않은 팽팽한 긴장감을 유지하는 데에 그 묘미가 있어서 근체시의 백미라고 할 수 있다. 이를 위해 중간의 4개 句에는 엄정한 대구가 요구되며, 한 편의 작품내에서는 동일한 의미 범주를 갖는 글자를 반복해서 사용할 수 없다는 등의 꼼꼼한 규칙을 지켜야만 한다. 그래서 옛 한시인들은 짧은 형식인 絶句 보다는 어느 정도 길이가 확보되면서도 긴장을 풀 수 없는 율시를 많이 향유하였다.

排律은 律詩의 엄격한 규칙을 유지하면서 律詩보다 작게는 2句 많게는 수십 句가 긴 작품이다. 길이가 길어지다 보니 율시에서와 같은 긴장감을 유지하기 어려울 뿐만 아니라 그만큼 제약이 커져서 絶句나 律詩에 비하면 향유하는 시인들도 많지 않았다.

시 형식들에 따른 이러한 미적 특징들을 이해하고 한시를 공부함으로써 한시 학습에 대한 흥미를 배가할 수 있고, 아울러 이해의 폭과 깊이를 심화할 수 있을 것이다.

4. 맺는말

이상으로 고등학교 한문 교과서의 한시 단원에 대하여 살펴보았고, 논의된 내용을 정리하면 다음과 같다.

먼저 한시 단원의 교육 목표를 보면 한시의 형식에 대한 이해 보다 한시의 풀이와 감상을 먼저 제시하고 있었는데 이는 한시가 갖는 형식적 특성을 상대적으로 약화시킬 수 있는 점이다. 한시라는 문학 형태가 갖는 견고한 형식적 특성을 생각할 때 그 형식적 특성을 이해하는 것이 한시의 감상에 우선시 되어야 한다고 지적하였다.

다음은 각 교과서에서 한시의 형식을 부르는 명칭에 대하여 얼마나 자료를 제시해 주고 있는가하는 점을 살펴보았다. 그 결과 많은 교과서들이 가장 기초적인 용어인 를이나 句에 대한 설명도 해주지 않고 있음을 알 수 있었다.

또한 **絶句**나 **律詩** 형식에 대한 정의를 내리면서도 왜 **絶句**라고 하는지 또는 왜 **律詩**라고 하는지와 같은 의미에 대해서는 언급한 곳이 없었는데, 이런 점들은 한시 학습에 임하는 고등학생들이 가장 먼저 갖게되는 의문 사항이라고 할 수 있다.

셋째로는 시상의 전개에 있어서 **絶句**의 경우는 '**起承轉結**'을 적용하고, **律詩**의 경우는 '**首頷頸尾**'를 적용하는데 '**首頷頸尾**'가 보여주는 의미가 '**起承轉結**'이 갖는 논리적 순서에 따른 용어에 비하여 미약하다는 점을 지적하였다.

넷째로는 압운이나 평측에 대하여 보다 적극적인 학습 자료 제시가 필요하다는 말을 하였다. 특히 평측의 경우에 대부분의 교과서에서 설명을 하지 않고 있다는 점을 지적하였다.

다음 한시의 형식적 특징에서는 고체시와 근체시의 구별을 위한 기준 설명이 미흡함을 지적하였다. 즉 고체시에서는 **四言 古詩**나 **長短句**, **樂府詩**와 같은 고체시의 하위 명칭에 대한 설명도 필요하다는 견해를 밝혔고, 근체시에서는 비록 **排律**의 수가 적기는 하지만 근체시의 3대 형식인 만큼 학습 자료가 제시되어야 한다고 하였다.

다음으로는 각각의 시 형식들이 갖고 있는 미적 특질에 대한 설명이 없다는 점을 지적하면서 나름대로 고체시와 근체시가 갖는 미적 특질과 **絶句**나 **律詩**, **排律**이 같는 특질들을 간략하게 제시해 보았다.

끝으로 한시의 형식을 제대로 이해하는 것은 한시를 공부하는 데에 있어 출발점이라고 할 수 있다. 따라서 각 과에 소개된 시 형식에 맞추어 한 항목씩 참고 자료로 제시해 주고 있는 현행 교과서 체제는 수정될 필요가 있다고 본다. 어차피 한시 한 편을 공부하기 위해서는 그 작품의 형식을 알아보아야 하고, 그렇다면 내용의 감상에 들어가기에 앞서 형식에 대한 이해가 필요하기 마련이다. 그래서 한시 단원에 첫 부분에 한시의 형식에 관한 학습 내용을 구체적이고 실질적으로 소개하여 한시의 형식에 대한 보다 자세한 학습 내용이 이루어질 수 있도록 해야 할 것이다.

교과서에 제시된 자료가 간략하면 할수록 한문 교사가 담당해야할 과제가 상대적으로 많아지게 되고, 이는 자칫 부실한 한문 학습으로 이어질 가능성이 높다고 하겠다.

〔고려대학교 인문대학 국어국문학과 강사〕

우리어문연구 12집

우리어문학의 이해

인쇄일 초판 1쇄 1999년 02월 25일
　　　　　 2쇄 2011년 06월 12일
발행일 초판 1쇄 1999년 02월 28일
　　　　　 2쇄 2011년 06월 23일

지은이 이 기 서
발행인 정 찬 용
발행처 **국학자료원**
등록일 1987.12.21, 제17-270호

서울시 강동구 성내동 447-11 현영빌딩 2층
Tel : 442-4623~4 Fax : 442-4625
www. kookhak.co.kr
E- mail : kookhak2001@hanmail.net
ISBN 89-8206-418-4
가 격 12,000원

★저자와의 협의 하에 인지는 생략합니다.